LA BÊTE NOIRE
Collection dirigée par Glenn Tavennec

L'AUTEUR

Marchant sur les traces des grands maîtres du roman d'espionnage anglo-saxons et français, Cédric Bannel entrouvre une porte sur les coulisses du renseignement international. Ses enquêtes policières très documentées mettent en scène la PJ de Kaboul et les services de renseignement, décrits de l'intérieur. Uniques par la qualité de leurs personnages et la précision des informations, *L'Homme de Kaboul* (finaliste du prix Maison de la Presse), *Baad* (prix du Meilleur Polar des lecteurs de Points 2017) et *Kaboul Express* éclairent d'un jour passionnant les enjeux d'un monde dont les grands équilibres reposent sur les soldats de l'ombre.

Retrouvez
LA BÊTE NOIRE
Sur Facebook, Twitter et Instagram

CÉDRIC BANNEL

L'ESPION FRANÇAIS

LA BÊTE NOIRE
Robert Laffont / Les Tourelles

© Éditions Robert Laffont, Paris, 2021
© Éditions Les Tourelles, Bruxelles, 2021

ISSN : 2431-6385
ISBN : 978-2-221-25439-4
N° éditeur 61765/01
Dépôt légal : juillet 2021

Éditions Robert Laffont – 92, avenue de France, 75013 Paris
Éditions Les Tourelles – lestourelles-editions.com

*Seront punis de mort les crimes avec tortures
ou actes de barbarie.*
Ancien article 303 du Code pénal

Au milieu des armes, les lois se taisent.

Cicéron

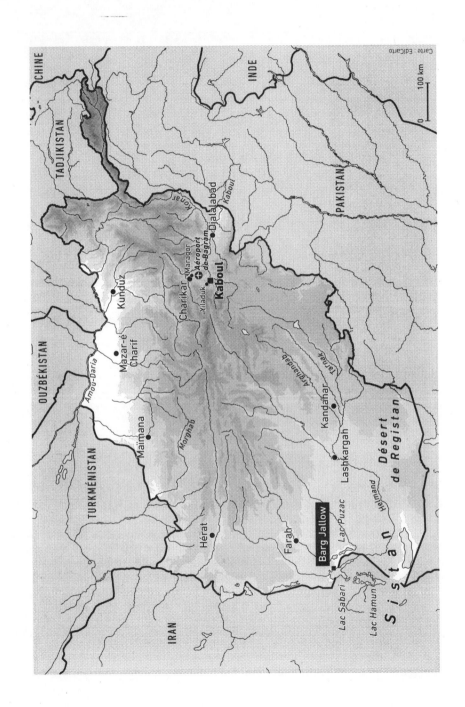

PREMIER JOUR

1

Afghanistan : 08 h 55 – France : 06 h 25
Au-dessus de l'Afghanistan

COMME TOUTES LES CATASTROPHES, celle-ci commença par un événement banal. Une perte de puissance sur l'un des quatre réacteurs du Boeing 707 d'Aero Services Asia assurant le vol Tokyo-Tachkent-Islamabad-Dubaï. D'une voix calme, le copilote du charter informa son supérieur du problème. Les deux hommes avaient l'habitude de ce genre de complications techniques. Leur avion était une épave de quarante-trois ans d'âge qui totalisait plus de cent mille heures de vol et collectionnait les ennuis. Dans n'importe quelle compagnie normale, il aurait été remisé à la casse depuis longtemps.

— C'est encore le réacteur trois ?
— Non, le deux.
— Bizarre, on n'a jamais eu d'ennui avec celui-là. Surchauffe ?

— Même pas. C'est juste qu'il ne pousse plus.

— Coupe-le. Je n'ai pas envie qu'il prenne feu. Note-le sur le livre de bord.

Les deux officiers étaient ukrainiens, quarante ans pour l'un, cinquante-huit pour l'autre, et différentes taches maculaient leurs CV – détournement de mineur, vol de carburant, concussion, consommation excessive d'alcool pendant le service. De bons pilotes, cependant.

Le moteur du réacteur deux éteint, l'avion poursuivit sa route normalement au-dessus du Tadjikistan, sans que les passagers se rendent compte de quoi que ce soit. Sauf une. En dernière année d'école d'infirmières à Osaka, Cedo Honaka, vingt et un ans, était une habituée des vols long-courriers car sa mère était hôtesse de l'air sur la compagnie ANA. Installée au rang 11A, à côté du hublot, un masque en délicat tissu à motif fleuri sur le visage, elle remarqua presque aussitôt l'arrêt du réacteur. Incrédule, elle fixa les pales immobiles, essayant de comprendre à quel point la panne était grave.

— Qu'est-ce que tu regardes ? demanda d'une voix étonnée Kayuko.

— Rien du tout, répondit Cedo. Juste le paysage.

Surtout ne pas inquiéter son amie... Elles étaient quatre de son école à avoir postulé pour un stage de deux mois dans un orphelinat pakistanais de la région de Kwat géré par Care Children, une célèbre organisation humanitaire. Pour les accompagner, Care Children avait désigné Mme Toguwa, une infirmière chevronnée avec plus de trente ans d'expérience dans les pays les plus difficiles de la planète.

À l'avant de l'avion, l'ambiance était encore calme dans le cockpit. Un moteur en panne, c'était un non-événement chez Aero Services Asia.

— On vient de passer dans l'espace aérien afghan, annonça le pilote. J'espère qu'on n'aura pas de problème avec un autre moteur. Mieux vaudrait ne pas tomber dans les mains des talibans...

Le copilote eut une mimique. Alors qu'il s'apprêtait à lancer une blague salace sur ce que les guerriers barbus pourraient faire aux graciles et jolies Japonaises présentes à bord, plusieurs voyants s'allumèrent brusquement, tous en même temps, tandis que des alarmes retentissaient. Les moteurs numéros un et quatre venaient de tomber en panne. Les deux hommes se regardèrent un instant, atterrés. Aucun quadriréacteur ne peut voler sur un seul moteur.

— Le dernier montre aussi des faiblesses. Je le garde en *vn* minimale, annonça fébrilement le pilote. Juste pour avoir du jus pour les commandes. On passe en manuel. Annonce un triple mayday, affiche le code 7700 au transpondeur, calcule le degré de vitesse et le domaine de vol et regarde les terrains de déroutement les plus proches.

— On peut revenir à Tachkent en planant ? Ou atteindre Douchanbé ?

— Impossible. Trop loin. On est à 180 miles. Je calcule. On vole à... 25 000 pieds...

L'Ukrainien s'était mis à poser ses équations à la volée, sur une feuille arrachée à un cahier.

— Mazâr est fermé à cause du mauvais temps mais Kaboul marche. Ça va tanguer, on a un front orageux pile en face de nous avec des vents de face à 70 nœuds, on peut planer 63 miles maximum.

Fiévreusement, le pilote avait déjà sorti ses cartes tandis que les premiers cris apeurés retentissaient dans la carlingue. Alertés par l'absence de bruit des réacteurs, les passagers venaient de se rendre compte qu'ils étaient coupés.

— Qu'est-ce qui se passe ? balbutia Kayuko en arrachant son masque. L'avion n'a plus de moteur !

— Ne t'en fais pas, dit Cedo d'un ton qu'elle s'efforçait de garder calme. Tu as vu la longueur de l'aile ? On peut planer des centaines de kilomètres. On va trouver un terrain pour se poser.

— Je ne veux pas mourir, lança son amie d'une voix stridente.

— Calme-toi, ce n'est pas si grave, reprit Cedo, tu peux me croire. Des pannes de moteur, c'est arrivé déjà plusieurs fois à ma mère et elle s'en est toujours sortie.

Elle tourna la tête de l'autre côté pour que son amie ne voie pas son trouble. C'était un horrible mensonge. Sur le moment, elle n'avait rien trouvé de mieux pour éviter à Kayuko de paniquer complètement.

Dans le cockpit, le copilote avait finalisé ses calculs.

— Kaboul passe. Tout juste, mais ça passe !

— OK. Direction ?

— Cap 140.

— 140 ? Merde, on va se retrouver dans les orages, il y a un Pakistan Airlines au cap 140 qui vient d'émettre un PIREP. Trouve-nous les derniers TAF et METAR sur la zone. Mais avant, appelle le contrôle.

Le vieux 707 perdait lentement de la vitesse mais, grâce à ses immenses ailes, il conservait suffisamment de portance. Tout en vérifiant les paramètres, le copilote appela le contrôle aérien pour prévenir de leur changement de plan.

— Ici ASA345, mayday, mayday, mayday. Nous prenons cap 140 pour atterrissage d'urgence à Kaboul. Confirmez.

Il écouta la réponse, concentré. Lorsqu'il se tourna vers son supérieur, il était livide.

— Ils viennent d'émettre un SIGMET. L'aéroport ferme, ils déroutent !

— Rien à foutre. On y va ! On n'a pas le choix.

— On ne peut *pas*. Il y a un orage frontal en extrémité d'une ligne de grain, avec des vents cisaillants et des rafales à cent nœuds. Juste sur Kaboul.

— Ça n'est pas possible, dit le pilote avec, pour la première fois, une nuance de frayeur dans la voix. Il n'y a pas d'autre possibilité ?

— La piste de Kunduz est trop courte. À Mazâr-e Charîf, le relief est trop haut, on est sûrs de taper une montagne avant. Les autres sont hors de portée.

— Et Bagram ? C'est une base OTAN.

— Oui, c'est jouable, annonça le copilote après avoir vérifié ses cartes. C'est à 20 miles à l'est de Kaboul, cap 138. L'orage est orienté cap 220 sud-sud-ouest.

— On passe le relief ?

— D'après ma carte, oui. Mais c'est un terrain strictement militaire, ils vont nous refuser.

— Tu les vois tirer sur un avion civil ? Je tente, c'est une urgence de vie ou de mort. Contacte le contrôle OTAN de Bagram, demande-leur de vérifier notre 7700 au transpondeur, dis-leur qu'on va se crasher s'ils nous refusent. On tente l'approche directe sur une seule passe, à deux cents nœuds.

L'avion descendait lentement mais sûrement, survolant les immenses montagnes enneigées de l'Hindou Kouch. Devant eux, la dépression se déploya, véritable vision d'horreur. Une barre noirâtre qui bouchait l'horizon, à perte de vue.

— Bon Dieu, regarde ça ! s'exclama le copilote d'une voix cassée. Tu as déjà traversé une crasse pareille sans moteurs ?

— Une fois, en Afrique.

Le pilote s'abstint de dire qu'il s'était crashé à cette occasion... À l'arrière, de nouveaux cris retentirent, encore plus forts. Les passagers venaient d'apercevoir le front nuageux. En proie à une attaque de panique, claquant des dents, les yeux révulsés, Kayuko marmonnait des mots indistincts. Cedo lui prit la main fermement, s'efforçant de paraître aussi sereine que possible.

— Essaye de respirer plus lentement et plus profondément. Ne pense pas à ce qui va se passer. Concentre-toi sur ta respiration, s'il te plaît.

Sa voix était douce, en apparence maîtrisée. La méthode, pour simpliste qu'elle soit, fit son petit effet. Kayuko arrêta de respirer en apnée. La sueur cessa de jaillir de son front et ses yeux reprirent un aspect normal.

— C'est bien, murmura Cedo en posant sa main sur celle de son amie. On va s'en sortir, tu vas voir.

Au même moment, dans le cockpit, le copilote poussa un soupir de soulagement en se tournant vers son collègue.

— J'ai l'accord pour Bagram, mais ils ferment l'aéroport dans trente-trois minutes. Ça nous laisse quatre minutes de marge. Seulement quatre ! Faut se poser avant neuf trois cinq. On peut ?

— C'est trop tard pour modifier le cap. On y va !

Cinq minutes passèrent dans un silence surréaliste, puis dix. Toujours en descente douce, le 707 se rapprochait de la dépression. Il commença à vibrer, ballotté par des vents de plus en plus violents. Il fut brusquement englouti par un cumulonimbus, et ce fut comme s'il était pris dans une essoreuse géante. L'avion de 150 tonnes tremblait comme une feuille, tanguant, plongeant dans des trous d'air, tombant sur des dizaines de mètres, avant de se stabiliser quelques secondes, puis de repartir dans un sens opposé. À l'intérieur de la carlingue, des casiers à bagages étaient brutalement arrachés, projetant des valises sur les passagers tels des projectiles. Tous hurlaient, persuadés que leur dernière heure était venue. Soudain, des craquements se firent entendre à l'extérieur de l'avion.

— On perd des pièces, cria le copilote après avoir jeté un coup d'œil à l'aile. Les capots des réacteurs trois et quatre viennent d'être arrachés !

Les mâchoires crispées, les yeux fous, le pilote ne pouvait faire autre chose que tenter de stabiliser son appareil, accompagnant les mouvements plutôt que les contrecarrant. Le fracas était indescriptible, mélange de tonnerre, de grêlons, de vent et de métal malmené par les éléments. Enfin, après des minutes de calvaire, l'antique Boeing passa sous les nuages. Le silence se fit d'un coup. On n'entendait plus que le bruissement de l'air sur les ailes. Les montagnes du nord de la Kapisa se dessinèrent alentour, innombrables et majestueuses.

— Je vois la piste. Juste devant !

— Je sors le train en manuel. Occupe-toi des volets.

L'avion miraculé, balafré de toute part, toucha le sol, roula quelques centaines de mètres dans le crissement de métal chauffé de ses freins, avant de s'arrêter, en toute fin de piste, suivi par des dizaines de camions de pompiers de l'OTAN, tous gyrophares allumés. À ce moment des exclamations de joie jaillirent de l'arrière. Les passagers qui n'étaient pas gravement blessés exultaient, certains se prenaient dans les bras, s'embrassaient malgré le sang qui coulait sur les visages, d'autres arrachaient leur ceinture, se précipitaient dans l'allée centrale, à genoux, les mains levées, en clamant leur reconnaissance. D'autres encore restaient silencieux, paralysés sur leur siège, comme frappés par la foudre. Aucun d'entre eux n'était jamais passé aussi près de la mort. Kayuko s'était jetée dans les bras de Cedo.

— On est vivantes, on est vivantes ! ne pouvait-elle s'empêcher de répéter.

Encore choquée, Cedo avait du mal à parler, comme si toute la tension des dernières minutes la submergeait d'un coup.

Elle se colla au hublot, où se dessinaient les silhouettes des pompiers, infirmiers et soldats américains. Puis les portes s'ouvrirent et les toboggans d'urgence se déployèrent avec des *bang !* sonores. Cedo s'obligea à sauter parmi les dernières.

Tout était en place pour le drame qui allait suivre.

2

Afghanistan : 11 h 56 – France : 09 h 26
Shalozan et Paris, caserne Mortier

L'APPAREIL EN PROVENANCE DE LA BASE militaire française d'Al Dhafra, au Qatar, volait au-dessus de l'Afghanistan depuis le début de la matinée. Sa mission habituelle, retardée de quelques heures à cause de l'énorme front orageux, consistait à faire des ronds parfaitement réguliers dans le ciel au-dessus de la province du Parwan, de la plaine de Chamali et de Kaboul tout en « sniffant » consciencieusement les communications émises via différents radômes.

Mission classique pour le compte de la DGSE.

C'était un avion espion assez ancien de type Transall dont la technologie embarquée avait été modernisée à de multiples reprises. Il volait à son altitude de croisière de 26 000 pieds, à 250 km/h, ballotté par les vents qui accompagnaient la queue du front orageux.

Ce jour-là, à 11 : 56 : 37 : 416, alors qu'il passait à la verticale de la ville de Shalozan, une de ses antennes capta un signal vers la France. L'appelant serait classé plus tard comme un portable jetable acheté dans un marché de Kaboul, la voix comme inconnue, non répertoriée dans les enregistrements des services de renseignement occidentaux. Le destinataire serait identifié comme un téléphone public situé dans un bar-tabac dénommé La Perle, localisé rue du Pressoir, dans le quartier de Belleville, à Paris XXe. Mais à ce stade, le système s'était juste mis en mode enregistrement automatique. On décrocha quatre secondes et huit centièmes plus tard.

— Hello. Can I speak to Ali ?
— Qui ?
— Ali.
— (Voix en français) Attendez, je vous le passe.
— Ali ?
— (Voix en pachtou) *Baleh.* C'est qui ?
— (Voix en pachtou) C'est Rayadan.
— (Ton méfiant) Ça fait longtemps, mon frère.
— J'ai des informations sur la Lionne, la Veuve blanche. Ça intéresse toujours Malik ?
— Oui, bien sûr, c'est pour ça qu'on te paye, non ? Dis-moi.
— Granam, mon cousin, est devenu encore plus proche de la Veuve. Très proche, si tu vois ce que je veux dire. La sœur de Granam, elle bosse pour un grand bandit qui est sur un coup. Des kidnappeurs vont enlever des filles aujourd'hui. Ils proposent de les vendre à son patron. Granam en a parlé à la Lionne, elle était très contente. Elle a dit que c'était une occasion unique. Ces filles, elle veut les voler au bandit après l'enlèvement. Granam, il dit que c'est une nouvelle mission dans le sentier d'Allah, que le monde entier en entendra parler. Il était tout fier. Tu es content ?
— Je ne sais pas encore. C'est qui, ces filles ?
— Aucune idée, mon frère. Mais la Veuve, la Féline, elle a dit à Granam qu'elles valent très cher ! Une vraie fortune.
— Elles doivent être étrangères, alors. Renseigne-toi, fais parler ton crétin de cousin, mais discrètement. Ensuite, tu me rappelles.
— Sur ce numéro ?
— Non. Sur le numéro quatre.
— D'accord mon frère. La paix sur toi, dans le sentier d'Allah.
— La paix sur toi mon frère, Al hamdoulillah.

La conversation, enregistrée par un des opérateurs présents à bord du Transall, fut transférée vers une équipe de la direction technique de la DGSE détachée sur la base militaire française de Djibouti. Puis, après un premier traitement automatisé, elle fut renvoyée par liaison satellite cryptée vers les serveurs de la direction technique de la DGSE installés sous les bâtiments du boulevard Mortier, à Paris.

Là, dans la même fraction de seconde, elle fut transformée en fichier.txt, avec toutes les erreurs habituelles commises par ce genre de programme de conversion audio/texte, avant d'être transmise par fibre optique vers un serveur spécial afin d'être lue par un second logiciel automatique de détection des mots-clefs.

Le logiciel enregistra la présence des mots *Veuve*, *Lionne* et *Féline*. Une alerte spécifique ayant été créée pour toute conversation de djihadistes faisant référence à ces mots-clefs, celle-ci fut aussitôt marquée d'une priorité de rang 1 pour être re-routée avec un signal de reconnaissance spécifique à cinquante mètres de là, plus précisément à la cellule « Afghanistan » de la sous-direction « Asie centrale » de la DR, la direction du renseignement, logée au premier étage d'un des immeubles décatis du siège de la Centrale.

Le premier analyste qui prit connaissance du message s'appelait Jean-Daniel Filipeti. Il petit-déjeunait à son bureau d'un pain au chocolat et d'un café achetés à la cafétéria. Il y avait tellement d'informations à traiter ! C'était un garçon aux cheveux noirs ébouriffés, joufflu et placide, diplômé de Sciences Po et de l'Institut des langues orientales. Le regard soudain fixe, il se pencha vers son écran après avoir vérifié le niveau de priorité, le plus élevé du moment. Comme toujours, le logiciel de transcription oral/écrit avait rendu incompréhensible une partie de la conversation, mais c'était du dari, langue qu'il parlait couramment.

[...]
— Ali ?
— *Baleh*. C'est quiche ?
— C'est Rayadan.
— (Ton méfiant) Ça longtemps frère de moi.
— Moi informations sur veuve blanche. Ça vouloir toujours Malik ?
— Gentillet, c'est pour ça argent donné toi, non ? Parler moi.
— Granam, cousin moi, lui devenir encore plus ami veuve. Ami beaucoup si toi voir en vouloir parler. Sœur Granam, elle bandit bossu qui a coup. Filles bandit, enlever par lui aujourd'hui. Sœur Granam, dire minute veuve, la veuve joyeuse. Veuve dit Granam seconde main belle. Filles, elle voler à bandit. Granam dire moi vite lui nouvelle mission sentier d'Allah, lui guilleret. Moi appeler toi pour prévenir. Tu content ?
— Je savoir pas. Filles qui comment ?
— Aucune idée mon frère. Mais Féline dire beaucoup d'argent.
— Renseigne-toi, toi faire parler cousin idiot, discret. Ensuite, tu rappeler moi.
[...]

L'analyste mordit machinalement dans son pain au chocolat, tout en sentant son cœur s'emballer dans sa poitrine, comme s'il courait un cent mètres. En dépit des incohérences dues à la traduction automatique, les références étaient claires. Il tapa un code pour se connecter à la base de données où était enregistrée la conversation originelle captée par l'avion espion, écouta attentivement le fichier audio, une première puis une seconde fois. Enfin, il appuya sur la touche d'appel de son supérieur.

— Patron ? Je crois qu'on a une touche sur Alice Marsan. La Veuve blanche.

Il raccrocha, se demandant qui allait être envoyé sur le coup. Sans doute un de ces exécuteurs secrets dont on murmurait l'existence dans les couloirs. Il leva les yeux au plafond en lui souhaitant silencieusement bonne chance.

3

Afghanistan : 15 h 13 – France : 12 h 43
Paris, caserne Mortier

E DGAR DESCENDIT DU TAXI rue des **Pyrénées**, Paris XXe, vérifiant pour la seconde fois que son téléphone était éteint. Quand il se rendait au quartier général de la DGSE boulevard Mortier, il était obligé de suivre tout un protocole préalable de sécurité plutôt compliqué car, à l'instar de tous les autres Sigma, rien ne devait jamais le relier à la centrale de renseignement. Il n'avait pas de badge officiel et son nom ne devait pas apparaître dans les listes de visiteurs. Qui disait « badge » disait « service du personnel » ; qui disait « inscription dans la liste des visiteurs » disait « quelqu'un pour regarder la liste ». Or comme tous les agents du service des Archives, Edgar était par nature un fantôme, une ombre. Un agent clandestin à qui l'on donnait des missions tellement sensibles qu'en cas d'échec les officiels de la DGSE pouvaient jurer la main sur le cœur qu'Edgar Van Scana – son surnom n'était pas Scan pour rien – ne travaillait pas pour la France et encore moins pour ses services de renseignement.

Il se mit en attente sous un lampadaire à l'angle des rues Saint-Fargeau et du Télégraphe, un sac rouge à la main, visible de loin. Quelques instants plus tard, une Renault Talisman noire fit son apparition. Elle parcourut la moitié de la rue à petite allure avant de s'arrêter devant lui. La vitre du passager avant s'abaissa de quelques centimètres sans que l'homme qui occupait le siège, le mufle noir d'un fusil d'assaut dépassant de ses genoux, tourne la tête dans sa direction.

— Bordeaux, dit simplement Edgar.

C'était le mot-clef. La ville changeait chaque mois, à partir d'une liste qu'il apprenait par cœur en début d'année.

— Montez.

La portière blindée se referma sur lui avec un bruit de coffre-fort. Il salua les deux hommes assis à l'avant. À gauche, le chauffeur habituel, ancien blessé de guerre, quarantaine grassouillette et queue-de-cheval. À droite, un des gardes du corps du directeur général de la DGSE, ancien membre du SA également. Un balèze d'une cinquantaine d'années au visage buriné.

Edgar ne comprenait toujours pas pourquoi il fallait qu'un homme équipé d'une arme de guerre l'accompagne à chaque visite au siège de la Centrale, lui qu'on envoyait régulièrement seul au casse-pipe dans les pays les plus dangereux de la planète... Probablement juste une procédure inutile. De fait, toutes les administrations françaises raffolent des procédures inutiles, la DGSE autant que les autres.

Ils passèrent la herse extérieure puis le portail gardé par des hommes en treillis bleu marine équipés de fusils à pompe, avant de se garer sur la place d'armes arborée, au centre de laquelle était érigé un petit bâtiment bas, de style années 1970 assez banal. Là étaient installés les bureaux du directeur général, du directeur de cabinet et de leurs principaux collaborateurs. Ils étaient protégés des interceptions comme des regards extérieurs par les hauts bâtiments qui les entouraient.

Un garde du corps déguisé en huissier, cheveux blonds en brosse, carrure de lutteur, bosse de pistolet à la hanche et curieux masque à fleurs, le fit entrer dans une petite antichambre aux meubles fatigués dont il ferma la porte.

Edgar sortit un livre de sa pelisse, ne doutant pas qu'il en aurait pour un moment.

Seuls une poignée de gens triés sur le volet savaient qu'il était un Sigma, c'est-à-dire un membre de l'unité la plus secrète de la DGSE, le service des Archives. En fait d'archives, ce groupe parallèle à la DR[1] comme à la DO[2], était en charge des coups les plus tordus, des missions illégales tellement « limites » qu'elles ne pouvaient être menées ni par des militaires ni par des fonctionnaires civils sous statut. Un programme que la vague d'attentats avait considérablement élargi ces dernières années et qui incluait désormais les « traitements négatifs » de citoyens français ou européens, euphémisme tout bureaucratique désignant les éliminations ciblées.

Depuis le général de Gaulle, la règle des commandos du 11ᵉ choc puis des exécuteurs spéciaux de l'unité Zeta du SA pour les assassinats ciblés avait toujours été claire : « Jamais en France, jamais contre des Français. » L'irruption de Daech avait fait voler en éclats ces pudeurs. Les Sigma comme Edgar avaient désormais un périmètre d'action presque illimité : l'élimination des djihadistes les plus dangereux, où qu'ils soient et quel que soit leur sexe ou la couleur de leur passeport.

Car en cas d'arrestation, les terroristes islamistes relevaient de dispositions légales laxistes, antérieures aux grandes attaques

---

1. Direction du renseignement, qui gère la collecte du renseignement. (*Toutes les notes sont de l'auteur.*)

2. Direction des opérations, qui gère les unités militaires du service Action (SA).

récentes. La loi ne pouvant être rétroactive en matière pénale – un principe fondamental dans toutes les grandes démocraties occidentales –, ils risquaient une vingtaine d'années de prison, voire moins de dix ans s'ils s'étaient contentés d'assurer un soutien logistique à la perpétration d'attentats, ou que la preuve de leur participation à des meurtres de civils ne pouvait être suffisamment étayée. Quant aux programmes de déradicalisation, ils n'avaient jamais marché, quoi qu'en pensent les rêveurs.

Rien de nouveau à cela. Après la Seconde Guerre mondiale, quantité d'études avaient montré que les anciens nazis dans leur immense majorité conservaient leur foi nationale-socialiste. Ils ne changeaient jamais de vision ni de système de pensée. Jusqu'à leur dernier souffle.

C'était exactement la même chose avec les djihadistes. Ces terroristes étant souvent très jeunes, nul n'ignorait que quatre-vingt-dix-neuf pour cent d'entre eux sortiraient de prison avec la volonté comme la capacité d'agir à nouveau. Étant donné qu'il faut au moins vingt fonctionnaires pour surveiller vingt-quatre heures sur vingt-quatre un suspect, les six mille membres du contre-espionnage n'avaient tout simplement pas la possibilité de suivre réellement plus d'une centaine d'entre eux. Or ils étaient des milliers.

Aussi, par une sorte de principe de précaution appliqué à l'antiterrorisme, la DGSE avait décidé que leur élimination préventive était la solution la plus simple pour éviter de futurs attentats. Comme membre du service des Archives, Edgar était l'un des quelques hommes et femmes chargés d'appliquer la sentence. Ils n'utilisaient jamais de moyens sophistiqués comme les explosifs ou les poisons, qui auraient pu attirer l'attention de la justice ou des médias et impliquer, en cas de bavure, la présence d'un grand service de renseignement. La méthode utilisée était rustique et efficace : l'exécution par balles, suivie, autant que faire se pouvait, de la disparition pure et simple des corps.

4

Afghanistan : 16 h 22 – France : 13 h 52
Village de Yiladuk

L E VIEUX MINIBUS COUVERT DE POUSSIÈRE tourna dans le virage en épingle qui marquait l'entrée du village de Yiladuk. Au pied du Bandarak, à douze kilomètres au nord-ouest de Kaboul, c'était un lieu-dit comme il en existait d'innombrables en Afghanistan. À l'ombre du glacier aux reflets blanchâtres, protégé des avalanches par de hautes murailles naturelles de granit, il abritait une mosquée, cent cinquante *qalat* aux maigres jardins entourés de murs de torchis et un petit bâtiment carré en béton brut servant tout à la fois de dispensaire, d'école et d'épicerie. Huit cent trente habitants, dont une majorité avait moins de quinze ans. Le premier poste de l'ANA, l'Armée nationale afghane, était de l'autre côté de la vallée, au bord de la *regional road* qui menait à Kotal puis à l'autoroute 1 vers Ghazni. Cinq kilomètres à vol d'oiseau mais une heure de trajet sur de mauvais chemins pierreux ; le triple s'il avait plu et que la boue recouvrait les maigres voies d'accès.

Le véhicule remonta au pas et en grinçant le chemin cahoteux conduisant à la dernière maison, tout au bout du bourg. C'était un cube de pierre d'apparence modeste mais pimpant, doté, chose rare dans ce type de village, de grandes ouvertures donnant sur l'extérieur. Des bacs contenant des géraniums en plastique étaient placés sous des fenêtres peintes en bleu et deux pins noirs majestueux encadraient la porte d'entrée. Un jardin potager occupait toute la partie droite, celle de gauche était plantée de pommiers, d'abricotiers et de mûriers.

Une vision idyllique gâchée par les rubans jaune et noir marqués « crime » qui entouraient la maison ainsi que par les deux 4 × 4 portant les plaques blanches spéciales de la police de Kaboul. Garés juste à côté, ils étaient gardés par un jeune flic athlétique en uniforme noir des forces d'intervention, regard en alerte et pistolet-mitrailleur MP5 en bandoulière.

Le minibus une fois arrêté en bas de la pente dans un dernier grincement, deux hommes en descendirent, vite entourés par une nuée d'enfants curieux. Le premier était sans âge, vêtu du traditionnel *shalwar kamiz* blanchâtre, pantalon lâche et chemise longue. Le second était jeune, moins de vingt-cinq ans, mais déjà complètement chauve. Plutôt petit, il portait un costume de laine bordeaux tout bouchonné et une chemise sans col d'où dépassait une forêt de poils noirs. Ce début de mois de mars était doux et ils ruisselaient de sueur.

Pistolet rangé dans un holster d'épaule, le chauffeur sortit à son tour, puis s'adossa au capot en soupirant avant d'allumer une cigarette, soulagé d'avoir atteint sa destination sans casse mécanique ni attaque.

Le duo grimpa lentement par le chemin escarpé jusqu'à la maison.

Le *qomaandaan* Oussama Kandar, planté devant la porte du mur d'enceinte, les regardait monter, impassible. Il fut rejoint par Gulbudin, son fidèle adjoint, démarche traînante à cause d'une jambe artificielle, cigarette pakistanaise aux lèvres et l'air mauvais du flic qui attend depuis trop longtemps. Le contraste entre les deux hommes était saisissant. Oussama Kandar, immense, sec, barbe courte, yeux d'un vert intense, gabardine cintrée et toque en astrakan posée sur des cheveux gris coupés en brosse. Gulbudin, borgne, petit et râblé, cheveux trop longs lui tombant sous la nuque, et vêtements rapiécés.

— Ce n'est pas trop tôt : môssieur le substitut et son greffier ! Ils nous font venir en urgence mais arrivent avec deux heures et demie de retard. On va devoir se taper la route du retour de nuit.

Depuis une invraisemblable loi votée sous l'impulsion d'un conseiller italien de l'OTAN, la police criminelle ne pouvait faire enlever le corps d'un homicide, ni a fortiori réaliser d'autopsie, tant qu'un *sarawan*, substitut du procureur, ne l'avait pas officiellement reconnu sur la scène même du crime. Cela donnait lieu à toutes sortes d'histoires plus ou moins baroques, la plus improbable étant des cadavres abandonnés sur place alors que, dans la culture afghane, un enterrement dans les heures suivant le décès était une règle intangible.

Ignorant ostensiblement Gulbudin, le chauve salua Oussama d'un geste vague.

— Je suis le *sarawan* Ahmed Alkivhar et voici mon greffier, du bureau du procureur de Kaboul. Je suppose que vous êtes le *qomaandaan* Kandar, chef de la brigade criminelle de Kaboul ?

Il se tourna vers Gulbudin, semblant découvrir sa présence.

— Et vous le capitaine Barbak ?

— Gulbudin Barmak, avec un *m*. Pour vous servir, *sahibissime*, y compris en poireautant ici toute l'après-midi…

— Allons-y, déclara Oussama, peu pressé d'ouvrir un conflit, après avoir donné une tape discrète sur le bras de son adjoint.

L'intérieur était frais, les meubles de rangement réduits à quelques coffres peints, mais il y avait des tapis sur lesquels des coussins précieux étaient disposés, de grandes lampes à huile ouvragées, des miroirs, des fauteuils anciens en bois et cuir et même quelques tableaux abstraits. Adossé à l'un des murs du salon, un flic en tenue dépenaillée grisâtre, pistolet passé à même la ceinture, mangeait un *chawarma*.

— Police du Parwan. C'est le poste de Bandy-Kala qui l'a envoyé, souffla Oussama au *sarawan*.

Concentré sur sa nourriture, le policier mutique ne paraissait pas remarquer la graisse qui dégoulinait sur le tapis ni être le moins du monde incommodé par l'atmosphère pesante habituelle d'une scène de crime. Passant devant lui, ils avancèrent vers l'escalier, via un corridor. Une femme en burqa était accroupie dans un coin, un métier à tisser entre les mains.

— Qui est-ce ? demanda le *sarawan*. La servante du défunt ?

— *Baleh*, oui, c'est elle, répondit Gulbudin, avant d'ajouter dans sa barbe : Qui veux-tu que ce soit, bite de bouc ? L'épouse du président Ghani ?

À cet instant, une autre femme fit son apparition, descendant l'escalier à pas lents. Elle ne portait pas de burqa. Elle avait peut-être cinquante ans, peut-être un peu moins, un port altier, un visage sévère, superbe et hautain, malgré les larmes. La longue tunique de deuil blanche pailletée d'étoiles multicolores qu'elle avait enfilée sur un pantalon de la même couleur descendait jusqu'à ses pieds. Apercevant les hommes, elle ramena vivement le voile posé sur ses épaules jusqu'à ses cheveux, pas suffisamment cependant pour les cacher vraiment.

Saisi par sa beauté, le substitut s'arrêta quelques instants, comme pour retrouver son souffle, avant d'incliner finalement la tête dans sa direction.

— Je suis le *sarawan* Ahmed Alkivhar. Je suppose que vous êtes la *khanom* de Japtar Dangav ? Par Allah, désolé pour le retard à venir reconnaître la dépouille de votre époux.

— Dieu n'a rien à voir avec tout cela, répondit-elle sèchement. Suivez-moi, je vous accompagne.

Le lieu du crime, à l'étage, était un bureau simple aux murs peints à la chaux. De larges taches de sang avaient giclé un peu partout, tandis que le mobilier et l'ordinateur avaient été brisés à coups de pied. Un cadavre reposait au sol, une jambe bizarrement tordue. Un linge propre recouvrait son visage.

— Il a la tête défoncée par de multiples coups, on lui a aussi brisé les genoux, annonça Oussama. Ça s'est passé en fin de matinée.

D'un geste, il désigna un gros caillou couvert de sang.

— L'arme du crime, le meurtrier l'a ramassée dans le jardin avant de monter.

— Je vois. Quelqu'un a-t-il vu quelque chose ?

— Sa femme était chez une voisine avec des amies quand c'est arrivé, elles ont entendu des cris mais n'ont vu qu'un homme qui s'enfuyait à moto. Elles ont prévenu la police immédiatement.

— Vous croyez à son alibi ?

— Vous avez déjà traité des meurtres de ce type, n'est-ce pas, les femmes ne tuent pas comme cela, pas avec cette violence, encore moins à coups de pierre. C'est un crime d'homme.

Gulbudin avait légèrement élevé la voix, furieux que le substitut puisse faire part de ses soupçons devant la veuve.

— Je vous ai posé une question précise, reprit ce dernier. Répondez.

— Oui, nous avons vérifié auprès des autres femmes présentes, intervint Oussama. La brigade criminelle la considère comme innocente. Cela vous suffit-il ?

— Conflit de voisinage ?

— Je ne crois pas. – Oussama laissa passer quelques secondes avant d'ajouter : – Il y a une dimension particulière dans ce meurtre, quelque chose de personnel. La mort a été ultraviolente, plus de vingt-cinq coups ont été portés, le meurtrier s'est acharné sur la victime. À moins que ce ne soit l'œuvre des talibans : le défunt était directeur d'une ONG nipponne. C'est peut-être un message pour signifier que les Japonais ne sont plus les bienvenus en Afghanistan.

Le *sarawan* hocha la tête en regardant l'iMac éclaté dont des morceaux avaient volé dans toute la pièce, tandis que le petit sourire narquois qu'il affichait jusque-là s'effaçait.

— Vous êtes certain qu'il ne s'agit pas d'un rôdeur ?

Gulbudin s'ébroua, déjà prêt à en découdre, mais Oussama lui fit un signe apaisant.

— En tout cas, je puis vous garantir qu'il ne s'agit pas d'un suicide.

Le substitut feignit de ne pas comprendre l'ironie du propos. Visiblement, il n'aurait pas été mécontent d'accréditer une telle hypothèse. Il eut un haussement d'épaules. Enfin, à regret, il lâcha :

— D'accord, je retiens le motif criminel de main inconnue. Vous pouvez faire enlever le corps.

Puis, sans un mot de plus, il redescendit.

— Il est idiot ou quoi ? demanda Gulbudin. Il le fait exprès ?

— Cet homme a peur, lâcha la veuve.

— Je suis d'accord avec vous, *khanom*, confirma Oussama. Ce n'est pas de l'incompétence, en tout cas pas *que* de l'incompétence. Je ne pense pas que nos autorités aient envie d'annoncer le énième meurtre d'un cadre travaillant pour une ONG. Cet homme a dû recevoir des consignes pour étouffer l'affaire et il réagit en fonctionnaire zélé.

— Je comprends ! C'est pour ça qu'il a mis autant de temps à venir, conclut Gulbudin. Il allait chercher des instructions. Il est trop malin, celui-là.

Oussama opina du chef avant de se tourner vers la femme.

— L'enquête ne sera pas arrêtée, je vous le promets, *khanom*.

— *Tashakor*. Merci. Quittons cette pièce, s'il vous plaît.

Prévenant, Oussama la laissa descendre devant lui. Ils rejoignirent le jardin, traversant lentement une plate-bande couverte de fleurs dont les rouges vifs, les ors mordorés, les orange sombres et les bleus violacés se mélangeaient en une fresque multicolore. Tout à coup elle frissonna, s'assit sur un tabouret fait d'un rondin pour ne pas tomber.

— Mon mari m'appelait *sabze gol*, sa « petite fleur verte ». Personne ne m'appellera plus ainsi. Je n'entendrai plus sa voix. C'est fini.

Ils ne répondirent pas, émus malgré eux. Que dire dans un tel moment de vérité ?

— Vous ne croyez pas à un meurtre de voisinage, n'est-ce pas ?

— Depuis plus de trente ans que je fais ce métier, je n'ai encore jamais vu personne assassiné avec une telle violence pour un motif futile. Quant au meurtre gratuit ou simplement crapuleux d'un patron d'ONG, j'y crois encore moins. Pourtant, je le préférerais. D'une certaine manière, cela montrerait que nous sommes un pays normal.

— Mon mari ne faisait pas de politique, tout le monde l'aimait. Je ne comprends pas. Allez, laissez-moi vous offrir un *tchaï*, annonça-t-elle en se levant brusquement.

Montrant une petite table en pierre de lave noire, elle ajouta :

— Asseyez-vous.

Elle revint quelques instants plus tard, un plateau à la main. On voyait qu'elle avait encore pleuré. Après la cérémonie du thé, toujours compliquée chez les Pachtouns, elle leva les yeux vers les deux policiers, les dévisagea une fraction de seconde, du défi dans le regard.

— Mon mari dirigeait Care Children. Le nom est anglais mais cette ONG est japonaise. C'est, de loin, l'organisation la plus professionnelle dans son domaine. Elle gère environ deux cent cinquante orphelinats, partout en Asie centrale, dont neuf en Afghanistan. Ceux de Kaboul et de Kandara sont les plus grands. Mon mari a été spécialement choisi pour diriger la branche afghane parce qu'il était compétent et honnête. Il avait mené une belle carrière pour des organisations internationales en Espagne, au Vietnam et au Canada avant que nous décidions de revenir au pays, en 2009. C'était un excellent professionnel. Je peux vous garantir qu'il n'avait aucun ennemi.

— Il avait reçu des menaces récemment ?

— Non, aucune. Mais si ce sont les talibans qui l'ont tué, je sais que personne ne lèvera le petit doigt. Regardez l'attitude du *sarawan,* la mort de mon mari a déjà été passée par pertes et profits.

— Qu'attendez-vous de nous, *khanom* ? demanda Gulbudin d'une voix adoucie.

Le vieux policier, d'ordinaire cynique et grognon, semblait subjugué par la volonté comme par la classe naturelle qui se dégageaient de cette femme.

— Que vous fassiez une vraie enquête. J'ai un peu d'argent, je vous payerai.

Oussama leva une main.

— Le seul qui doit nous payer pour que nous fassions notre travail, c'est l'État, ou ce qu'il en reste. Vous pouvez garder vos afghanis. – Il posa sa carte sur la table, la cala avec sa tasse. – Mon numéro de portable est dessus. Je vous promets que nous ferons le maximum pour trouver les coupables. De votre côté, retrouvez les dossiers électroniques de votre mari, s'il vous plaît.

Il s'inclina brièvement avant de faire signe à Gulbudin de le suivre. Une fois qu'ils se furent éloignés, il l'arrêta, furieux.

— Gulbudin, la Seiko que tu as dérobée tout à l'heure, dans le bureau, là-haut. Va la remettre immédiatement !

— Mais pourquoi ? Son mari est mort. Elle ne servira plus à rien, cette montre, si on la laisse. En plus, cette femme n'a pas de fils.

— Gulbudin, va la remettre. Dans la seconde, j'ai dit !

Son regard las se posa sur la forêt qui entourait le village, imposante avec ses arbres centenaires et immenses. Le contraste entre cette splendeur et la laideur du crime le prit à la gorge. Il inspira. Ce meurtre était étrange, sans qu'il puisse expliquer ce qui clochait, et son expérience lui avait enseigné que cette sensation augurait presque toujours de gros problèmes à venir.

5

Afghanistan : 16 h 34 – France : 14 h 04
Aéroport militaire de Bagram

L A PANIQUE DES PASSAGERS DU VOL Aero Services Asia n'était plus qu'un mauvais souvenir. La matinée s'était écoulée lentement. Les militaires américains avaient déployé tous leurs efforts pour porter secours aux naufragés de l'air, donnant accès à des téléphones et des ordinateurs pour contacter les familles. Des soins médicaux et infirmiers avaient été prodigués et des psychologues s'étaient entretenus avec les plus choqués. À midi, on les avait conduits en bus jusqu'à un réfectoire utilisé par les personnels civils de la base, où un déjeuner pantagruélique leur avait été servi, avec même des crèmes glacées, sur lesquelles ils s'étaient rués.

Ensuite, ils étaient revenus dans le hangar où l'on s'était occupé d'eux à leur arrivée. Des lits picots étaient installés, une télévision calée sur CNN avait été branchée dans un coin. Peu à peu, de, petits groupes s'étaient formés. Spontanément, les Japonais s'étaient regroupés d'un côté, les Moyen-Orientaux d'un autre, les Européens et les Américains eux aussi à part. Comme si une fois la crise passée et l'émotion retombée, chacun tentait de se rassurer auprès des siens, de ceux de sa culture ou de sa religion.

Tandis que le café était servi, des infirmiers militaires circulaient d'un groupe à l'autre. Cedo avait proposé son aide aux familles, encouragée par Mme Toguwa qui la couvait d'un regard maternel, apparemment ravie qu'une de ses protégées montre une telle résilience.

Pourtant, l'atmosphère était tendue. À deux reprises, un sous-officier américain bardé de médailles était venu parlementer avec Mme Toguwa. Quoique tenue à voix basse, la discussion semblait difficile. Le militaire essayait visiblement de dissuader Mme Toguwa. Mais de quoi ?

Finalement, un second homme arriva, un officier celui-là. Petite bedaine, lunettes de myope, il avait plus l'allure d'un comptable que d'un homme de terrain. Il sortit un papier de sa mallette, qu'il déposa devant Mme Toguwa. Celle-ci s'empara d'un stylo et signa sans même le lire. Cedo comprit qu'il s'agissait d'une décharge de responsabilité. Le premier homme revint à la charge. À grands mouvements de main, crispé, il tenta à nouveau de convaincre Mme Toguwa, mais celle-ci demeura inflexible. Finalement, il eut un haussement d'épaules et s'en alla, furieux.

— Les filles, on y va, lança Mme Toguwa.

— On y va ? Où ? demanda Cedo.

— À dix kilomètres d'ici se trouve le plus grand orphelinat de Care Children dans la région. Nous allons nous y poser le temps de décider de ce que nous ferons ensuite.

— Mais madame, c'est dangereux ! Il y a des terroristes.

— Des soldats armés vont nous escorter. Nous ne risquons absolument rien.

Après avoir rassemblé leurs affaires, les filles rejoignirent un bus. Ce dernier traversa l'immense base jusqu'à un cimetière de véhicules blindés installé le long d'un des murs de protection. Des myriades de carcasses d'engins fondus, détruits par des IED[1], s'alignaient sur des centaines de mètres. Une vision glaçante. Enfin il gagna une des zones de stockage des véhicules d'active, près de la porte d'enceinte protégée par plusieurs chars lourds. Il franchit une première herse, puis une seconde.

Ils étaient maintenant à l'extérieur de l'enceinte, où un petit parking avait été aménagé. Y étaient garés un minibus tout pourri, une vieille Corolla cabossée et une Jeep militaire devant laquelle attendaient quatre soldats afghans dépenaillés, casqués et équipés d'armes automatiques.

Un civil, lunettes, costume et chemise à col Mao, s'avança.

— Je suis Jamoun Goundoula, annonça-t-il, le directeur financier de Care Children Afghanistan. Ces soldats vont vous escorter jusqu'à notre orphelinat, c'est à moins d'une heure de route. Le chemin est sûr. Là-bas, nous avons une très bonne sécurité, nous n'avons jamais eu le moindre problème en dix ans. Je règle encore quelques détails administratifs avec les Américains et je file sur Kaboul pour un rendez-vous. Je vous verrai demain matin.

L'homme, calme et professionnel, parlait un bon anglais. Rassurées, les jeunes filles entrèrent dans le minibus, calant leurs affaires sur des fauteuils vides.

Un des soldats s'installa à l'avant à côté du chauffeur, tandis que les trois autres prenaient place derrière eux, leur fusil entre les jambes, canon vers le haut. Puis le véhicule démarra. Comme les autres filles, Cedo se colla aussitôt à la fenêtre, partagée entre la crainte et l'excitation.

---

1. *Improvised Explosive Device*, engins explosifs improvisés.

Elle était en Afghanistan ! Le pays le plus dangereux du monde.

Il y avait des hommes coiffés du *pakol*, le béret afghan, et d'autres nu-tête, des vieillards à barbe longue et d'autres glabres, des nuées d'enfants, des femmes en burqa ou en voile, des mobylettes surchargées, des véhicules pétaradants, des étals de viandes, de fruits et de légumes devant lesquels s'agitait une foule animée.

Un autre monde.

Très vite les arbres fruitiers des vergers furent remplacés par un enchevêtrement de cultures en terrasses qui dessinaient un paysage de courbes délicates où toutes les nuances de vert s'entrelaçaient. Puis, après quelques kilomètres, les terrasses laissèrent la place à des collines dénuées de toute végétation. Un des soldats se tourna vers la fenêtre. Cedo nota qu'il avait l'air nerveux.

Non, pas nerveux, corrigea-t-elle. Il avait peur.

Le véhicule roulait maintenant sur une portion de route complètement vide. Autour d'eux, il n'y avait plus rien.

Ni champs, ni habitations, ni hommes. Aucune trace de vie. Juste des montagnes pelées qui s'obscurcissaient à vue d'œil alors que le soleil se cachait sous la ligne d'horizon. Soudain, derrière eux, la silhouette d'un gros véhicule roulant à vive allure se profila. Un des soldats quitta son siège pour aller voir de quoi il s'agissait. Au même moment, celui qui était assis à côté du chauffeur posa la main sur son bras tout en prononçant quelques paroles, comme pour lui demander de ralentir. Ce dernier secoua la tête, posa une question dans sa langue, d'un ton aigu. L'autre lui répondit sèchement. Le chauffeur haussa les épaules et ralentit. Le véhicule, tout proche à présent, s'apprêtait à les doubler. C'était un énorme camion militaire, haut sur pattes, étrangement moderne avec ses angles tarabiscotés et son pare-brise blindé presque vertical. Il les dépassa rapidement avant de se rabattre devant eux. Puis il freina, leur coupant la route. Le chauffeur du bus pila à son tour, tout en égrenant une volée de jurons.

Les deux véhicules étaient maintenant à l'arrêt. Les portes du camion s'ouvrirent, deux soldats en uniforme en descendirent, fusil à la main.

— Qu'est-ce qui se passe ? demanda Kayuko.

— On dirait un contrôle routier, répondit Cedo.

Elle n'en menait pas large. Quelque chose lui soufflait que ce n'était pas normal. Discrètement, elle sortit son téléphone, passa en mode caméra, appuya sur le bouton *on* afin d'enregistrer la scène. Le soldat qui se tenait précédemment à côté du chauffeur se leva, prit sa kalachnikov et vint se placer au milieu de l'allée, derrière ses trois collègues, après leur avoir adressé un sourire rassurant. Au même moment, l'un des deux soldats du camion militaire faisait signe au chauffeur d'actionner la porte du minibus, qui s'ouvrit avec un chuintement pneumatique. L'homme entra, un pistolet tenu nonchalamment à bout de bras. Il discuta quelques secondes avec le chauffeur. Puis, brusquement, il lui tira une balle en pleine face.

La détonation fit l'effet d'un coup de canon dans l'habitacle. Les jeunes filles se mirent à hurler à l'unisson tandis que le chauffeur s'effondrait sur son volant, une partie de la tête emportée. Presque au même moment, le soldat qui s'était placé derrière ses trois collègues releva son fusil tout en leur criant des mots incompréhensibles, les traits déformés par la haine.

Sans hésiter, ces derniers jetèrent leurs armes devant eux avant de lever les bras. Puis, les mains toujours au-dessus de la tête, ils descendirent à pas comptés, tenus en joue devant par le nouvel arrivant du camion et derrière par leur collègue. Du canon de son arme, ce dernier les contraignit à s'écarter du minibus. D'abord de deux mètres. Puis encore de deux. Une nouvelle instruction les fit se retourner. Ils avaient l'air terrifiés. Trois courtes rafales les atteignirent en plein torse, faisant jaillir le sang, les projetant au sol dans des positions grotesques.

— Mon Dieu, mais qu'est-ce qui se passe ? chuchota Kayuko.

— On est en train de se faire enlever, répondit Cedo à voix basse.

Sur une inspiration, elle éteignit son téléphone avant de l'enfoncer dans l'espace entre l'assise et le dossier de son siège. La seule chose qu'elle puisse faire pour aider la police à les trouver. Pour autant qu'il y ait une police dans ce pays, songea-t-elle sombrement tandis qu'un des assaillants attrapait Mme Toguwa par les cheveux pour la flanquer dehors.

6

Afghanistan : 16 h 59 – France : 14 h 29
Paris, caserne Mortier

Ils n'étaient que deux dans le bureau aux rideaux tirés. L'un était le numéro deux de la DGSE, un général qui avait le titre officiel de directeur de cabinet du directeur général (habituellement, le « dir cab », comme on l'appelait, obtenait sa quatrième étoile dans l'année suivant son arrivée). L'autre était un officier en civil, un homme que son équipe ne connaissait que par son pseudo, Paul.

Fin et sec, les cheveux gris courts, Paul était un ancien membre des commandos de l'armée de l'air, membre de la DGSE depuis plus de vingt ans. On le disait courageux, intelligent et rusé, et aussi d'une loyauté à toute épreuve envers ses hommes. Il dirigeait le service des Archives, ce petit groupe connu seulement de quelques initiés.

— Donc vous voulez que mes hommes liquident Alice Marsan ? demanda Paul d'une voix calme. La Veuve blanche ?

— Exactement. C'est la première fois depuis longtemps qu'on a un embryon de piste sérieuse et je ne veux pas qu'on laisse passer une occasion pareille. Vous pensez pouvoir remonter à elle avec les informations qu'on vient de récupérer ?

Paul se frotta les mains tout en inspirant profondément.

— Ça doit être possible, en la jouant à l'ancienne. Enquête d'antiterrorisme classique en partant du bar de Belleville d'où cet Ali a reçu l'appel. Il parlait pachtou, il pourrait être indifféremment pakistanais, afghan ou cachemiri. J'ai vérifié avant de descendre, il y a en région parisienne 12 700 prénommés « Ali » rien que de ces trois origines, donc ça ne va pas être facile de le trouver. En plus, cela pourrait être un *kunya*, un nom de guerre. Quant au Malik à qui ils font allusion, il semble être un genre de « contrôleur » qui surveille Marsan à distance sans que cette dernière s'en doute. À propos, c'est le Malik auquel je pense ?

— Très probablement.

— Ce fils de pute, je l'ai dans le radar depuis pas mal de temps mais on n'a toujours aucune idée de son identité, laissa tomber Paul. Un facilitateur chargé par Daech d'aider ses anciens fidèles à fuir la Syrie et l'Irak pour l'Afghanistan ou la Libye, les deux seuls territoires vraiment sûrs pour eux aujourd'hui. On n'a jamais réussi à ne serait-ce que l'approcher. Depuis la chute du califat, il a aidé pléthore de djihadistes de premier plan à s'enfuir. Pour remonter sa piste, il va falloir identifier tous les maillons de la chaîne.

Il se repencha sur l'écoute.

— Si je comprends bien ce qu'ils se racontent, Marsan s'apprête à piquer des otages à un autre groupe de kidnappeurs, des bandits ceux-là. On a plus d'informations ?

— Oui. - Le dir cab eut un mince sourire, avant de pousser une capture d'écran vers son subordonné. - Notre ambassade à Kaboul nous a avertis qu'une alerte vient d'être lancée concernant la disparition de cinq membres de l'association Care Children. Des Japonaises.

Paul hocha la tête.

— C'est du direct, cette enquête ! Mais ça reste un sacré sac de nœuds. Marsan possède une taupe chez les kidnappeurs sans savoir qu'elle est elle-même espionnée par Malik.

— Bienvenue dans le vrai monde. Entre leur goût pour la trahison, leur paranoïa et les luttes entre courants de pensée hostiles qui les poussent à se liquider les uns les autres, rien n'est jamais simple avec ces djihadistes, laissa tomber le général d'une voix acide. Ça vous pose un problème ?

— Rien ne me pose de problème, dit Paul. Nos homologues afghans sont dessus ?

— Oui, mais pas seulement. – Le général poussa un second mail dans sa direction. – Ça, c'est une copie d'un système d'enregistrement de la police de Kaboul, la DT[1] a un capteur permanent dessus, ça nous permet de savoir tout ce qui se passe. Surtout ce que les autorités afghanes nous cachent. La brigade criminelle est chargée de l'enquête sur l'assassinat du directeur local de Care Children. Un meurtre qui a eu lieu ce matin. Vous voyez la séquence, c'était quelques heures avant l'enlèvement des infirmières qui font partie de la même organisation. Cela signe un complot.

Paul resta silencieux, attendant que son supérieur dévoile la suite.

— Les flics de la Criminelle vont mener leur propre enquête, reprit le haut gradé. Enquête qui va les mener à Marsan si cette dernière arrive effectivement à piquer les infirmières à l'autre groupe de kidnappeurs. Avec son fric, son intelligence et les moyens dont elle dispose, je parie qu'elle va réussir.

---

1. La direction technique de la DGSE chargée des systèmes d'écoute.

— Donc on est dans la panade, parce que les hommes du NDS, on sait plus ou moins les gérer, mais la police criminelle de Kaboul, c'est une autre affaire.

— Tout à fait. Il faut se mettre fissa en situation de contrôler leur enquête afin de récupérer en temps réel toutes les informations pertinentes et éviter qu'ils n'attrapent Marsan avant nous. Pour cela, vous aurez besoin d'un atout maître et justement, je l'ai.

Un nouveau papier glissa dans la direction de Paul. La photo d'une femme d'une cinquantaine d'années aux cheveux blancs, coiffure au carré et profil d'aigle.

— Je vous présente Nicole Laguna, commissaire divisionnaire à la DGSI, ancienne de chez nous. Une enquêteuse exceptionnelle qui a mené une mission personnelle en Afghanistan avec celui qui dirige l'enquête sur les infirmières à Kaboul, le commandant Kandar. Les circonstances de leur rencontre étaient assez dramatiques et il est certain qu'ils ont dû tisser des liens de confiance. On doit se la mettre dans la poche illico. Afin qu'elle nous apporte son soutien pour gagner du temps et, surtout, qu'elle nous aide à contrôler Kandar.

Paul eut une moue dubitative.

— Comment ?

— Le DG a un plan.

Il expliqua ce que le patron de la DGSE avait en tête et, lorsqu'il eut fini, Paul siffla entre ses dents.

— Tordu et dangereux comme j'aime. C'est bon, je prends la mission.

Le général hocha la tête, satisfait. Paul ne s'engageait jamais à la légère.

— Qui allez-vous mettre sur l'enquête ?

— Ça ne va pas vous plaire...

— Ne me dites pas que vous pensez à Scan ?

— Eh bien... si. Edgar est mon meilleur agent et celui qui connaît le mieux l'Afghanistan. Il a le profil idoine.

Un silence tendu s'installa.

— C'est un sybarite, dilettante et incontrôlable, finit par rétorquer le général. Vous devriez envoyer des moyens pur porc. Un ancien Zeta.

— Pour liquider Marsan ? Une citoyenne française ? Vous savez que le DO[1] ne validera jamais un truc pareil. Ni le DG, d'ailleurs. Edgar va nous gérer tout ça avec doigté.

— Doigté ! s'étrangla le général. Et les trois personnes qu'il a flinguées à Madrid il y a six mois ? Et les deux autres exécutées à Tunis, toutes dans le même appartement ?

— Dommages collatéraux. Et puis, elles aidaient opérationnellement des terroristes prêts à passer à l'action, même si elles ne l'étaient pas elles-mêmes à proprement parler. Je vous rappelle qu'on a trouvé dix pains d'explosifs et une trentaine de détonateurs à Madrid. À Tunis, c'était le plan détaillé de la sécurité de l'accès à la zone d'embarquement des bateaux de croisière du port de Marseille, avec des *pass* d'accès valides.

— Votre cow-boy l'ignorait au moment d'appuyer sur la détente, vous le savez autant que moi. La vérité, c'est qu'il n'a plus aucune limite. Depuis la mort de sa fiancée, c'est une cocotte-minute. Un jour, je vous le dis, il vous pétera à la gueule !

— Il nous faut un chef de mission sûr, expérimenté et connaissant l'Afghanistan. Il devra remonter un réseau terroriste en plein Paris puis partir pour l'endroit le plus dangereux de la planète afin d'éliminer une fille de bonne famille vendéenne, rétorqua calmement Paul. Avec pour toute récompense une poignée de main et dix ans de prison si ça foire… Bon Dieu ! Vous pensez que j'aurai pléthore de candidats pour faire ça ? Kaboul, c'est Mossoul en 2015, plus un agent des renseignements occidentaux ne fout un pied en dehors de son ambassade. Alors, oui, je vous

---

1. Le directeur des opérations, qui a la supervision du service Action.

le concède, il nous faut une tête brûlée. Vous préférez quoi ? Que je prenne un autre chef de mission ? C'est possible, j'ai un Serbe et un Tunisien sous la main. Excellents tous les deux.

— Non, bougonna l'officier. C'est symbolique, on gère Alice Marsan nous-mêmes. Le DG a été clair, il veut que ce soit un Français qui appuie sur la détente et je suis d'accord avec lui. – Il pointa un doigt sur Paul. – OK, on va envoyer votre poulain faire le boulot, je vous donne le *go*. Mais vous avez intérêt à le tenir rênes courtes parce que si Edgar merde, je vous jure que vous tomberez avec lui. Où est-il ?

— En bas, dans la salle d'attente, répondit Paul avec un sourire suave. J'ai préféré le convoquer en avance pour nous faire gagner du temps.

Le général lui jeta un regard noir en décrochant son téléphone.

7

Afghanistan : 17 h 08 – France : 14 h 38
Paris, caserne Mortier

Edgar avait eu le temps de lire cent pages du dernier John Connolly lorsqu'on vint le chercher pour rejoindre le premier étage, où se situaient les bureaux de direction. À son entrée, le numéro deux du Service se contenta d'un léger mouvement de tête crispé. Paul, lui, se leva vivement en lui adressant un geste chaleureux de la main.

— Ravi de te revoir depuis ta dernière mission, Scan. Tu as bonne mine !

Edgar s'assit, trempa ses lèvres dans le thé vert japonais que le faux huissier, qui connaissait ses goûts, venait de lui apporter avec un clin d'œil discret.

— Nous avons une mission un peu... particulière pour toi, commença Paul.

Edgar écarta les mains, les paumes vers le haut. On ne pensait à lui *que* pour des missions particulières.

— Jusqu'à présent, rien d'extraordinaire, répondit-il.

— Attendez la suite, laissa tomber le numéro deux.

Le général le fixait assez méchamment. Apparemment déstabilisé par les yeux vairons d'Edgar, il paraissait incapable de décider s'il devait se concentrer sur le marron de gauche ou le bleu de droite... Comme beaucoup de hauts gradés de l'armée, le dir cab n'avait qu'une confiance modérée dans les rares civils utilisés pour des missions extrêmes normalement dévolues aux spécialistes militaires de la DO. Il avait failli avaler son képi en découvrant, peu après son arrivée à la DGSE, l'existence de ces agents spéciaux qui ne faisaient même pas partie des cadres permanents de la boîte. Ancien de Saint-Cyr, issu d'une vieille famille clermontoise à manoir et particule, il avait eu une carrière flamboyante dans des unités de combat prestigieuses mais menait une vie quasi monacale et d'une discrétion absolue. Il semblait exaspéré au plus haut point tant par l'amateurisme supposé d'Edgar (pour lui, un agent à 1/10 de temps n'était pas un vrai agent) que par son côté bling-bling, matérialisé à cet instant par une barbe blonde de trois jours savamment entretenue, un costume Zegna *su misura* au tissu aussi léger qu'un voile et une montre Chaumet ultraplate.

Le général regarda Paul, qui regarda Edgar.

— Ce matin, à 8 h 26 heure de Paris, un de nos avions-espions a intercepté une conversation relative à une femme très dangereuse que nous avons surnommée la Veuve blanche.

Comme par magie, une photo d'identité et une fiche imprimée apparurent dans la main de Paul. La première représentait une très belle jeune fille. Edgar remarqua immédiatement la pâleur diaphane de sa peau.

— Je vous présente une des cibles prioritaires du Service : Alice Marsan de Godet, née le 14 juillet 1991 à Fontenay-le-Comte. Père sans histoires, hobereau issu d'une vieille famille vendéenne. Mère également sans histoires, issue d'une riche famille de marchands de biens. Les parents se sont rencontrés à l'école des Mines, lui est devenu entrepreneur dans les services informatiques, elle professeur de mathématiques en classes préparatoires dans un grand lycée nantais. Décédés tous les deux dans un accident de ski en Haute-Savoie. Emportés par une coulée de neige avec leur moniteur en hors-piste. La gamine avait neuf ans. Après leur mort, elle a vécu trois ans chez une de ses tantes côté paternel, avant d'être envoyée chez une autre, côté maternel cette fois-ci. En dépit du traumatisme de la disparition de ses parents, elle a fait de belles études, en réussissant le concours d'HEC du premier coup, puis en faisant un master à Sciences Po Paris. Elle a travaillé deux ans au Boston Consulting Group, une firme américaine qui n'emploie que des cracks sortis des grandes écoles, puis chez L'Oréal. Parcours professionnel parfait.

Il s'arrêta quelques instants pour ménager son effet.

— Puis Alice Marsan change et se rapproche des milieux djihadistes, sans préavis, sans que personne sache comment ni pourquoi. Elle apparaît sur notre radar une première fois en 2015 sous le nom d'Alice Sadat, à Deir ez-Zor. On découvre alors qu'en fait de congé sabbatique, elle a rejoint la Syrie et qu'elle est mariée à un ancien banquier pakistanais du nom de Salem Sadat.

— Attendez, vous parlez du financier de Daech ? demanda Edgar.

— Vous connaissez vos dossiers, concéda le général d'une voix adoucie. Oui, c'était lui. Cette ordure était son mari.

— Bien que pakistanais et pas irakien ni syrien, Salem Sadat a réussi à devenir le ministre des Finances d'Abou Bakr al-Baghdadi. Comme tel, il gérait une grande partie des flux d'argent provenant du trafic de pétrole, ce qui représentait plusieurs centaines de millions de dollars par an du temps de la splendeur du califat. On sait par les Kurdes – information confirmée par les Américains – que Salem Sadat détournait de grosses sommes. Il alimentait une cagnotte perso, sans doute destinée à préparer l'avenir en cas de coup dur. Les Américains ont tenté de le tuer deux fois sans succès, la troisième tentative a été la bonne. Sur des informations fournies par une de nos taupes infiltrée à Raqqa, ils ont finalement réussi à le droner le 14 juillet 2016 alors que, pour fêter l'anniversaire de sa femme, il se rendait dans un restaurant tenu par des convertis toulousains. Malheureusement, Marsan n'a pas été tuée dans l'attaque, juste légèrement blessée. Elle a disparu un temps, peut-être en Europe, avant de réapparaître en 2018 dans la région de la Kunar, en Afghanistan, des dollars plein les poches. Quand je dis des dollars, je parle d'une véritable fortune. Apparemment, son mari lui avait laissé un accès aux millions qu'il avait mis de côté.

— Impressionnant. Au lieu d'aller se dorer au soleil à Dubaï ou à Abu Dhabi avec le fric, elle a donc préféré continuer le djihad ? En Afghanistan ?

— Exactement. Mais nous ne pensons pas qu'elle poursuit le djihad. Il s'agit d'autre chose. D'aussi pervers. Peut-être plus.

— Je ne comprends pas.

Le général eut un rictus de dégoût.

— Nous n'avons aucun indice démontrant que Marsan s'est convertie à l'islam. Nous pensons qu'elle simule.

— Que fout-elle là-bas, dans ce cas ?

— Elle prend son pied en faisant du mal à d'autres femmes. Elle aime les faire violer puis assassiner sous ses yeux. Tu en parleras avec le docteur Langlade-Boissieu, elle a beaucoup travaillé sur son dossier psychologique. Sa théorie est que Daech offre l'opportunité unique à cette fille de donner libre cours à ses pulsions meurtrières et perverses. Sans limites ni comptes à rendre à la justice.

— Intéressant... Je n'avais encore jamais entendu parler d'une personnalité de ce type.

— Les organisations terroristes attirent toutes sortes de membres. Du combattant messianique intègre et certain de son fait aux fous ou aux esprits tourmentés, reprit le dir cab. Après l'attaque à Paris contre les restaurants du XIe arrondissement, Abdelhamid Abaaoud est allé se promener sur place afin de jouir du chaos qu'il avait provoqué. On le voit sur des vidéos, il reste longtemps à rôder au milieu des cadavres et des blessés, en dépit du risque de se faire attraper. Il prend son pied. Exactement comme les tueurs en série qui reviennent sur les lieux de leurs crimes. Alice Marsan a le même profil.

— Que pensent les autorités afghanes de Marsan ?

— Comme il n'y a aucune preuve de son entrée sur leur territoire, elles refusent de croire à son existence. Même chose pour les Américains et les Russes. Pour eux, aucune femme ne peut diriger des hommes en Afghanistan, la Veuve blanche est une légende, point barre.

— Mais nous, nous y croyons ?

— Oui, absolument. Grâce à un repenti belge qui l'a côtoyée directement.

— Dans ce cas, pourquoi ne fournissons-nous pas son témoignage à nos alliés ?

— Ce repenti a eu une conversation, disons « spontanée », avec un de nos hommes, juste avant qu'il ne soit « traité ». Ensuite, les « Costumes » ont fait disparaître son corps, comme d'habitude. Officiellement, ce Belge a disparu. On ne peut rien dire. Nous sommes et nous resterons les seuls à savoir.

Edgar hocha la tête. La guerre se faisait rarement en gants blancs.

— L'ascension de Marsan au rang de chef de guerre semble assez incroyable dans ce pays où une femme compte moins qu'une chèvre, reprit Paul, mais elle est documentée. On aurait dû se douter que ce type d'événement arriverait. Déjà, il existe une figure peu connue mais réelle dans l'islam ancien, celle des *moudjahidat*, des Bédouines combattantes des premiers temps. On sait que certaines femmes de djihadistes s'en sont inspirées juste avant l'effondrement de Daech pour se muer en soldates de la dernière heure. La désorganisation qui régnait à l'époque leur a permis de ne pas être empêchées par les combattants classiques de l'organisation. Quand on reprend le profil de Marsan, on voit que cette fille a des atouts assez exceptionnels. Elle a été mariée à une figure de Daech, elle a fait de grandes études, dirigé très jeune des équipes de collaborateurs de bon niveau, connaît le management. Rien à voir avec les supportrices du califat, souvent des filles sans grande envergure. Marsan a aussi la chance d'être très douée en langues, elle a appris seule l'arabe et le pachtou, qu'elle parlait avec son mari. Enfin, elle est multimillionnaire, dans un pays où le salaire moyen est de 75 dollars par mois. Avec son fric et dans ce monde rustique de paysans soldats, elle peut tout acheter.

— Un peu comme Oussama Ben Laden à ses débuts, compléta Edgar.

— Exactement. Marsan dispose d'un autre « avantage » de taille, même s'il est paradoxal : elle souffre probablement de la maladie de Basedow, une forme d'hyperthyroïdie qui peut donner un éclat très particulier, magnétique, presque insoutenable, au regard. Cela doit aussi contribuer à son aura et à son charisme. Bref, l'ensemble, en plus de sa rage, explique sans doute son influence.

— Que sait-on de son groupe ?

— La plupart des membres de sa *katiba* seraient d'anciens djihadistes de Daech en Syrie. Des Arabes ayant échappé à nos frappes. Il est certain qu'elle compte aussi des Afghans, puisque

Marsan parle pachtou, mais comme nous n'avons que des présomptions, on ne sait évidemment pas qui ni combien.

— OK, c'est clair. Qu'attendez-vous de moi ? demanda Edgar.

— Le DG et moi voulons que vous retrouviez cette garce et que vous la liquidiez, fit le général en détachant chaque mot. C'est une mission d'élimination.

8

Afghanistan : 17 h 36 – France : 15 h 06
Paris, caserne Mortier

APRÈS AVOIR QUITTÉ LE BUREAU du numéro deux de la DGSE, Edgar rejoignit Paul dans celui du service des Archives, logé dans un des bâtiments anonymes et vieillots – couloirs aux vieux néons, murs jaunasses pas repeints depuis trente ans et sol en linoléum – de la caserne. Seules les caméras et la double porte blindée équipée d'une serrure électronique très spéciale indiquaient l'importance de ce qui se trouvait derrière.

Prévenant, Paul sortit une bouteille de vieux calvados et deux verres d'un petit ensemble de bar. L'atmosphère était tendue. Sentant le trouble d'Edgar, l'officier se pencha au-dessus de la table.

— Écoute, mon grand, je sais que tu n'as jamais « traité » de femme et je vois que cela te pose un problème. Tu as toujours le droit de refuser une mission et celle-ci n'échappe pas à la règle.

Tu peux considérer que ce n'est pas à toi d'agir, qu'il ne s'agit pas là d'un acte de résistance, de justice, face à ces ordures qui veulent détruire nos valeurs. Mais laisse-moi t'expliquer le contexte avant que tu me donnes ta réponse. Il y a quatre ans, une jeune humanitaire belge a été enlevée en Turquie, dans une école pour réfugiés, pourtant située à plus de trente kilomètres de la frontière avec la Syrie. Elle s'appelait Éloïse Delmonte, avait vingt et un ans et finissait un stage d'été dans le cadre de ses études de sociologie à la faculté de Mons. C'était une jeune fille merveilleuse, décrite par tous comme gentille, attentionnée envers les autres et pleine de vie. Elle avait effectué ses études au lycée français Jean-Monnet de Bruxelles.

Il se racla la gorge, ému.

— L'enquête a prouvé qu'Éloïse avait été attirée dans un piège par Marsan. Cette dernière l'a livrée à son mari, qui l'a violée quotidiennement devant elle pendant plus de trois mois. Ensuite, elle l'a donnée en pâture à une dizaine de combattants de Daech. Enfin, elle l'a fait égorger.

Il pointa une télécommande vers le téléviseur. L'écran s'alluma. Image en couleurs caractéristique d'une vidéo prise par un smartphone. Une jeune fille au visage tuméfié, nez cassé, un œil au beurre noir complètement fermé, à la chevelure blond foncé emmêlée, se tenait debout, les bras le long du corps, face caméra. Son unique œil valide exprimait un mélange de défi, de force, de douleur et de résignation. En dépit de son état lamentable, témoignage de l'enfer par lequel elle était passée, elle était encore très belle, avec un port droit qui prouvait qu'elle n'avait pas été complètement brisée.

Son attitude était poignante.

La caméra recula. Une femme entièrement voilée de noir, dont on n'apercevait que les yeux, se tenait face à la jeune Belge. Elle était accompagnée par un barbu en uniforme taché, la barbe broussailleuse, un énorme couteau de cuisine à la main.

« Vas-y, finis-la », ordonna la femme en arabe.

Le tueur de Daech se posta derrière Éloïse et lui attrapa les cheveux.

« Attends, pas tout de suite », fit la femme voilée.

Elle s'approcha à son tour.

« Tu veux m'implorer ? »

Elle avait prononcé cette dernière phrase en français, sur un ton un peu mondain. La jeune Belge restait immobile. Son unique œil fixait la silhouette en noir comme si elle allait la réduire en poussière par la seule force de sa volonté. La djihadiste ricana.

« Vas-y. Donne-lui ce qu'elle mérite. Égorge-la. »

Edgar détourna le regard tandis que le barbu brandissait son poignard. En dépit de – ou peut-être en réaction à – son accoutumance à la violence, il détestait ce type de vidéo. En outre, depuis la mort de Marie, il ne pouvait plus supporter de voir une femme souffrir.

— Tu aurais dû aller jusqu'au bout, reprit Paul d'une voix sourde. Marsan est tellement près de la victime qu'elle est éclaboussée par son sang. Elle n'a pas de réaction, elle ne bouge pas, ne serait-ce que d'un millimètre. En revanche, ses yeux se révulsent pile au moment où Éloïse Delmonte meurt. Nos médecins pensent qu'elle a un orgasme. Elle prend son pied en regardant d'autres filles mourir.

— Elle est dingue, c'est clair ! Et l'autre ? L'homme qui tient le poignard ?

— Un des gardes du corps de son mari que nous avons réussi à éliminer il y a deux ans. Un Rafale est venu le frapper depuis le porte-avions *Charles-de-Gaulle* avec une bombe GBU. Tir au but parfait, il n'en est pas resté un morceau suffisamment gros pour être mis dans une boîte.

Paul se reversa un peu d'alcool, qu'il avala d'un trait.

— Le Premier ministre belge nous a demandé si nous pouvions venger cette jeune fille, nous avons accepté. En sa mémoire, nous avons décidé que cette mission d'élimination aura pour nom de code « Éloïse ».

— Je l'accepte. Tu peux compter sur moi.

Edgar avait répondu sans réfléchir. Il nota le soulagement de son interlocuteur.

— Merci, Scan. J'avais la trouille que tu me dises non. Comme d'habitude, tu ne seras couvert par aucun ordre de mission et je me dois de te répéter ce que tu sais déjà. Aux yeux de la justice, cette élimination d'une citoyenne française te rendra coupable d'un meurtre avec préméditation. Si quelque chose foire et que tu es découvert, un mandat d'arrêt international sera émis contre toi. La presse dira n'importe quoi. Que tu es un loup solitaire ou un psychopathe sanguinaire, un personnage déchiré par le drame récent que tu as connu, devenu fou depuis le décès de ta fiancée. Tu prendras des années de prison. Tu deviendras un paria et nous, la DGSE, on ne pourra rien pour l'empêcher.

Edgar approuva d'un mouvement de tête. Il avait éliminé suffisamment de porteurs de passeports français, onze très précisément à ce jour, pour savoir ce qui l'attendait en cas d'erreur.

— Cette fille est richissime, reprit Paul. Si tu trouves du fric ou des références de comptes bancaires sur place, tu fais comme d'habitude.

Edgar n'était jamais rémunéré, il intervenait à titre purement patriotique. D'ailleurs comment donner un prix à l'exécution d'un homme ? Quand il trouvait du cash ou des valeurs – or, diamants – chez ses cibles ou dans leur environnement, il prélevait le strict nécessaire pour rembourser ses frais. Le surplus était versé scrupuleusement à la caisse noire du service des Archives, assurant ainsi le financement de futures opérations occultes sans utilisation des fonds secrets officiels, ce qui garantissait qu'aucun des comptables tatillons de la direction de l'administration (DA) de la DGSE n'aurait jamais le loisir d'y mettre le nez. Un système parfait.

Pourtant, Edgar le savait, il était sur la pente d'un toboggan qu'il dévalait de plus en plus vite. Un jour, il connaîtrait forcément un pépin, un incident de mission, commettrait une erreur ou une bavure, et sa sortie de piste serait brutale.

— Exceptionnellement, nous allons faire en sorte que tu sois épaulé par quelqu'un de la DGSI, reprit Paul. Une divisionnaire, une professionnelle de premier ordre, ancienne chef de la BNRF[1]. Elle te donnera accès à tous leurs moyens et fera le lien avec le patron de la brigade criminelle à Kaboul, qu'elle avertira elle-même de ce que nous savons de Marsan.

— C'est une opération commune avec Levallois ? s'étonna Edgar.

— Non, elle t'aidera *off the record*. – Paul eut un coup de menton vers une des clefs USB qu'il venait de poser sur la table. – Elle s'appelle Nicole Laguna. Elle est harcelée par un flic de la PJ, un certain capitaine Justin, qui la suspecte d'avoir éliminé deux malfrats qui menaçaient sa famille[2]. Tu vas l'aider à régler son problème avec ce flic et en échange elle t'aidera à régler le nôtre.

— Une divisionnaire suspectée de meurtre. C'est original...

— C'est une longue histoire. J'en ai pris connaissance il y a quelque temps grâce à l'un de nos informateurs à la préfecture de police de Paris, et je me suis tout de suite dit que si nous pouvions trouver un levier pour « anesthésier » ce capitaine Justin, nous aurions un moyen imparable de nous mettre Nicole Laguna dans la poche. Tu t'en doutes, nous avons toujours cherché à avoir quelqu'un à nous à Levallois, quelqu'un qui puisse utiliser une partie des ressources de la DGSI à notre profit en dehors des

---

1. Brigade nationale de recherche des fugitifs.
2. *Baad*, Robert Laffont, 2016 et Points Seuil, 2017.

procédures officielles. Évidemment, à son niveau hiérarchique, elle a accès à tout. Elle vaut de l'or.

— Recruter un commissaire divisionnaire de la DGSI comme taupe pour la DGSE en exerçant un chantage sur un capitaine de la PJ parisienne, le tout pour une mission d'élimination illégale... objectivement, c'est brillant, mais le DG et le dir cab ne joueraient-ils pas un peu avec le feu ?

— On ne fait pas d'omelette sans casser des œufs, n'est-ce pas ? Après tout, on a déjà fait pire, remarqua son supérieur. On a utilisé deux de tes collègues Sigma ainsi que l'ex-patron du bureau « plomberie » de Cercottes[1] pour enquêter sur ce fumier de capitaine Justin. Que des gens que tu connais, je pense. Tu verras, ce qu'ils ont trouvé va au-delà de nos espérances, ils ont fait un putain de super boulot.

Edgar empocha la clef USB avec un sourire crispé.

— Je n'en doute pas.

---

1. Un des centres d'entraînement du service Action.

9

Afghanistan : 18 h 04 – France : 15 h 34
Kaboul, commissariat central

— C<small>E DOCUMENT EST AUSSI VIDE</small> que le cœur d'un taliban ! s'exclama Rangin.

Le jeune rouquin athlétique, qui ressemblait plus à un Slave qu'à un Afghan (il feignait d'ignorer que tout son entourage soupçonnait sa mère d'avoir eu une aventure avec un soldat russe), claqua la couverture du dossier relatif aux infirmières qu'il avait rassemblé à la va-vite. C'est lui qui avait levé le lièvre en fin d'après-midi, lorsqu'il s'était rendu dans les locaux de Care Children. L'annonce de l'enlèvement probable des Japonaises quelque part entre Bagram et Kandara donnait un tour complètement nouveau à l'assassinat du directeur de l'ONG.

— Qu'est-ce qu'on a à ce stade ? demanda Oussama.

Dès qu'il avait appris l'affaire de l'enlèvement, il avait convoqué ses hommes en urgence pour ce *crash meeting* improvisé. Jamais ce type de réunion n'avait autant mérité son nom : ils n'avaient littéralement aucun indice.

— Une patrouille a été appelée par un camionneur qui a trouvé le minibus et plusieurs corps. L'enquêteur m'a passé les photos par WhatsApp. Ah, il m'a aussi dit que le NDS était arrivé en nombre sur place.

Les services de renseignement afghans étaient toujours mobilisés sur les affaires sensibles mais se montraient peu coopératifs.

— Les enquêtes criminelles, ce n'est pas leur fort, dit Babour, leur jeune responsable des investigations techniques, tout excité de se retrouver au cœur d'une affaire aussi complexe. Ils vont encore tout saloper.

Oussama haussa les épaules.

— On leur proposera notre expertise. Pour autant qu'ils l'acceptent.

Ses quatre adjoints ricanèrent, pas dupes.

— Rangin, au lieu de ronchonner, passe-moi plutôt les photos de la scène de crime, dit Chinar.

Tout en étouffant un bâillement, l'ancien champion de lutte, au visage carré et aux épaules aussi larges qu'une armoire, les étala sur la table pour que tout le monde puisse les voir. Il avait l'air épuisé, mais ce n'était pas le travail. Sa dernière fille faisait ses dents et sa femme, qui occupait un poste important au ministère des Transports, avait décidé que, XXIe siècle oblige, le couple devait se partager équitablement les biberons nocturnes.

— Gros impacts, il y a énormément de sang sur la trajectoire de sortie, avec des giclures sur plus de deux mètres. C'est du 7.62. Kalachnikov.

Ce qui en soit ne signifiait pas grand-chose. Les AK 47 étaient aussi répandus en Afghanistan que les poêles à bois, il y en avait sans doute plus d'un million en circulation. L'ancien lutteur se tourna vers Babour.

— Qu'en penses-tu ?

Le jeune homme sortit une grosse loupe pour examiner les détails.

— Les tirs sont groupés, les tireurs ont bien géré la pression sur la queue de détente de leurs armes. Ils n'ont pas gâché leurs munitions. – Il se pencha un peu plus sur les photos. – Je compte trois impacts sur le premier corps et trois en deux groupes sur les deux autres. Pas de traces apparentes de poudre ou de brûlure, le tir n'a pas été fait à bout portant. Aucun impact secondaire sur la carrosserie du véhicule.

Il releva la tête.

— Ceux qui ont fait ça étaient de bons tireurs.

— De bons tireurs, il y en a partout, bougonna Rangin. On devrait faire une autopsie digne de ce nom et voir si on trouve quelque chose par les munitions.

En dépit de sa fougue et de son efficacité, il avait vu son étoile pâlir auprès d'Oussama à la suite de diverses frasques sexuelles[1] et il était décidé à prouver qu'il avait toute sa place dans l'équipe.

— Tu as raison. On va commencer par récupérer les corps, décréta Oussama. Tu t'en occupes auprès de la morgue, en faisant en sorte que le NDS n'en sache rien. Le *daktar* Katoun fera les autopsies. On récoltera les projectiles qui se trouvent encore dans les cadavres, s'il y en a, et on regardera si on a une concordance avec une autre affaire.

Les autorités afghanes s'étaient dotées récemment d'un fichier interprovincial répertoriant les indices de scènes de crime ou d'actes terroristes, sur le modèle des pays occidentaux, mais à peu près personne ne l'utilisait, à part la brigade d'Oussama.

— Je veux aussi qu'on se répartisse les différents témoins, reprit-il. On a une première liste ?

---

1. *Baad, op. cit.*

Rangin brandit un feuillet.

— La voilà. Il faudra se concentrer sur les membres de Care Children, et parler aussi aux habitants du village voisin du lieu du rapt. On mettra tout ça dans le livre de crime.

Inspiré des méthodes de la police de Moscou, qui avait formé Oussama, le livre de crime était originellement un cahier à spirale dans lequel étaient rassemblées les informations relatives à une affaire, de sorte qu'un enquêteur qui la reprendrait ensuite puisse avoir une vision précise des faits dans le bon ordre chronologique. Avec la fougue réformatrice de ceux de son âge, Rangin l'avait remplacé par un fichier informatique de son cru, comportant une base de données par thématiques. Une véritable révolution, à laquelle les plus âgés de l'équipe avaient encore un peu de mal à s'habituer. Aussi le jeune homme, compatissant, sortait-il toujours des impressions papier pour eux.

— L'imprimante marche ? s'inquiéta Oussama.

— J'en ai acheté une neuve avec la cagnotte.

— Quelqu'un connaît-il la route où les filles ont été enlevées ? demanda Gulbudin.

Personne ne réagissant, il précisa :

— Moi, je la connais. Dans ce coin, c'est dégagé, c'est une vallée assez large, il n'y a pas d'habitations, pas d'arbres, pas d'amoncellements de pierres pour se cacher. Un drôle d'endroit pour une embuscade.

— Les assaillants ont sans doute monté un faux barrage au milieu de la route, répondit Chinar.

Oussama claqua des mains.

— Aussi près de Bagram ? Ce serait de la folie. Sauf si le barrage ne restait que très peu de temps, parce que son unique but était d'enlever ces filles.

Il laissa ses paroles mûrir dans le crâne de ses adjoints avant d'ajouter :

— Ou, dit différemment, si elles étaient attendues. Les flics locaux qui ont trouvé le minibus vide et les corps des gardes en ont tiré la conclusion immédiate qu'il s'agissait d'un rapt d'opportunité. Les ravisseurs étaient dans le coin, ils ont aperçu les filles dans le bus, ont compris qu'elles étaient étrangères et ont profité de la situation pour les enlever. Mais nous, nous savons que le patron local de leur ONG a été assassiné quelques heures avant le rapt. Je crois donc que nous devons creuser une autre piste ; les ravisseurs attendaient les filles.

— Impossible, personne ne pouvait prévoir la panne de l'avion, rétorqua Babour.

— Sauf si l'enlèvement a été organisé *après* leur atterrissage par des gens qui savaient où elles allaient, objecta Rangin.

Les cinq hommes se regardèrent en silence.

— Demain, on verra si la scène de l'enlèvement nous fournit des informations nouvelles, conclut Oussama. Répertoriez les noms des personnes qui sont intervenues entre le moment où l'avion a atterri et celui où le minibus a quitté la base aérienne. Rangin, tu vas faire attention à tous les contacts pris par les responsables de Care Children, pour le transport comme pour l'organisation de la sécurité des filles. Pour être clair, je veux les noms de *tous* ceux qui savaient que ces filles allaient quitter Bagram. Emportez des copies de ce dossier pour travailler ce soir chez vous, lisez-le autant de fois que nécessaire pour le connaître par cœur.

Il regarda sa montre.

— Il est trop tard pour y aller, ce serait trop dangereux. Départ d'ici à 7 heures demain matin.

10

Afghanistan : 19 h 30 – France : 17 h 00
Paris, Invalides

La commissaire divisionnaire Nicole Laguna sortit du métro Latour-Maubourg et enfila la rue de Grenelle sur une trentaine de mètres. Le café où on lui avait donné rendez-vous était à l'angle de la rue Fabert, au bout de la place des Invalides. Il faisait frais, une fine bruine tombait. Elle s'installa à une table en terrasse, chauffée par des collerettes. Toutes les autres étaient vides.

Elle commanda un thé, songeant à l'étrange coup de fil qu'elle avait reçu plus tôt.

« Nicole Laguna ?

— C'est moi. »

Elle n'avait pas reconnu l'homme qui la contactait via l'appli Olvid.

« Je m'appelle Edgar et je travaille pour Mortier. J'aimerais que vous preniez le temps de discuter quelques instants de vive voix avec moi. Pour parler d'une affaire qui vous intéressera.

— Que voulez-vous ? »

L'homme avait eu un rire très naturel.

« Un échange. J'ai des informations qui pourraient vous aider. Et j'ai un service à vous demander.

— Comment puis-je savoir que vous travaillez réellement pour la boîte ?

— Je peux vous parler de la machine infernale foireuse qui, en explosant, vous a sectionné trois doigts. Vous aviez trente-sept ans, c'était un 14 avril au sein du laboratoire spécialisé dans les "farces et attrapes". L'homme qui l'avait conçue s'appelait Jean-Marc et son adjointe Catherine. Le pseudo de votre supérieur là-bas, au fort, était Jean-Baptiste.

— OK. Quand et où ? »

Elle avala une gorgée de thé, se demandant comment un établissement pouvait vendre 18 euros un sachet de deux grammes d'Earl Grey et une théière d'eau chaude tout en continuant malgré tout à avoir des clients.

Soudain, un coupé de collection vert foncé, une Facel Vega, fit son apparition dans un grondement de moteur V8. Un homme en sortit, fin de trentaine baraquée, barbe de trois jours et cheveux très clairs. De taille moyenne, il portait un costume noir qui semblait dessiné sur lui et arborait l'allure légèrement désinvolte de ceux qui ne savent pas ce qu'est une fin de mois difficile. Après avoir claqué sa portière, il se dirigea vers elle sans hésitation.

— Bonjour, Nicole.

C'était la même voix qu'au téléphone. Il lui adressa un sourire accompagné d'un signe amical, comme s'ils se connaissaient depuis toujours, avant de s'asseoir familièrement à un mètre à côté d'elle, face à la route. Sa peau sentait une eau de toilette de grande marque. Elle reconnut *Le 3ᵉ Homme* de Caron, parce que son père la portait aussi. Seul élément incongru, de curieux yeux vairons. Un signe distinctif pas vraiment anodin pour un espion cherchant à rester discret.

— Vous tournez dans un James Bond ? Ou alors, il s'est passé quelque chose à la DGSE depuis que je l'ai quittée et ils distribuent des bonus de trader ?

Il rit en passant une main dans sa barbe blonde.

— Je ne suis pas titulaire, je suis un agent noir sans contrat officiel.

Il commanda un déca *ristretto* à la serveuse maussade et longiligne qui venait d'apparaître, avant de reporter son attention sur Nicole.

— Merci de prendre la peine de me rencontrer avec un préavis aussi court.

— Edgar, c'est votre vrai prénom ?

— Oui. Chez les agents spéciaux comme moi, la règle est l'inverse de celle des officiels, le pseudo ne sert qu'à l'intérieur de la boîte pour éviter les indiscrétions. – Il regarda autour de lui, apparemment rassuré par le luxe des lieux. – Je m'appelle Edgar Van Scana, mes amis m'appellent Scan.

— D'accord… Scan. Laissez-moi deviner : vous êtes belge d'origine suédoise ?

— Français d'origine hollandaise. Et en anticipation de votre prochaine question, je suis avocat. Ma spécialité, ce sont les arbitrages internationaux. Un métier pratique pour voyager partout dans le monde, surtout dans les coins les moins recommandables.

Il se pencha vers elle en souriant avant d'ajouter à voix basse :

— À force, je finis parfois par me perdre entre ma vie réelle d'avocat et mes missions officieuses pour le Service. Le jour où tout sera trop intriqué, je devrai sans doute arrêter. Mais nous n'y sommes pas encore.

Cette confession spontanée sonnait vrai et Nicole ne put s'empêcher de sourire à son tour. Edgar semblait franc et plein d'empathie. Ses épaules massives en imposaient tandis que ses grands yeux ronds et ses fossettes le rendaient irrésistiblement sympathique. Bizarrement, elle eut une confiance instinctive dans ce type qu'elle ne connaissait pas cinq minutes auparavant.

— Alors ?

Il tendit les mains devant lui, les paumes vers le haut, geste dont elle apprendrait qu'il lui était familier.

— Il faut que j'aille en Afghanistan pour y retrouver une de nos compatriotes. Une vraie psychopathe surnommée la Veuve blanche. Cette femme est en train de comploter pour ravir des infirmières japonaises à un groupe inconnu qui vient de les enlever. Elle est assez compétente et organisée pour réussir son coup. Si elle s'en empare, ces filles sont foutues, elle les torturera, les fera violer puis tuer. Il faut aller très vite.

— Qu'ai-je à voir avec cela ?

— Apparemment, le flic qui suit cette affaire à Kaboul est le *qomaandaan* Kandar. Un homme avec qui vous avez noué des contacts quand vous vous êtes rendue sur place. Nous voulons que vous le convainquiez de coopérer avec moi. Je compte bien que vous me donniez également un coup de main pour la partie française de l'enquête.

Elle se ferma.

— Vous savez que je travaille pour Levallois ? Il y a une cellule *officielle* spéciale pour les opérations en coopération DGSI-DGSE.

— Certes, Nicole, mais nous voulons mener cette opération nous-mêmes, sans laisser de traces. Il est possible que je sois obligé de causer des ennuis... définitifs à cette jeune femme.

— Je vois...

— Dans ces conditions, impliquer un service de police judiciaire français en début d'opération ne serait pas la chose la plus intelligente à faire, n'est-ce pas ?

— Je ne peux pas vous aider, objecta-t-elle d'une voix ferme. Je suis loyale à mon employeur, et mon employeur s'appelle la DGSI.

— En fait, votre employeur est l'État français, c'est donc un peu plus compliqué.

Il avala une gorgée, toujours aussi détendu. Comprenant qu'il attendait un geste de sa part, elle demanda à voix basse :

— Pourquoi avez-vous parlé de m'aider, tout à l'heure au téléphone ?

À ces mots, il se figea légèrement, un drôle de sourire aux lèvres. Elle le trouva beaucoup moins charmant, avec l'intuition qu'il devait avoir ce même sourire lorsqu'il visait quelqu'un avec son arme. Au moment d'appuyer sur la détente.

— À la bonne heure, j'attendais que vous relanciez... Nous avons tous les deux de bons atouts dans notre manche, n'est-ce pas ?

Edgar pencha la tête vers elle. De nouveau, elle eut l'étrange intuition qu'elle pouvait avoir une pleine confiance en lui.

— L'auguste maison pour laquelle je travaille a décidé de vous aider à... déconnecter... ce flic qui vous persécute, le capitaine Justin. Mais ce sera du donnant-donnant.

— « Déconnecter » ? Vous pouvez être plus explicite ?

Il but une nouvelle gorgée de décaféiné avant de soupirer.

— Il semble que notre tellement sérieux et appliqué capitaine Justin a une double personnalité. Côté sombre, il a une grande appétence pour les femmes en surcharge pondérale et toutes vêtues de cuir, si vous voyez ce que je veux dire.

Devant l'expression interloquée de Nicole, Edgar sortit de la poche de sa veste une clef USB, qu'il poussa dans sa direction.

— Vous verrez, il y a un très bel échantillonnage. Une heure de vidéos sélectionnées avec diverses femmes et tout plein de vilaines choses. Dommage que lorsqu'il a les quatre fers en l'air, M. Justin ne regarde pas mieux le plafond du studio qu'il loue en cachette de Mme Justin. Outre qu'il s'apercevrait à quel point il est grotesque, il aurait peut-être découvert à temps l'objectif de la caméra haute résolution que mes collègues ont planquée dans le détecteur de fumée.

— Je vois. Vous voulez que je le fasse chanter ?

— Quel horrible mot ! Non, ne parlons pas de *chantage*. Plutôt d'une forme de prévention dans le cadre d'une discussion mutuellement fructueuse. Le preux capitaine Justin veut briser votre vie au nom de la vérité ? Parfait, alors dans ce cas il doit assumer que vous brisiez la sienne au nom des mêmes principes de transparence. Parce qu'il est probable que Mme Justin, Anne-Catherine de son prénom, n'appréciera pas trop les frasques secrètes de son mari. Ses collègues et ses supérieurs non plus. Franchement, j'ai trouvé cette vidéo réellement dégueulasse.

Scan la regardait en souriant, complice mais pas trop. Manifestement, il s'amusait beaucoup. Elle loucha légèrement vers la nappe. La clef USB était entre eux, à mi-distance de leurs mains. Un objet apparemment banal. Une arme mortelle contre le capitaine Justin. La résolution de tous ses problèmes. Il suffisait de faire un geste pour tous les régler. Sauver sa vie de famille, sa réputation, sa liberté.

Elle inspira profondément, tendit la main, rangea l'objet dans son sac. Le tout sans cesser de regarder Edgar dans les yeux.

— Bravo, dit-il. On parle de la suite ? De cette Veuve blanche qui nous cause tant de tracas ?

— Vous saviez que j'accepterais...

— C'était la seule décision intelligente à prendre, or je sais que vous êtes une femme *très* intelligente.

Il hocha la tête, les yeux pétillants.

— J'espère que ce fumier de flic pervers et borné comprendra son intérêt. Je serais vraiment triste qu'il vous fasse coller en prison pour ce que vous avez fait. Franchement, supprimer ces ordures était une œuvre de salubrité publique. En plus, vous l'avez réalisée avec l'art et la manière. Or, voyez-vous, je suis quelqu'un qui apprécie le panache.

Elle nota qu'il avait l'air totalement sincère en le disant et, pour la première fois, il lui fit peur.

11

Afghanistan : 20 h 12 – France : 17 h 42
Kaboul, siège du NDS

ASSIS À L'AVANT DE SON 4 x 4 qui essayait de se tracer un chemin dans les embouteillages kaboulis, Oussama réfléchissait à l'homme qu'il s'apprêtait à rencontrer. Masood Stanekzai, le patron du NDS[1], les services secrets. Issu d'une des plus grandes tribus pachtounes, comme l'indiquait son nom, diplômé de la Manchester University, c'était un intellectuel dont le pouvoir avait voulu mettre en avant le passé militaire alors que ses dix années dans l'armée l'avaient été dans un régiment de communications. En bref, c'était un soldat issu des castes supérieures qui n'avait jamais tiré un coup de feu... Pourtant, on le décrivait comme intelligent et compétent et il était auréolé de prestige pour avoir réchappé deux fois à la mort. La première en survivant à un attentat-suicide à la voiture

---

1. National Directorate of Security.

piégée, en 2011. La seconde, à un kamikaze porteur d'une veste piégée, fin 2014.

Le chauffeur bifurqua dans une rue anonyme. Seuls les deux barrages filtrants protégés par des blindés légers indiquaient qu'il s'agissait du début de la zone de protection maximale de la capitale, en lisière du quartier de Shasdarak. Ils tournèrent ensuite à gauche avant de s'engager dans un dédale de ruelles cernées d'immenses murs de béton doublés de barrières Hesco, avant de s'engager finalement dans une nouvelle artère, à peine plus large. Celle qui menait au siège du NDS. Situé à côté de l'ambassade de Chine et du palais présidentiel, le complexe sécurisé qui abritait le NDS était composé de bâtiments de taille moyenne, fort laids, construits au fil de l'histoire mouvementée des dernières décennies. Les premiers l'avaient été par les Russes lorsqu'il s'appelait encore le KHAD, puis les Américains avaient changé le nom en NDS, ajouté de nouveaux immeubles, des antennes et des salles techniques, des centres d'écoute et de cryptologie. Pourtant, derrière l'apparence de modernité, ni les hommes ni les méthodes n'avaient vraiment changé. C'étaient toujours des montagnards brutaux et sans pitié qui y travaillaient, diplômes d'universités américaines en poche ou pas. Les cellules minuscules servant de salles de torture étaient toujours là, à l'identique, au sous-sol du bâtiment central, avec leurs taches de sang sur les murs et leurs chevalets de bois sur lesquels les prisonniers étaient attachés avant d'être soumis à la question. Même les antiques ampoules au tungstène qui dataient de l'époque soviétique et avaient la fâcheuse habitude d'exploser sans prévenir y pendaient toujours au plafond. Encore aujourd'hui, djihadistes en attente d'être torturés, flics, *contractors* ou espions occidentaux qui empruntaient ces couloirs éclairés d'une étrange lueur orange sentaient sous leurs pieds le crissement du verre éclaté.

Le bâtiment où était installé le chef du NDS ne différait guère des autres, à part les épaisses vitres blindées aux reflets verdâtres. On y accédait par des couloirs à la peinture d'un improbable pastel défraîchi, après avoir franchi plusieurs sas gardés par des fonctionnaires farouches, hérissés d'armes hétéroclites. Le bureau du grand patron lui-même n'était guère impressionnant. Une pièce d'une cinquantaine de mètres carrés, certes, mais aux murs beigeasses avec de ridicules meubles kitsch, massifs et tarabiscotés, en bois et cuir vert foncé, dont raffolait l'élite afghane.

— Le *qomaandaan* Oussama Kandar est arrivé, annonça un huissier après avoir frappé à la porte.

— Ah, excellent ! s'exclama le chef du NDS.

Oussama fit son entrée. Sa toque frôlait le plafond. Les deux hommes s'étreignirent à la mode pachtoune. Le patron de la police secrète était tout petit, il arrivait à l'épaule du nouveau venu, mais son salut était plein de force. C'était l'un des hommes les plus puissants d'Afghanistan.

D'un geste, le maître espion désigna les gros fauteuils placés tout autour d'une table basse sur laquelle l'huissier, un obèse auquel manquaient trois doigts à la main droite, vint poser un plateau, en un ballet parfaitement réglé.

— *Tchaï ?*

Le chef du NDS insista pour servir, un peu forcé dans sa prévenance – un classique des puissants afghans lorsqu'ils surjouent l'étiquette traditionnelle pour faire sentir à leur interlocuteur à quel point ils se mettent à leur niveau. Puis il se pencha vers Oussama.

— Vous avez demandé à me voir.

— J'enquête sur la mort du patron de l'ONG Care Children assassiné ce matin. Depuis, nous avons appris l'enlèvement des infirmières de Care. J'ai pensé que nous pourrions coopérer.

— J'ai eu connaissance de ce crime il y a moins d'une demi-heure, avoua le chef espion. Jusque-là, nous pensions que la rencontre des filles avec les ravisseurs était fortuite, un rapt d'opportunité comme il y en a des dizaines chaque semaine. Mais cet assassinat change les choses. A-t-on voulu le faire taire ? Est-ce une action de représailles ? Les talibans nous envoient-ils un message ? – Il soupira. – Bien entendu, cette affaire est totalement secrète, le gouvernement s'est mis d'accord avec les Japonais et les familles pour empêcher toute divulgation de la nouvelle tant que ce sera possible.

Oussama approuva silencieusement. Dans les affaires d'enlèvement, moins il y avait de communication extérieure, plus les chances de retrouver les otages étaient importantes. D'abord, le secret évitait des prises de position politique susceptibles de compliquer les négociations avec les preneurs d'otages. Par ailleurs, il empêchait la montée des enchères pour les rançons, ou que des groupes terroristes ne cherchent à racheter à des groupes criminels des otages jugés intéressants. Car les enlèvements étaient devenus un vrai business. Près de neuf cents cas, rien que sur Kaboul, l'année précédente... en croissance de plus de 25 % par rapport à celle d'avant, qui marquait déjà un record. Dans quasiment toutes les affaires, il s'agissait de rapts crapuleux menés par des gangs spécialisés. Si la remise de rançon se passait mal ou que les ravisseurs n'avaient en réalité jamais eu l'intention de rendre l'otage après avoir reçu l'argent, on retrouvait un cadavre, et c'est alors la brigade d'Oussama qui intervenait.

— Avez-vous une idée de qui a pu faire le coup ? Quelqu'un s'est-il fait connaître ?

Une ombre de contrariété passa sur le visage de l'espion.

— C'est ça le problème. Il n'y a pas eu de revendication. Ni auprès des autorités ni auprès de Care Children. Quant à nos sources, elles sont muettes. Pas une information, pas un bruit, pas une rumeur. Rien. C'est comme si ces filles s'étaient volatilisées.

— Les talibans sont très présents dans cette région, ils s'y regroupent peu à peu en prévision d'un futur assaut sur Kaboul. Cela pourrait être eux ?

Le patron du NDS haussa les épaules.

— *Qomaandaan*, cela pourrait être n'importe qui. La seule chose certaine à cette heure, c'est qu'on ne pourra pas compter sur la police du Parwan.

Oussama acquiesça d'un mouvement de tête. Après la brève invasion de la ville de Tcharikar par les terroristes un an auparavant, la plupart des flics du district régional avaient quitté le commissariat de Kandara avec armes, bagages et famille pour se réfugier dans leurs villages. Ils n'étaient jamais revenus. Pourtant, le gouvernement continuait à leur verser leur solde pour éviter qu'ils ne basculent dans le camp des talibans. Ce qui donnait une situation inextricable : la brigade criminelle de la province n'existait tout simplement plus, l'unité des crimes violents non plus, mais tous les fonds prévus à cet effet étant déjà utilisés pour payer ces flics à ne rien faire, il n'y avait plus de budget pour en embaucher de nouveaux.

Le chef du NDS eut un geste las.

— Je vois que vous comprenez la situation.

— Qui enquête chez vous ? Votre Directorate 17[1] ?

— Pour votre information, le Directorate 17 a été rebaptisé 40, désormais. Mais ce dossier est traité par le Directorate 124.

— Vous considérez donc ce dossier comme du terrorisme ?

— À ce stade, et sauf obtention d'élément contraire, oui.

Il poussa vers Oussama un mince dossier cartonné.

---

1. Le NDS est organisé en différents services appelés Directorate qui ont conservé l'agencement mis en place par les Soviétiques.

— Voici la copie de tout notre travail de l'après-midi et du début de soirée, constatations sur place, premiers comptes rendus d'interrogatoires, hypothèses, extraits de fichiers... Ce n'est pas beaucoup, nous avons eu peu de temps, mais je pense que ça vous permettra d'avancer. – Sa voix se fit murmure. – Le Japon est très proche des États-Unis. Le Premier ministre Suga connaît le président Biden et nous ne voulons surtout pas que les Américains s'excitent à cause de cette affaire. Elle pourrait être catastrophique pour l'image de notre pays. Nous avons besoin des ONG présentes sur notre territoire, elles assurent des missions humanitaires critiques. Un enlèvement de groupe pourrait conduire certaines d'entre elles à rapatrier préventivement une partie de leurs équipes, sous la pression de leurs assureurs. Cela ne ferait que renforcer les terroristes.

— Je suis d'accord. De mon côté, j'ai déjà mis toute mon équipe dessus. Mais pour tout vous dire, j'ai un mauvais pressentiment.

— Pourquoi ? demanda l'espion, surpris.

Oussama eut un haussement d'épaules.

— Appelons ça l'expérience du crime.

12

Afghanistan : 21 h 04 – France : 18 h 34
Kaboul, domicile d'Oussama

APRÈS AVOIR QUITTÉ LE PATRON DU NDS, il ne fallut pas longtemps à Oussama pour rejoindre son domicile. Les pluies diluviennes des derniers jours avaient provisoirement chassé le nuage de pollution qui recouvrait d'ordinaire la capitale, laissant la place à un air sec et une subtile odeur de pin venue des montagnes, typique des environs de Kaboul.

Il salua les trois policiers en faction, AK 47 à l'épaule et *pakol* vissé sur le crâne, avant de déverrouiller la porte, ôta ses bottes d'un geste mille fois répété, se versa un verre de lait de chèvre, sa boisson favorite, avant de se laisser tomber dans un fauteuil avec un soupir de soulagement.

Il n'avait pas pu s'empêcher de penser à cette étrange affaire d'enlèvement, pendant tout le trajet, avec toujours cette sensation de malaise, cette prescience qu'il y avait quelque chose d'étrange dans le déroulé des événements, avec cet assassinat précédant l'enlèvement. Il n'arrivait cependant pas à mettre le doigt dessus. Il alluma la télévision sur Tolo TV, coupa le son, posa son verre vide sur la petite table basse, à côté d'un fusil à pompe caché par un drap. Comme tout policier d'autorité en poste à Kaboul, il lui fallait conserver des grenades et une arme chargée dans chaque pièce, à portée de main, mais il n'aimait pas qu'elles soient visibles, surtout depuis qu'il avait refait sa maison. Il avait réparé les fissures de la façade, rafraîchi l'intérieur à la chaux, refait l'électricité, acheté un ensemble de salon en cuir et quelques autres meubles neufs et, enfin, créé la terrasse aménagée sur le toit dont il rêvait depuis des années. Là, outre des fauteuils protégés par une pergola, il avait aménagé deux cages pour élever des tourterelles.

La porte d'entrée s'ouvrit et Malalai, sa femme, jeta son masque chirurgical dans une poubelle avant de se tourner vers lui. À ses traits tirés, il devina aussitôt un problème.

— Malalai, tu as l'air toute retournée !

Elle enleva le voile qui masquait ses longs cheveux auburn, puis son manteau.

— Un décès à l'hôpital. Une césarienne qui s'est mal passée. Le bébé est vivant mais, malgré tous mes efforts, la mère n'a pas survécu.

Oussama se leva en l'interrogeant du regard, intrigué. Des patientes qui meurent, c'était malheureusement son quotidien, presque la normalité dans son service. Malalai éclata en sanglots.

— Cette jeune femme qui est morte, on connaît ses parents. Ce sont les Magazhi, tu sais, ceux qui habitent un peu plus loin dans la rue.

— Attends, tu veux parler de leur petite dernière ? Néna ?

— Oui, c'est elle.

Oussama accusa le coup. Il avait fait sauter la fillette sur ses genoux nombre de fois lorsqu'elle était enfant. Le père était boucher, la mère comptable à la poste. Un couple simple, sérieux et travailleur. Ils étaient si fiers que leur fille Néna intègre une filière en commerce international à l'université de Kaboul qu'ils avaient invité tous leurs voisins à un méchoui pour fêter ce succès, l'année précédente.

— Elle n'avait que dix-neuf ans, reprit Malalai. Elle avait perdu beaucoup de sang mais ce n'était pas si grave. Seulement, je n'ai pas pu la transfuser. – Elle s'arrêta, fixa le plafond. – Nous n'avions plus son groupe sanguin. J'ai été obligée de la regarder mourir sans pouvoir rien faire.

Elle essuya ses larmes.

— Toujours la même histoire de cadres véreux. D'après une de mes infirmières qui connaît sa seconde femme, le directeur a vendu les trois quarts du stock de produits sanguins à un intermédiaire. Un Pakistanais. Il paraît qu'il s'est acheté des jantes neuves pour son 4 x 4 avec l'argent ! Déjà qu'il s'était payé une nouvelle maison grâce à ses manigances passées. Alors je suis allée le voir dans son bureau, ce sale voyou, et je l'ai traité de meurtrier.

Oussama leva les bras.

— Ton nouveau directeur ? Mais tu es folle ! Il est du même clan que le ministre de la Santé. Il va te faire révoquer.

— Qu'il essaye toujours et j'irai voir dans la seconde le rédacteur en chef du *Hasht e Subh Daily*. Il y a quand même des médias indépendants dans ce pays.

— Tu ne l'as pas menacé de le faire, j'espère ?

— Bien sûr que si ! C'est un voleur, un minable. Ses combines tuent mes malades.

Oussama haussa les épaules, impuissant. Malalai recula doucement, s'appuya au buffet.

— Ne t'en fais pas, il ne peut rien me faire. Et puis, tu me protégeras, n'est-ce pas ? Allons prendre un verre sur la terrasse pour oublier toute cette misère. J'ai acheté du Coca Zéro hier, c'est la première fois que le superbazar en reçoit.

— Je vais d'abord prendre une douche.

Plus tard, alors que la nuit était tombée et qu'ils sirotaient leur boisson sur le toit, le chant du muezzin se fit entendre. Oussama soupira d'aise. Il aimait cette mélodie qui vibrait dans l'air avec puissance, semblant résonner sur les parois de la montagne proche comme un appel à un mystérieux écho à venir, encore plus puissant. L'imam qui lançait la prière était un érudit soufi, intelligent et doux. Oussama connaissait si bien ses goûts que, souvent, il se surprenait à deviner avec justesse la sourate choisie pour la nuit.

— Ton ami le mollah a encore augmenté le volume de ses haut-parleurs, remarqua Malalai d'une voix acide. Qu'est-ce qu'il attend pour en mettre un directement devant chaque maison du quartier ? Comme cela, il sera certain qu'on ne manquera pas un mot de sa propagande, même aux toilettes.

Agnostique en secret, un crime puni de mort, elle détestait tous les religieux, les soufis autant que les autres.

— Malalai, tu n'as pas le droit de parler comme cela. Ce n'est pas de la propagande. C'est notre livre sacré. Notre culture.

— Cinquante décibels plus bas, ce serait peut-être de la culture, bougonna-t-elle. Là, c'est de l'agression.

— Tu ne peux pas être en guerre contre tout le monde.

— Je *suis* en guerre contre tous les fous de Dieu, même ceux qui feignent de vouloir la paix et la concorde. Jusqu'au jour où nous quitterons enfin ce pays de déments, je ne cesserai jamais de me battre, Oussama. Quoi qu'il m'en coûte.

Elle termina son soda en deux longues gorgées avant de se tourner vers Oussama.

— Ça sent la fin. Un de mes collègues a surpris une orgie entre internes tout à l'heure. Ils étaient dix, il y avait de l'opium, de l'alcool et pas de préservatifs. Il n'a pas fait de rapport. À quoi bon ? Tout le monde pense que les talibans seront là bientôt. Il paraît que des bacchanales comme celles-là, il y en a partout dans Kaboul.

— Nous résisterons. Comme en 1995 !

— Cette ville est lugubre, c'est Berlin en 1945.

Malalai se blottit contre son mari.

— J'ai peur, Oussama. Qu'est-ce qu'on va devenir ?

13

Afghanistan : 21 h 39 – France : 19 h 09
Village de Ginzat, premier lieu de détention des otages

KAYUKO PLEURAIT. DEPUIS SA CAPTURE, elle ne pouvait empêcher ces crises qui la faisaient trembler doucement, comme au ralenti. Allongée à côté d'elle, Cedo voyait ses larmes couler. On les avait toutes ligotées avec une cordelette trop fine qui commençait à rentrer dans leurs chairs.

En rampant, elle s'approcha de son amie, essayant de détendre ses liens. Avec les mains attachées dans le dos, c'était difficile, mais au bout de quelques instants elle sentit enfin un petit relâchement. Elle s'acharna avec encore plus d'énergie, réduisant la pression sur la cordelette, avant de pousser un cri. À cause de sa mauvaise position, elle s'était à moitié arraché un ongle. La douleur était si vive qu'elle eut une violente nausée qui manqua la faire défaillir. Elle parvint néanmoins à se calmer et à continuer sa tâche jusqu'à ce que les liens soient suffisamment souples pour permettre au sang de circuler à nouveau normalement.

Yuki et Ichi, leurs deux jeunes collègues, étaient allongées un peu plus loin, ligotées de la même façon. Elle réussit à se rapprocher suffisamment pour réduire aussi la pression de leurs entraves. Pour leur accompagnatrice, Mme Toguwa, elle ne pouvait rien faire. Cette dernière était accrochée par une corde beaucoup plus épaisse à un crochet dans le mur, comme un animal. Elle avait voulu se rebeller mais les hommes cruels qui les avaient enlevées l'avaient frappée, lui cassant plusieurs dents et le nez. Depuis, elle gémissait tout en émettant d'horribles crachotements lorsque trop de sang s'écoulait dans sa gorge.

Quand Cedo eut fini d'aider toutes ses amies, elle se tourna vers Kayuko pour que cette dernière puisse l'aider. Enfin, ses attaches se relâchèrent de quelques millimètres. Sensation délicieuse de sentir le sang affluer à nouveau dans ses doigts. Une première minuscule victoire.

Elle revint à sa place en étirant le cou pour essayer de regarder par la fenêtre qui se trouvait à l'autre bout de la pièce, mais elle était trop loin. Tout ce qu'elle voyait, c'était un bout de ciel étoilé et rien d'autre.

Pas un bruit de voiture, rien qui évoque une présence humaine. On entendait parfois des moutons bêler, et c'était tout.

Elles avaient été kidnappées depuis ce qui lui semblait une éternité.

Leurs ravisseurs les avaient examinées une à une, sans émotion, comme on examine du bétail. Tous portaient d'étranges appareils sur le front, avec deux cylindres qui pouvaient se rabattre devant les yeux. Cedo avait identifié des lunettes de vision nocturne, elle en avait déjà vu dans certains jeux vidéo lorsqu'elle était plus jeune. Après les avoir obligées à monter dans le camion militaire, ils avaient engagé leur engin sur une mauvaise route de montagne.

Le trajet avait duré deux heures environ, peut-être trois, presque au pas, si bien qu'elle était incapable de dire si elles avaient parcouru dix kilomètres ou cinquante. Puis le Navistar s'était arrêté devant une vieille ferme. Les kidnappeurs les avaient fait descendre en les houspillant, avant de les enfermer dans la pièce où elles se trouvaient encore.

Ils étaient quatre. Ne comprenant rien à leur langue quand ils échangeaient entre eux, elle leur avait donné à chacun un surnom.

Le chauffeur était « le salaud », celui qui avait tué leurs gardes « le traître », les deux autres « le gros » et « le maigre ».

C'était ce dernier qui lui faisait le plus peur, avec son œil mort et tout blanc, comme mangé par une taie, et sa cicatrice qui lui barrait une joue. Une vision de film d'horreur.

Sauf que le maigre était réel et qu'il les tenait en son pouvoir.

Après des heures sans boire, Cedo, comme ses amies, avait la bouche sèche comme du carton et sa langue toute gonflée la faisait horriblement souffrir. Soudain, le maigre poussa la porte. Il portait une grosse cruche. L'une après l'autre, il leur versa un peu du contenu de la cruche dans la bouche. De l'eau pleine de substances en suspension émanait une odeur d'égout. Cedo voulut la recracher, mais aussitôt l'homme fourra un gros doigt malodorant entre ses dents pour l'obliger à ouvrir la bouche, avant de verser brutalement le reste de la cruche dans son gosier tout en la fixant de son unique œil plein de méchanceté.

Il avait l'air ravi du bon tour qu'il lui jouait.

À la différence des autres filles, Cedo se refusa à crier ou pleurer. Elle n'avait aucune intention de lui faire ce plaisir. Cette résistance inattendue parut d'abord beaucoup amuser son tourmenteur. Il en profita pour la peloter, elle sentit sa grosse main velue sur ses seins, son haleine horrible, mélange d'ail et de pourriture, sans compter l'odeur corporelle propre à un homme qui ne devait pas s'être lavé depuis des semaines sinon des mois. Un mélange de crasse rance, de vieille sueur et de remugles de pieds qui la pétrifia. Percevoir cet homme si près d'elle, avec sa violence et sa toute-puissance, ses doigts dans sa bouche, sur sa poitrine, manqua de la faire vomir. Pourtant, elle réussit à prendre sur elle. Ne pas montrer à ce salaud qu'elle était terrifiée.

Enfin, il s'en alla. Mais Cedo savait que ce n'était que le début.

14

Afghanistan : 22 h 02 – France : 19 h 32
Grottes de Banda Banda

ALICE MARSAN SOMMEILLAIT, le bras posé sur le torse de Granam. Elle ne retrouvait son amant du moment qu'en secret, toujours avec mille précautions, afin de ne pas se faire démasquer par les autres combattants de son groupe. Arabes ou Afghans, et bien qu'elle soit leur chef, ils n'auraient jamais toléré qu'elle couche avec l'un d'entre eux, même dotée d'un certificat de mariage provisoire fourni par un mollah complaisant.

Le genre de faute qui se paye par une exécution immédiate dans ce monde cruel du djihadisme qui était devenu le sien.

Elle soupira, les yeux mi-clos. Elle appréciait beaucoup Granam, même s'il bavardait un peu trop à tort et à travers, un vrai risque dans sa situation. C'était le seul qui la touchait vraiment avec ses grands yeux bleus, ses mains puissantes et son calme tranquille. Elle frémit tandis qu'il lui pinçait gentiment le mamelon.

— La Lionne, à quoi tu penses ? demanda-t-il. Tu regardes le plafond sans bouger depuis près d'une heure.

Il l'appelait toujours « la Lionne » dans l'intimité. Sinon, c'était *khanom*, « veuve », ou *sahiba*, « madame ».

— Je pense à toi.

Cette fois, il rit, dévoilant une rangée de dents parfaites.

— Je te connais, ce n'est pas vrai. Dis-moi la vérité.

— D'accord, Granam. Puisque tu veux savoir... Je pense à la mort.

— La mort... Tu veux dire la mort en général ?

— Non. La mienne.

Il se releva sur les avant-bras pour l'observer avec plus d'attention tandis qu'elle lui souriait. Comme tous les membres de la *katiba*, il avait été saisi dès le premier instant par l'incroyable intensité de son regard.

— Tu veux dire que tu rêves à ta propre mort ?

— Pourquoi pas ? J'ai des visions, tu le sais.

Elle se dégagea, s'appuya sur un coude, tendit le bras vers la table de nuit où un joint était posé à côté de plusieurs mégots dans un cendrier en pierre bleue. Elle l'alluma, en aspira une première bouffée, puis une seconde, avant de le passer à son amant. Ce dernier la dévorait des yeux, hypnotisé par son corps sec et musclé, son pubis épilé, ses seins en poire attachés très haut et sa peau au grain si velouté qu'il n'avait jamais rêvé d'en caresser de si douce, même dans ses fantasmes les plus fous.

— Je voudrais me marier avec toi, déclara-t-il. Tu es la plus belle femme d'Afghanistan. Et la plus courageuse du monde. Unis, nous deviendrions une légende !

Elle rit.

— Tu veux dire les Bonnie and Clyde de l'islam ?

Interloqué, il demanda :

— Bonnie qui ? De quoi parles-tu ?

Elle eut un geste las de la main. C'était parfois compliqué de ne côtoyer que des gens incultes, pour elle qui faisait partie de Mensa[1].

— Laisse tomber. De toute manière, je suis déjà mariée. À la révolution d'Allah Ta'ala.

— Mais je suis sérieux !

— Je n'en doute pas.

Elle s'affala sur le dos, reprit le joint, dont elle inhala une longue bouffée tout en passant une main légère sur le sexe de son amant.

— Je te l'ai dit, je vais mourir. Tu veux quoi ? Devenir veuf avant d'avoir fondé une famille ?

— Tu dis n'importe quoi. Personne ne te tuera, la Lionne. Même pas les infidèles avec leurs drones. Allah te protège. J'ai vu comment tu t'es sortie de toutes nos actions. C'est comme si notre Créateur était là en personne pour dévier les balles !

Elle se poussa légèrement sur le côté.

— Personne ne me sauvera. Pas même Lui, Allah Ta'ala, car tel est mon destin. – Devant l'air intrigué de son amant, elle inspira longuement. – Je vais te raconter une chose que je n'ai jamais dite à personne. Quand j'étais petite, ma mère m'a emmenée voir une femme. Une diseuse de bonne aventure. Elle était très douée pour lire dans l'avenir. On disait qu'elle ne se trompait jamais. On l'appelait « Celle qui lit dans les nuages ».

Granam l'écoutait, tendu. Comme la plupart des Afghans, il croyait fortement aux djinns, aux esprits, à la magie et aux prémonitions. Elle tira de nouveau sur le joint avant d'expirer en direction du plafond.

— Elle a dit que je deviendrais orpheline. Que je ferais de belles études mais qu'un jour je quitterais tout pour suivre une cause. Que je deviendrais une grande combattante. Que je me battrais

---

1. Association internationale qui regroupe les personnes ayant plus de 150 de QI.

dans un pays lointain et que, grâce à moi, le nom de mes ancêtres serait connu sur la terre entière.

Elle se tut. Inutile d'ajouter que le premier Marsan de Godet à avoir connu la renommée était celui qui, au XIIe siècle, avait participé à une croisade, massacrant à cette occasion un nombre considérable de mahométans... Elle frémit, ses yeux se révulsèrent quelques secondes.

— Selon cette voyante, mes ennemis, terrifiés par mes victoires, enverraient quelqu'un afin de me tuer. Un seul homme. Un chevalier solitaire. Un soldat de l'ombre.

Granam approcha son visage à quelques centimètres du sien.

— Et ?

— Selon la prédiction, le chevalier me tuera mais je le ferai exploser. Il se verra mourir en pleurant de douleur tandis que moi, je m'en irai heureuse et souriante. Nous partirons ensemble dans l'au-delà, moi vers les rives du paradis et lui vers celles de l'enfer.

— La Lionne, tu y crois vraiment, à cette prophétie ?

Elle l'attira à elle.

— Bien sûr que j'y crois ! Tout ce que cette voyante a dit jusqu'à présent s'est réalisé, n'était-elle pas « Celle qui lit dans les nuages » ? – Elle sourit. – C'est pour cette raison que j'ai toujours une grenade sur moi. Où que je sois, quoi que je fasse. – Elle souleva l'oreiller, dévoilant une petite V40 noire et lisse. – Regarde. Nos ennemis voient tout, ils écoutent tout, ce tueur solitaire peut surgir à chaque seconde. Mais quel que soit le moment où il viendra, je serai prête à l'accueillir dans la mort.

15

―――

Afghanistan : 22 h 33 – France : 20 h 03
Paris, rue Jean-Jacques Rousseau

LA VUE SUR LES TOITS DE PARIS depuis le cabinet d'Edgar était tout bonnement magique. Installé dans une sorte de verrue en aluminium rouillé au sommet d'un immeuble années 1930 proche de la rue de Rivoli, il offrait une vision de la capitale à 360 degrés. Sacré-Cœur au nord, centre Beaubourg et Notre-Dame à l'est, Trocadéro, tour Eiffel et Trocadéro à l'ouest, avec le Panthéon au milieu.

Cyniquement, Edgar savait que plus d'un client, ébloui par cette situation exceptionnelle, avait choisi ses services en étant persuadé que seul le meilleur des meilleurs pouvait se payer une telle splendeur. En réalité, il n'était que locataire, son bailleur était une héritière charmante de quatre-vingts ans qui se moquait de l'argent et lui louait l'ensemble pour une bouchée de pain.

Assis à la table de réunion face à une armure japonaise, une tasse de thé Genmaicha Yama bio à portée de main, Edgar et Nicole commencèrent leur lecture. Sorti d'une imprimante exclusivement réservée aux dossiers DGSE (l'ordinateur auquel elle était reliée était programmé en mode local, volontairement sans accès à Internet), le dossier sur la Veuve blanche apparaissait plutôt fourni, une dizaine de centimètres d'épaisseur environ. Pour garder un œil neuf, ils décidèrent sans se concerter d'éviter les notes d'analyse officielles, préférant s'attarder d'abord sur les comptes rendus de voisinage et les témoignages de la famille. Tous décrivaient une enfant puis une jeune fille sympathique, décidée, intelligente et vive.

Elle avait annoncé jeune à ses amis qu'elle était agnostique et rien dans la suite de sa vie ne laissait penser qu'elle ait pu sincèrement adopter une religion, quelle qu'elle fût. Sa conversion était feinte, d'évidence.

Quant aux bulletins scolaires, ils se suivaient et se ressemblaient. Alice Marsan de Godet avait reçu régulièrement les félicitations de ses professeurs, du primaire au supérieur. Une élève brillante qui participait aux cours de manière active et semblait parfaitement intégrée dans son environnement. Elle avait réussi HEC du premier coup, ce qui n'était donné qu'à une toute petite minorité d'élèves. C'était aussi une tête bien faite dans un corps bien fait : elle avait pratiqué le judo jusqu'à obtenir une ceinture marron, avant de passer à des sports plus extrêmes comme le cross-fit et l'ultra-trail. L'année de ses vingt et un ans, elle avait participé à un semi-ironman, puis à un complet l'année suivante, qu'elle avait terminé à une place très honorable pour une amatrice.

Une battante et une grande sportive, donc.

Pensive, Nicole abandonna les documents quelques instants pour se pencher sur l'importante collection de photos. Les enquêteurs du Service central du renseignement territorial (SCRT) et les gendarmes du Service central de renseignement criminel (SCRC), puis, à leur suite, plusieurs honorables correspondants[1] de la DGSE étaient revenus très en arrière et en détail dans la vie de la jeune djihadiste. Les photos commençaient à sa naissance pour se terminer quelques semaines seulement avant son départ pour la Syrie.

Il n'y avait aucun signe de prédisposition à la violence, pas de fascination pour les incendies, pas d'actes de malveillance à l'égard de l'entourage ni de cruauté envers les animaux, signes précurseurs habituels des personnalités psychopathiques. Pas d'agression envers des tiers ou des membres de sa famille. Le seul témoignage qui dénotait était celui d'un de ses anciens petits amis d'HEC. Le garçon avait été profondément choqué par les curieux fantasmes sexuels de Marsan. Il avait raconté à un HC qu'au bout de quelques mois, elle s'était mise à exiger qu'ils visionnent des *snuff movies* extraordinairement violents pendant qu'ils faisaient l'amour. Apparemment, ce qui l'excitait, c'était le viol et le meurtre de jeunes femmes. Plus les films étaient réalistes, plus elle les appréciait. Dans sa déposition, il soulignait l'incroyable pouvoir d'attraction qu'avaient ces images dégradantes sur la jeune fille, elle semblait presque possédée lorsqu'elle les visionnait. Il avait rompu rapidement, persuadé à juste titre que quelque chose ne tournait pas rond chez elle.

Nicole secoua la tête. Comment une jeune fille parfaite s'était-elle mise à développer des fantasmes sexuels aussi mortifères ? Pourquoi l'enfant modèle était-elle devenue une machine à tuer et avait-elle choisi de rejoindre des djihadistes incultes, dans un univers totalement étranger au sien ? Et ce dans le seul but d'assouvir ses fantasmes, au point de tout sacrifier. C'était incompréhensible. Pourtant, elle le sentait, il y avait forcément un fait générateur. Une étincelle qui avait allumé la mèche.

---

1. Honorables correspondants, ou HC : nom donné aux civils recrutés comme supports occasionnels de la DGSE.

Nicole dispersa devant elle l'ensemble des photos tirées du dossier. Toute une vie, avec les vacances en famille, les sorties et les fêtes d'école, les câlins dans les bras de ses parents, le passage dans une première famille d'adoption, puis une seconde. Brusquement, cela lui fit penser à ce que son mari et ses enfants avaient enduré l'année précédente, brisant pour toujours l'heureuse normalité de sa propre famille. L'enlèvement, l'enfermement dans une cache sordide, les menaces de mort. Aucun des trois n'en était sorti indemne, surtout pas ses deux enfants qui, depuis, ne supportaient plus le noir. Quant à elle, il avait fallu qu'elle tue pour les récupérer, y perdant un peu de son âme.

Elle secoua la tête pour chasser ces idées noires et prit l'une des photos d'Alice Marsan.

Elle avait été une très belle enfant, devenue une très belle jeune fille puis une jeune femme au port aristocratique, legs de ses ancêtres.

La seule fêlure dans sa vie étant le décès brutal de ses parents, se pouvait-il qu'il se soit passé quelque chose, à cette occasion, qui explique la suite des événements ?

À la recherche d'une piste, Nicole se mit à fouiller dans les comptes rendus des entretiens familiaux.

— Le passage de la première famille d'accueil à l'autre m'intrigue, dit-elle après une demi-heure de lecture. Pourquoi ajouter le traumatisme d'un tel changement à celui de la mort de ses parents ?

Edgar releva la tête et la fixa.

— Le premier couple à l'avoir recueillie a divorcé quelques mois après son départ vers la seconde famille, si je me rappelle bien. L'ambiance chez eux devait sans doute être si pesante qu'ils n'ont pas pu la garder.

— C'est bizarre qu'il n'y ait aucune alerte de la DDASS dans le dossier.

Sa curiosité piquée au vif, Edgar se plongea à son tour dans les éléments d'environnement sur les deux familles d'accueil. Pour la première, c'était assez court. Il s'agissait de gens sans histoires : l'oncle était sous-officier logisticien à Vannes, sa femme secrétaire générale de mairie dans une ville moyenne du Morbihan. En revanche, la seconde famille avait attiré l'attention des enquêteurs car son oncle par alliance, un certain Pierre Le Pensec, avait un casier judiciaire plutôt fourni. Une condamnation à trois ans de prison avec sursis pour participation à un braquage lorsqu'il avait dix-sept ans, une pour coups et blessures dans la foulée, une troisième, enfin, lorsqu'il avait vingt ans, pour accident de la route avec délit de fuite sous l'empire de l'alcool. Rien ensuite.

— Les flics ont pensé qu'elle serait devenue une criminelle parce qu'elle a été en contact avec un ancien mauvais garçon ? Je n'y crois pas une seconde, argua Edgar. Cet homme s'était rangé depuis belle lurette lorsqu'elle habitait chez lui. En outre, il a été terrassé par un AVC lorsqu'elle avait seize ans, il n'a guère eu le loisir d'influencer sa nièce.

— Je suis d'accord. D'ailleurs, tout le monde a enquêté de ce côté et personne n'a rien trouvé. Je pense qu'on devrait plutôt chercher du côté de la première famille d'adoption. Je vais demander le TAJ, le traitement d'antécédents judiciaires, des deux parents. Ce sera déjà un bon début.

Après avoir raccompagné Nicole, Edgar prit le temps de détruire à la broyeuse les documents qu'ils avaient imprimés – il lui était interdit de conserver le moindre dossier en lien avec ses missions pour la DGSE. Il garda juste une photo de Marsan, qu'il glissa dans sa poche. Puis il descendit l'escalier jusqu'au deuxième étage, où se trouvaient ses appartements privés. Un loft d'une centaine de mètres carrés qu'il avait fait décorer par un célèbre couple d'architectes d'intérieur quand il imaginait encore y faire sa vie avec Marie. À l'époque, il s'était passionné pour ce projet sophistiqué, mi-artistique, mi-architectural. Depuis, il passait devant les boiseries modernes, les incrustations de cuivre, les meubles, les cuirs et les tissus précieux sans même les remarquer.

Il déposa sa sacoche sur la console de l'entrée, fila dans la cuisine pour se servir un verre de vieille prune avant de s'allonger sur le canapé.

Ses parents étaient venus, laissant une boîte de chocolats Pierre Hermé et un petit mot sur la table du salon : *Passe vite, tu nous manques.*

Eux qui rêvaient depuis toujours qu'il fonde une famille avaient pris de plein fouet la disparition de Marie. Ils avaient compris, peut-être même avant lui, qu'elle était *la* femme de sa vie.

Et maintenant elle n'était plus là, et il était seul.

Sa mère faisait parfois des remarques sur le fait qu'avec près de huit milliards d'êtres humains sur terre, chacun a droit à une seconde chance de rencontrer celle ou celui avec qui faire sa vie. Son père ne disait rien, mais Edgar pouvait lire dans ses yeux le mélange de déception et d'espoir qu'il ne verbalisait jamais.

Pour lui, quelque chose s'était cassé irrémédiablement. Il n'avait plus envie de se remettre en quête de l'être aimé. D'une certaine manière, la disparition de Marie avait clos la première partie de son existence sans qu'il sache à quoi ressemblerait la seconde.

Il finit son verre avant de s'emparer de la photo d'Alice Marsan.

La première femme qu'on lui demandait d'éliminer.

Au fond de lui, il n'était pas certain à cent pour cent d'être capable d'aller jusqu'au bout, de faire ce qu'on lui demandait, mais il savait que, s'il avait refusé, la confiance de ses employeurs n'aurait plus jamais été la même. Désormais, il avait une mission, la retrouver et l'éliminer, quoi qu'il doive lui en coûter.

Sur le cliché visiblement pris à Raqqa, elle était accompagnée de deux autres femmes de la brigade al-Khansaa, la police des mœurs de Daech. De véritables furies qui battaient et mutilaient les autres femmes, avec la spécialité de mordre les supposées mauvaises musulmanes jusqu'au sang, jusqu'à leur arracher des morceaux de chair.

N'étant pas véritablement convertie, comment une brillante HEC, une Marsan de Godet avait-elle pu supporter la cohabitation avec ces femmes dont tous les témoignages attestaient du très bas niveau intellectuel ? Se pouvait-il que ce soit uniquement dans le but d'assouvir ses fantasmes ? Ou y avait-il quelque chose d'autre, une autre raison que la DGSE ignorait ? La photo avait forcément été prise dans l'enceinte d'une *madafâ*, une « maison de sœurs » réservée aux femmes, car elles étaient toutes dévoilées. Les deux autres islamistes souriaient. Pas Marsan. Elle était la seule à exhiber une arme, une petite grenade qu'elle tenait un peu gauchement. Son regard perçant était impossible à déchiffrer.

DEUXIÈME JOUR

1

Afghanistan : 06 h 23 – France : 03 h 53
Village de Ginzat, premier lieu de détention des otages

D ANS SON RÊVE, CEDO SE PROMENAIT dans une magnifique rizière. Un pas après l'autre, elle avançait sur un petit terre-plein délimitant deux champs, jouissant de la vue sur les terrasses qui descendaient en pente douce de la montagne environnante jusqu'à la mer dont elle entendait le ressac. L'eau était d'un bleu profond, un bateau de pêche rentrait du grand large et le *teuf-teuf* de son vieux diesel grondait doucement, image familière et rassurante.

La porte s'ouvrit brusquement, branlant sur ses gonds.

Cedo se réveilla.

La rizière et le bateau disparurent, remplacés par le mur crasseux, les bêlements des moutons et le maigre. L'homme resta quelques minutes immobile à la contempler tout en marmonnant des paroles incompréhensibles. Machinalement, il faisait passer sa grosse langue rose sur ses lèvres. Elle vit son pantalon se tendre sur le devant. Elle comprit alors qu'elle était sa préférée et que s'il devait violer l'une d'entre elles, elle subirait ses assauts.

Comme ses trois amies, elle était vierge.

Il fit un pas, s'accroupit devant elle, commença à lui caresser les cheveux. Elle essaya de résister, mais à part tendre son corps et enfoncer ainsi les cordelettes encore plus profondément dans ses chairs, elle ne pouvait rien faire d'utile pour se défendre. Elle était totalement immobilisée, impuissante, à sa merci.

Fiévreusement, les mains de la brute la touchaient, chacune était aussi large que son visage. Kayuko, Yuki et Ichi étaient grandes pour des Japonaises, 1,65 mètre pour les deux premières, plus de 1,70 mètre pour la troisième, mais Cedo était ce qu'on appelle un petit format, 1,50 mètre pour quarante-huit kilos. À l'école d'infirmières, elle était la plus menue mais aussi, paradoxalement, l'une de celles qui avaient la plus forte poitrine, cette poitrine que son agresseur malaxait maintenant en poussant des grognements d'animal.

L'image de son professeur de ju-jitsu s'imposa à elle. Il le répétait sans cesse : celles qui ne veulent pas devenir des victimes ne doivent pas penser comme des victimes. Aussi, malgré sa panique, Cedo ne pleura pas, ne cria pas. Elle regarda son agresseur droit dans les yeux. Cela eut un effet paradoxal sur ce dernier, qui s'arrêta brusquement, interdit, ne sachant pas comment réagir. Il ne connaissait que la soumission, aucune femme ne l'avait jamais toisé avec autorité et encore moins avec défi.

Puis il y eut un bruit de porte et deux hommes entrèrent. Le gros et un nouveau venu, un jeune homme aux traits ciselés, pistolet à la ceinture. Voyant la scène, il poussa un cri. Aussitôt le maigre se releva. Le jeune homme commença à l'injurier tandis que le kidnappeur baissait la tête, comme un enfant pris en faute.

Soudain, le jeune sortit son pistolet et en pointa le canon sous le menton du maigre, continuant à l'insulter d'une voix sifflante. Finalement, il lui ordonna de sortir. Au moment où il quittait la pièce avec les autres preneurs d'otages, le maigre lança un regard entendu à Cedo. Dès qu'il le pourrait, il recommencerait.

Puis la porte claqua et elles se retrouvèrent seules.

« Je ne suis pas une victime », se répétait Cedo.

Elle devait agir. Faire quelque chose. Sur une inspiration, elle se rapprocha du mur, attrapa un caillou pointu qu'elle avait repéré un peu plus tôt et se mit à la tâche avec rage.

2

Afghanistan : 08 h 16 – France : 05 h 46
Est de la base aérienne de Bagram

Au-delà des discours officiels, la présence réelle des talibans en Afghanistan se mesure très pratiquement au niveau de tension des policiers établis aux check-points. Dès la sortie de la capitale, à cinq kilomètres du centre-ville, la peur tordait déjà le visage des forces de l'ordre aux postes de contrôle. Depuis son pick-up Ranger flambant neuf équipé de plaques noir et blanc qui désignaient immanquablement ses passagers comme policiers, Oussama voyait ainsi s'afficher les stigmates de la déliquescence réelle de l'État central, mieux qu'avec n'importe quel long discours. Les talibans allaient reprendre le pays, c'était désormais une certitude, la seule inconnue était le temps que cela leur prendrait. Des mois ou des années ?

— Combien de temps pour arriver à destination ? demanda-t-il au chauffeur.

Ce dernier haussa les épaules.

— Une demi-heure peut-être, inch' Allah.

— Tu connais bien la route. C'est vrai que ta famille est de Galang. C'est plus haut, vers le mont Tagandir, n'est-ce pas ?

Sourire édenté du chauffeur, fier qu'Oussama sache qui il était.

— Exactement, patron. C'est le village du grand-père de mon grand-père, on a des mûriers, des abricotiers et du raisin, les terres sont bonnes.

Il soupira, fataliste.

— Ma famille, je ne sais pas si elle pourra rester à Galang très longtemps, les talibans rôdent partout dans les villages autour. Il y a des regroupements de combattants talibans et des incursions, ils savent que nous soutenons le régime. Un jour, ils attaqueront et il faudra peut-être partir pour le Panchir. Mais, inch' Allah, pour l'instant, on a des armes, on tient le terrain.

Ils passèrent Sheikhu, avant de longer l'immense base aérienne de Bagram. Sur des kilomètres, de hauts murs Hesco surmontés de barbelés tranchants comme des rasoirs. À l'extrémité, un gros zeppelin de surveillance se dandinait mollement au bout de son filin, hérissé de caméras, de détecteurs infrarouges et d'appareils de protection tous plus sophistiqués les uns que les autres.

— Cette base, mon frère aîné et moi, on l'a attaquée du temps des Russes avec une dizaine d'autres moudjahidine, rigola Gulbudin depuis la banquette arrière en tapant sur la cuisse de Babour. On avait endommagé la tour de contrôle et réussi à faire sauter plusieurs avions avec nos lance-roquettes artisanaux. Des Antonov quadri-hélices, les plus chers de la flotte russe. Ils avaient cramé jusqu'au dernier boulon. Aujourd'hui, c'est mieux protégé.

Oussama se retourna pour lui sourire, complice. Il n'oublierait jamais le Gulbudin d'avant, combattant antisoviétique puis héros de la résistance secrète contre les talibans, soldat de l'ombre, acharné contre les fous de Dieu. Un compagnon d'armes qu'il avait lui-même sorti un jour de Kaboul sur son dos, alors qu'il venait de se faire arracher un œil par un obus des troupes d'Hekmatyar, l'islamiste dément.

— Où exactement le minibus a-t-il été retrouvé ? demanda Rangin, qui avait sorti une carte d'état-major de son sac à dos.

Le chauffeur eut un geste vague.

— Plus au nord, il faut encore parcourir environ dix kilomètres, ce sera juste avant le village de Maragor.

La route était droite, dans cette plaine fertile choisie par les Russes, quatre décennies plus tôt, pour son absence de vent et ses terres meubles plus faciles à creuser. Les boutiques et habitations de fortune des faubourgs de Kaboul avaient progressivement laissé la place à des vergers et des champs dans lesquels les paysans circulaient à pied ou à dos d'âne. Les systèmes d'irrigation formaient des nuées de sillons beiges aux motifs complexes qui donnaient un curieux effet géométrique au paysage. Au loin et de tous côtés, d'immenses montagnes aux multiples sommets encore enneigés se dressaient. C'était à la fois bucolique et grandiose. Les cinq hommes se détendirent. La beauté de ce paysage paisible leur fit oublier quelques instants le danger.

Un peu plus tard, ils aperçurent de l'animation. Un minibus était à l'arrêt au milieu de nulle part. Deux vieux blindés légers russes BMP, les bêtes de somme de l'ANA, étaient garés d'un côté de la route, un Humvee et deux pick-up Ranger armés de mitrailleuses .12,7 de l'autre. Un camp léger, une dizaine de tentes entourées de sacs de sable, avait été monté.

— On arrive, *qomaandaan*, annonça le chauffeur d'une voix excitée.

Comme il ralentissait, deux militaires s'approchèrent, prudents mais pas vraiment inquiets. Ils avaient reconnu des véhicules officiels.

— *Polis*, clama néanmoins le chauffeur en exhibant sa carte plastifiée.

Gulbudin descendit le premier, péniblement. Sa jambe amputée le faisait souffrir, comme cela arrivait de plus en plus souvent depuis quelque temps.

— Tu veux de l'aide ? demanda Rangin, compatissant.

— Et puis quoi encore ? Occupe-toi plutôt de ton boulot, gamin, grogna le borgne.

Oussama, sorti en dernier du Ranger, scrutait les alentours, concentré. Pas un endroit pour se cacher. Les ravisseurs avaient monté un barrage, ou alors ils avaient fait une queue-de-poisson au minibus pour le forcer à s'arrêter. Comme s'il lisait dans ses pensées, Gulbudin lui fit un signe avant de se coucher sur la chaussée, l'œil collé au bitume. Il se releva rapidement, épousseta son blouson.

— Il y a une double trace de gomme qui doit faire sept ou huit mètres. On ne la voit pas de loin parce que le revêtement est neuf et que les pneus devaient être usés, mais il y a eu un freinage d'urgence. Sacrément violent, même.

— Queue-de-poisson, donc ?

— Ouais. Ça a dû se passer très vite.

Ils rejoignirent ensemble le minibus. C'était un antique modèle japonais, dont la peinture blanche, ternie par les ans, était mouchetée de taches de crasse et de points de rouille. Sur le flanc, une inscription peinte en rouge annonçait *Trenspor Zemun*, suivie d'un numéro de téléphone. Le toit était surmonté d'une grille porte-bagages prenant tout l'espace, vide.

— Plus rien, remarqua Babour. Soit les kidnappeurs ont emporté tous les bagages, soit ils ont été volés après.

La vitre avant gauche avait explosé sous un tir, de larges éclaboussures de sang maculaient le tableau de bord et l'intérieur du pare-brise et une douille de .9 mm gisait par terre.

— Le verre éclaté est à l'extérieur du véhicule, la douille dedans, remarqua Babour. On a tiré depuis l'intérieur, pas du dehors.

La porte d'accès électrique était ouverte. À environ trois mètres de distance, on apercevait clairement plusieurs larges taches de sang, là où les gardes avaient été exécutés.

— Le Directorate 124 a interrogé la famille du soldat dont on n'a pas retrouvé le corps ? demanda Oussama. Le sergent Wadik.

— Oui, confirma Babour. Ses deux frères sont au trou, comme sa femme, mais ils jurent tous que ce fichu sergent n'a aucun lien ni avec des terroristes ni avec des bandits.

— Pourquoi prendre le risque de s'encombrer en emmenant un soldat avec eux, même pas un officier, alors qu'ils ont déjà des otages, étrangères de surcroît ?

— *Baleh*, on retrouvera son corps tôt ou tard.

— À moins qu'il ne soit complice, corrigea Oussama.

Les scènes de crime ont toujours des choses à raconter à des flics expérimentés, et celle-ci ne faisait pas exception. En quelques coups d'œil, elle leur avait déjà livré des informations importantes. À la queue leu leu, ils gagnèrent l'intérieur du minibus, qui sentait la fusillade et le sang séché.

— Aucune trace de poudre magnétique. – Babour secoua la tête, affligé. – Ces cons du NDS n'ont rien fait. Même pas chercher des empreintes !

— C'est pour ça qu'on est là, petit, rétorqua tranquillement Gulbudin. Place aux professionnels de la Crim. – Il se tut pour examiner longuement l'intérieur avant de demander : – Tu remarques quelque chose ?

— Euh, non. C'est propre.

— Voilà. C'est trop propre. Il devrait rester des choses oubliées dans la panique. Là, rien par terre. Ces filles, elles sont japonaises, elles devaient avoir des journaux ou peut-être même des livres ou des liseuses de leur pays avec elles.

— Gulbudin a raison, le minibus a été pillé après le kidnapping, conclut Oussama. J'espère que ce ne sont pas les militaires arrivés sur les lieux en premier ; dans ce cas, on ne retrouverait rien. Il faut parler aux habitants du coin. Si ce sont eux qui ont procédé au pillage, on découvrira peut-être des indices dans ce qui a été volé.

Concentré, Babour avait sorti son pinceau et ses boîtes de poudre à empreintes.

— Je vais faire des relevés autour de la porte. Le montant, le dessus des sièges avant. – Il mima le geste. – Un ou plusieurs assaillants sont forcément entrés dans le minibus, ils ont dû poser les mains quelque part, machinalement.

Lorsque leur jeune collègue eut terminé sa tâche, Oussama et Gulbudin se dirigèrent de concert vers leur véhicule.

— On va au village le plus proche. Maragor, annonça Gulbudin.

— Chef, c'est dangereux, là-bas ! Talibans !

— Gulbudin, parle aux soldats, intervint Oussama. On va demander à un camion de nous suivre avec quelques hommes.

La discussion fut difficile. Les militaires refusaient catégoriquement de quitter leur mini-camp fortifié. Mais une liasse d'afghanis convainquit le lieutenant qui dirigeait l'escouade de leur « louer » pour trois heures deux 4 x 4 Ranger armés de mitrailleuses avec dix hommes.

3

Afghanistan : 11 h 02 – France : 07 h 32
Paris, quartier de Belleville

Assis au volant de la Facel Vega, Edgar compilait le petit dossier comportant les premiers éléments qu'avait envoyés Nicole sur sa messagerie cryptée Tutanota. Comme il l'avait anticipé, elle avait travaillé vite et bien, profitant de la nuit pour utiliser avec efficacité toutes les ressources du renseignement intérieur français.

Le bar La Perle appartenait à un couple de Vietnamiens arrivés en France six ans plus tôt. Leur unique employé, cuisinier, était également vietnamien. Un cousin, apparemment. Conclusion logique de tout cela, l'homme qui utilisait le téléphone du bar comme point de contact secret était un client. Ce qui n'allait pas leur faciliter la tâche.

Quelqu'un tapa à la vitre. Nicole, qui lui faisait signe de la rejoindre.

— Vous n'avez pas peur de retrouver votre bolide tout rayé ?

— Rayer une HK 500 ? Dans ce quartier populaire ? Jamais. Les gens modestes respectent les beaux objets.

Ils marchaient au milieu de la foule habituelle de piétons d'un début de matinée. Il faisait doux, les gens semblaient apprécier ce printemps précoce.

— J'ai rencontré le capitaine Justin dès potron-minet, annonça-t-elle.

— Il a aimé se voir en vidéo ?

— À votre avis ?

Elle lui jeta un regard complice en coin. Comme la DGSE l'avait pressenti, le flic s'était dégonflé telle une baudruche en découvrant les images en sa possession. Nicole n'oublierait sans doute jamais la totale stupéfaction qu'avait affichée son tourmenteur, sa bouche en cul-de-poule, son air affolé. Et ses mains qui tremblotaient, comme prises de folie, pendant qu'il la suppliait de ne jamais montrer cette vidéo à quiconque. Elle n'avait même pas eu besoin de lui expliquer ce qu'il devait faire pour ne plus jamais en entendre parler — enterrer la procédure qu'il avait ouverte à son encontre, faire en sorte que son dossier soit définitivement classé. Mais elle avait la conscience tranquille. Ce qu'elle avait fait l'année précédente avait pour seul but de sauver sa famille. Si c'était à refaire, elle n'hésiterait pas.

Elle soupira. De l'eau avait passé sous les ponts mais ses deux enfants faisaient encore des cauchemars tandis que Martin, son mari, ne pouvait plus entrer dans un local exigu sans subir une crise de panique. Ils avaient racheté un chien bouvier pour remplacer Sushi, abattu par « le Berger », un des pires tueurs de la Cupola sicilienne. Pourtant, ils n'arrivaient toujours pas à l'effacer de leur mémoire. Ils évitaient aussi, désormais, tous les films en italien et tous ceux qui, de près ou de loin, parlaient de la mafia. À la réflexion, jamais elle n'aurait pensé qu'il y en avait autant...

Edgar et Nicole se rapprochaient de leur lieu de destination. Il y avait un petit marché un peu plus loin et la foule se faisait plus nombreuse, il fallait donner des coudes.

— Comment voulez-vous la jouer ?

— Au risque de dire un lieu commun, je ne pense pas que les nouveaux propriétaires nous posent beaucoup de problèmes. Pas de casier, pas de passeport français, donc ils seront sensibles aux risques d'expulsion. Ils nous diront tout ce qu'on veut savoir.

— *Good cop, bad cop ?*

— Au cas où, oui, mais il est probable qu'on n'aura même pas besoin de trop les titiller.

Ils s'arrêtèrent devant leur lieu de destination. La façade du bar était peinte dans un bleu délavé, assez minable. Par les vitrines, on apercevait les habituelles tables bancales en bois, communes à beaucoup de vieux cafés parisiens, un grand comptoir en bois et zinc, des chaises métalliques et un sol en mosaïque des années 1960. Pas de client. M. N'Guyen se tenait debout, derrière son comptoir, désœuvré, tandis que Mme N'Guyen était en train de nettoyer quelque chose dans le fond de l'établissement. Une petite clochette tinta lorsque Edgar poussa la porte. Cela sentait l'eau de Javel et le café. Une grande ardoise annonçait un petit déjeuner complet à 6 € et un couscous merguez à 9 €, ainsi qu'une promotion côtes-du-rhône-villages au verre à 1,15 € les 12 centilitres. « Bien rempli, le verre ! » proclamait le texte.

— Benbenue, lança le patron avec un fort accent asiatique.

Sa femme se retourna et Edgar se rendit compte avec horreur qu'elle était en train d'essuyer le combiné du téléphone public installé dans une alcôve. Avec une éponge. Dans l'autre main, elle tenait une bouteille de nettoyant ménager. Ils pourraient repasser, pour les empreintes… Nicole sortit sa carte sous le nez du patron.

— DGSI, antiterrorisme. On a des questions pour vous. Pour une affaire très grave.

La femme fit le tour du comptoir pour se blottir contre son mari, qui commençait déjà à se décomposer.

— Quelqu'un a reçu un coup de fil ici, hier matin. Un terroriste. – Du menton, elle désigna le combiné, au fond de l'établissement. – Cet homme parlait une langue qui a dû vous sembler bizarre. Cela vous dit quelque chose ?

— Nous sommes pas telolistes, s'écria la femme d'une voix aiguë. Nous sommes bons flançais. Honnêtes.

— Je n'en doute pas. Alors, ce coup de téléphone ?

Les deux époux se mirent d'abord à parler à toute vitesse dans leur langue. Puis le mari se tourna vers eux. L'homme qui avait reçu le coup de téléphone s'appelait Ali, il venait tous les premiers lundis et vendredis du mois prendre un café et il restait généralement une heure. Il avait déjà reçu des coups de fil de la sorte, mais rarement. Deux ou trois fois maximum. Il s'était recommandé d'un certain Kin, un client régulier, et il laissait un pourboire à chaque fois.

— Qui est ce Kin ?

De nouveau, une discussion animée entre les deux époux, d'où il ressortit qu'il s'agissait d'un dealer d'origine africaine. Il travaillait près de la station de métro Belleville et utilisait ce café, distant mais pas trop, depuis des années pour se reposer entre ses séances de « travail ».

Ils interrogèrent encore quelques instants les deux gérants terrorisés, mais ces derniers ne savaient rien d'autre.

— Un spécialiste des portraits-robots sera sur place dans dix minutes, dit Nicole en ouvrant la portière de la Facel Vega. Ainsi que quelqu'un de la police scientifique pour vérifier s'il ne reste pas d'empreintes sur le téléphone. Je vais contacter les stups afin d'identifier ce Kin.

Edgar approuva. C'était la première fois qu'il pouvait utiliser le rouleau compresseur d'un service de police judiciaire pour une opération française. D'habitude, il faisait profil bas, la DGSE n'ayant pas le droit d'intervenir dans l'Hexagone. Paul avait eu raison de retourner Nicole. Outre qu'elle lui plaisait avec son intelligence calme et ses réflexes de flic aguerrie à qui on ne la fait pas, elle allait lui faire gagner beaucoup de temps.

4

Afghanistan : 11 h 19 – France : 07 h 49
Village de Maragor

Après un trajet éprouvant, la petite colonne de véhicules atteignit le village. Il était perché au flanc d'un à-pic vertigineux, au bout d'un chemin pierreux sur lequel leurs véhicules tanguaient, manquant de verser dans un ravin à chaque tour de roue. Quelques dizaines de maisons en briques et pisé, des femmes en burqa, doubles jupes longues sous leurs voiles, chevilles recouvertes par des chaussettes noires montantes – une ambiance typique des bourgs talibans. Rien ne devait dépasser, aucun millimètre de peau qui pourrait susciter le désir. Pourtant, les silhouettes voilées qui se dandinaient sous l'effet du surpoids, des muscles atrophiés et des malformations osseuses n'étaient guère affriolantes. Quelques enfants en haillons, la peau noircie par des années de crasse, se massèrent à leur arrivée, plus hostiles que curieux. Là aussi, typique des villages talibans, où l'on ne goûtait guère l'arrivée de l'armée. Un caillou vola dans leur direction.

— On n'est pas les bienvenus, constata le chauffeur d'un ton acide.

— Bah, on ne peut pas complètement les blâmer. Avec la police, d'habitude, le slogan c'est plutôt : « Ne pas protéger et se servir », répliqua avec humour Rangin, en bon habitué des séries policières américaines.

Après avoir fait quelques pas, Oussama remarqua une voiture, la seule du coin. Une vieille Toyota, garée devant une *qalat* un peu plus grande que les autres.

— Allons voir le chef du village, dit-il en désignant la ferme. Ce doit être là.

Le chef était un vieil homme digne et tout courbé, comme souvent dans les hameaux de campagne, à la longue barbe et aux sourcils broussailleux pointant comme des épis au-dessus d'yeux d'un bleu éclatant. Il ne semblait pas vraiment désireux d'accueillir ces visiteurs imprévus, mais la présence des soldats armés fit son effet. Les trois policiers furent introduits dans l'habituelle pièce de réception avec force salamalecs. Celle-ci était curieusement luxueuse avec ses grands voiles en soie ornés d'étranges motifs qui recouvraient les murs en parpaings.

Rangin s'arrêta d'un coup, toucha le bras d'Oussama. Il tremblait d'excitation.

— *Qomaandaan*, murmura-t-il, ces traits sur les tissus, aux murs, vous voyez ? C'est incroyable !

— Quoi donc ? Ce sont des dessins, c'est tout.

— Ce sont des vues d'une célèbre montagne proche de Tokyo. Et en dessous, des mots en langue japonaise.

Gulbudin eut une moue interrogative.

— Ces trucs, des mots ?

— Les Japonais ont une autre manière d'écrire. – Rangin s'enflammait, les chuchotements sortaient de sa bouche avec un débit de mitraillette. – Cette montagne, c'est le Fuji-Yama, j'en suis certain.

Ni Oussama ni Gulbudin n'en avaient jamais entendu parler, mais ils firent confiance à leur jeune collègue.

— Si ce fils de serpent a quelque chose à voir avec le kidnapping, je vais lui faire cracher le morceau, je vous jure, grinça le boiteux. Laissez-moi faire, *qomaandaan*.

— Discutons quand même un peu avec lui. Et n'y va pas trop fort, s'il te plaît.

Il ne connaissait que trop le côté noir de son adjoint lorsque ce dernier était en colère...

Inconscient de ce qui se tramait, le chef de village était allé chercher le thé, déposé comme il se doit de l'autre côté du mur par une de ses épouses, afin de ne pas apparaître aux yeux d'autres hommes.

— Tu as une belle maison, remarqua Oussama, mine de rien, tout en soulevant l'un des voiles.

Derrière, une profonde fissure zébrait le mur. C'était donc pour cacher le mauvais état de son salon d'apparat et non par goût que leur hôte s'était hâté de disposer ainsi les étoles japonaises. Bizarrement, cela l'irrita.

— Oh, nous sommes très pauvres ici, *sahib*. Le gouvernement, il ne fait rien pour nous, les récoltes sont mauvaises. Nous n'avons aucune richesse, à part nos vieilles maisons.

— Pourtant, tu as de belles tentures. En soie précieuse. D'où viennent-elles ?

Le visage du chef se ferma.

— Je les ai héritées du père de mon père. Elles sont belles, mais elles ne valent pas grand-chose.

— Ah bon ? – Le ton d'Oussama se fit ironique. – Ton père a beaucoup voyagé, dis-moi.

— Pourquoi dis-tu cela, *sahib* ? Les voyages, c'est cher. Je ne suis jamais allé plus loin que Kaboul. Si c'est pour nous prendre de l'argent, nous n'avons rien.

Oussama se pencha vers lui.

— Tu vois notre jeune collègue ? Il a fait des études scientifiques.

— *Sahib*, je ne sais pas ce qu'est une étude sentifique.

— Ça veut dire qu'il connaît le monde, qu'il se sert d'un ordinateur. Et tu sais quoi ? Il dit que ces tentures représentent une montagne, le Fuji-Yama, qu'elles viennent d'un pays qui s'appelle le Japon. Ça te dit quelque chose, peut-être ?

— Non, non, non ! Elles viennent du père de mon père, elles ont été faites par un tisserand, beaucoup plus loin dans la vallée.

Oussama secoua la tête tout en adressant un signe à Gulbudin. Aussitôt, ce dernier sortit la petite matraque plombée qui ne le quittait jamais, la faisant rebondir ostensiblement sur sa paume.

— Menteur ! *Kos modar*, fils de pute ! *Lenghe khar*, bite de singe ! Tu crois que tu peux mentir ainsi à la *polis* ? Je vais te réduire en pulpe !

Discrètement, il adressa un clin d'œil appuyé à Oussama. C'était un pur, Gulbudin, un flic à l'ancienne prêt à toutes les filouteries pour obtenir ce qu'il voulait. Entre son air féroce et le claquement de la matraque, le chef de village tomba dans le panneau, persuadé qu'il allait se faire massacrer.

— Hier, un enfant est venu me dire qu'il y avait un minibus vide avec des morts, commença-t-il d'un ton geignard. J'ai rassemblé des frères qui travaillaient dans les champs et nous sommes allés là-bas.

— Tu as vu quoi, espèce de fumier de yak ? grogna Gulbudin, forçant sa voix.

— Il y avait des cadavres, celui du chauffeur et de soldats. On a pris toutes leurs chaussures et leurs ceintures, des *patou*, et puis des couteaux aussi. Ceux qui les avaient tués n'avaient volé que leurs armes à feu.

Gulbudin et Oussama se regardèrent. Comme les flics du NDS avaient cadré leurs photos de la scène de crime trop serré, négligeant les pieds, ils avaient raté ce détail. Le vieux, lui, continuait son histoire.

— On a pris ce qu'on a pu, tout ce que les bandits ont laissé, mais l'enlèvement des étrangères, on n'a rien à voir avec ça.

— Tu dis les bandits, pourquoi ? Ce ne sont pas des talibans, les kidnappeurs ?

Le silence gêné du vieux apporta la réponse. Pour savoir que les ravisseurs n'étaient pas des talibans, il fallait qu'il fasse lui-même partie du mouvement djihadiste. Oussama échangea un nouveau coup d'œil avec Gulbudin. Première information d'importance. Dans une enquête de police, fermer les mauvaises pistes est presque aussi capital qu'en trouver de bonnes.

— Où sont les affaires volées ? insista Gulbudin en donnant un coup de matraque sonore sur la table. Dis-le-moi, cul de singe.

Se traînant sur le tapis, une main levée pour prévenir une possible grêle de coups, l'homme souleva un rideau. Derrière se trouvait une ancienne chambre d'enfant sans fenêtre encombrée de sacs en plastique, de voyage, à main. Les couleurs vives ne laissaient aucun doute : ils appartenaient à des femmes.

— Tout est là. – Il renifla bruyamment. – On a gardé des culottes, des chaussures, les médicaments et quelques affaires pour nos femmes. Le reste, on attendait demain pour tout revendre au marché.

Déjà Rangin avait commencé à farfouiller.

— Pas de matériel électronique, hein ? Tu n'en as pas trouvé ?

Le vieux hésita puis, voyant la main de Gulbudin se crisper sur la matraque, il s'empressa de clamer :

— Si, si ! Un téléphone.

Il passa la main sous un matelas, sortant un appareil dans une coque rose sur laquelle *I love Cedo* était écrit à l'intérieur d'un grand cœur.

— On a trouvé ça. Il était caché dans un siège, ajouta-t-il à voix basse.

— Je te répète ma question. Est-ce que tu sais qui a fait le coup ?

— *Naaaaaaaaaa !*

— Les enfants, les paysans, personne n'a rien vu ? Il y a eu des coups de feu, ça a dû alerter quelqu'un.

— Quand ça tire quelque part, on reste toujours chez nous. À quoi ça servirait d'aller regarder, à part se faire tuer ?

Oussama prit un grand sac qui avait contenu du riz pour y enfourner les affaires volées. Tenir ces sous-vêtements de jeunes filles dans ses mains lui procura une désagréable sensation de malaise. Un sentiment de dégoût. Un peu comme s'il participait malgré lui au viol de leur intimité. Mais il n'avait pas envie qu'un autre homme les touche. Son émotion fut à son comble quand il tomba sur un doudou, une souris multicolore visiblement rafistolée des dizaines de fois. Sa fille en avait une très semblable quand elle était petite...

Une fois sa tâche finie, il demanda à Babour de s'occuper du transfert des valises et des sacs de voyage. Puis il donna le signal du départ tandis que Gulbudin empochait le téléphone avant de sortir avec un regard si féroce pour le vieux que celui-ci se recogna dans les coussins. La redescente jusqu'aux véhicules se fit en silence. La découverte des objets volés donnait aux otages une humanité très concrète qui les touchait tous.

— Patron, je le mets là-dedans ? demanda un de ses gardes du corps en désignant le sac de jute contenant les affaires des jeunes filles qu'il tenait à la main.

Oussama observa le coffre du 4 x 4. Il était moche, sale, à même la tôle, le tapis de sol ayant été volé depuis longtemps. Une vieille couverture rapiécée, quelques sacs en plastique et un pneu crevé y reposaient. Il répugnait à y déposer les effets personnels abandonnés par les Japonaises. Il posa délicatement le sac à l'arrière, sur la banquette, avant de s'asseoir à côté, la main posée dessus. Comme s'il voulait le protéger.

5

Afghanistan : 11 h 46 – France : 09 h 16
Bourg de Kandara

PENDANT QUE RANGIN ET LE RESTE de la brigade rentraient à Kaboul avec le téléphone de l'otage, Oussama et Gulbudin prenaient la route de Kandara, la ville où se trouvait le dispensaire de Care Children vers lequel les infirmières se dirigeaient lorsqu'elles avaient été enlevées. Il ne leur fallut que trente minutes pour atteindre le bourg, par une route neuve. Gardés par quelques soldats, les locaux de l'ONG se situaient sur une hauteur jouissant d'une vue panoramique. L'orphelinat était composé d'un bâtiment central à un étage et à toit plat, dans lequel étaient logés les salles de cours et les services administratifs. Autour se dressaient quatre bâtiments de plain-pied, tout en longueur et en quasi-ruine. L'un abritait visiblement le réfectoire et les cuisines, les trois autres, des dortoirs. Un immense panneau blanc et bleu, au logo de Care Children, ornait l'entrée. Surveillés par quelques femmes en burqa, des enfants et adolescents déambulaient ici et là, tous vêtus d'un uniforme, pantalon et blouse bleus pour les garçons, noirs et voile blanc pour les filles.

Sur une grande pancarte plantée au milieu de la cour, le dessin d'un enfant souriant, paumes tendues, annonçait : « Covid 19 : je me lave les mains ! »

Oussama et Gulbudin furent introduits dans le bureau de la responsable du centre. C'était une étrangère, une Australienne d'une quarantaine d'années, massive, aux cheveux blonds et courts dont la poignée de main était aussi ferme que celle d'un homme.

— Bienvenue chez nous. Je suppose que vous venez pour nos infirmières ?

— Tout à fait. Brigade criminelle de Kaboul.

— J'ai déjà raconté ce que je sais aux services antiterroristes. – Elle eut un geste accompagné d'une grimace. – Mais je serai heureuse de vous aider. Ce qui s'est passé est effroyable. Vous avez des nouvelles des jeunes filles ?

— Aucune. On commence juste notre enquête.

— Épouvantable ! On s'est engagés à ne rien révéler aux médias, mais je ne vois pas comment on pourra cacher cela très longtemps.

— Que pensez-vous de la mort de votre directeur ?

— M. Japtar Dangav ? Je ne comprends pas, c'était un homme vraiment efficace et gentil, très professionnel. Il venait ici, au centre, au moins une fois par mois. Tout le monde l'appréciait.

— La concomitance de son assassinat et de l'enlèvement de vos infirmières ne vous alerte pas ?

— C'est-à-dire, on est en Afghanistan, n'est-ce pas, les gens meurent souvent de mort violente ici. Je ne suis pas policière... En réalité, je ne sais pas trop quoi en penser.

— Pensez-vous que M. Dangav pourrait être lié à l'enlèvement des jeunes filles ?

— Lui ? Jamais, c'était l'homme le plus honnête de la terre !

Oussama nota la conviction dans sa voix. Il prit le temps de lui faire raconter son histoire deux fois, l'interrompant régulièrement pour une précision ou un détail.

L'Australienne avait été prévenue par le siège de Tokyo de l'atterrissage d'urgence à Bagram. Elle s'était ensuite efforcée de dissuader tous ses interlocuteurs de transférer les infirmières hors de la base militaire, en vain. En désespoir de cause, elle avait donc appelé son directeur, M. Dangav. Il n'avait malheureusement pas répondu. L'autopsie le confirmerait, pensa Oussama, mais sans doute était-il déjà mort à ce moment-là. L'organisation du transfert lui-même – minibus et sécurité avec l'ANA – avait donc été menée par un certain Jamoun Goundoula, le directeur administratif et financier de l'orphelinat de Kandara.

— Pouvez-vous me parler de lui ?

— Jamoun Goundoula ? Il est engagé et sérieux. Il travaille pour notre ONG depuis au moins dix ans, on n'a jamais rien eu à lui reprocher.

— Et votre patron, M. Dangav, qu'en pensait-il ?

— Je crois qu'il ne l'appréciait pas beaucoup.

— Pourquoi ?

— Je ne sais pas.

Oussama rangea l'information dans un coin de son cerveau avant de poursuivre.

— Vous, que pensez-vous de votre responsable financier, ce Jamoun Goundoula ?

— Il peut déplaire au premier abord, je le concède, mais s'il n'était pas là, il nous serait impossible de continuer à travailler de manière aussi efficace.

Impassible, Gulbudin notait les renseignements sur son petit calepin au fur et à mesure.

— On pourrait lui parler ?

— Il n'est pas venu ce matin. Il est malade.

Oussama sursauta.

— Comment cela, malade ? Qu'a-t-il ?

— D'après sa femme, il a de la fièvre, il ne peut pas se lever.

Gulbudin jeta un regard en coin à Oussama.

— Il lui arrive souvent d'être malade ?

— Non. C'est la première fois.

— Racontez-moi comment il a organisé le transfert des étrangères.

— Je ne sais pas trop, ça s'est réglé entre Afghans. Dès l'annonce de l'atterrissage d'urgence à Bagram, il m'a dit qu'il allait appeler une société de transport sérieuse dont il connaît le propriétaire, et que pour la sécurité, il allait voir directement avec l'armée. J'ai déjà tout raconté aux hommes de la police secrète. Ils ont parlé à Jamoun Goundoula et m'ont certifié qu'il était hors de tout soupçon. Selon eux, nos infirmières sont tombées sur les mauvaises personnes, au mauvais endroit, au mauvais moment.

— Ben voyons, grogna Gulbudin. C'est juste la faute à pas de chance, c'est ça qu'ils disent, ces crétins ?

— Pardon ?

— Il y a un poste de l'armée ici ? coupa Oussama.

— Oui, mais je crois que Jamoun a réglé ça directement avec Kaboul.

— D'accord.

Elle prit un air suspicieux.

— Vous ne pensez quand même pas que Jamoun Goundoula ait quoi que ce soit à voir avec l'enlèvement des infirmières ou le décès de M. Dangav, n'est-ce pas ? Je suis certaine de sa probité, c'est un homme délicieux. Il est certainement dévasté par cette affaire.

— « Délicieux » ! explosa Gulbudin. Il n'existe personne de « délicieux » en Afghanistan, madame. Vous sortez parfois de votre dispensaire ?

— Ne vous en faites pas, nous ne suspectons personne en particulier, intervint de nouveau Oussama, soucieux d'éviter un esclandre.

Alors qu'ils quittaient les locaux, il se pencha vers Gulbudin.

— Ce Jamoun Goundoula, renseigne-toi sur lui.

— Ah oui ? Un homme aussi « délicieux », vous pensez qu'il serait impliqué ?

Il avait utilisé un ton ironique, imitant l'accent de la directrice de l'orphelinat et dessinant des guillemets dans l'air.

— Il est au centre du transfert des Japonaises alors que normalement M. Dangav, son patron, aurait dû gérer ou à tout le moins superviser une mission aussi critique. Si Goundoula est impliqué, il pourrait avoir fait liquider Dangav parce que ce dernier avait le pouvoir de s'opposer aux modalités de transfert des filles.

— Je vois. Ces Japonaises lui tombent littéralement du ciel, Goundoula comprend que c'est un moyen facile de se faire une petite fortune, alors pas de quartier pour tous ceux qui pourraient empêcher leur enlèvement ?

— Quelque chose comme cela, oui. Et puis, je trouve un peu bizarre que ce M. Goundoula soit absent alors que l'entreprise pour laquelle il travaille traverse une crise majeure. Puisque nous sommes à Kandara, allons faire un tour chez lui.

Le bourg n'était pas si grand, il leur fallut moins d'un quart d'heure pour localiser sa maison, une villa en briques marron assez coquette, entourée d'un verger. Aucune voiture garée dans l'allée du garage.

— Tu as sur toi le compte rendu de son entretien avec le NDS ? Les enquêteurs lui ont demandé comment il avait choisi la société de transport ?

— Oui. Il a dit que le proprio, Zemun, est un de ses lointains cousins, il pensait que c'était une garantie qu'il ferait bien son travail.

— Qu'a-t-il dit pour le choix de l'escorte armée ?

— Qu'il a appelé un ami qui travaille à l'état-major des armées.

— Ils ont demandé qui, au moins ?

— Non.

Oussama secoua la tête devant tant d'incompétence.

— On ne sait pas ce qui s'est passé ensuite. L'agent du NDS a noté dans la marge « pas de raison de suspecter le témoin ».

— Crois-en mon instinct, Gulbudin, le NDS a tout faux. Quelque chose me souffle que ce Jamoun Goundoula est trempé jusqu'au cou dans cette affaire. Tout ça pue.

L'entretien avec sa femme, une petite chose bâchée, ne fournit pas vraiment d'informations nouvelles. Elle ne savait pas où son mari se trouvait. Il était parti à l'aube, en lui demandant de prévenir l'association qu'il était malade. Énervé par ces paroles absurdes, Gulbudin se fit plus insistant.

— Au bureau, il raconte qu'il est malade et ne peut pas se lever, mais alors que son employeur vit la pire crise de son histoire avec la perte de cinq employées étrangères et le meurtre de son directeur, lui, il va se balader en montagne pour chercher des champignons ? Ça ne vous paraît pas bizarre ?

— Je ne sais pas, *sahib*. Mon mari, je ne lui pose pas de questions.

— Où est-il ? Si ça se trouve, il est avec les étrangères en ce moment. Peut-être même en train de les torturer ou de les violer ! Vous avez un local, une ferme dans les environs ?

— *Sahib*, nous n'avons rien. Que cette maison.

— Votre famille, elle a des terres près d'ici ?

— Aucune ! Nous sommes de l'ouest. De Badghis.

— Vous l'aidez, alors vous serez considérée comme complice, insista Oussama. Madame, on vous transférera au commissariat central. Il n'y a pas de zone réservée aux femmes. Vous serez interrogée par des hommes. Beaucoup n'ont jamais vu une autre femme que la leur. On vous enlèvera vos voiles, et vos sous-voiles, et tout le reste. Même les jupons et la culotte ! Vous comprenez ce que cela signifie ?

Elle se mit à pleurer tandis que Gulbudin haussait la voix :

— Où-est-parti-se-cacher-votre-putain-de-mari ?

— Je ne sais pas !

Soudain, elle craqua, fondit en larmes.

— Jamoun, il m'a dit que nous allions gagner beaucoup d'argent. Qu'il pourrait acheter une nouvelle voiture.

— Au moins, c'est clair comme de l'eau de roche, Goundoula est dans le coup, décréta Oussama en sortant. Il faut arrêter ce type sans attendre. Si ça se trouve, il cache les filles pas loin, c'est pour ça que les barrages n'ont rien donné. Diffuse un mandat d'arrêt contre lui avec sa description tout de suite, récupère aussi la marque et le numéro d'immatriculation de sa voiture. S'il passe un barrage, je veux qu'il soit retenu et qu'on nous appelle sur-le-champ.

Il fit un demi-tour sur lui-même tout en parlant. Ses yeux se fixèrent quelques secondes sur une cabane de chantier abandonnée, en face de la maison, dont la porte était bloquée par un amoncellement d'ordures, avant de s'en détourner.

— On va mettre en place une surveillance de sa maison sans passer par les flics du Parwan. Envoie deux hommes de chez nous ici, avec une camionnette banalisée. Tu leur diras de se poster un peu plus haut, discrètement, et de surveiller depuis l'arrière du véhicule. Qu'ils posent une caméra à déclenchement automatique sur le toit de cette cabane. S'ils voient Goundoula, qu'ils l'interpellent immédiatement.

— D'accord.

— Il faut aussi placer son téléphone sur écoute et le trianguler. C'est l'affaire du NDS, on va leur demander de s'en occuper. Il faut récupérer son historique téléphonique, ça, on va le faire nous-mêmes. Comme ça, on identifiera peut-être celui qui, à l'état-major, a monté la sécurité du trajet. Tu as toujours ton contact au ministère des Télécoms ?

— L'ancien ami de Babrak ? Toujours. Mais ce sera cher.

— C'est prioritaire. Tu iras le voir dès notre retour à Kaboul. De mon côté, je vais appeler Chinar pour qu'il aille rendre une petite visite au propriétaire des transports Zemun.

Dès qu'ils eurent quitté les lieux, la fenêtre de la cabane de chantier abandonnée s'entrouvrit en grinçant. Un homme passa la tête prudemment, regarda à gauche et à droite avant de l'enjamber puis de traverser la rue en courant et de s'engouffrer dans la maison.

— Mon *doustom*, la police, elle est venue, cria sa femme en l'apercevant. Elle te cherche. Jamoun, par Allah, j'ai eu si peur pour toi ! Tu as fait quelque chose de mal ?

— Ils me soupçonnent ?

— Ils pensent que tu as enlevé des filles japonaises et fait tuer ton patron. Mon *doustom*, tu l'as fait ?

— Tu dis n'importe quoi. Et arrête de m'appeler « mon chéri » !

Anxieux, il se précipita dans le jardin de derrière, protégé des regards extérieurs, et sortit son téléphone.

— Ahmad, on est démasqués ! lança-t-il d'une voix où perçait la panique. Les flics sont passés chez moi. On fait quoi ?

— Reste calme.

De l'autre côté, la voix était froide, posée. Celle d'un homme jeune habitué à commander.

— Comment tu sais qu'ils te soupçonnent ?

— Ils l'ont dit à ma femme.

— Elle leur a appris quoi ?

— Rien.

Il y eut un silence.

— Ils savent qu'on a éliminé Dangav ?

— Ils s'en doutent. Tu as laissé des indices ?

— Tu me prends pour qui ? Je lui ai défoncé la tête à coups de pierre pour faire croire à un crime de rôdeur, je portais des gants, personne ne peut remonter jusqu'à moi. Ces flics, tu crois qu'ils connaissent l'existence de la ferme où on a caché les filles ?

— Personne ne sait, à part nous.

— Retournes-y immédiatement, je t'y rejoins. On va les évacuer le plus vite possible. Il faut quitter la région.

— Mais... pour où ?

— Pour le dernier endroit où ils imaginent qu'on va les emmener. Kaboul. De toute façon, ma négociation a été bonne, on va toucher notre fric, alors autant les livrer dès maintenant à notre acheteur. Laisse ton téléphone ici, ne l'utilise plus jamais. Jamais, tu entends ? Pareil pour ta bagnole, elle est sûrement repérée. Tu peux piquer la moto de quelqu'un pour te déplacer ?

Goundoula réfléchit.

— Oui, la mobylette de mon voisin. Il est dans sa famille dans le Sud pour une semaine, elle est dans sa grange.

— Alors prends-la. Brûle aussi ta *tazkara*[1]. On se retrouve à la ferme. File, maintenant. Il n'y a pas une minute à perdre.

---

1. Carte d'identité.

6

Afghanistan : 12 h 00 – France : 09 h 30
Paris, quartier de l'Odéon

Assis dans le canapé normalement dévolu aux patients, Edgar laissa son regard traîner vers l'extérieur tout en buvant une gorgée du délicieux thé japonais que son interlocutrice gardait pour lui. Les bureaux du docteur Chloé Langlade-Boissieu, la psychiatre de référence du service des Archives, donnaient sur un petit jardin à la française, austère et apaisant, en plein VIe arrondissement. Intelligente, solide et calme, Langlade-Boissieu travaillait depuis plus de quinze ans avec la DGSE. Elle bénéficiait même d'une équivalence d'habilitation « très secret défense » – TSD dans le jargon du Service (l'officielle lui était inaccessible car sa délivrance aurait impliqué trop de gens au SGDSN[1] et risqué de compromettre son anonymat).

---

1. Secrétariat général de la Défense et de la Sécurité nationale.

Elle était son « référent psy ». Dès qu'il avait des questionnements psychologiques ou comportementaux sur des cibles ou des personnalités impliquées dans ses opérations, Edgar la consultait. Au fil de l'eau, elle était également devenue sa confidente, endossant même le rôle de psychiatre personnelle depuis le décès de Marie, dont elle n'ignorait aucun des détails horribles. Ce mélange de personnel et de professionnel n'était pas totalement conforme à la préconisation de distance entre praticien et patient. Mais à qui d'autre Edgar aurait-il pu parler de sa vie secrète pour le Service, de la charge mentale et de la pression psychologique qui pesaient sur lui ? Et puis, ils conservaient un sain recul dans leur relation. Même s'ils étaient collègues d'unité, il la vouvoyait et l'appelait « docteur Langlade-Boissieu ».

— Donc, mon cher Scan, vous pensez que la jeune Alice a été violée par son oncle. Lorsqu'elle avait dix ans environ. Hypothèse intéressante, vraiment. Qu'est-ce qui vous y a amené ?

— Nicole vient de récupérer le traitement d'antécédents judiciaires de l'oncle qui l'a recueillie après la mort de ses parents. On y trouve une condamnation de première instance à quatre ans de prison avec sursis pour détention d'images pédopornographiques.

— C'est incroyable que cela sorte seulement maintenant ! La DGSE ne le savait pas ?

— Non. La dernière recherche sur ses antécédents judiciaires avait été faite en mars 2016. Dans le cadre d'une enquête séparée, les gendarmes ont débarqué chez l'oncle pour saisir son ordinateur, en décembre de la même année. C'est là qu'ils ont découvert le pot aux roses. Quant à la condamnation et l'inscription au TAJ, elle date d'août 2018.

Elle hocha la tête.

— On peut faire l'hypothèse que Marsan était une enfant abusée. Cela pourrait éclairer beaucoup de choses.

— Des sévices subis dans l'enfance expliqueraient ceux qu'elle commet à l'âge adulte ?

— C'est un classique en psychiatrie, on appelle cela la « répétition ». Beaucoup de parents incestueux ont été eux-mêmes abusés dans leur enfance, les abus se transmettent de génération en génération, l'affaire Le Scouarnec en est un exemple récent typique. L'agression dont a été victime Alice Marsan a pu créer un basculement pervers et psychopathique, qui l'a transformée en agresseur à son tour. C'est très rare chez les femmes, pourtant cela arrive. Elle ne s'est probablement jamais confiée à quiconque, mais elle était comme un feu qui se consume en silence et sans fumée, avant de se transformer en brasier d'un coup, à cause d'un événement déclencheur externe. Ce pourrait être n'importe quoi, une agression, une rencontre, une prise de conscience brutale de fantasmes enfouis. On peut constater ce type de bascule violente chez des victimes de traumatismes extrêmes, même si c'est heureusement exceptionnel.

Edgar précisa :

— Nicole a discuté avec la tante. Celle-ci ignorait tout de ce qui se passait sous son propre toit. Son mari était un sous-officier de l'armée, décoré, toujours bien noté, catholique pratiquant. Il n'y a jamais eu aucune alerte. C'est Alice elle-même qui a demandé le changement de famille lorsqu'elle avait douze ans, sans explication. Sa tante n'a reconstitué l'histoire qu'*après* l'arrestation de son mari.

— C'est le clivage. Là aussi, c'est assez commun. Certains pervers sexuels ont une double vie complètement compartimentée et lorsqu'on les arrête, la famille, les voisins et les amis tombent de l'armoire, décrivent un homme charmant et gentil. Dites-moi, est-ce qu'au moins ces éléments de personnalité vous donnent un angle d'attaque pour la retrouver ?

— Non. – Edgar eut une moue. – Cela me donne juste une explication à la dérive d'Alice Marsan. Il est toujours important de comprendre les motivations de ceux qu'on combat.

La psychiatre s'empara de la photo de la jeune femme, qu'elle considéra en silence quelques instants. Le caractère implacable d'Edgar dans l'action se doublait d'une grande empathie, voire d'un certain idéalisme sur la nature humaine, qui continuait à l'étonner. Dans le cas présent, cette empathie risquait de le mettre en danger.

— Attention à ne pas vous laisser attendrir par son histoire d'enfance. En dépit de sa beauté, il ne faut pas s'attendre à la moindre humanité de sa part. À l'intérieur de cette femme, il n'y a sans doute plus qu'un bloc de haine qui a tout envahi.

Elle releva la tête vers Edgar.

— Prenez garde à ce que le décès de Marie ne vous conduise pas sur cette pente. La haine est un poison lent mais efficace. Elle détruit tout sur son passage.

— Je ne suis pas venu pour parler de moi aujourd'hui, répondit-il d'un ton sec. Et pour ce que j'en sais, la haine ne m'a pas complètement envahi.

— J'en suis certaine. En revanche je dois vous avertir. Pour que vous restiez vigilant sur ce point. Et que vous fassiez très attention à cette fille.

— Dites-moi à quoi je dois m'attendre.

Langlade-Boissieu prit son temps avant de répondre.

— Comme chez beaucoup de psychopathes, son mépris de la vie humaine est le résultat de graves traumatismes personnels. Des sentiments de mal-être, de sous-évaluation, d'humiliation, d'inexistence qui se mélangent à une paradoxale hypertrophie du moi. Cette complexité trouble mène au déni de l'humanité de l'autre, qui n'est considéré que comme un objet. Cela exclut la pitié. Ne l'oubliez pas le jour où vous vous retrouverez face à elle.

— Qu'entendez-vous par là, docteur ?

— Elle a été brutalisée, violée, réduite à l'état d'objet sexuel par un militaire français qui a détruit son enfance. Elle a tout subi sans pouvoir réagir, jusqu'au moment où elle a eu la force de demander à changer de famille. Ensuite, elle est devenue une *wonder woman* à qui tout réussissait en apparence, mais à l'intérieur elle souffrait énormément et sa haine grandissait. Haine des hommes. Haine de l'autorité et de l'armée, aussi. En tant que membre de la DGSE, un service en partie militarisé, vous représentez malgré vous la figure du mâle en situation de pouvoir qu'elle abhorre le plus, qui la révulse. Cela veut dire qu'elle ne se rendra pas. Jamais.

Elle se pencha vers lui.

— Je ne plaisante pas, Edgar. Alice Marsan préférera se suicider en vous tuant au passage que de vous laisser repartir vivant. Pour elle, ce sera la manière la plus noble de riposter à un soldat qui vient la capturer. J'imagine qu'elle utilisera de l'explosif, afin de disparaître « symboliquement » en même temps que lui. D'une certaine manière, en le tuant, elle tuera l'homme dont elle n'a pas pu se protéger autrefois. Marsan adulte, devenue la Veuve blanche, accomplirait ainsi ce que la petite Alice n'a pas pu faire. Elle la vengerait pour de bon tout en tirant sa révérence. Vous me comprenez ?

Il hocha la tête, concentré.

— Je crois que oui.

— Si vous devez la combattre, restez le plus possible à distance, insista gravement Langlade-Boissieu. Évitez le corps à corps. Et surtout, oubliez que c'est une femme. Tirez le premier.

7

Afghanistan : 12 h 24 – France : 09 h 54
Grottes de Banda Banda

Les neuf silhouettes étaient assises en tailleur, en cercle. Huit djihadistes et, fait exceptionnel, la femme qu'ils appelaient entre eux la Lionne, la Féline ou la Veuve blanche. Il faisait − 8 °C dans la pièce, ce qui avait poussé les combattants à s'emmitoufler dans d'épais manteaux de peau de mouton. Marsan, qui ne sentait pas le froid, était vêtue pour sa part d'une simple combinaison de combat surmontée d'une robe ample pour cacher ses formes. Elle avait enfilé une sorte de cagoule noire sur laquelle elle avait noué un foulard blanc. Serré entre les deux tissus, son visage naturellement pâle paraissait désincarné. Seuls ses yeux, brillant d'une lueur insensée, prouvaient qu'elle n'était pas une statue.

Comme les combattants qu'elle dirigeait, elle écoutait le compte rendu de son amant Granam, dont la sœur travaillait pour Gulgul, l'homme qui était en train de finaliser le rachat des Japonaises aux ravisseurs.

Les dernières nouvelles étaient précises. Une planque était en préparation au sous-sol d'une de ses maisons pour accueillir les filles ; on venait d'y affecter la sœur de Granam au ménage et à la cuisine. Aussi bizarre que cela puisse paraître, Gulgul avait parlé librement de son projet devant elle, sans s'inquiéter d'être entendu. Dans son monde, une femme n'existait pas.

Lorsque son amant eut raconté tout ce qu'il avait appris, Alice Marsan leva les mains au-dessus de sa tête, paumes vers le plafond. Il était temps de convaincre définitivement ses hommes d'adopter le plan qu'elle avait concocté.

— Cette affaire est une aubaine. Un cadeau d'Allah Ta'ala.

— La Lionne, que veux-tu faire ? demanda l'un de ses hommes, intrigué.

Son nom était Muhammad Shakal. Chef des opérations militaires du groupe, il affichait un aspect pour le moins effrayant : la peau de son visage était presque entièrement brûlée et surmontée d'une croûte noirâtre. Il avait survécu aux frappes américaines en Syrie puis aux commandos de la coalition en Irak, et jouissait d'un immense respect.

— Grâce à la sœur de Granam, nous savons où seront les otages. Prenons-les. Volons-les en tant que *ghanima*, comme butin. Et aussi parce que c'est une bonne action, une *hassanate*, de priver cet hypocrite pervers de Gulgul, ce mauvais musulman, de son bien. Un acte qu'Allah reconnaîtra le jour du jugement dernier. Ces filles seront un cadeau du Prophète, une récréation bienvenue pour récompenser nos combattants les plus valeureux. Puis nous les égorgerons pour les punir d'apporter la luxure et la dépravation chez nous.

Tandis que plusieurs hommes hochaient la tête en signe d'approbation, la Lionne masqua un sourire de contentement.

Ces hommes cruels étaient tellement prévisibles. Tellement faciles à manipuler. Il suffisait d'invoquer Allah et de faire miroiter actions guerrières, gratifications sexuelles et reconnaissance...

— Nous avons besoin d'une opération d'éclat si nous voulons rallier plus de cœurs à notre cause, ajouta-t-elle. Jusqu'à présent, tous les enlèvements que nous avons menés ont été des réussites. Ils nous ont apporté le respect et ont semé la peur chez nos ennemis. Cela veut dire qu'Allah, loué soit le Très-Haut, guide notre main.

— Il faut mener des opérations plus spectaculaires ! objecta le plus âgé, un nabot malveillant. Enlever ces filles, c'est pas une opération d'éclat. Les exécuter non plus. Nos frères ont mené des opérations beaucoup plus fortes. Nous devons frapper le pouvoir central. Ou alors ces chiens d'Hazâras.

La Veuve blanche eut un mouvement d'épaules. Le nabot était lui aussi prévisible dans sa volonté de saper son autorité. Malgré tout, elle devait rester vigilante. Ses hommes, aujourd'hui soudés et aveuglés par son charisme, son argent et les pouvoirs quasi surnaturels qu'ils lui prêtaient, étaient versatiles. Un jour, ils pourraient refuser de suivre les ordres d'une créature inférieure. Elle décida de contre-attaquer sans attendre.

— Les opérations contre les *safavides*, laissons-les aux autres. Regarde ce qui s'est passé au Sham. À quoi ça a servi d'entraîner ces chiens d'Iraniens dans la guerre, avec leurs miliciens et leurs Gardiens de la Révolution ? À rien. Résultat, on a tout perdu. Moi, je préfère m'attaquer aux vrais ennemis de l'islam, ceux qui nous asservissent, les juifs et les nazaréens.

— Dans ce cas, pourquoi risquer la vie de nos moudjahidine pour des femelles infidèles ? C'est ça que tu appelles de la *ghanima* ?

— Tu préférerais des garçons, peut-être ?

Plusieurs hommes éclatèrent de rire. Elle sut qu'elle les avait ralliés à sa cause.

— Ces infidèles sont envoyées par Allah le Très-Haut pour tester notre détermination. Le Japon est le principal allié des Américains en Asie. Il finance leur guerre contre nos frères moudjahidine philippins. Il y a une énorme communauté japonaise en Amérique et tous ces gens se mobiliseront pour faire pression sur leur gouvernement quand l'affaire sera connue. Ce sera comme pour les filles enlevées par Boko Haram au Nigeria. Sans compter les mouvements féministes, qui ont une grande influence dans les médias internationaux.

— Qu'est-ce que c'est que ce charabia ? De quoi parles-tu ? rétorqua, interloqué, le nabot.

Ne sachant pas lire, il ne connaissait ni Boko Haram, ni le Nigeria, ni les Philippines, n'avait jamais entendu parler d'un mouvement féministe. Le concept même lui était étranger.

— Les médias américains sont aux mains des bossus de Jérusalem, reprit la Veuve en détachant ses mots, comprenant qu'elle devait trouver des arguments à leur portée. Pour gagner plus d'argent, ces journalistes, ils ont besoin de sensationnel. De belles infirmières japonaises punies et décapitées par nos glorieux moudjahidine, c'est un gros titre idéal ! Ce sera repris partout dans le monde, et même ici, en Afghanistan. Tous les infidèles trembleront. Comme leurs alliées, les catins et les putains qui dominent les médias et se moquent de l'islam. Vous avez vu les présentatrices sur Gulf TV ? Elles ne mettent pas de voile, se couvrent de rouge à lèvres, de vernis à ongles et de laque pour cheveux. Elles excitent les hommes pour les détourner de la grande voie de l'islam. Ô, Allah, aide-nous à punir ces hypocrites !

— Oui, c'est vrai ! s'exclama l'un des combattants.

— C'est un complot ! glapit un autre. Les fornicatrices veulent détruire notre foi, nous écarter de la parole du Prophète !

Lui-même faisait partie de ces hommes frustes, nombreux en Afghanistan, à se donner du plaisir solitaire avec frénésie en regardant certaines chaînes du Golfe dont les programmes se limitaient volontairement à des défilés de mode de jeunes femmes suggestives en sous-vêtements ou maillot de bain.

— Voilà comment le pouvoir des nazaréens s'exerce ! renchérit-elle. Les juifs, Bill Gates et la banque Rothschild contrôlent les médias avec leur argent, tout ça pour aider ces putains à corrompre les croyants. Derrière, il y a aussi la CIA, les Illuminatis, les multinationales, les fabricants de vaccins et les francs-maçons. Tous unis pour nous détruire et nous asservir. Je vous le dis, la mort de ces infirmières est un cadeau pour Allah Ta'ala.

— Je suis d'accord, intervint un vieil homme à la longue barbe rousse. Cette opération est une occasion unique de devenir célèbres ! Et puis ce sera aussi un hommage à ton mari, *khanom*. Oui, à Salem Sadat, ce grand homme tué par les nazaréens par traîtrise, lui qui avait si bien servi Abou Bakr al-Baghdadi, notre défunt chef béni, créateur du califat par la bonté d'Allah ! Il siège à ses côtés maintenant, souriant et guilleret, béni soit son nom, Al hamdoulillah. Avec la publicité que ces exécutions auront, nous recevrons plus de candidatures pour accroître le nombre de nos moudjahidine. Je propose de voter en faveur de ce plan.

Étant le mollah du groupe, il avait une grande influence. La Veuve blanche suggéra aussitôt :

— Si nous votions maintenant à bulletin secret ?

Derrière eux, il y avait une boîte et deux sacs de haricots, l'un de blancs, l'autre de verts. Chacun se leva, prit un haricot de chaque sorte et en glissa un seul dans la boîte, le dos tourné afin que l'on ne voie pas son vote. Quand ce fut terminé, elle renversa la boîte sur le sol, au milieu du groupe. Huit verts, un blanc.

— L'opération est validée à la majorité des membres, remarqua-t-elle, le regard vrillé dans celui du nabot, qui finit par baisser les yeux, vaincu. Allah le Tout-Puissant a éclairé nos cœurs et nos esprits ! Prions désormais pour qu'Il guide nos pas et nos mains. Nous partons pour Kaboul.

Elle s'écarta du groupe, après avoir lancé un coup d'œil brûlant à Granam, son jeune amant.

Ainsi, grâce à cette opération elle aurait bientôt entre ses mains de nouvelles otages, jeunes et jolies, elle n'en doutait pas. Des agneaux sacrificiels que Granam violerait longuement sous ses yeux. Elle exigerait qu'il les tourmente, les punisse et les fasse crier.

Il faisait toujours tout ce qu'elle lui demandait.

Ensuite, il les égorgerait, au moment choisi, aspergeant son visage et son corps nu de leur sang chaud.

Elle ferma les yeux, frémissante, déjà toute à son fantasme. Granam n'était que le bras, un outil et rien de plus. C'est elle qui guiderait sa main. Elle qui lui ferait faire exactement ce qu'elle souhaitait. Comme elle le voulait. Quand elle le désirerait. Au rythme qu'elle aimait.

Elle qui aurait le pouvoir.

Elle rouvrit les yeux, parcourue par un dernier frisson. C'était pour ces *moments sauvages* qu'elle avait tout sacrifié. Elle les vivrait aussi longtemps que possible, jusqu'à la délivrance finale.

Quand elle partirait dans l'au-delà avec le Chevalier.

8

Afghanistan : 13 h 36 – France : 11 h 06
Kaboul, commissariat central

Babour entra en coup de vent dans la pièce centrale de la brigade où l'attendaient Chinar et Rangin. Il posa le téléphone de Cedo trouvé dans le minibus en évidence sur le bureau de l'ancien lutteur. C'était un modèle d'une marque coréenne connue, assez ancien mais qui paraissait en bon état. La batterie était encore à moitié pleine. Évidemment, l'appareil était protégé par un mot de passe qu'ils ignoraient.

— Faut trouver une solution. On demande au consulat japonais ?

— Je suis certain qu'ils ont ordre de ne parler qu'au NDS.

Babour s'assit, fixant Rangin. Pendant son trajet de retour, il l'avait appelé pour discuter de la découverte de l'appareil. Ils avaient convergé vers le même scénario : l'appareil avait été caché par la Japonaise qui s'appelait Cedo. Elle avait filmé leur kidnapping, jugeant plus important de laisser le téléphone comme élément de preuve ou d'indices dans le minibus que de l'emporter avec elle. Sacrifier un moyen de communication aussi essentiel signifiait qu'il contenait des informations importantes. Peut-être même certains ravisseurs étaient-ils identifiables ?

— Babour, toi qui sais tout faire, tu peux retrouver ce qu'il y a dedans ? demanda Chinar.

— Non, reconnut le jeune homme tristement, c'est au-delà de mes compétences. Il faudrait un logiciel spécialisé pour craquer le mot de passe.

— On n'a qu'à demander au NDS, proposa Rangin. Ils ont le matériel. Après tout, on est sur le coup grâce à eux.

— Je ne préfère pas, tempéra Chinar. C'est notre enquête, on la mène à notre façon et avec nos moyens. Cette affaire est potentiellement politique, imagine que nous découvrions des images gênantes... Ils nous les cacheraient ou les détruiraient. Il faut avancer nous-mêmes.

— Comment des images pourraient-elles être gênantes ?

— Je ne sais pas, mais je ne veux pas prendre le risque.

Le ton glacial de Chinar n'incitait pas à la discussion, aussi Rangin choisit-il de se taire.

Le camion pour ramener les filles, l'enlèvement d'étrangères en plein jour, à proximité d'une base de l'OTAN, les tirs précis, la disparition totale des otages... Chinar avait le pressentiment que des militaires ou des policiers étaient impliqués. Le transfert précipité de l'enquête du département des enquêtes du NDS à celui du contre-terrorisme corroborait son analyse. L'homologue d'Oussama n'envoyait-il pas délibérément ses hommes dans une mauvaise direction de crainte de ce qu'ils pourraient découvrir ? Babour lui fit soudain un coup d'œil complice. Ainsi, comme d'habitude, le rusé jeune homme avait abouti à la même conclusion que lui.

— Pour le téléphone, j'ai peut-être une solution, lança Rangin. À l'université, dans ma classe de technologie, il y avait une fille très forte en informatique. Une sorte de pirate. Elle faisait partie d'un groupe de hackers, les Anonymous, enfin, je crois que c'était eux.

— Elle accepterait de t'aider ?

— On se parlait, parfois. Je peux toujours essayer.

— Alors n'hésite pas. Nous, on va rendre une petite visite à celui qui a fourni le minibus.

9

Afghanistan : 13 h 47 – France : 11 h 17
Village de Ginzat, premier lieu de détention des otages

CEDO, SES AMIES ET LEUR ACCOMPAGNATRICE étaient rétenues dans une ancienne ferme. Deux bâtiments principaux, une étable en ruine, une éolienne rouillée.

Aussi loin que le regard portait, pas un signe de vie, à part trois véhicules garés devant la ferme – un camion militaire, un 4 x 4 japonais et une mobylette. À l'intérieur du bâtiment principal, Cedo entendit des pas. Puis la porte s'ouvrit et plusieurs hommes entrèrent.

Ils étaient cinq. Jamoun Goundoula, le sergent Wadik, le maigre, un quatrième kidnappeur aux joues grêlées et, enfin, celui qui paraissait être le chef, au centre du cercle. Il s'appelait Ahmad Kashad. C'était le jeune homme aux traits acérés barrés par une mèche rebelle qu'elle avait brièvement aperçu au réveil. Un gros pistolet était coincé dans sa ceinture. Les hommes étaient tendus, ils savaient le dénouement proche. Cedo l'ignorait, mais dans quelques heures ils avaient rendez-vous pour les échanger contre une forte somme d'argent, la conclusion gagnante de leur coup de poker.

Ses amies et elle étaient couchées en rang d'oignons sur le sol en terre battue, ligotées et bâillonnées. Seule Mme Toguwa n'était pas entravée. Elle respirait difficilement, sa tête avait doublé de volume et parfois elle crachait un peu de sang et de salive par sa bouche meurtrie. La douleur semblait être terrible, comme en témoignaient les crispations qui secouaient son corps, mais les hommes ne lui accordaient aucun regard. Cedo, ne pouvant comprendre leur conversation, supposait qu'ils discutaient du sort de Mme Toguwa. Goundoula et le sergent Wadik étaient d'avis de la violer puis de la tuer, mais Ahmad Kashad s'y refusait car, en dépit de son âge, elle avait encore une belle valeur marchande. Finalement, étant chef, il obtint gain de cause.

Aussitôt, la directrice fut relevée, ligotée et bâillonnée comme les autres, malgré ses cris de douleur. Un coup de crosse dans la jambe et une volée de gifles la firent taire. Puis les hommes allèrent chercher des caisses vides dans le camion. Une à une, les amies de Cedo furent réparties dans des caisses à munitions préalablement vidées et garnies de paille, sur le côté desquelles des trous d'aération avaient été percés. On l'enferma la dernière. Elle fut glacée d'effroi quand le couvercle s'abattit au-dessus de sa tête, comme si elle était dans un cercueil.

Les caisses furent clouées et, enfin, remontées dans le camion. D'autres caisses à munitions, remplies de ciment, furent posées dessus, de sorte qu'il était impossible de se rendre compte que celles du dessous n'étaient pas aussi lourdes.

À l'intérieur du camion, l'odeur de gasoil était suffocante, et il était difficile de respirer. Cernée de caisses pleines de ciment, Cedo était incapable de comprendre ce qui se passait : elle n'entendait que des sons indistincts.

Pourtant, les kidnappeurs étaient loin d'être inactifs. Certains rassemblaient leurs papiers, d'autres leurs affaires. Satisfait, un des hommes se déshabilla avant d'enfiler un uniforme de l'armée avec des épaulettes de capitaine. Enfin, équipé d'une kalachnikov, il monta dans le camion, à côté du sergent Wadik. L'engin s'éloigna aussitôt sur le chemin pierreux, projetant douloureusement Cedo contre les parois de la caisse.

— Tu n'as pas peur qu'ils se fassent arrêter ? demanda Goundoula à Ahmad Kashad, tout en regardant le véhicule qui cahotait dans les ornières.

— Non. Transport de munitions pour le 201e, ils passeront tous les barrages sans problème. Qui va se faire chier à ouvrir des caisses cloutées ? En plus, les soldats aux barrages préfèrent toujours se tenir le plus loin possible de ce type de marchandises parce que les munitions, ça explose ! Personne ne fera de zèle, tu peux me croire. De toute façon, on va les suivre à distance pour contrôler que tout roule comme on veut.

Goundoula hocha la tête en signe d'assentiment tout en se dirigeant vers sa mobylette pour enfiler la peau de mouton laissée sur la selle.

Dès qu'il eut tourné le dos, Ahmad Kashad sortit son pistolet et lui tira une balle dans l'arrière du crâne. La détonation se répercuta sur les parois rocheuses toutes proches. Calmement, Ahmad Kashad se tourna vers le maigre, tira un nouveau coup, le rata de peu. Ce dernier tentait de fuir en courant quand une deuxième balle lui brisa la cheville. Il tomba en hurlant. Kashad s'approcha de lui. Il lui tira trois autres balles en pleine poitrine, puis la dernière dans le front.

Au fond, il n'avait rien de personnel contre Goundoula ou le maigre, mais, pour des raisons différentes, les deux hommes étaient devenus dangereux. Le premier, trop connu, se serait fait arrêter au premier barrage, tandis que les pulsions sexuelles du second étaient incontrôlables. Il essuya soigneusement le pistolet avec un pan de sa chemise avant de le jeter négligemment dans un abreuvoir vide. Il reviendrait faire le ménage plus tard. Puis il sortit un peigne de sa poche, lissa soigneusement sa mèche, s'observa dans le rétroviseur, satisfait. Enfin, il monta dans le 4 x 4 et démarra.

Il ne pensa pas à inspecter la pièce où les filles avaient été séquestrées. Là où Cedo avait laissé son message.

10

Afghanistan : 14 h 01 – France : 11 h 31
Paris, quartier de Belleville

La C5 break un peu cabossée de la brigade des stupéfiants s'engagea à vitesse réduite dans la rue de Tourtille. C'était jour de marché à Belleville. De-ci, de-là, des choufs au travail étaient déjà visibles. Des jeunes à capuche apparemment désœuvrés mais l'œil aux aguets, tous assis sur des points hauts, bancs ou cabanes de chantier, leur portable à la main.

— Pas trop lentement, tempéra le lieutenant des stups assis sur le siège passager. On va se faire repérer.

Nicole, qui d'autorité avait pris le volant, accéléra légèrement. Elle avait présenté Edgar, assis sur la banquette arrière, comme un collègue du contre-espionnage. Il n'avait pas fallu longtemps aux stups pour identifier le fameux Kin, de son vrai nom Pierre Kinbuya, un dealer local qui tenait solidement son petit royaume.

— Ça va bouger bientôt, annonça le policier des stups. Il arrive toujours tôt.

Rattaché au commissariat du XXe arrondissement, c'était un jeune homme baraqué, coiffé d'un bonnet multicolore de surfeur, et tout excité de se retrouver au cœur d'une enquête menée par la DGSI. Le style aristocratique de Nicole – tailleur et carré Hermès – semblait par ailleurs l'impressionner presque autant que son grade.

— Vous voyez Kin ? demanda Edgar depuis l'arrière.

— Non, mais ce n'est pas étonnant, il n'est pas sur place tout le temps, il fait des allers-retours. On va s'arrêter un peu plus loin et refaire une passe dans un quart d'heure. Kin, il a de bons clients sur ce spot, il ne peut prendre le risque de les rater, sinon il peut leur dire adieu.

— C'est quoi, un client type ?

Le jeune flic eut un rire.

— Bah, il y en a de très divers, des hommes autant que des femmes, des gays autant que des hétéros, des fêtards, des travailleurs fatigués, des célibataires de tous âges, des jeunes couples... Tous ceux qui ont trop chargé en ecstasy, en coke ou en amphétamines le vendredi ou le samedi soir en boîte. Ils sont cassés au réveil, alors ils veulent un peu de résine, histoire de se remettre d'aplomb. Le stupéfiant « dur » du soir de fête appelle le stupéfiant prétendument « doux » du lendemain matin. C'est un effet domino. Ceux qui ne sont pas assez prévoyants ou qui n'ont plus assez de matière en stock chez eux finissent ici. Toujours les mêmes.

— Ce n'est pas trop dur de passer son temps avec des enfoirés de junkies ? demanda Nicole.

Le flic sourit.

— Pas plus qu'avec des enfoirés de terroristes.

Elle sourit à son tour.

— Touchée.

Edgar remarqua le regard du policier, à la dérobée, vers la main gauche mutilée de sa partenaire. Nicole s'en aperçut, eut d'abord le réflexe futile de cacher sa main avant de se reprendre et de la poser, mine de rien, en évidence sur le volant.

Le geste plut à Edgar.

— Collègue, parlez-moi de la manière de procéder de notre cible, dit-il en se calant dans la banquette élimée.

— Le vente va toujours vite. Les acheteurs n'ont pas l'impression que c'est vraiment mal, mais ils savent que c'est illégal, donc ils font attention à ne pas se faire voir. Côté fournisseurs, il y a quatre ou cinq guetteurs pour un revendeur. Les dealers planquent souvent leur shit dans des cachettes comme des poubelles ou des halls d'immeubles, où les clients vont se servir après avoir payé. Comme ça, ils n'ont rien sur eux si on les embarque. Certains dealers préfèrent plutôt les planquer sur eux, dans leurs orifices naturels. La bouche, par exemple, c'est une spécialité des Nigérians. Kin, lui, il n'utilise pas cette technique parce qu'il n'emploie que des gens du Katanga, sa région d'origine au Congo. Il planque toujours sa came dans des boîtes aux lettres d'immeubles.

— Il ne s'est jamais fait voler de marchandise par ceux qui récupèrent leur courrier ?

— Dans ce quartier, tout le monde sait qu'il ne faut toucher à rien s'il y a de la dope dans sa boîte aux lettres. Les dealers peuvent être ultraviolents, ils frappent au moindre problème. On a eu plusieurs vieilles dames aux urgences avec le crâne fracassé à cause de ça. En plus, ils ont souvent une lame sur eux.

— Charmant...

Nicole profita du départ d'une camionnette pour garer la Citroën sur une place de livraison, avant de couper le moteur. Au bout d'un quart d'heure, le flic se tourna vers elle.

— Allez, c'est l'heure, on y va.

Elle fit un demi-tour au croisement des rues du Pressoir et des Couronnes, pour repartir dans le sens opposé. Après trois cents mètres, il pointa le doigt.

— Là-bas, c'est lui. Sous l'abribus.

Nicole ralentit avant d'arrêter la voiture à une centaine de mètres de l'endroit indiqué.

— C'est lui, vous en êtes certain ? Le Black ?

— Oui. Avec la capuche rouge. Pierre Kinbuya.

Le dealer, une trentaine d'années tout au plus, était grand et maigre, avec des cheveux en coupe afro et un masque rabattu sous le menton. Il affichait ostensiblement le sigle du PSG sur ses chaussures ainsi que sur son ensemble survêtement et T-shirt flambant neuf. Edgar plissa les yeux. Le gars avait une bonne tête. Pourtant, d'après sa fiche, il comptait dix-sept arrestations pour vente et possession de drogue. Un dealer professionnel devenu informateur occasionnel de la police par la force des choses, dans le seul but d'éviter un second séjour en prison, auquel, de toute manière, il ne couperait pas…

Nicole l'examinait avec attention à travers le pare-brise.

— Allons-y avant qu'il nous repère, proposa le flic. Ces mecs-là ont un sixième sens.

Comme Nicole et Edgar ouvraient leur portière, il les arrêta d'un geste.

— Euh, laissez-moi lui parler, d'accord ? Ces gars, ils sont terriblement méfiants, et Kin ne fonctionne pas comme les mecs dont vous avez l'habitude.

— Pas de problème. Les dealers, ce n'est pas notre rayon.

Le jeune Black aperçut l'inspecteur des stups quelques secondes trop tard. Il fit mine de quitter l'abribus en douceur, avant de se rendre compte que c'était peine perdue, Edgar et Nicole venant de le prendre en tenaille. Le flic s'approcha tout près du dealer, croisa les bras au-dessus de sa tête, faussement décontracté.

— Salut, Kilos, ça roule ?

— Pas mal, lieut'nant, pas mal.

Le flic se tourna vers Nicole.

— Notre ami Kinbuya vend tellement qu'il a gagné un surnom récemment, on l'appelle « Kilos » dans le quartier. Parce qu'il fourgue de plus en plus de ses saletés.

Il décroisa les bras, lança une tape sonore et faussement amicale sur la joue du voyou.

— Mais bon, on n'est pas là pour te faire la morale, Kilos, n'est-ce pas ?

— Non, non, lieut'nant. J'sais.

— Comment vont les affaires en ce moment ?

— Ça va, ça vient. La BAC a fait une descente c'te semaine, genre j'ai pas pu bosser pendant un jour. Mais là, c'est calme, j'vends bien. Je bosse comme je bosse, vous savez ça, lieut'nant. Que de la tendre ou du noir, hein ? Jamais de coke, ni de crack, ni d'héro. Que du produit bio.

— Je sais, tu es un véritable saint, la réincarnation de Greta Thunberg. Dis-moi, Kilos, la personne avec moi est commissaire divisionnaire.

— D'accord. Bonjour, m'dame la divisionnaire.

— Son collègue et elle travaillent à l'antiterrorisme. La DGSI, tu sais ce que c'est, tu en as déjà entendu parler ?

Les yeux du dealer roulèrent dans leurs orbites comme deux billes folles.

— Hé, j'ai rien à voir avec ça, moi ! Les terroristes, les barbus, c'est des tarés, j'les fréquente pas. En plus c'est mauvais pour les affaires. Moi, c'est que le shit.

— Mais oui, mais oui. Tu es un bon chrétien et aussi un bon citoyen, c'est ça ?

— Sûr !

— Donc si tu côtoyais un membre de Daech, en lien avec un réseau terroriste international, ce serait juste sans le savoir ? Du pur hasard ?

— J'en connais que dalle des terroristes, moi, lança le jeune Black d'une voix affolée. Aucun, j'vous dis !

Le flic laissa passer quelques secondes, histoire de faire monter la tension, avant de sortir de son blouson son téléphone, qu'il colla sous le nez de Kinbuya. Le portrait-robot tout frais réalisé par les spécialistes de la DGSI à partir du témoignage des deux Vietnamiens s'affichait à l'écran.

— Et lui, tu le connais pas ?

— Non !

— Pourtant ce mec a reçu un coup de fil d'Afghanistan d'un terroriste connu. Il s'est recommandé de toi, et donc faut que tu nous dises pourquoi.

— Je n'ai pas d'explication, lieut'nant. Genre, çui qui dit ça, c'est que des menteries.

— Il va pourtant falloir que tu m'en trouves une, d'explication. Et vite.

Edgar fit un pas vers le jeune homme.

— Vous savez qu'on peut avoir l'international depuis le téléphone public de La Perle ?

— Ouais, reconnut le dealer. J'ai déjà appelé ma reum, au pays, depuis là-bas.

— Avez-vous déjà parlé à quelqu'un de ce téléphone public qui marche avec l'international ?

— Ouais, c'est possible, laissa tomber Kinbuya de mauvaise grâce.

Nicole intervint.

— Qui ? Est-ce que vous auriez pu en parler à un client, par exemple ? Un client qui vous connaît suffisamment pour parler de vous à un contact à lui, et lui dire que, s'il cite votre nom, on le laissera recevoir et passer un coup de fil discret depuis La Perle ?

Le dealer demeura silencieux tandis que ses yeux filaient à gauche et à droite, évitant leurs regards. Sa glotte montait et descendait à toute vitesse. D'évidence, Nicole avait tapé dans le mille.

— On ne parle pas de cinquante grammes de shit mais de djihadistes très dangereux, lança-t-elle d'une voix glaciale. Faites très attention à ce que vous allez dire. À partir de maintenant, vous jouez votre peau. Complicité de terrorisme, c'est dix ans. OK ?

— D'accord, m'dame la divisionnaire. Y'a peut'êt' un mec, là, que je connais. Mais j'l'ai pas vu depuis, genre, un an. Un Paki, Farouk qu'y s'appelle. Il m'achetait de la noire, de la résine, quoi, il voulait toujours de la *first* qualité. Deux, trois grammes par-ci, cinq autres par-là. C'était que pour lui, CP. Il revendait jamais.

Nicole eut un regard en coin vers le flic.

— CP pour « conso perso », expliqua ce dernier. C'est comme ça que notre ami Kilos appelle ses clients individuels.

— Ouais, confirma le dealer en hochant vigoureusement la tête. CP, quoi.

— Ce Farouk, qu'est-ce qui te fait penser qu'il pourrait être mêlé à cette histoire ?

— Ben ce mec sur vot' dessin, avec sa barbe et son calot, on voit que c'est un mouslim, genre, un super religieux. Farouk, c'est pareil. Il gueule contre les filles pas voilées, il a la barbe, le pantalon remonté sur les chevilles et tout et tout. Il jure que par le Prophète, il fait ramadan, il boit même pas une cuillère d'eau dans la journée, genre, si tu respectes pas le Coran à la virgule, tu vas en enfer. Vous voyez, lieut'nant ?

— Je vois. Regarde à nouveau le portrait-robot.

— Ben, ça lui rassemble pas du tout, Farouk il est beaucoup plus jeune que ce mec-là. En plus, il est super mince.

— Tu connais son nom de famille ?

— Ben, non. Je l'appelais juste « mec ». On traînait pas vraiment ensemble. C'était juste du biz.

— Il habite où, ce Farouk ?

Un intense air de concentration sur le visage, le dealer feignit de fouiller dans sa mémoire. Le flic des stups comprit immédiatement qu'il connaissait la réponse.

— Kilos..., commença-t-il d'un ton menaçant.

Kinbuya recula d'un pas, les deux mains tendues.

— Hé, vous énervez pas. À Vitry ? Ouais, je crois qu' c'est Vitry. Il m'a invité un jour qu'il voulait que je lui amène de la matière.

— Vitry-sur-Seine ou Vitry-le-François ?

— Sur Seine, dans le 9-4. Mon reup, il a habité dans ce coin pendant cinq ans, à côté, avec sa nouvelle meuf. P't-être que j'y suis allé. Juste une fois. Pour une livraison plus importante. Genre, Farouk, il avait la trouille d'aller sur le terrain parce qu'un de ses potes s'était fait choper par les keufs après avoir acheté du produit, alors lui, y voulait une livraison à son appart pour trois mois de conso. Cent grammes.

— Alors comme tu allais voir ton père à côté de chez lui de toute façon, tu as accepté tout en te faisant payer très cher pour la livraison, c'est ça ?

— Ben... oui. C'est que du biz, hein ?

— Donc tu sais où il habite, compléta le flic avec logique.

— Mais j'y suis jamais retourné, juré sur la tête de ma reum. J'suis pas genre DHL, Dope HL, moi !

Il se tut, ravi de sa blague. Son rire gela quand il s'aperçut que ni Nicole, ni Edgar, ni le jeune flic ne goûtaient son humour. Au lieu de quoi, sans se soucier des gestes barrières, le flic le prit à la gorge.

— Tu as fini de te marrer, connard ? On ne rigole pas. File-nous l'adresse.

— Hé, j'suis d'accord pour aider, mais j'suis pas une fiotte ! lança le dealer d'un ton indigné tout en se dégageant.

— Mais oui, mais oui, on sait que t'es pas une balance ! acquiesça le flic en lui époussetant le col de manière un peu théâtrale. Seulement, Kilos, c'est important, cette adresse. Pour moi et pour Mme la divisionnaire et son collègue. Donne-la-nous et on sera amis pour la vie. Je te sauverai la tête à ta prochaine grosse connerie. On sait tous les deux que tu vas replonger et que si les juges s'énervent, tous tes sursis tombent. Ça te ferait « genre », comme tu dis, quatre ans ferme. Alors ?

— OK, OK, accepta le dealer, vaincu. C'est une maison toute pourrie dans la zone industrielle près de la Seine. Je me souviens plus du nom exact mais sa rue, c'était comme un nom de pâté. Ah, et aussi à l'arrière, y avait une usine. Vraiment grande. J'promets, je sais rien de plus.

Il commençait à montrer des signes d'agitation.

— J'sais rien d'autre. C'est bon, je peux y aller ?

Comme le flic allait accepter, Nicole s'interposa.

— Encore une question. Est-ce que Farouk vous a présenté quelqu'un qui s'appelle Ali ?

— Ouais, une fois.

Edgar se figea, laissant l'information pénétrer dans son cerveau. Nicole, elle, continua sur sa lancée.

— À quoi il ressemblait, cet Ali ?

— Ben comme l'autre. C'était un gris, quoi, avec la barbe et le calot. – Il eut une hésitation. – Dites, vous pourriez pas me le remontrer, genre, votre dessin ?

Le portrait-robot en main, il plissa les yeux pendant une vingtaine de secondes, faisant des efforts manifestes pour sortir un souvenir de sa cervelle grillée par le cannabis.

— Je me demande si c'est pas lui, Ali. Il lui ressemble vachement. Mais bon, je l'ai vu qu'une fois, et puis ces gris, ils se ressemblent tous, alors...

Nicole ignora la saillie. Où le racisme allait-il se nicher ?

— Cet Ali, tu sais où il crèche ?

— Ben, on a discuté genre de l'ancienne cité Balzac qu'y z'ont rasée, à Vitry aussi. Il doit crécher par là.

11

Afghanistan : 14 h 29 – France : 11 h 59
Kaboul, bureaux de Mollah Bakir

OUSSAMA REÇUT LE COUP DE FIL DE FRANCE alors que son véhicule entrait dans la zone sécurisée. D'une tape sur l'épaule du chauffeur, il le fit s'arrêter. La conversation fut courte : Nicole se limita à l'informer que les ravisseurs allaient se faire voler leurs otages par un groupe djihadiste. Un groupe dirigé par une femme, de surcroît ! Oussama n'avait jamais entendu parler d'une femme chef de *katiba*, et encore moins de la « Veuve blanche », mais il faisait confiance à Nicole, dont le ton pressant trahissait l'urgence de la situation. Comme si l'affaire n'était pas assez compliquée comme cela.

Le cerveau en feu, il décida de déposer Gulbudin et d'aller rencontrer la seule personne qui pouvait peut-être le renseigner sur cette femme.

Le mollah Bakir.

Heureusement, son QG n'était pas très loin du centre sécurisé de Kaboul. Après s'être fait déposer à trois cents mètres de là, Oussama emprunta plusieurs ruelles sinueuses, revenant brusquement sur ses pas, avant d'emprunter un passage perpendiculaire bizarrement vide et d'effectuer au final une double boucle inversée à travers ce quartier populaire. Mesures imparables, traditionnelles, destinées à perdre d'éventuels suiveurs : il n'avait jamais oublié l'enseignement de l'inspecteur soviétique qui l'avait formé à l'art de la contre-filature, des années plus tôt.

Ces précautions étaient indispensables. Si son amitié avec Mollah Bakir, l'ancien ministre des talibans, était révélée, ses ennemis pourraient lui causer de graves ennuis, à commencer par sa révocation de la police.

Enfin, il arriva en vue de la mosquée du cimetière de Shahe du Shamesera où officiait le mollah. C'était un édifice assez laid, d'un jaune délavé, dont le seul élément remarquable aurait été sa coupole si la peinture ne s'en détachait pas par larges plaques, exhibant les briques dessous.

Évitant le trajet direct vers la vilaine bâtisse, il emprunta un chemin pierreux sur la droite, qui l'emmena dans un terrain vague entre plusieurs maisons de guingois. Là, un mur d'enceinte appartenant à une ancienne *qalat* était percé d'une petite porte ouvrant sur la mosquée. C'était l'entrée secrète de l'antre de Mollah Bakir. À peine Oussama eut-il frappé qu'un homme ouvrit. Vieux, bossu et boiteux, Sarajullin était officiellement le fidèle majordome du religieux, en réalité bien plus que cela, comme Oussama l'avait découvert au fil du temps – c'était aussi son conseiller spécial et agent d'influence, un homme d'une grande puissance sous une apparence benoîte. Quand il aperçut Oussama, son visage s'éclaira d'une joie sincère.

— *Qomaandaan*, quel plaisir de vous revoir !

Ils avaient affronté la mort ensemble quelques mois plus tôt, lors d'une expédition dans le Badakhchan. Le genre d'expérience qui créait une amitié durable, de celles que rien ne peut entamer. Les deux hommes se saluèrent chaleureusement.

— Venez dans le bureau. Je vais prévenir Son Excellence que vous êtes là, il se repose dans sa chambre.

Sarajullin prit Oussama par le bras.

— Je dois vous prévenir. Mon maître est très malade, il fait semblant de ne pas s'en soucier, mais c'est grave. Je ne sais pas s'il s'en sortira.

— Qu'a-t-il ? demanda Oussama, bouleversé.

— On ne sait pas vraiment. Son Excellence traîne une infection aux intestins à laquelle personne ne comprend rien. Les antibiotiques n'arrivent pas à le guérir. Il a consulté plusieurs spécialistes, fait tous les examens nécessaires, les médecins sont perplexes. Du coup, il ne fait que perdre du poids. Mais il agit comme si de rien n'était et prétend être au régime. Vous le connaissez, jamais il n'avouera qu'il est affaibli.

Il mit un doigt sur sa bouche avant de pousser une porte. La vaste salle qui servait à la fois de bureau, de salon de réception et de pièce à vivre au mollah n'avait pas changé. Des murs décatis, un plafond écaillé, un parquet ancien – plus de deux cents ans – qui craquait sous les pieds, des canapés couverts de coussins multicolores, une immense bibliothèque remplie de livres en anglais et, sur toutes les surfaces, de la grande table de travail en bois clair aux multiples consoles, des ordinateurs. Mollah Bakir entra. Les traits du religieux, habituellement dodus, étaient comme affaissés, il semblait avoir perdu une quinzaine de kilos. Il se précipita sur Oussama, radieux.

— *Qomaandaan*. Mon ami, mon frère d'armes ! Je suis si content de vous revoir ici.

Les deux hommes s'étreignirent avec une émotion non feinte. Oussama avait tué personnellement des dizaines de talibans, mais Bakir n'avait rien à voir avec les tortionnaires qu'il avait combattus. Proche des Américains, artisan de la création d'un parti « démocrate-musulman » sur le modèle de la démocratie chrétienne italienne, favorable à l'ouverture à l'Occident, il avait lutté contre l'influence de Ben Laden au sein du gouvernement islamiste avant d'en être subitement exclu. Depuis, il dirigeait la branche modérée du mouvement taliban, un courant très minoritaire au sein duquel il avait monté un puissant service de renseignement capable d'agir dans tout le pays. Ses positions pragmatiques et pro-droits de l'homme l'avaient ostracisé. Bakir était devenu un paria, condamné à mort par les autres branches du mouvement taliban, par Al-Qaïda, par les membres du réseau pakistanais Haqqani et, bien sûr, par l'EIK, l'État islamique au Khorasan, nom que s'était donné Daech en Afghanistan. Mais le placide mollah rendait coup pour coup en montant régulièrement des opérations secrètes et sanglantes contre ses ennemis, souvent avec l'aide des services secrets occidentaux pour qui il représentait une option modérée, cruciale pour l'avenir.

D'un geste, il invita Oussama à s'asseoir.

— Venez, venez ici. – Il tapota son ventre. – Comme vous le voyez, je suis au régime imposé depuis quelques semaines. Mais je puis vous offrir un thé et quelques douceurs à grignoter.

Comme s'il écoutait derrière une porte, Sarajullin fit son apparition, portant un plateau en argent sur lequel étaient disposés une théière, deux tasses finement ouvragées, une assiette de gâteaux et un pot de crème.

— Pour nous, un petit plaisir d'Allah. Ce sont des scones, précisa le mollah, je les adore lorsqu'ils sont tout juste cuits et encore tièdes. J'ai découvert ces petits gâteaux lors de mes études à Oxford. Quant à la double crème, elle vient de ma propre ferme. Elle est crue et totalement biologique, vous verrez, elle est délicieuse. C'est sans doute ce que je mangerai en dernier sur mon lit de mort pour me souvenir des plaisirs terrestres.

Une seconde, les larmes lui montèrent aux yeux tandis qu'il mordait dans un scone. Troublé, Oussama servit le thé, essayant de ne pas montrer l'inquiétude que provoquait chez lui le changement d'apparence de Mollah Bakir. Jamais il n'aurait cru qu'un homme puisse autant maigrir en si peu de temps. Enfin, après quelques minutes d'une discussion agréable, le mollah lui demanda, souriant :

— Vous venez pour les infirmières japonaises, je suppose ?

Oussama acquiesça, masquant sa surprise. Il avait l'habitude, pourtant, Bakir lui ayant souvent prouvé qu'il était l'homme le mieux informé d'Afghanistan. Mieux que le président ou le Premier ministre, mieux que l'ambassadeur américain, en dépit des myriades de satellites, de drones et d'espions auxquels ce dernier avait accès.

— Je ne sais toujours pas où elles sont retenues. Mais la raison de ma venue est différente. Je viens d'être prévenu par les services de renseignement français que quelqu'un d'autre les cherche. Une djihadiste française surnommée la Lionne ou la Veuve blanche. Il paraît qu'elle se cache ici, en Afghanistan. Avez-vous déjà entendu parler d'elle ?

Le religieux plissa les yeux.

— La Veuve blanche... oui, il y a eu des rumeurs. Une jeune Occidentale impitoyable, très belle, riche à millions, qui aurait monté un groupe de combattants, quelque part du côté des grottes de Banda Banda. Elle parlerait pachtou et arabe couramment, n'aurait jamais froid, se déplacerait toujours avec une sacoche contenant un téléphone crypté avec lequel elle communiquerait à l'extérieur sans se faire repérer. On lui prête des pouvoirs magiques. Tout ça étant un peu extravagant, j'ai pensé qu'il s'agissait d'une légende. Il y en a tellement dans ces campagnes illettrées. Vos amis français y croient ?

— Ils sont convaincus de l'existence de cette femme, ils m'ont même fourni des informations précises sur son identité. J'ai vérifié pendant mon trajet jusqu'ici : rien ne matche. Si elle est entrée en Afghanistan, c'est clandestinement ou sous un faux nom.

— Intéressant. – Le religieux posa les mains sur son ventre. – J'ai quelques informateurs précieux dans cette région. Revenez me voir tout à l'heure, j'en saurai plus.

12

Afghanistan : 15 h 02 – France : 12 h 32
Kaboul, quartier de Baghy Qazy

Les locaux de Transports Zemun étaient situés au milieu d'une rue sans nom de Baghi Qazy, un quartier ouvrier du sud de Kaboul, en plein milieu du 1er district. L'immeuble miteux était coincé entre une enseigne de vente d'appareils électroménagers importés de Chine et la boutique d'un rémouleur d'où s'échappaient les crissements des lames sur les tours d'aiguisage. Ils résonnaient partout dans la rue, empêchant à peu près toute conversation. En fermant sa portière, Babour remarqua un détail qui lui avait échappé.

— Hé, Chinar, regarde.

Les essuie-glaces reposaient directement sur le pare-brise, quelqu'un ayant volé les balais.

— Par le Prophète ! C'est la seconde fois en deux semaines, s'exclama l'ancien lutteur, furieux.

— Mouais. – Babour releva les bras métalliques, avant de les faire retomber sur le verre avec un bruit sec. – On nous a fait ça où, à ton avis ?

— Au garage central, évidemment. Quelqu'un doit les revendre sur Internet, je verrai ça avec le responsable du parc plus tard, t'inquiète.

— Ce con ? Moi, il me parle même pas, comment vas-tu faire pour qu'il agisse ?

— Je vais le secouer. Tu connais une autre méthode ?

Doté d'une force herculéenne, l'ancien lutteur, membre de l'équipe nationale, inspirait une sainte peur à tous ceux qui le côtoyaient. Tout en plaisantant sur la disparition des essuie-glaces, une parenthèse bienvenue dans le stress de cette affaire de meurtre et d'enlèvement, ils s'engagèrent dans l'escalier. Les bureaux de l'entreprise Zemun étaient au premier. Quatre cagibis emboîtés les uns dans les autres, sans couloir pour les séparer. Personne, à part un homme mal rasé en costume défraîchi installé dans la pièce du fond. Il s'avança tout en dévisageant les deux hommes successivement, mal à l'aise, apparemment impressionné par la carrure de Chinar.

— Qui c'est ?

— *Polis !*

Chinar ouvrit sa chemise, exhibant la carte qui pendait sur son torse velu.

— C'est pour les étrangères ? J'ai déjà été interrogé par le NDS, je leur ai tout dit.

— Oui, mais nous, on est la police de Kaboul. Brigade criminelle.

D'une main ferme, il repoussa l'homme à l'intérieur de son bureau.

— C'est toi le responsable ?

— Oui, oui, c'est moi, *sahib*.

Encore une tape sur la poitrine pour le repousser plus loin, tout contre le mur.

— Tu t'appelles Zemun ?

— Oui. Abdullah Zemun, pour vous aider, vous complaire et vous servir, toujours prêt et à votre entière disposition, *sahib*.

— C'est toi qui t'es occupé de la location du minibus à Care Children ?

— Euh... oui, *sahib*.

— On va revoir ensemble ce qui s'est passé autour de cette affaire ce jour-là. Tout, minute par minute.

— Mais, c'est que... je me souviens plus vraiment.

— Tu as déjà oublié ce que tu as fait hier ? Pas de problème, on va prendre notre temps, la chronologie est importante. Chaque détail compte.

Il crocha une main puissante sur l'épaule du responsable, lui arrachant une grimace de douleur.

— Tu vas tout nous raconter sans rien oublier. Et ce coup-ci, on va bien regarder l'horloge.

Zemun leva les mains en signe de reddition.

— D'accord, d'accord, *sahib*.

— Donc, comment tout ça commence ?

— Je reçois un appel de l'ONG. Care Children.

— Vers quelle heure ?

— Avant le repas de midi.

— Plus précisément ?

— Euh, vers 11 heures du matin ?

— C'est la bonne heure, tu en es certain ?

— Euh... 11 heures, 11 h 10.

— Tu es sûr ?

— Plutôt... juste avant 11 h 15. J'écoutais... euh... la radio, l'émission du mollah Ranjankavi, il termine toujours à 11 h 15, ils ont annoncé la fin.

— D'accord. 11 h 15 du matin. Qui t'appelle ?
— Le responsable administratif et financier de Care Children.
— Son nom ?
— Goundoula. Jamoun Goundoula.
— Tu le connais ?
— Euh, oui, un peu, *sahib*.
— Ça veut dire quoi, un peu ?
— Il fait toujours appel à nous quand faut transporter des gamins.
— OK, donc Jamoun Goundoula est un client. Mais tu le connais à côté ?
— Euh...

La claque partit tellement vite que Babour ne vit rien venir, juste la tête de leur interlocuteur basculant en une fraction de seconde de gauche à droite sous la violence du coup porté par Chinar.

— Ça fait une minute qu'on discute et tu me casses déjà les burnes, alors écoute-moi, Zemun. À chaque fois que tu mentiras ou que tu m'obligeras à répéter ma question, tu en prendras une autre. Directe et en pleine gueule. Tu comprends ?

Encore sonné par la gifle, le transporteur balbutia :

— Oui, oui, *sahib*. Goundoula, le responsable de Care Children, c'est mon cousin.

— Donc ton cousin Goundoula qui travaille chez Care Children te demande un minibus à 11 h 35 du matin, soit un peu plus de deux heures après l'atterrissage de l'avion à Bagram. Tu fais quoi ?

— Je pars avec un chauffeur et un minibus pour Bagram.
— À quelle heure ?
— À 12 h 15, *sahib*. Le temps que le chauffeur, il arrive.
— Dans le minibus tous les deux ?
— *Na*, moi je suis sur ma moto.
— Pourquoi tu y vas ?

— Pour vérifier que tout se passe bien.
— *Baleh !* Vous arrivez à Bagram à quelle heure ?
— Je sais pas.

Devant l'air menaçant de Chinar, il ajouta aussitôt, à toute vitesse :

— On part tôt. On arrive à Bagram vers 2 heures de l'après-midi. Il y avait pas de convois militaires, on a pu rouler vite.
— OK, ensuite, il se passe quoi ?
— On nous a autorisés à entrer sur un parking extérieur de la base, après avoir vérifié les véhicules. Les contrôles de sécurité, ça a pris une demi-heure environ, avec des chiens renifleurs, des miroirs et tout et tout.
— Ensuite ?
— Ben, les étrangères, elles sont arrivées avec des policiers militaires américains. Des MP qu'ils appellent ça. Elles avaient eu très peur dans l'avion. Mais au moment de partir, le minibus, il est tombé en panne.
— Quelle panne ?
— Le démarreur.
— Ensuite ?
— On attendait notre protection, de toute manière. Elle est arrivée un peu après. Une heure peut-être.
— Qui ?
— Quatre militaires de l'ANA. Dont un sergent.
— Du 201ᵉ de Kaboul ?
— Je sais pas.
— Donc les quatre soldats arrivent. Et le minibus ?
— Ben, il est réparé mais ça prend du temps. La panne, elle était grave.
— Qui répare ?
— Moi.
— Tu sais réparer un démarreur ?

— Oui, *sahib*.

— Qui donne le signal du départ ?

— Moi.

— Faire partir des étrangères comme ça, tu trouves que c'est une bonne idée ?

— Le sergent voulait y aller. C'est lui qui décidait.

— D'accord. Il s'appelait comment ?

— Wadik quelque chose. Je sais pas.

— Tu es certain de ne pas le connaître ?

— Certain.

— Et il est du 202ᵉ corps d'armée ?

— Du 201ᵉ.

— D'accord. Tu le connais pas ?

— *Na*, pas du tout.

— Et toi, tu as fait quoi ensuite ?

— Euh, j'ai repris ma moto et je suis rentré chez moi.

— Tu as appris l'enlèvement comment ?

— Par le NDS, quand ils sont venus m'interroger.

— Merci pour ta coopération. Au fait, de quelle ethnie es-tu ?

— Euh... je suis turkmène, *sahib*.

— Bien. Donne-moi ton numéro de portable, au cas où on devrait te poser d'autres questions.

Puis Chinar sortit du bureau, impassible, suivi de Babour.

— Ce mec, tu en penses quoi ? lui demanda-t-il une fois dans la rue.

— C'est un crétin, il ne sait rien, c'est évident.

Chinar lui tapa sur l'épaule en souriant.

— Tu te goures, petit. Ce mec, c'est une vraie pourriture, je t'assure qu'il nous a servi un vrai théâtre de marionnettes. Que des mensonges.

— Mais comment le sais-tu ?

— Chacun sa spécialité. Toi c'est la technologie, moi c'est la détection des baratineurs. Les menteurs comme lui, je les détecte à un kilomètre, même les yeux fermés. Au laser. Ce Zemun, par exemple, il dit qu'il ne connaît pas l'unité des soldats qui assuraient la garde des filles, mais quand j'ai fait exprès de me tromper en parlant du 202e corps de l'ANA, il a corrigé et dit « 201e ». Et puis il a menti aussi sur la panne, j'en suis certain, il avait le regard torve. C'était pas le démarreur qui était cassé, ou alors c'était pas une vraie panne. Peut-être même qu'il l'a provoquée lui-même, cette panne.

— Pour quoi faire ? demanda Babour, interloqué.

— Pour différer le départ des étrangères afin de finir de préparer leur enlèvement.

— On rentre raconter tout ça au *qomaandaan* ?

— Attends, je voudrais encore vérifier quelque chose. Trouvons l'endroit où il gare ses minibus, ça doit être sur un terrain vague dans le coin.

Après quelques discussions avec des commerçants du quartier, ils arrivèrent à pied jusqu'à l'intersection avec Babay Khudy. Quelques dizaines de mètres plus loin, ils tombèrent assez facilement sur un carré pierreux entouré de barbelés où étaient parqués une dizaine de véhicules poussiéreux, tous barrés du nom *Trenspor Zemun*. Un gardien bayait aux corneilles dans une petite guérite, accablé d'ennui.

— Regarde, il a une tête d'Aimak, remarqua Chinar avec satisfaction en se dirigeant vers lui. Zemun est turkmène. Il n'aura pas l'impression de trahir en nous parlant de lui.

Le gardien était jeune, avec le teint foncé, le nez épaté et les dents du bonheur. Deux billets de cinquante afghanis changèrent de main.

— Ça va, pour l'amour de Dieu ? demanda Chinar en exhibant sa plaque.

— Ça va. Pas trop chaud ni trop froid, aujourd'hui.

Il avait une voix aiguë et zozotait.

— Zemun, ton patron, tu en penses quoi ?

— C'est un derrière de bouc, répondit le jeune gardien avec conviction dans une pluie de postillons. Il paye mal, toujours avec retard. Il me doit un mois de travail. Il nous traite comme des chiens, nous les Aimaks. Il dit qu'on est des sous-hommes. Ce salaud, il traite bien que les Turkmènes.

— Le minibus qui s'est fait attaquer près de Bagram, tu en as entendu parler ?

— Oh oui. Le patron, il gueule tout ce matin parce qu'il veut récupérer le minibus tout de suite et là, il est bloqué par le gouvernement quelque part après Bagram, alors il est furieux. Qu'il aille se faire foutre ! J'espère que le minibus, il le récupère jamais !

— Tu sais qui était à bord ?

— Euh... non.

— Et le chauffeur, tu le connaissais ?

— Oui, il était de mon village.

— C'était donc un Aimak.

— Oui.

— Il s'entendait comment avec le patron ?

Nouvelle grêle de postillons.

— Mal, il gueulait à cause des courses payées en retard, lui c'était plus de trois mois de travail que le patron il lui devait, le max de nous tous. Zemun et lui, ils ne faisaient que se disputer à cause de ça. Pourtant, c'est lui que le patron a appelé pour conduire le minibus, alors qu'il était même pas de service.

— Attends, tu peux m'en dire plus ? demanda Chinar, en alerte. Il n'y avait pas d'autres chauffeurs disponibles ?

— Ben si. C'est pour ça que j'ai pas compris pourquoi le patron il le choisit pour bosser alors qu'on avait plein d'autres chauffeurs sur place.

— Tu sais s'il y a des chauffeurs à qui Zemun devait plus d'argent qu'à ton copain ?

L'Aimak prit son temps pour réfléchir, le front comiquement plissé.

— Non, les dettes de boulot, normalement, c'est jamais plus d'un mois de courses. Jahid et le patron, ils étaient en bisbille, c'est pour ça qu'il lui retenait trois mois.

— Cet argent, Zemun va le donner à sa veuve ?

— Vous rigolez ? La *khanom*, elle est venue avec son fils aîné pour récupérer l'argent, mais Zemun leur a jeté des grosses pierres pour les faire déguerpir. Même qu'il les a salement amochés, ce salaud.

— Merci.

Au moment de s'en aller, Chinar pensa à quelque chose.

— Dis-moi : Zemun, c'est un bon mécanicien ?

— Lui ? – L'Aimak cracha par terre. – Il y connaît rien de rien.

— Il saurait réparer un démarreur ?

— Même pas en rêve. Un derrière de bouc, j'vous dis.

— Merci, frère.

Une fois le coin de la rue tourné, Babour lâcha :

— Ne me dis pas que tu penses ce que je pense.

— Si. Le chauffeur a été choisi par Zemun parce qu'il savait qu'il allait mourir. Comme ça, il a économisé les trois mois de courses qu'il lui devait.

— On parle de quoi ? Vingt mille afghanis ? Pour une vie ?

— Pour un fils de pute, il n'y a pas de petites économies.

13

Afghanistan : 15 h 27 – France : 12 h 57
Kaboul, quartier de Qala-e-Fathullah

Il n'avait pas fallu longtemps à Rangin pour trouver les coordonnées de Zana, la jeune hackeuse, via d'anciens amis de la fac. Après l'avoir prévenue par un message lapidaire qu'il allait passer chez elle pour une affaire officielle et confidentielle – il avait récupéré son adresse par la même occasion –, il fila chez lui tout excité afin de prendre une douche, d'enfiler un polo neuf et son plus beau blouson. Une copie griffée « Ralf Loren » (le graphiste s'était certes trompé sur l'orthographe, un classique des faux pakistanais, mais le joueur de polo était cousu à sa place et c'est cela qui comptait)… Il en profita pour prendre un holster de ceinture et le plus gros revolver qu'il possédait – un énorme Wembley britannique au canon de huit pouces qui datait de la guerre de 1914 – dans l'idée d'impressionner son ancienne camarade. Il se regarda dans la glace, prit la pose, changea le holster de place une fois, deux fois, mimant son héros, Clint Eastwood, dans *Dirty Harry*, jusqu'à trouver l'emplacement où la crosse de l'arme se devinait le mieux sous le blouson. Enfin, satisfait, il s'étala une bonne quantité de gel sur les cheveux en les ébouriffant.

— Qu'est-ce que tu trafiques avec ce truc ? rigola son petit frère, avec qui il partageait encore sa chambre. C'est de la colle ? On dirait que tes cheveux sont en plastique.

— C'est fait exprès, abruti. C'est un « effet saut du lit ». Regarde, c'est marqué sur la boîte. Les Européens, ils font comme ça. C'est la mode, là-bas.

— Ils sont fous, ces Européens, on dirait un martien. Tu as rendez-vous avec une femme mariée ?

— Non, une ancienne de l'université. Pour le boulot.

— Boulot, mon œil. C'est une chaudasse ? Tu vas avoir des relations intimes inappropriées avec elle ? Tu me raconteras tout, dis ?

— Crétin !

Rangin lui lança un oreiller à la tête avant de redescendre dans le salon, où sa mère l'attendait. Émerveillée, elle rajusta son polo puis son blouson. Avec ses épaules larges, son visage avenant, ses taches de rousseur, ses yeux verts rayonnants et ses cheveux roux, Rangin avait tout d'une star de cinéma occidentale. Comme l'un des conseillers russes qui habitait juste à côté de la maison familiale.

— Je t'aime, mon fils, je suis fière de toi. – Elle s'immobilisa. – Qu'est-ce que c'est que cette arme ? Pourquoi tu prends un revolver aussi gros ? Tu es en danger ?

— Non, c'est mon arme de secours. C'est juste pour changer.

— Changer ? Pour un obusier pareil ? Mets-la dans un sac à dos, on la verra moins. C'est pas la peine de travailler en civil, là c'est comme si tu avais marqué *polis* sur le front. Tu veux te faire tuer par des terroristes ? Ils rôdent partout dans la ville, ces bandits, avec leurs grenades et leurs ceintures d'explosifs. Ma parole, tu es devenu fou !

— Maman...

— Fais attention aux kamikazes, mon fils, supplia-t-elle, personne ne doit savoir que tu es policier. Où vas-tu ?

— Maman ! Je reste dans Kaboul et je ferai *très* attention.

Tandis qu'il montait sur sa mobylette, très digne, son petit frère, pas dupe, lui adressa des clins d'œil appuyés, les pouces en l'air, ainsi que quelques mimiques suggestives du bassin.

Zana habitait Qala-e-Fathullah, un quartier plutôt bourgeois, dans une rue perpendiculaire à Shahid Street, pas loin du Lucky Four où il passait souvent prendre des verres de soda occidental avec ses amis quand il était étudiant. Depuis, le bowling avait sauté, un kamikaze de quinze ans s'étant fait exploser dans le hall. Il n'avait jamais oublié l'endroit qui lui rappelait encore de bons souvenirs.

Zana.

Il se remémorait une jeune fille joliment rondelette, aux cheveux châtains et aux grands yeux noisette. Timide, elle parlait peu et se liait difficilement. On disait que c'était un génie informatique, et aussi une vraie tête brûlée : n'était-elle pas la seule fille de Kaboul, donc sans doute de tout l'Afghanistan, à oser se déplacer à vélo ? Les garçons avaient peur d'elle.

Les autres garçons peut-être, pas lui. Il n'avait, bien sûr, pas dit toute la vérité à ses collègues. Il était amoureux d'elle, mais comment l'approcher, elle était si farouche ?

Ils avaient un peu flirté en cachette. Un soir, après avoir consommé de l'alcool de contrebande, ils avaient marché quelques minutes dans le parc familial du quartier de Dani Bagh. Puis ils avaient fait une autre longue promenade dans le quartier de Cinema Park. Puis plus rien. Il avait travaillé le concours de police, arrêté quasiment tous contacts sociaux pendant deux ans. Mais il avait souvent pensé à elle.

Après dix minutes à errer dans le dédale des rues anonymes entre Sheer Pull Street et Butcher Road, Rangin arriva enfin à destination. Là où il s'attendait à trouver une maison simple se dressait une grande villa luxueuse entourée de murs de pierre, avec un jardin de belle taille. Elle était située juste derrière un immense bâtiment en construction aux vitres mauves qui semblait l'écraser de toute sa masse. Posé contre un arbre, un vélo électrique, un modèle pour femme. Malgré lui, Rangin sourit. C'était la première fois qu'il en voyait un pour de vrai. Il fallait vraiment que Zana n'ait peur de rien pour monter sur une machine pareille, symbole d'un mode de vie occidental, donc dépravé. Et ce alors que les talibans resserraient chaque jour leur nasse...

Une domestique lui ouvrit, vite rejointe par la maîtresse de maison qui se couvrit précipitamment en apercevant un homme.

— *Polis*, annonça Rangin en exhibant la carte plastifiée retenue par un fil passé autour de son cou. Je dois parler à Zana, elle m'attend.

— Elle est en haut, répondit la mère. Dans sa chambre, comme d'habitude. Que se passe-t-il ?

— Je ne peux rien vous dire.

— Encore ces ordinateurs, je parie ! Elle a mis quelque chose en pan**ne** ?

— Je ne peux vraiment pas vous répondre, madame. L'enquête est confidentielle.

— Une enquête ? Ah, mon Dieu, qu'est-ce que j'ai fait à Allah le Tout-Puissant pour engendrer une fille pareille ! Elle ne sait pas cuisiner ni faire le linge, encore moins s'occuper d'un foyer. Elle ne s'intéresse qu'à ses ordinateurs. Ses ordinateurs, toujours ses ordinateurs ! Vous vous rendez compte, c'est la seule de la rue qui n'est pas mariée. Comment va-t-elle finir, quel homme voudra d'une fille qui ne sait pas tenir une maison ?

— Je ne sais pas, madame, répondit Rangin, un peu désarçonné par les jérémiades de la femme.

— Et la *lobola* ? Qui va la payer la dot pour une fille de presque vingt-sept ans, une vieille ? Bientôt, elle ne vaudra plus rien, neuve ou pas.

Deux jeunes garçons étaient apparus sur le seuil de la cuisine, tout excités par cette intrusion de la police chez eux et par l'imposant revolver qu'on devinait sous le blouson entrouvert.

— Bon, je vous laisse, je monte, coupa Rangin, pressé d'échapper à ce déferlement de plaintes.

— Je viens avec vous !

— Impossible. Il s'agit d'une enquête confidentielle. Mais je laisserai la porte ouverte, pour que vous puissiez vérifier qu'il ne se passe rien d'inconvenant.

— Fermez-la, cette porte, si ça vous chante. De toute manière, elle n'a d'yeux que pour ses machines !

L'escalier en béton débouchait sur un long palier éclairé par une ampoule nue. Une porte s'ouvrit sur Zana. Le même visage d'ange dont il avait gardé la mémoire, avec de grands yeux et des sourcils fins et droits. Ses cheveux clairs n'étaient cachés que partiellement par un voile qui laissait s'échapper quelques mèches.

Plus belle encore que dans ses souvenirs.

Quelque chose avait changé en elle, songea Rangin. Une sorte de force tranquille.

Toutes ces pensées s'entrechoquaient sous son crâne tandis qu'il la détaillait. Elle portait une longue tunique gris clair sous laquelle on devinait un jean occidental et des Converse roses.

Elle avança dans la lumière.

— Bonjour, Rangin. Ça me fait plaisir de te revoir.

À ce moment, il découvrit, surpris, une boursouflure qui lui barrait l'arrière de la joue gauche, de l'oreille au cou. Petite mais clairement visible. Voyant qu'il l'avait aperçue, elle la toucha d'un doigt léger, sans cesser de sourire.

— Cadeau des talibans. J'ai été aspergée d'acide par un islamiste au mois de novembre dernier parce que mon voile n'était pas assez couvrant. Cet homme est un de nos voisins, j'ai déposé plainte mais, bien sûr, il a juste écopé d'un blâme. J'ai eu de la chance qu'il ait été maladroit, j'aurais pu être *vraiment* défigurée.

— Tu aurais dû m'appeler. Je l'aurais enfermé dans la prison du commissariat et je l'aurais battu pour lui faire passer l'envie de recommencer.

— Je me suis fait justice moi-même. J'ai piraté son livret d'épargne, vidé ses comptes et je l'ai inscrit sur la liste des mauvais payeurs de toutes les compagnies de téléphone, comme ça, il est bloqué à vie. Ah oui, je lui ai également créé un casier judiciaire tout neuf pour attouchements sur des petits garçons. Sa vie ne va pas être rose tous les jours, crois-moi.

Ils sourirent.

Rangin était fasciné par l'énergie que dégageait Zana.

— Je suis content que tu n'aies rien eu de plus grave. Cette cicatrice, elle se voit à peine ; moi, je la trouve même jolie.

— Ce n'est pas vrai mais c'est gentil de le dire. Je descends tout de suite, on va discuter en bas, proposa la jeune fille.

— Je préfère qu'on discute ici, seule à seul. C'est pour une enquête. Tu pourras laisser la porte ouverte.

Avant qu'elle ait pu refuser, il entra dans la chambre. Elle était beaucoup plus vaste que ce à quoi il s'attendait et il comprit qu'en dépit des critiques de la mère, les parents avaient laissé la plus grande de la maison à leur fille aînée.

Il se sentait légèrement étourdi. Jusqu'à présent, il n'avait eu que des relations furtives avec des femmes mariées ou des prostituées, c'était la première fois qu'il entrait dans la chambre d'une fille de son âge. Il avait imaginé une pièce remplie de poupées, aux murs couverts de posters de stars musicales comme Aryana Sayeed, Farhad Darya ou les chanteurs de Kabul Dreams, voire des souvenirs d'enfance... mais certainement pas cet antre technologique dédié à l'informatique. Sur les murs s'étalaient des affiches en anglais vantant des appareils électroniques dont il ignorait tout. Le seul portrait était une immense photo en noir et blanc, encadrée de bois clair, d'un homme jeune, de type occidental.

— Qui est-ce ?

— Alan Turing.

— C'est qui ? Un acteur américain ?

Elle rit.

— L'inventeur du premier ordinateur.

Il y avait un lit étroit et deux grandes planches épaisses posées sur des tréteaux. Dessus, au moins une vingtaine d'écrans gigantesques, sans compter ceux accrochés aux murs, reliés à diverses unités centrales dont les leds clignotaient par dizaines. On se serait cru à la NASA. Doucement, il s'assit sur le lit tout en se contorsionnant pour éviter qu'elle remarque le trouble qui s'était emparé de lui. Spontanément, Zana s'était écartée. Elle retourna la chaise de bureau pour lui faire face avant de s'asseoir, à environ trois mètres de lui. Malgré la distance, il continuait d'inspirer à pleins poumons les effluves de son parfum.

— Ça fait longtemps. Presque trois ans. Finalement, tu es entré dans la police comme tu en rêvais, dit-elle d'une voix douce. La Crim, tu ne parlais que de cela. Ça valait le coup ?

— Oui, c'est encore mieux que tout ce à quoi je rêvais. Mon chef est une légende et j'adore l'équipe dans laquelle je travaille. Et toi ?

Elle écarta les mains, désignant les machines autour d'elle.

— Toujours pareil.

— Que fais-tu exactement ?

— J'écris du code. Du langage informatique, je suis inscrite sur Gigster. – Devant son air interrogatif, elle précisa : – C'est une plateforme mondiale pour les développeurs indépendants comme moi. Je travaille pour des clients du monde entier. En ce moment, ce sont des Hollandais, la semaine dernière, c'étaient des Canadiens et encore avant, des Singapouriens. Tout ça depuis Kaboul, ce monde nouveau est merveilleux !

— C'est grâce à ce travail que tu peux te payer toutes ces machines ?

— Cela et le reste. J'investis aussi dans la cryptomonnaie, surtout les bitcoins. J'ai été parmi les premiers à en acheter, quand ça ne valait pas grand-chose.

Rangin hocha la tête pour faire croire qu'il avait parfaitement compris. Soudain, il aperçut un schéma au mur. Une sorte de toile d'araignée de flèches et de cases. Intrigué, il s'approcha.

— Pendant qu'on y est, tu peux me dire ce que c'est ?

— Un diagramme de Pert.

Elle se leva à son tour pour se rapprocher du schéma... et de lui. Il frissonna, elle sentait si bon...

— On se sert de ce genre de modèle pour déterminer tous les chemins de décision face à des multiplicités de situations ou de données. C'est très efficace.

— Tu penses qu'on pourrait l'utiliser chez nous, à la brigade criminelle, pour trouver des enchaînements de causalité ?

— À partir de données éparses ?

— Oui. Pour dégager du sens, un schéma de crime, à partir d'informations qui partent dans tous les sens.

Elle rit.

— Pourquoi pas ? Je pense que ce serait possible. Rangin, reprit-elle, sérieuse, après avoir regagné sa place. Que veux-tu exactement de moi ?

Il sortit la pochette contenant le téléphone, la posa sur le lit de manière un peu trop théâtrale.

— Je veux savoir ce qu'il y a là-dedans. Quatre infirmières japonaises ont été enlevées près de Bagram avec leur accompagnatrice. Des jeunes filles. C'est une information secrète, on ne veut pas que les médias en parlent. Or, on a trouvé ce téléphone dans le véhicule où elles étaient. On pense qu'il a été laissé là volontairement par celle qui s'appelle Cedo. Elle a pris un gros risque en planquant ce téléphone. Donc il faut casser le code de sécurité pour regarder s'il ne contient pas des photos, des vidéos, une bande-son qui nous permettrait d'identifier les kidnappeurs. Je vais te passer les coordonnées de sa famille, peut-être que quelqu'un pourra te donner des informations pour t'aider.

— Je comprends. – Le visage de Zana s'était figé. – Tu travailles toujours sur des affaires aussi dramatiques ?

Il écarta les mains, très sûr de lui.

— Hé ! Je suis à la Criminelle.

Elle s'empara du téléphone.

— Samsung A, c'est une ancienne génération. Je ne te promets rien, mais si les mises à jour n'ont pas été faites et que j'ai les dates-clefs de la vie de cette fille, ça doit pouvoir se craquer. Il y aura le problème du clavier, je n'y connais rien en idéogrammes, mais bon, je m'arrangerai pour bidouiller un programme de conversion, je trouverai de l'aide dans mon réseau de contacts. – Elle hocha la tête. – Je te joindrai dès que j'aurai du nouveau.

— C'est urgent.

— Un enlèvement, j'imagine ! Je vais tout faire pour obtenir des résultats le plus vite possible. J'ai l'habitude de bosser la nuit.

Elle recula d'un pas, signifiant que leur entretien était terminé. À regret, Rangin se dirigea vers la porte. Son regard dériva vers le diagramme au mur.

— Tu pourrais me fournir un logiciel pour y entrer les données dont nous disposons ? Pour notre enquête.

— Tu veux faire un Pert ? C'est très compliqué, tu sais.

— Un de mes collègues est bon en informatique. À deux, je suis certain qu'on se débrouillera.

— Pas de souci alors, avec plaisir.

Elle farfouilla quelques instants dans l'une de ses machines, il y eut des *ping* et divers bruits électroniques avant qu'elle lui tende une clef USB.

— Voilà, c'est dessus.

Une fois dehors, Rangin ne remarqua pas que la jeune fille le regardait depuis la fenêtre du premier étage.

14

Afghanistan : 15 h 38 – France : 13 h 08
Kaboul, second lieu de détention des otages

Suivi par le 4 x 4 blanc, le Kamaz dans lequel Cedo était enfermée traversa Qala-e Ali Mardan, tourna vers Allawoddin afin d'emprunter le pont de Surkh qui enjambait la Kabul River. Comme l'avait prévu Ahmad Kashad, les kidnappeurs avaient franchi sans problème les barrages routiers de la route de Gardêz. Les camions militaires étant légion dans la capitale, le risque qu'ils se fassent remarquer était proche de zéro. Les deux véhicules s'engouffrèrent dans un quartier pauvre de l'ouest d'Alhudain et le 4 x 4 en profita pour doubler le Kamaz. Seul Kashad savait exactement où ils se rendaient, une ancienne usine entourée de hauts murs. Il klaxonna, le portail s'ouvrit. Les deux véhicules se garèrent dans la cour. Les hommes du camion descendirent en se tapant dans les mains, soulagés d'être arrivés à destination sans encombre.

— C'est ici qu'on fait l'échange ? demanda le sergent Wadik, méfiant. Y a personne.

— Venez, on va aller prendre un thé en attendant que les autres arrivent, proposa Kashad.

En file indienne, ils pénétrèrent dans un petit bâtiment situé à l'écart. Prévenant, Kashad laissa entrer les autres avant lui. Dès qu'ils furent passés, il s'empara d'un fusil à pompe caché derrière une poterie. Deux détonations tonnèrent dans la pièce exiguë. Criblés dans le dos et à l'arrière du crâne par de la mitraille à oiseaux, les kidnappeurs s'effondrèrent, projetant du sang et de la matière cervicale sur les murs et jusqu'au plafond. Morts sur le coup. Kashad éjecta le dernier étui de son fusil, vérifia le nombre de cartouches dans le magasin avant de le remettre en place. Un homme entra, visage tout en longueur, cheveux gris longs et gras, l'air méchant.

— C'est bon, cousin, pour l'amour de Dieu ? Tu en as fait, du boucan. Tu as déjà fini ?

— *Baleh*, ils ont eu leur compte. Aide-moi à faire disparaître les corps.

Dans la cour, un bloc de béton fut tiré, révélant un trou dans le sol. Les cadavres y furent jetés par les pieds, sans aucun égard. Puis Kashad projeta le contenu d'un seau rempli de chaux sur eux. Enfin satisfait, il tendit une liasse à son complice.

— Voilà, vingt-cinq mille afghanis. Tu es certain que personne ne les trouvera ?

— Ouais, cet endroit va être rasé pour faire une route. En plus, je vais sceller l'ouverture avec du béton frais.

— Je prends le camion pour le mettre au vert et je reviens chercher le 4 x 4 dans une ou deux heures.

— Fais comme tu veux, cousin, inch' Allah, je t'attends. J'ai du thé.

Kashad récupéra un uniforme neuf dans sa voiture, l'enfila avant de monter dans le Kamaz, son AKS à la main. Il souriait, confiant à l'approche du moment où il allait enfin récupérer la rançon. Certes, demeurait le risque que son interlocuteur tente de le supprimer comme lui-même l'avait fait avec ses complices, mais il avait prévu une petite surprise pour ce cas de figure.

Personne ne l'empêcherait de devenir riche.

Dans Shirpour, le quartier des nouveaux riches, on ne fit pas attention au camion militaire, qui dut néanmoins franchir pas moins de trois barrages de sécurité après avoir été contraint d'éviter plusieurs routes d'accès que les autorités avaient équipées de portiques métalliques destinés à bloquer le passage des poids lourds. L'énorme attentat commis en 2018 par Daech au moyen d'un camion de vidange de fosses septiques avait laissé des traces chez les habitants du quartier.

Bientôt, il arriva en vue de sa destination, un palais ostentatoire, imposant avec son mur d'enceinte protégé par des miradors sur lesquels se tenaient des gardes armés. Un homme attendait devant la grille d'entrée, fusil automatique américain à la main, un combiné micro-oreillette sur le crâne. Ils discutèrent quelques secondes puis le garde, rassuré, donna l'ordre d'ouverture des portes.

Kashad gara le camion devant un perron où se tenaient quatre montagnards fortement charpentés. Il fut fouillé par un garde du corps mal embouché avant d'être introduit dans un salon à l'afghane où l'attendait son hôte, vêtu d'un *shalwar kamiz* bordeaux surmonté d'une veste noire, selon la mode hazâra. Il était encadré de trois hommes. Deux gardes du corps – on devinait les crosses d'armes automatiques sous leur *kyenepanak* – et un vieillard qui avait l'air d'un comptable avec sa chemise à l'occidentale fripée et ses petites lunettes rondes cerclées d'acier. L'hôte s'avança vers Ahmad Kashad en rugissant :

— Ahmad, Ahmad, mon ami ! Je ne savais pas que tu étais arrivé, sinon je t'aurais accueilli en bas moi-même, sois-en sûr. Sois le bienvenu dans ma modeste demeure, frère. Qu'Allah soit loué pour avoir permis notre rencontre. Qu'Il te donne la force et l'esprit pour triompher de tes ennemis.

— Qu'il en soit de même pour toi, seigneur Gulgul, que ton cœur soit pur, ta main forte, ton esprit cinglant, répondit machinalement Kashad, sur ses gardes.

Il connaissait Gulgul de réputation ; plus d'un avait pris un coup de couteau au moment où il s'y attendait le moins.

Les salutations traditionnelles terminées, Gulgul invita Kashad à s'asseoir à côté de lui en tapotant le coussin le plus proche.

— Tout s'est passé comme tu voulais ? Tu es venu avec la marchandise ?

— *Baleh*, les filles sont en bas. Dans les caisses du dessous, à l'intérieur du camion.

— La marchandise est en bon état ?

— Nous n'y avons pas touché, sauf la plus vieille. Elle se rebellait, cette folle, il a fallu la corriger.

— Tu ne l'as pas tuée, au moins ? demanda Gulgul, inquiet.

Kashad eut un geste rassurant.

— *Na*. Elle est un peu abîmée mais elle est vivante. Comme je te l'avais promis, seigneur.

— Bien.

Gulgul se tourna silencieusement vers le vieux aux lunettes qui, comprenant le message, quitta aussitôt la pièce. Pendant ce temps, un majordome était entré par une porte dérobée, tête de bandit, pistolet à la ceinture et un plateau à la main.

— *Tchaï* ? Il vient de ma plantation privée du Kunar.

Ils burent en silence. La porte principale s'ouvrit à nouveau tandis que Cedo et ses compagnes étaient poussées sans ménagement dans la pièce. On leur avait juste enlevé les entraves des pieds.

Leurs mains étaient toujours liées dans le dos, ce qui faisait saillir leurs épaules vers l'avant. Gulgul les considéra en silence.

— Très jolies filles, tu n'avais pas menti. C'est de la bonne marchandise. – Remarquant l'expression de défi de Cedo, il ricana. – Je vois que certaines ont encore la force de se rebeller, ça prouve que tu ne les as pas trop abîmées. Tu mérites ton fric.

Les prisonnières furent renvoyées par les gardes tandis que le vieillard revenait, une grosse mallette à la main. Il la posa sur le tapis, ouvrit les deux battants d'un coup. À l'intérieur, des briques de billets étaient enveloppées dans du plastique transparent.

— Cent mille dollars plus vingt millions de roupies. Le prix convenu. Tu peux recompter.

— C'est bon, j'ai confiance en vous, seigneur Gulgul.

Le Hazâra sourit, découvrant des dents déchaussées, passa la main dans sa veste et en sortit une liasse, qu'il jeta sur la mallette ouverte.

— Tu as tort, Ahmad, il manquait cinq mille dollars. Si tu veux durer dans ce métier, je te conseille d'être plus vigilant.

Kashad ricana.

— Je *suis* vigilant, seigneur.

D'un mouvement coulé, il mit la main dans son pantalon, en sortit la petite grenade ronde qui avait échappé à la fouille avant de la lever au-dessus de sa tête.

— Un engin à fragmentation, une vraie merveille hollandaise, je suppose que vous reconnaissez ? Je l'ai apportée au cas où quelqu'un essayerait de me baiser. Comme ça, tout se termine bien. Moi, j'ai l'argent, y compris les cinq mille, et vous, seigneur Gulgul, vous avez les filles en bon état. Je peux donc partir sans problème, n'est-ce pas ? Comme c'était prévu.

Ahmad Kashad fit sauter la goupille de la grenade d'un mouvement de pouce. À présent, la cuillère ne tenait que par la pression de sa main. Gulgul dodelina de la tête avant de laisser échapper un rire nerveux.

— Tu es un homme prudent, Ahmad. J'apprécie cela. Peut-être referons-nous affaire.

— Quand vous voudrez, seigneur. Vous savez où me trouver.

En le regardant monter dans le camion, quelques minutes plus tard, Gulgul, le nez collé à la fenêtre, l'œil noir, lança en direction du vieil homme à lunettes :

— Ce fils de pute, il ne devait pas quitter cet endroit vivant. Il nous a eus, avec sa grenade.

— Désolé, patron. Vous voulez que je punisse celui qui l'a fouillé ? C'est Gurkan.

— Pour l'exemple, oui. J'avais dit : quand on fouille, on fouille partout, même dans le froc ! Surtout dans le froc ! Gurkan n'aura pas son salaire ce mois-ci, et en punition supplémentaire, je baiserai sa jeune sœur. Amène-la-moi.

— D'accord, patron.

— Tu lui dis aussi qu'à la prochaine erreur, je lui coupe la gorge moi-même.

— Compris, patron. – Un silence. – Pour Kashad, je fais quoi ?

— On le liquide. Il est dangereux, c'est le seul qui peut me dénoncer pour lui avoir acheté les filles. Je veux que tu envoies une équipe chez lui. Pas après-demain ni demain, ce soir. Et ce coup-ci, je veux un travail propre et sans bavure.

15

Afghanistan : 15 h 57 – France : 13 h 27
Kaboul, Jan Khan Watt

PESTANT CONTRE LA COMMANDE DE BOÎTE de vitesses à moitié bloquée, Gulbudin gara la vieille Corolla au gyrophare cassé qu'il avait emprunté. Il était à deux cents mètres des services des Télécoms du ministère de l'Industrie, sur Jan Khan Watt, devant une agence de la Milli Bank. Après avoir montré sa carte professionnelle au vigile méfiant qui montait la garde devant l'établissement, il prévint son contact de son arrivée, coupa le moteur et commença à se masser le moignon. Outre l'inflammation récurrente à l'attache de sa prothèse, il avait de nouvelles douleurs fantômes depuis quelque temps, assez perturbantes pour lui arracher des grimaces et le réveiller au milieu de la nuit. Le massage étant sans effet, il sortit de sa poche un tube d'aspirine. Au même moment, quelqu'un frappa un coup léger à la vitre, côté passager. Il sourit en reconnaissant son contact. Il avala trois comprimés d'un coup avant d'ouvrir la porte.

— Tu es en retard. Monte.

Le technicien s'assit aussitôt.

— Démarre vite. Je n'ai pas envie qu'on me voie dans une bagnole de flics.

Ils roulèrent quelques instants puis, avisant une ruelle tranquille, Gulbudin s'arrêta. Ils étaient juste derrière le marché Siddique Omar mais, à cette heure, il n'y avait pas encore d'activité.

— Merci d'être venu.

— Que veux-tu ?

Gulbudin se tourna pour le regarder droit dans les yeux.

— J'ai besoin de fadettes. De relevés d'appels détaillés.

— Hum, pour toi ou pour ton bureau ? Pourquoi tu ne fais pas une réquisition officielle ?

— Depuis quand on vient te voir pour des réquisitions officielles ? Ça me prendrait des semaines et je dois aller très vite. Il me faut les infos dans la journée. Tu peux encore m'aider ?

Pas dupe du ton faussement doucereux du policier, le jeune homme sourit, exhibant ses dents gâtées.

— Montre toujours.

Habitué à ce petit numéro destiné à faire monter les prix, Gulbudin lui passa la feuille sur laquelle il avait inscrit les numéros de Care Children, de Goundoula, du sergent Wadik et de Zemun.

— Ça devrait être jouable, admit le technicien après l'avoir parcourue. Il y a des numéros en 073 et d'autres en 078, ça veut dire qu'il y a des Etisalat et des Roshan, j'ai un accès direct aux fadettes des deux. Ouais, je peux tout t'avoir. Pareil pour les 079.

Il lui sourit.

— Il va falloir passer à la caisse. Ce sera cinquante mille afghanis, mon frère.

Gulbudin manqua s'étrangler. Lui qui dépensait sa solde sans compter pour aider amis ou membres même éloignés de sa famille était d'une avarice légendaire dès qu'il s'agissait de l'argent de la brigade.

— Tu rigoles ? Avant, du temps où tu renseignais mon ami Babrak, c'était dix mille max.

— Oui, mais là, je dois payer mes trois contacts, c'est cher, je ne garde pas tout pour moi. Et puis, j'ai trouvé ma future femme, il me faut donc trois millions d'afghanis. La *lobola*, c'est de plus en plus cher, tu sais ce que c'est si tu as des enfants. – Le sourire gâté s'accentua. – Donc mon service, frère, il est aussi plus cher, pour toi comme pour les autres.

— Disons vingt mille, plus une boîte de Viagra, tenta Gulbudin, qui connaissait la nature humaine.

— Tu en as ?

— Qu'est-ce que tu crois ? Une saisie au domicile d'un baron de la drogue qui s'est pris dix balles dans le corps, il n'en aura plus besoin. En plus, je te promets que ce sont des vraies.

Importées des Émirats arabes unis par des intermédiaires spécialisés, les boîtes de pilules bleues étaient vendues près de cinquante dollars chez Boots, le réseau de pharmacie d'origine britannique désormais présent à Kaboul. Cela représentait pratiquement deux semaines de salaire. À ce prix, la plupart des acheteurs se contentaient de vulgaires copies chinoises, indiennes ou pakistanaises vendues sous le manteau, dont les effets se réduisaient le plus souvent à un mal de crâne et une raideur à la nuque plutôt que dans le pantalon.

Après cinq minutes d'intenses tractations, ils finirent par se mettre d'accord pour vingt-sept mille afghanis et deux boîtes de Viagra.

— Tu peux m'avoir ça immédiatement ? Comme ça, quand je rentre au commissariat, je mets un gars pour travailler sur tes infos.

— OK, répondit le technicien en rangeant les comprimés dans sa poche, ravi.

Il recompta ensuite scrupuleusement les billets avant de relever la tête, rayonnant.

— Redépose-moi pas trop loin de mon bureau, je te descends tout ça.

Une demi-heure plus tard, le jeune **homme tapa à la vitre** de Gulbudin, qui s'était garé au même endroit, avant de lui tendre une pochette.

— Et voilà, comme promis. C'est toujours un plaisir d'aider la *polis*.

— Je m'en souviendrai, comme ça, la prochaine fois, tu me le feras gratis, lança Gulbudin, narquois, en redémarrant.

16

Afghanistan : 16 h 38 – France : 14 h 08
Kaboul, quartier de Qarye Di Khuda Dad

Penché sur le diagramme, Babour soupira de satisfaction. Il avait téléchargé les numéros obtenus par Gulbudin dans le programme informatique que Zana avait fourni à Rangin et, en quelques secondes, ce dernier avait sorti une cartographie visuelle des appels dont se dégageait un schéma absolument limpide.

Un schéma en étoile avec un numéro au centre vers lequel tout convergeait. D'évidence, c'était celui de l'organisateur du kidnapping.

Après l'atterrissage forcé du 707 à Bagram, le bureau pakistanais de l'Église épiscopale japonaise avait contacté l'ONG Care Children. Là, plusieurs coups de téléphone avaient été échangés. L'un des numéros correspondait à une caserne du 201e régiment d'infanterie située dans l'est de Kaboul, mais comme c'était un standard, il n'y avait aucun moyen de savoir qui était le destinataire final. En revanche, les autres appels avaient été passés depuis le portable de Zemun vers un autre portable inconnu. Quatorze entre 11 h 15 du matin et 15 heures, alors que les deux appareils n'avaient pas échangé de communications dans les dix jours précédant l'enlèvement des Japonaises. C'est ce portable inconnu qui apparaissait au centre du schéma en étoile. Rangin le pointa du doigt.

— C'est lui le chef du réseau. Appelle le contact de Gulbudin pour exiger son nom. Même s'il y a une chance sur mille que ce soit le vrai. Mets-le sur haut-parleur.

Le technicien qui avait fourni les fadettes commença par renâcler devant cette nouvelle demande, gratuite de surcroît, mais devant l'insistance de Babour, il finit par lui donner le nom du propriétaire du portable. Un certain Ahmad Nobodi.

— Ahmad Personne... Ce type a un sens de l'humour tout personnel, laissa tomber Babour d'une voix désabusée en raccrochant. En tout cas, on sait maintenant qu'il parle anglais.

Rangin reprit la liste d'appels, concentré. Le cinquième numéro suspect, appelé trois fois cette fameuse journée, correspondait à un cabinet vétérinaire de Kaboul, dans le 16e district. Goundoula l'avait joint deux fois dans la journée – au moment de la préparation de l'opération d'évacuation des filles et après leur départ de Bagram.

— Intéressant, ce numéro, dit-il. Tu en penses quoi ?

Babour se leva, fit deux fois le tour de son microscopique bureau. Il avait beau réfléchir, il ne voyait pas quel lien il pouvait y avoir entre un cabinet vétérinaire et une ONG occidentale pour enfants. Pourtant le timing de ces appels ne pouvait pas être une coïncidence.

— Tu as raison. Il y a un truc bizarre.

— Va faire un tour là-bas avec Chinar, proposa Rangin. Pendant ce temps, je finis de remplir le livre de crime.

Sans attendre la réponse, il se rassit, tourna vers lui l'écran de l'ordinateur. Il lui fallut cinq minutes environ pour y inscrire ses déductions. Après avoir hésité un peu, il écrivit en conclusion :

L'examen des listes téléphoniques indique sans doute raisonnable possible que des appels conspiratifs ont été passés préalablement à l'enlèvement entre deux personnes ayant des relations épisodiques. Ils sont cohérents avec les mensonges du responsable des Transports Zemun. Le pivot du groupe de kidnappeurs d'où partent en étoile le plus grand nombre d'appels suspects dans les heures précédant le kidnapping est un inconnu possédant le numéro 078 256 2767. Jamoun Goundoula, utilisateur du numéro 078 453 8337, est l'initiateur des premiers appels. Les autres suspects sont un interlocuteur inconnu de la caserne Ali Gat au numéro 078 652 8766 et un cabinet vétérinaire au numéro 079 765 2678.

Pendant ce temps, Babour était allé trouver Chinar.

— Tu peux m'accompagner à Qarye Di Khuda Dad ? Il faut investiguer la piste d'une clinique vétérinaire qui nous semble bizarre, à Rangin et moi.

— Oh ! Investiguer ? C'est quoi, ce mot, tu l'as appris sur Internet ? répondit le colosse en levant deux doigts vers le ciel.

— Allez, viens avec moi. À mon avis, on va trouver des choses intéressantes là-bas.

— Je suis ton homme, répondit Chinar en enfilant le holster de ceinture qui contenait son vieux Nagant de service. Tu m'as déjà vu rater une occasion de distribuer des claques ?

En sortant, il héla deux autres flics en civil pour qu'ils les accompagnent. Les quatre hommes s'entassèrent dans une vieille Peykan qui ne tenait que par la peinture. Mystère ou miracle, la circulation était fluide, il leur fallut moins d'une heure pour atteindre leur destination. C'était un quartier semi-industriel coincé entre la Kabul River et les collines de Tapa Maranjan au sud, où coexistaient logements, échoppes, ateliers mécaniques et micro-usines de toutes sortes. Les petites maisons étaient de guingois, en béton brut, bois flotté de rivière ou torchis. Il y avait aussi d'innombrables îlots de bidonvilles constitués de groupes de masures entourées de murets. Fabriquées avec du carton bouilli avant d'être mélangé à d'autres matériaux de récupération, les cabanes de ces îlots étaient réputées pour leur fâcheuse tendance à s'effondrer d'un coup en cas de trop grosses pluies. Des artisans habitaient dans les premières, leurs ouvriers dans les secondes, par groupes familiaux. Tout ce petit monde semblait cohabiter joyeusement. Mobylettes avec l'homme au guidon, une femme en tchador ou burqa et deux, trois ou même quatre enfants entassés à l'arrière, roulant difficilement sur des pneus aplatis par le poids ; ânes supportant des marchands ou de gros paniers de légumes débordant de leurs flancs ; mais aussi groupes d'écoliers en uniforme, ouvriers journaliers courant pour rejoindre leur lieu de travail, coursiers, mendiants, artisans affairés... Toute une humanité qui se croisait dans un concert de klaxons, de moteurs diesels et de bruits de machines-outils. Le nuage de fumée produit par les feux de billes de charbon destinés à faire fondre le métal empestait les lieux.

Un peu à l'écart de cette agitation, ils découvrirent la clinique vétérinaire. En fait de clinique, c'était un bâtiment en tôle ondulée, de plain-pied, entouré d'un terrain minable. Autour se dressaient plusieurs ateliers de réparation automobile ainsi qu'une petite usine de tapis d'où s'échappait le bruit incessant d'antiques métiers de tissage à vapeur. Chinar tourna quelques instants dans le quartier, méfiant, avant de se garer finalement un peu en retrait dans une ruelle calme, capot tourné dans la direction de leur cible. Comme Babour saisissait la poignée de la portière, Chinar l'arrêta d'un geste.

— Attends, petit. On va chouffer un peu, histoire de voir où on met les pieds.

À peine eut-il fini de parler que la porte principale de la clinique tourna sur ses gonds. Deux femmes en burqa sortirent. L'une d'elles titubait, tandis que l'autre la soutenait difficilement. Elles disparurent au coin de la rue. Quelques minutes s'écoulèrent, puis deux autres femmes arrivèrent dans la rue, venant de l'arrêt de bus situé un peu plus loin. Après avoir vérifié que personne ne les suivait, elles sonnèrent avant d'entrer en trombe dès que la porte s'entrouvrit.

— Elles sont sacrément pressées, ces dames, murmura Chinar. Je me demande pourquoi…

— Tu as vu qui a ouvert ?

— Je n'ai pas eu le temps.

— Tu ne trouves rien de bizarre ?

— Tout est bizarre ! Un, que des clientes. Deux, sans animaux domestiques. Trois, leur attitude n'est pas naturelle.

— Exact, petit. Elles avaient l'air d'avoir une sacrée trouille.

— Du coup, qu'est-ce qu'elles vont faire là-bas ? Il se trame quelque chose dans ce bâtiment.

— Je vois que tu sais in-ves-ti-guer, railla Chinar. – Il se tourna vers l'arrière du véhicule, où les deux autres flics en civil attendaient, leurs armes sagement posées sur les cuisses. – Allez, on va tous y faire un tour. Babour, tu es armé, bien sûr ?

— Euh, non.

L'ancien lutteur se pencha d'un mouvement très naturel. Quand il se releva, il exhiba le petit revolver nickelé qu'il venait d'extraire d'un holster de cheville.

— Tiens, prends ça. Et, conseil en passant, si tu veux faire de vieux os dans ce métier, essaye de ne jamais oublier ton arme et même d'en avoir plutôt deux. Parole d'ancien flic de terrain à Kandahar…

Après avoir récupéré un vieux Saiga calibre .12 dans le coffre, il donna le signal. Leurs badges placés en évidence sur leurs *kurtas*, les quatre hommes se présentèrent à la porte, qui se révéla être un simple panneau de métal découpé au chalumeau. Sans doute un morceau de conteneur. Chinar tourna doucement la poignée. C'était verrouillé de l'intérieur. Il frappa deux grands coups qui la firent trembler sur ses gonds.

— C'est qui ? glapit une voix d'homme avec un fort accent campagnard.

— C'est la voirie. Une canalisation a éclaté juste à côté, on doit regarder chez vous, sinon vous risquez un gros problème électrique.

Un juron de dépit, puis le bruit d'un loquet en métal. Quand la porte s'entrouvrit, Chinar y donna un coup d'épaule. L'épais panneau vint frapper l'homme en pleine tête, lui ouvrant le front sur plusieurs centimètres. Il s'effondra, assommé.

Après lui avoir glissé des menottes en plastique, l'ancien lutteur montra une kalachnikov appuyée au mur, à côté d'une chaise. Il posa ensuite un doigt sur sa bouche, s'approcha de l'oreille de Babour.

— Normalement, les cliniques vétérinaires n'ont pas ça à l'entrée. Donc, c'est chaud. Tu me suis, tu observes, tu ne fais aucun bruit, tu ne prends aucune initiative. OK ?

— On appelle les renforts ?

— Tu te crois sur Netflix ? Petit, c'est juste toi, moi et nos deux collègues.

D'un mouvement de tête, Babour fit signe qu'il avait compris.

Fusil pointé devant lui, le colosse s'engagea dans le couloir, suivi des trois autres. Une première porte à droite, qu'il ouvrit d'un coup. Une petite salle d'attente, dans laquelle patientait l'une des deux femmes en burqa entrées quelques minutes plus tôt. Elle sursauta mais n'eut pas le temps de crier : d'un geste, Chinar lui montra sa plaque avant de lui faire signe de se taire. Une autre porte, au bout du couloir. Après avoir compté jusqu'à trois, il l'ouvrit à la volée.

Il resta un moment interdit devant le spectacle. Une salle de chirurgie, carreaux blancs sales au sol et aux murs, du vieux matériel médical posé sur des consoles branlantes. Au centre, une table d'opération sur laquelle la seconde femme en burqa était allongée, ses jupes relevées sur des cuisses blanches, son pubis bien en évidence. Un homme se tenait au-dessus d'elle, en tenue de chirurgien, calot bleu sur la tête, mais le bas du corps dénudé. De toute évidence, il s'apprêtait à avoir des relations sexuelles. En apercevant les flics et l'arme braquée sur lui, il se figea, une intense stupéfaction teintée de peur sur ses traits. Puis il se reprit, fonça sur son pantalon, accroché plus loin à une patère, en exhibant ses fesses poilues.

— Arrête ! cria Chinar.

L'homme se retourna lentement, le regard rivé sur le fusil. Il semblait terrorisé. Il était chauve, avec de petites lunettes fumées, une imposante bedaine cachait en partie son bas-ventre.

D'un mouvement de canon, Babour fit signe à la femme en burqa de se relever pour aller rejoindre sa compagne dans la salle d'attente. Pendant ce temps, Chinar saisissait le pantalon du praticien entre deux doigts, dégoûté.

— Pantalon à la patère. Dis-moi, connard, tu travailles les fesses à l'air ? C'est comme ça que tu pratiques l'art vétérinaire ?

— Je vais tout expliquer, *sahib*.

— Ah ouais ? Commence par me dire comment tu connais Jamoun Goundoula.

— Goundoula ? – Le praticien secoua la tête, ébahi. – Il m'envoie des clientes.

— Des clientes pour quoi ? Pour les sauter ?

— Non. Enfin, si. Parfois. Bon, je vous explique, *sahib*. Goundoula m'envoie des orphelines de l'organisation. Vous voyez, parfois, il y a des... des... accidents, là-bas, chez Care Children, vous pensez, ils sont près de deux cents jeunes. Alors quand une fille a un problème, je m'occupe d'elle. Comme celle de tout à l'heure.

Chinar comprit ce que l'homme entendait par « accidents ».

— Cette clinique vétérinaire, c'est une couverture ? Tu es un avorteur ?

L'homme acquiesça avant de lâcher d'un ton docte :

— Je règle les problèmes de ces filles selon l'art médical, *sahib*.

— Pour de vrai, tu es médecin ou vétérinaire ?

— Vétérinaire, *sahib*. Mais la matrice d'une femme, c'est comme la matrice d'un autre mammifère. D'ailleurs, je n'ai presque jamais de problème avec les clientes.

— Presque jamais..., ricana Chinar. Avec ce que tu leur fais avant, tu en prends soin, c'est certain.

L'homme baissa les yeux.

— Je ne fais pas que des avortements. Je refais des hymens, aussi. Pour des filles qui ne veulent pas que leur famille apprenne qu'elles ne sont plus neuves. – Il eut une grimace satisfaite. – Ces filles, je leur rends service. Un mari, quand il se rend compte la nuit de noces qu'il a épousé une femme d'occasion, il peut devenir très violent. Du coup, parfois il la tue, parfois il la brûle à l'essence. Il veut récupérer la *lobola*, parce qu'une femme d'occasion, ça vaut beaucoup moins qu'une neuve. Alors moi, je sauve ces filles de la mort et, en plus, j'évite des discussions sur la dot. Je les aide. Gagnant-gagnant, comme on dit en Amérique.

— Ta gueule, connard. Cette patiente, elle était consentante ?

L'homme haussa les épaules, buté.

— Ça fait partie du prix. De toute manière, elles ne sont plus vierges, alors en quoi ça les gêne que je me serve avant de les remettre à neuf ?

— Réponds à ma question. Ces filles savent que tu vas avoir des relations intimes inappropriées avec elles quand elles entrent ici ?

— *Na, sahib.*

Ce que l'avorteur imposait à ses clientes s'appelait un viol, mais il savait que jamais il ne serait dénoncé, songea sombrement Chinar. Les femmes qui venaient à lui étaient prêtes à tout pour éviter la révélation d'une grossesse sans mari ou de relations sexuelles avant mariage. Le crime parfait.

— Tu es vraiment une belle ordure, une grosse merde, un salaud de première ! Mais revenons à Goundoula. On sait qu'il t'a appelé plusieurs fois récemment, c'était à quel propos ?

L'homme s'humecta les lèvres, mal à l'aise.

Chinar confia son fusil à l'un de ses collègues, avança d'un pas, attrapa l'avant-bras du faux médecin. D'un geste brusque, il effectua une torsion. La douleur coupa le souffle du vétérinaire, qui poussa un bref couinement.

— Je peux te casser les os un par un, tu parleras, je te le promets. Je t'ai posé une question, alors tu me réponds ou je recommence ?

— Je parle !

— Excellent choix. – Chinar recula, goguenard. – Je t'écoute.

— Goundoula, il voulait savoir s'il pouvait utiliser une salle ici pour loger des filles pour quelques jours, avec deux gardes. Je lui ai dit que c'était difficile, j'attendais des clientes. Il m'a proposé de me payer plus mais ces clientes, par Allah, elles sont envoyées par quelqu'un d'important, alors j'ai dit *na*. Goundoula était furieux, il m'a rappelé un peu après. Il était très insistant, j'ai trouvé ça bizarre, alors je lui ai demandé pourquoi il avait des filles à cacher. Il m'a dit que c'était pour un *deal* avec un ami. Un gars qui s'appelle Ahmad Kashad.

Ahmad, comme Ahmad Nobodi, le « monsieur Personne » dont le numéro se trouvait au centre du diagramme en étoile ! D'un mouvement de tête, Babour confirma à Chinar l'importance de l'information.

— Tu le connais, cet Ahmad Kashad ? demanda Chinar d'un ton doucereux tout en vérifiant que Babour notait le nom sur son calepin.

— Oui. - Un silence, puis : - Kashad, c'est un tueur, il est dangereux. J'ai eu peur, alors Goundoula, je lui ai raccroché au nez. Ensuite, il ne m'a plus appelé.

— C'est quoi, le numéro de Kashad ?

L'homme fouilla dans un cahier en lambeaux, avant d'annoncer finalement d'un ton victorieux :

— Je l'ai. C'est le 078 256 2767.

C'était le numéro au centre de leur diagramme de Pert. Ainsi, ils venaient d'identifier le responsable des kidnappings.

— Ces filles, tu sais qui elles étaient ?

— Goundoula ne m'a rien dit.

— Où tu devais les cacher ?

L'homme ouvrit une porte sur une pièce aveugle au sol de terre battue, avec deux paillasses posées par terre, une vieille perfusion sur un pied, des toiles d'araignées partout et une odeur d'égouts. L'ensemble tenait plus du squat ou de la grange que de la chambre médicalisée, mais y loger les infirmières enlevées aurait été possible. Un endroit discret et sûr. La version du vétérinaire se tenait, il avait été précis et transparent sur le nombre d'appels reçus de Goundoula, alors qu'il ne savait pas que la Criminelle possédait déjà les relevés détaillés. Et surtout, il leur livrait un nom décisif, dont l'équipe ignorait tout jusqu'à présent.

Chinar se tourna vers Babour qui le regardait en souriant, l'air de dire : « Que pouvait-on espérer de mieux ? »

— Voilà ma carte, si Goundoula te contacte, tu me préviens immédiatement. Si c'est Kashad, tu me préviens aussi. Dans la minute. Les filles qu'il voulait amener chez toi ont été enlevées. Donc si tu me caches quelque chose, tu seras le complice d'un crime punissable de la peine de mort. Tu comprends ?

— Oui, *sahib*. Je vous appelle tout de suite, je le jure sur Allah le Tout-Puissant.

— N'invoque pas Allah, pauvre minable. Je vais prévenir la brigade des mœurs de ton petit trafic. Elle gardera un œil sur toi. Les avortements, les reconstructions d'hymen, je passe dessus. Mais si j'apprends que tu continues à violer tes patientes, même une seule, je viendrai te briser la nuque moi-même.

— D'accord, *sahib*, répondit l'homme, qui n'en menait pas large.

— Tu as intérêt à ne pas l'oublier…

Babour l'attendait sur le seuil, son portable à la main. Il cacha une seconde le combiné avec sa main et murmura :

— Rangin va regarder ce qu'on peut trouver sur cet Ahmad Kashad. On aura du nouveau en arrivant.

Ils se dirigèrent lentement vers la voiture.

— Dommage, dit l'un des flics en civil, on avait une planque possible. Ça aurait tout réglé.

Chinar haussa les épaules.

— Ouais. Mais on repart avec l'identité d'un gugusse impliqué jusqu'au cou dans l'affaire, et ça, c'est une superbe pioche. Et puis ça montre que cette histoire n'a pas été si bien menée que cela. Sinon Goundoula n'aurait pas appelé ici dans l'urgence. Ça prouve que peu de temps avant l'enlèvement, il ne savait même pas encore où il allait cacher les Japonaises. C'est très grave.

— Pourquoi ?

— Ces mecs sont des charlots. Cette affaire a été improvisée en dépit du bon sens. Il faut se grouiller de trouver ces infirmières avant qu'ils fassent des bêtises !

Il n'ajouta pas ce qu'il pensait au fond de lui-même : si les kidnappeurs se sentaient en danger, ils n'hésiteraient pas une seconde à liquider leurs otages avant de prendre le large.

17

Afghanistan : 17 h 03 – France : 14 h 33
Kaboul, quartier de Baghy Qazy

APRÈS AVOIR ABANDONNÉ LE CAMION sur un terrain vague, clefs sous le siège, Ahmad Kashad prit un taxi pour aller chercher son 4 x 4 à l'usine désaffectée, puis il fila vers une de ses planques, située en lisière de la zone verte. Un modeste studio au second étage d'un immeuble ancien dont la cage d'escalier puait l'urine et les épices rances. C'est là que se trouvait une partie de son arsenal. Dans un coffre, il avait stocké du cash et des faux papiers, en cas de départ précipité. Il avala une bouteille d'eau, et ouvrit un placard en acier fermé par une épaisse porte. Son regard erra quelques instants sur les armes entassées sur deux étagères, avant de porter son choix sur un pistolet TT33, un Tokarev des commandos de l'Armée rouge datant d'avant la Seconde Guerre mondiale. Il ne l'avait encore jamais utilisé à cause de sa taille et de sa crosse malcommode, mais savait qu'il était d'une rare puissance.

« Ce vieux machin sera parfait pour un usage unique », pensa-t-il en vérifiant le chargeur. Avec une petite bouteille vide en plastique, un couteau, de la colle instantanée et du ruban adhésif, il ne lui fallut que quelques minutes pour fabriquer un silencieux artisanal parfaitement acceptable pour un tir unique.

Il ne lui restait plus qu'une personne à éliminer et il serait tranquille. La dernière, celle qui avait fait le lien avec Gulgul, était de toute confiance.

Kashad trépignait intérieurement tandis qu'il se traînait dans les embouteillages, en route vers son objectif, songeant à l'argent qu'il venait de gagner.

Cent mille dollars et vingt millions de roupies.

Avec une somme pareille, il pourrait acquérir plusieurs *tchaïkana* dans les quartiers de Kaboul les plus chics. Depuis la pandémie, les restaurants s'achetaient pour une bouchée de pain. Ce serait le début d'une petite chaîne qui serait très pratique pour recycler son argent sale.

En passant devant les bureaux des Transports Zemun, il remarqua une voiture banalisée avec deux hommes à l'intérieur. Il eut une grimace de mépris. Ces crétins de flics étaient aussi visibles que des mouches sur une tasse de lait. Il se gara deux rues plus loin. Ensuite, son sac à l'épaule, il emprunta une ruelle transversale, qui donnait elle-même dans un chemin de terre d'où une porte dérobée menait sur une étroite bande bétonnée. Juste sur le côté de l'immeuble où il se rendait. La porte était fermée à clef mais le pêne ne résista pas à la lame de son poignard. Un coup d'œil dans l'escalier. Tout était calme. Quatre à quatre, il monta les marches jusqu'au premier palier, veillant à ne pas faire craquer les planches, passa une tête à l'intérieur. Zemun travaillait dans le dernier bureau. Les autres étaient vides. En apercevant Kashad, il sursauta.

— Par Allah, Ahmad ! Tu m'as fait peur. – Il se leva, nerveux. – Attends, il y a des flics devant. Ils me surveillent.

Kashad eut un geste rassurant.

— Pas de souci, je suis passé par la porte de côté.

— Ça va, alors. – Zemun écarta les mains devant lui. – Il se passe quelque chose ? Je n'arrive pas à joindre Goundoula ni Wadik. Tu sais où ils sont ?

Kashad ricana.

— Sans doute en train de compter leur fric. Ils sont riches, maintenant. – Il tapota son sac. – On peut se mettre dans un coin tranquille, que je te passe ta part ? Ensuite, je me casse en province.

Zemun loucha en direction de son acolyte et lui proposa avec un clin d'œil complice :

— Allons dans le premier bureau, il y a des stores. Attends, je vais fermer la porte d'entrée à clef, comme ça on ne sera pas dérangés.

Comme il passait devant Kashad, ce dernier plongea très naturellement la main dans son sac. Il en sortit le pistolet prolongé de la bouteille en plastique et tira à bout portant dans la nuque de Zemun. La puissance de la détonation le surprit, malgré le silencieux improvisé. La balle transperça sa victime, frappa le premier mur, qu'elle traversa comme du papier à cigarette dans une gerbe de plâtre, puis le deuxième, avec le même résultat, pour finalement traverser le troisième et se ficher dans le mur du palier.

Kashad tapota le cadavre du bout de sa chaussure, avant d'examiner le vieux pistolet, très étonné. Il ignorait que cette antique arme russe, d'un calibre plutôt modeste, possédait un tel pouvoir pénétrant. Pas question d'abandonner un obusier pareil ! Il arracha la bouteille et remit l'arme dans son sac avant de repartir comme il était venu. Tranquille, désormais.

Il se doutait que Gulgul allait essayer de le liquider, mais il le prendrait de vitesse en filant dès le lendemain le plus loin possible, le temps nécessaire. Lorsqu'il reviendrait à Kaboul, l'histoire serait oubliée et il pourrait profiter de son argent.

En passant devant la voiture des flics, toujours garée à la même place, il eut la tentation de klaxonner et de leur faire un bras d'honneur pour se foutre d'eux, mais y renonça au dernier moment. Il se contenta de les fixer dans les yeux, l'air triomphant, avant d'accélérer.

18

Afghanistan : 17 h 17 – France : 14 h 47
Kaboul, commissariat central

Après avoir parcouru le livre de crime et la fiche sur Ahmad Kashad que Rangin avait déposés sur son bureau, Oussama posa les pieds sur la table pour réfléchir. Les informations recueillies par ses hommes dans la journée étaient précises. Un schéma clair du déroulé de l'enlèvement se dessinait.

Acte I : après l'atterrissage d'urgence du Boeing à Bagram et la décision de transférer les infirmières au dispensaire de l'ONG, Jamoun Goundoula, le directeur administratif et financier de Care Children, appelle vers 11 h 15 du matin son cousin Zemun, patron de la société de transport du même nom, afin d'organiser le transfert qui servira à mener les Japonaises jusque dans leurs griffes.

Acte II : à 11 h 35, Zemun contacte Ahmad Kashad, un autre de ses cousins, un criminel, pour lui demander de l'aide. Le plan d'enlèvement est en marche.

Acte III : à 11 h 42, Jamoun Goundoula joint Japtar Dangav, le directeur de l'ONG, tandis qu'à 11 h 46, Ahmad Kashad appelle le standard de la 201ᵉ brigade de l'armée de terre, à Kaboul.

Entre 11 h 52 et 14 h 42, on compte vingt-sept coups de fil entre Goundoula, Zemun, Kashad et la 201ᵉ brigade.

Entre midi et 14 h 15, onze appels sont répertoriés entre Japtar Dangav et Jamoun Goundoula. Le rapport d'autopsie établit que Dangav a été assassiné chez lui aux alentours de 14 heures.

Oussama ne pourrait sans doute jamais le prouver, mais il était certain que Dangav n'était pas dans la conspiration ; il avait dû s'opposer au transfert des Japonaises ou proposer une escorte militaire beaucoup plus importante. Son meurtre avait laissé le champ libre aux ravisseurs.

Le *qomaandaan* déroula sur sa table le diagramme de Pert des appels. Malgré la tension, il s'amusa de l'extraordinaire enchevêtrement de cases et de flèches. C'était un miracle que Zana, l'amie de Rangin, dispose d'un outil aussi moderne et puissant. Un miracle aussi que le jeune homme ait pensé à l'adopter pour leur enquête. Un miracle, enfin, qu'avec Babour, ils aient été suffisamment agiles et doués pour l'utiliser si rapidement et avec autant d'efficacité.

Oussama se sentit envahi par une bouffée d'espoir. Il y avait des Zana, des Rangin et des Babour partout en Afghanistan. Les jeunes de son pays avaient des ressources incroyables, peut-être réussiraient-ils à l'empêcher de tomber dans le Moyen Âge où les talibans voulaient le renvoyer ?

Revenant à ses préoccupations premières, il examina de nouveau le diagramme. C'était incroyable. À partir d'un simple listing téléphonique, il avait devant lui une des clefs du complot. Car le schéma se révélait très parlant. Concrètement, il dessinait une toile d'araignée au centre de laquelle se trouvait le numéro d'Ahmad Kashad. Le diagramme prouvait ainsi, sans besoin de plus d'enquête, que c'était lui le maillon dirigeant du groupe.

Ce qui signifiait que s'il le trouvait, il trouverait les filles. Oussama s'empara du livre de crime.

Ahmad Kashad, né le 18 janvier 1986 à Kwaja-Rakhym, dans la province de Khost. Fils d'Amidoulah Khan Kashad, décédé dans une bavure de la Coalition près de Kandekalaï. Titulaire d'un BA de commerce international de l'université de Kaboul datant de 2010. On perd sa trace entre la fin 2012 et la fin 2014, peut-être s'est-il réfugié à l'étranger. Il est mentionné dans un accident de la route avec délit de fuite début janvier 2015. Il refait parler de lui en janvier 2017, à Kaboul, à l'occasion d'un esclandre à l'aéroport Khwaja Rawash, où il casse le nez d'un agent de sécurité. Officiellement sans emploi, il est propriétaire d'une maison à Microryan et d'un immeuble à l'ouest de Kaboul, dans le quartier de Qismati Bi Afshar, mais un de ses voisins a déclaré qu'il a sans doute d'autres propriétés à Kaboul. Il possède quatre comptes bancaires dans quatre banques différentes, l'AIB, la New Kabul, la Bakhtar et l'Afghan United, pour un montant total de vingt et un millions d'afghanis. Aucune condamnation ferme à son casier, inconnu des services des douanes et du NDS.

Il reposa la feuille, édifié. À trente ans et quelques, un homme comme Ahmad Kashad ne pouvait disposer d'un patrimoine aussi élevé sans travailler que s'il faisait partie d'un clan puissant ou d'un gang. Or comme il n'existait, à sa connaissance, aucune grande tribu pachtoune du nom de Kashad dans la province de Khost, la seconde possibilité était la seule envisageable. Un voyou, donc, comme il y en avait de plus en plus dans la capitale. Il soupira. À ce stade, il fallait qu'il tranche entre deux options : soit continuer à dérouler le fil de son enquête pour établir une photographie plus précise du réseau et de ses connexions, soit taper dans la fourmilière en perquisitionnant toutes les adresses connues, appréhender Ahmad Kashad et Zemun, et les contraindre à parler. En espérant que la manière forte marcherait.

— Gulbudin !

Le boiteux arriva en clopinant.

— J'ai besoin de ton avis.

19

Afghanistan : 17 h 30 – France : 15 h 00
Paris, quartier de la Porte d'Auteuil

Le local principal du service des Archives était au rez-de-chaussée d'un immeuble banal du XVIᵉ arrondissement. La plaque à l'entrée annonçait « Cabinet Marcel Vanoir, importation de machineries et matériels agricoles ». Une société fictive. Doublées d'un film anti-effraction invisible, les fenêtres étaient équipées de vieux barreaux comme on en voit beaucoup à Paris. Sauf que ceux-ci étaient en acier au tungstène, incassables. La porte d'apparence banale à la peinture écaillée était doublée d'une plaque du même métal de cinq centimètres d'épaisseur, avec une serrure de sécurité inviolable – dix-huit tétons de métal enchâssés dans le cadre. Quant aux systèmes de sécurité télémétrique et par pression cachés dans les sols et les plafonds, c'était le nec plus ultra.

Bref, le discret local était un bunker.

La grande pièce aveugle du fond, défendue par une porte encore plus épaisse et un second système d'alarme indépendant, renfermait l'armurerie. Des dizaines d'armes de toutes sortes, du stylo-pistolet artisanal à un coup à la mitrailleuse Minimi, y étaient accrochées aux murs, tandis que grenades, chargeurs, munitions, lunettes de vision nocturne et autres équipements électroniques s'alignaient sur des étagères. À côté, un petit cagibi aux murs et au plafond carrelés comportait un évier rectangulaire en béton spécial. C'était là qu'ils détruisaient les armes après chaque opération en les faisant fondre grâce à des pods thermiques qui émettaient une chaleur à plusieurs milliers de degrés.

La pièce de vie, haute de plafond, mesurait environ soixante-dix mètres carrés. Les tapis, le parquet foncé, les trois fenêtres blindées encadrées de doubles-rideaux de velours rouge lui donnaient un aspect cosy. L'ameublement se composait de quatre canapés disposés en carré, d'une table de salle à manger et de fauteuils recouverts de velours, rouge également, le tout d'un style Henri II un peu étrange qui n'aurait pas démérité dans un château de province.

Cadeaux d'un honorable correspondant du Service.

L'un des murs était couvert de photos de leurs cibles et de diagrammes de suivi d'enquêtes. Tous les éléments sur la traque de la Veuve blanche remontaient ici. Un panneau sur lequel était inscrit « Opération Éloïse » les surmontait, pour que tout le monde se souvienne, à chaque instant, de ce qui motivait leur traque.

Edgar se rapprocha des canapés, où les Sigma qu'il avait convoqués en urgence l'attendaient. Ce groupe de mission était composé de leur responsable effraction, une belle femme aux yeux rieurs, ancienne de Cercottes qui officiait désormais la journée comme taxi parisien, de deux hommes longilignes et chauves, experts en tir longue distance et en sports de combat, qui se ressemblaient bizarrement. Depuis leur retraite de l'armée, ils géraient ensemble une salle de fitness. L'Arabe et le grand Black qui leur faisaient face étaient enquêteurs en détection d'escroqueries aux assurances pour une grande compagnie mutualiste. Enfin, une technicienne et un ingénieur, tous deux spécialistes en systèmes électroniques, complétaient le commando.

Tous avaient une longue expérience des missions difficiles pour le service des Archives et collaboré à des exécutions ciblées aux côtés d'Edgar.

Ce dernier avait tenu à ce que Nicole participe à la réunion puisqu'elle était membre à part entière de l'équipe pour cette mission. Il l'avait présentée comme une nouvelle Sigma à qui l'on pouvait absolument tout dire et personne n'avait eu le mauvais goût de poser la moindre question.

D'un petit coup de cuillère sur son verre, il obtint le silence.

— Les gars, on passe aux choses sérieuses. Nicole va nous faire un topo sur les deux cibles de nos opérations de cette nuit.

Elle rassembla les papiers devant elle.

— Nous sommes face à un véritable réseau organisé, dont un tentacule se trouve à Paris et l'autre en Afghanistan. Nous pensons que Marsan n'est pas réellement convertie et qu'elle manipule ses hommes pour assouvir des fantasmes mortifères. En revanche, tous ses hommes sont islamistes. Le dénommé Malik semble avoir un rôle différent et un peu ambigu au sein de cette association informelle. Est-ce qu'il surveille la Veuve pour la protéger ou est-ce qu'il travaille pour quelqu'un d'autre ? Est-il son OT[1], son affidé ou un traître ? Quoi qu'il en soit, cet homme est une cible principale. L'identifier augmentera significativement notre capacité de l'atteindre, elle.

Elle s'arrêta quelques secondes pour laisser les hommes s'imprégner de ses paroles avant de poursuivre :

---

1. Officier traitant.

— Ce soir, nous allons taper les deux échelons intermédiaires qui doivent nous permettre de remonter jusqu'à Malik. Le premier de ces échelons s'appelle Ali Abrisi. C'est lui le Ali de l'écoute. Il est déterminant parce qu'il a le contact direct avec Malik. Mais on va commencer par s'occuper de celui du dessous, Farouk. Le commissariat de Vitry-sur-Seine nous a confirmé qu'il correspondait au profil d'un homme qu'ils connaissent, mi-islamo, mi-voyou, qui s'appelle Farouk Medi. Il habite rue Eugène-Hénaff, à côté de la centrale thermique. L'analyse de ses fadettes montre qu'il a reçu un coup de fil d'un portable afghan trois jours avant l'appel reçu par Ali Abrisi à La Perle.

Un murmure parcourut l'assistance, que Nicole calma d'un mouvement de main.

— Vous l'avez compris, on a une séquence claire entre trois personnes : l'homme qui appelle depuis l'Afghanistan, Farouk Medi, l'intermédiaire, et Ali Abrisi, le contact de Malik, qui référence la Veuve blanche. C'est la signature d'un réseau. Vous allez vous emparer de ces deux hommes pour obtenir plus d'informations. C'est l'objet de la mission de cette nuit.

— Nos deux cibles habitent toutes les deux à Vitry-sur-Seine, reprit Edgar, alors on va taper deux fois de suite. À 3 heures du matin, on va chercher Farouk Medi. Ensuite, on intervient chez Ali Abrisi. Comme celui-là habite en immeuble, on va être obligés d'intervenir comme si on était une équipe de police officielle, sauf qu'on devra le faire avant l'heure légale. Nicole, faites-nous un topo plus précis sur nos deux cibles, s'il vous plaît.

— Farouk Medi est d'origine cachemirie et afghane. Il a trente ans, dont cinq passés derrière les barreaux. Un charmant jeune homme sous le coup d'une procédure d'expulsion du territoire qui n'a pas été exécutée parce que ses avocats font traîner l'appel. Lors de sa dernière incarcération, en 2017, il a organisé une prière collective à la centrale de Poissy, a refusé plusieurs fois d'obéir à ses gardiens, qu'il a traités de singes. Il avait aussi l'habitude de chanter des *anashid*. C'est à ce moment qu'il a été inscrit au fichier FSPRT des radicalisés. En revanche, il n'a pas été jugé suffisamment important pour être fiché S. On n'a pas d'autre information sur lui, sinon qu'il est suspecté d'un meurtre dans une affaire de stups, même si ça n'a jamais pu être prouvé. Il a fait partie d'un club de tir pendant deux ans, donc il sait se servir d'une arme. Il traîne pas mal avec d'anciens braqueurs semi-radicalisés. Vous devrez être *très* vigilants lors de l'intervention.

Elle hocha la tête avant de retourner à ses fiches.

— Ali Abrisi, c'est l'échelon du dessus. Un de ces milliers d'islamistes qui évoluent au sein ou aux marges du courant fondamentaliste des banlieues françaises sans avoir jamais attiré notre attention, ce qui signifie qu'il est malin. Je vous détaille son CV. Quarante-deux ans, d'origine pakistanaise, naturalisé français en 2012, officiellement conducteur de bus à la RATP en congé maladie de longue durée pour douleurs lombaires. Une épouse officielle d'origine tchétchène en France, sans emploi, et une seconde officieuse au Pakistan. Il a fait venir ses parents au titre du regroupement familial, son père est polyhandicapé mais cela ne l'a pas empêché de virer sa mère du foyer, apparemment elle est SDF.

— C'est un clochard, ce mec ! s'exclama un des Sigma.

— Ne le sous-estimez pas, rétorqua Nicole. Le fait qu'il organise des permanences de contacts téléphoniques dans des lieux neutres avec des endroits de secours montre que c'est un professionnel. – Elle remit de l'ordre dans ses fiches. – D'après un indicateur de la police de Vitry qui habite son immeuble, Ali Abrisi utiliserait parfois un téléphone Crosscall alors que le seul numéro enregistré à son nom est lié à une micro-SIM caractéristique des iPhones.

— Il posséderait un second appareil fantôme ? demanda Edgar.

— Oui, ce qui montre de nouveau une organisation professionnelle. Le Crosscall vient sans doute de Belgique, on peut encore y acheter des abonnements rechargeables sans vraie pièce d'identité. Il est probable que cet appareil n'est utilisé que parcimonieusement, exclusivement via des réseaux wi-fi publics. Bref, le genre de petit montage secret qui excite mon intérêt... Vous avez une bonne chance de revenir de chez Abrisi avec un indice qui vous mènera directement à Malik.

— « Nous », corrigea Edgar d'une voix douce. Vous êtes invitée à participer, c'est important.

Elle acquiesça, apparemment ravie. Edgar se leva au milieu d'un brouhaha. Les Sigma bouillonnaient déjà d'excitation à l'idée de passer à l'action.

— On refait un briefing à 22 heures. Je veux le sous-marin sur zone avant minuit. Il y a des questions ?

Il n'y en avait pas. Edgar leva la séance.

20

Afghanistan : 18 h 02 – France : 15 h 32
Kaboul, second lieu de détention des otages

CEDO MASSAIT MACHINALEMENT SES POIGNETS. Bien qu'on lui ait ôté ses liens, elle avait encore mal. En plus, ses mains restaient partiellement engourdies, avec une sensation bizarre de picotement au bout des doigts. Elle espérait qu'elle n'aurait pas de séquelle, mais à cet instant se projeter dans l'avenir était devenu difficile, même si elle essayait de garder une attitude positive.

Quelque part en elle, une petite voix lui soufflait qu'elle ne quitterait pas l'Afghanistan vivante. Elle se tourna vers ses amies. Kayuko, Yuki et Ichi étaient serrées les unes contre les autres, terrifiées, le plus loin possible de la porte. On les avait transportées en camionnette jusqu'à leur nouvelle prison. Trente minutes de trajet, avait-elle compté, en plein Kaboul. Leur nouveau lieu de détention était un grand local au sous-sol sans aération ni chauffage ; il y faisait si froid que de la buée se formait devant leurs lèvres quand elles respiraient. À côté d'elle, Mme Toguwa était assise en tailleur, aussi digne et calme qu'il était possible de l'être en dépit des coups qu'elle avait reçus, de ses lèvres éclatées et de ses dents déchaussées. Mme Toguwa était vraiment la femme la plus courageuse qu'elle ait jamais rencontrée. Malgré tout ce qu'elle avait subi, elle continuait à opposer une attitude de défi muet à leurs ravisseurs.

Tout à coup, Cedo entendit des éclats de voix dans la pièce voisine. Leurs nouveaux gardiens se disputaient. Très vite, elle identifia une des voix. Celle d'un homme qu'elle avait surnommé « l'immonde » à la seconde où elle l'avait aperçu. C'était l'individu le plus affreux qu'il lui ait jamais été donné de regarder. Il avait un corps de bûcheron, épais, d'énormes poils drus et noirs qui sortaient de sa chemise en larges touffes, tels ceux d'un animal. Ses mains étaient comme des battoirs, ses pieds, enserrés dans de curieuses chaussures qui ressemblaient à des pantoufles, larges et carrés. Sa barbe broussailleuse lui mangeait le visage, descendait jusqu'à son cou, ses cheveux, implantés très bas, lui tombaient en mèches graisseuses sur le front. La porte s'ouvrit d'un coup sur l'immonde suivi par deux autres gardiens goguenards. Il se mit à parler à toute vitesse, en les désignant à ses complices et en agitant le bassin d'avant en arrière, dans un mouvement frénétique grotesque, provoquant les rires des autres. Enfin, il les contempla quelques instants. Puis ils sortirent en claquant la porte.

Cedo cherchait du regard une pierre. Comme dans la ferme. Quelque chose pour laisser un message. Mais il n'y avait rien. Pas un objet qu'elle puisse utiliser.

Alors elle ferma les yeux, économisant ses forces pour le moment où elle en aurait besoin.

21

Afghanistan : 19 h 33 – France : 17 h 03
Kaboul, quartier de Microryan

La nuit était en train de tomber sur Kaboul lorsque les deux 4 x 4 de la brigade criminelle se garèrent dans Microryan, juste à côté de la villa d'Ahmad Kashad. Si ce quartier construit par les Russes pour leurs cadres et coopérants dans les années 1970 fut longtemps le *must have* pour la classe moyenne kaboulie, il ressemblait à présent à un ensemble de HLM miteux, même si l'adresse restait prestigieuse pour certains anciens. Quelques maisons étaient autrefois réservées aux cadres russes les plus importants. Elles abritaient désormais des commerçants aisés ou des fonctionnaires enrichis grâce aux pots-de-vin. Celle de Kashad était la dernière.

— Notre ami s'est payé une sacrée adresse, laissa tomber Gulbudin.

Oussama acquiesça. Il était tombé d'accord avec son adjoint pour arrêter toute la bande, Ahmad Kashad en tête, sans attendre. Comme souvent dans les affaires de kidnapping, ils n'avaient pas le temps d'une enquête subtile. Il leur fallait des résultats, et rapidement.

D'autant qu'ils savaient maintenant que la Veuve blanche complotait pour s'emparer des otages par la force. L'enlèvement d'étrangères par des membres de Daech, c'était le cauchemar de toutes les forces de police.

Sur un signal de Chinar, les portes des deux véhicules s'ouvrirent en silence, plusieurs silhouettes en surgirent, fusil d'assaut à la main. L'ancien lutteur ouvrait le bal, équipé d'un bélier sommaire constitué d'une poutrelle d'acier sur laquelle quatre poignées avaient été soudées. Sur la partie avant, Babour avait peint en blanc un *Hello* accompagné d'un smiley. Rangin, Babour et trois jeunes policiers en civil marchaient derrière lui, cagoule sur la tête. Amateur de séries télévisées américaines, Rangin avait proposé, quelques semaines plus tôt, d'adopter les uniformes et le style des unités des SWAT américains pour les interventions de ce type. Un passage au marché aux voleurs avait permis de récupérer des tenues neuves d'équipe d'intervention, importées directement d'Iran. D'abord réticent, Oussama avait finalement accepté, conscient que le paraître était important pour tous ces jeunes flics qui voulaient faire « comme en Occident ». Accompagné de Gulbudin, il suivait en dernier, sans gilet pare-balles ni fusil à la main, son pistolet sagement rangé dans son holster. Son expérience lui soufflait que ce déploiement de forces était inutile. Celui qu'ils venaient interpeller n'était qu'un lâche, car il fallait l'être pour s'attaquer à des jeunes filles sans défense. Il n'aurait aucune réaction violente face à leur commando.

Les flics encadraient la porte, en file d'intervention. Chinar balança son bélier, une fois, deux fois sur la porte, qui éclata dans un craquement sonore. Aussitôt, l'équipe pénétra en courant dans la maison, chaque homme avec une main posée sur l'épaule de celui qui le précédait, en hurlant « *Polis* ».

Gulbudin regarda Oussama d'un air ironique, les sourcils en accent circonflexe.

— Par Allah, quel cinéma ! J'ai dû louper quelque chose. Ou alors on est trop vieux ? De notre temps, on y serait allés avec deux ou trois hommes en tenue, au maximum, et on aurait juste sonné…

Oussama haussa les épaules.

— Bah, laissons, ça leur fait plaisir, à nos jeunes, de faire comme les Américains. Et puis, après tout, ces méthodes occidentales ne sont pas si mauvaises.

Ils entrèrent à leur tour dans la demeure. Décoration tape-à-l'œil, meubles dorés recouverts de cuir aux couleurs criardes, écrans plats japonais et enceintes Phantom. Le style habituel des voyous et des nouveaux riches afghans… Oussama s'arrêta au milieu du salon, alerté par un silence inhabituel. Pas de cris de femme, d'insultes ou de jurons d'homme tiré de son lit. Seuls résonnaient les piétinements et les appels de l'équipe.

— Et voilà, c'est loupé, on arrive trop tard, annonça sombrement Gulbudin. Kashad a déjà été flingué. Ou alors, il s'est barré.

— *Qomaandaan !* Montez voir, cria une voix à l'étage.

La chambre était une scène de crime. Un homme et une jeune fille au visage plat de paysanne reposaient sur le lit dans une mare de sang, bras et jambes en croix, criblés de balles.

— Kashad et une pute, annonça Chinar. Refroidis avant d'avoir pris la tangente. Les cadavres sont encore chauds, ça s'est passé il y a une heure, deux maximum.

— Ils ont tiré quoi ? Cent cartouches ? murmura Oussama en observant les multiples impacts sur le mur, troué de haut en bas. Quelqu'un fait le ménage sans prendre de gants.

Dans la pièce d'à côté, les cadavres de deux des assaillants étaient entassés l'un sur l'autre, renversés en arrière, une arme à la main. Le premier avait encore les yeux grands ouverts. Il affichait un air de totale stupéfaction.

— Incroyable, il n'y a qu'un seul impact. Une seule balle qui a traversé le mur puis les deux hommes. C'est quoi, ce sketch ? s'exclama Babour.

Ils revinrent dans la chambre, où Gulbudin repéra le Tokarev au pied du lit.

— Oh, j'ai la clef du mystère ! dit-il en soulevant l'arme avec deux doigts. Les Spetsnaz l'utilisaient souvent pendant la guerre, le meilleur pistolet jamais fabriqué par les Russes. Ce Kashad, il n'était pas si con, finalement.

Ce fut la seule oraison funèbre du voyou.

— Ceux qui ont attaqué Kashad étaient nombreux et bien organisés. Ils ont dû utiliser des silencieux, sinon les voisins auraient donné l'alerte, dit Oussama.

Il se pencha, ramassa un chargeur.

— Regardez, ça vient d'un HK.

— Waouh, des MP5. Matériel allemand. Ça veut dire travail de pro, déclara Chinar. On n'a pas affaire à des branques.

À ce moment, Rangin surgit, tout excité :

— *Qomaandaan*, venez voir ! Vite !

Oussama suivit son adjoint jusqu'à la chambre. Sous la paillasse qui servait de lit, une latte disjointe avait été démontée, découvrant une profonde cache. Quelques armes, des *tazkara* et un gros sac par l'ouverture duquel on apercevait des dizaines de liasses de dollars et de roupies.

— Il y en a pour une fortune, murmura Rangin, les yeux brillants. On en prend combien pour nous ?

Oussama réfléchit quelques secondes.

— Prélève la moitié. Au-dessus, ça se verrait trop.

Ravi, Rangin commença à transférer les liasses dans un autre sac avec des gloussements de joie, sous le regard émerveillé de Chinar. Ses hommes étaient trop mal payés pour qu'Oussama puisse prendre le risque de laisser passer un « prélèvement » en liquide quand l'occasion se présentait. La seule règle qu'il appliquait était de ne rien prendre pour lui, et qu'un tiers devait être gardé pour la caisse noire de la brigade, ce qu'ils appelaient la boîte bleue, en référence à l'endroit où ils la gardaient. Ensuite, le reste était réparti équitablement entre ses adjoints. Alors que les deux hommes s'apprêtaient à refermer le sac, il les arrêta :

— Au point où nous en sommes... Prenez tout.

De toute manière, cet argent serait volé prestement par tous les autres protagonistes, NDS, gardiens de la prison, greffiers, juges. Rien n'était jamais déposé aux saisies, alors...

Dehors, l'équipe s'était rassemblée. Les hommes semblaient amers.

— Ils ont parlé à Zemun ? demanda Oussama à Chinar, qui avait son téléphone à l'oreille.

— Si on peut dire... Il n'était pas chez lui, alors l'équipe qui devait le cueillir est allée à son bureau. Ils ont trouvé son cadavre avec une unique balle dans la nuque. Calibre de guerre, l'ogive a traversé trois murs.

— Je vois. L'analyse technique montrera que c'est une balle de T33. Kashad avait déjà fait le ménage avant d'être lui-même abattu, conclut Oussama. On ne trouvera sans doute jamais Goundoula ni Wadik, il a dû s'en débarrasser avant Zemun. Il a liquidé préventivement tous ses complices.

Un des flics s'approcha d'Oussama.

— On vient de découvrir un camion militaire de la 201ᵉ brigade avec plein de caisses dedans. Certaines sont remplies de ciment, d'autres sont vides mais avec des parois percées de trous, sans doute pour permettre de respirer. Il était abandonné à côté des remparts de Babur. Dans une des caisses, quelqu'un a écrit quelque chose avec un caillou.

Il tendit son smartphone. Le mot n'était pas facile à lire car il avait été tracé dans des conditions impossibles, pourtant Oussama reconnut « Cedo ».

— Les otages étaient bien dans le camion. C'est comme ça que Kashad est rentré dans Kaboul malgré les barrages. Chinar et Babour, passez chez Zemun vérifier qu'il n'y a pas d'indices, puis allez voir s'il y a des empreintes identifiables dans ce camion. Gulbudin, occupe-toi du procureur. Retrouvons-nous demain à 6 h 30 au bureau.

Il s'en alla, les épaules un peu voûtées, sous le regard lourd des autres membres de la brigade. C'était la première fois qu'ils subissaient un échec aussi cinglant en perdant d'un coup l'ensemble de leurs suspects.

22

Afghanistan : 20 h 11 – France : 17 h 41
Kaboul, quartier de Kuh-e-Allahad

APRÈS AVOIR TERMINÉ LES FORMALITÉS sur la première scène de crime, Chinar et Babour montèrent dans un véhicule pour rejoindre les bureaux des transports Zemun. Là-bas, il ne leur fallut que quelques minutes pour se convaincre que la scène de crime ne leur apporterait pas plus d'éléments intéressants que ceux déjà transmis par leurs hommes.

— On va se coucher, conclut Chinar. On s'est fait niquer. Franchement, je ne vois pas ce qu'on peut faire de plus ce soir. Monte, Babour, je te ramène. Tu le mérites, tu as bien travaillé aujourd'hui.

— C'est que... j'habite loin... tout au bout du 2ᵉ district.

— Où, exactement ?

Après une brève hésitation, Babour lâcha l'adresse :

— Pas loin de Kuh-e-Allahad.

— En dessous de l'université de médecine ? Hé, ça craint, ce coin !

— Un peu. Tu sais, je peux rentrer en bus.

— Il n'y a pas de bus à cette heure, tu le sais. Allez, monte, je te dis. – Il regarda sa montre. – De toute manière, ma fille ne dort pas, elle prend son biberon, tant qu'à rester éveillé, autant te donner un coup de main.

Quoique terriblement mal à l'aise, Babour accepta. Après avoir suivi les indications de son jeune collègue, Chinar se retrouva dans un dédale de bidonvilles entourés de murs de pisé et traversé par des ruelles de terre toutes identiques. Partout, des tonnes de détritus non ramassés. Pas besoin d'explications supplémentaires. L'habillement des rares habitants qu'ils croisaient trahissait mieux que des mots la réalité : il s'agissait de réfugiés fuyant Daech, les talibans ou simplement leur trop grande pauvreté. Des gens récemment arrivés de campagnes lointaines et déshéritées.

— Qu'est-ce que tu fous dans un trou pareil ? C'est la zone, ici. On se croirait à Tchelsetoun.

Babour soupira.

— Je m'y suis habitué, j'ai toujours vécu ici. Tiens, tourne, c'est juste là.

L'endroit devant lequel ils s'arrêtèrent était vraiment étrange. Un faux immeuble, un amoncellement improbable et baroque de cages en bois et en tôle ondulée qui défiait les lois de la gravité. Seuls quelques pylônes de béton montés à la va-vite aux quatre coins empêchaient l'ensemble de s'effondrer comme un château de cartes.

— C'est là que tu vis ? demanda Chinar, interloqué. Dans une... *cage* ?

— J'y suis bien. Et puis, avec ma solde, je ne peux pas me payer autre chose.

— Ta famille ne t'aide pas ? À ton âge, ce serait normal.

— Je n'ai pas de famille, je suis orphelin. – Un silence, puis Babour ajouta : – Mes parents et tous mes proches ont été tués dans un bombardement quand j'avais deux ans. J'ai été recueilli par un oncle mais il a fait une crise cardiaque et sa femme est morte d'un cancer six mois après. Ensuite, une voisine m'a élevé mais son mari l'a quittée. Alors elle a dû se prostituer et elle a fini par m'abandonner quand j'avais huit ans, après avoir essayé sans succès de me vendre à un gang.

— Mais... je ne savais pas ! C'est horrible. Cette voisine, tu n'as pas essayé de la retrouver maintenant que tu es flic ?

— Comment j'aurais fait ? C'était une *ghairat*.

Chinar hocha la tête, sombre. Encore une réalité cachée de l'Afghanistan d'aujourd'hui qui faisait honte aux gens éduqués. Dans les campagnes pachtounes les plus reculées, l'existence d'une tradition ancestrale – celle des *ghairat*, les femmes sans nom – perdurait en dépit des dénégations du gouvernement central. Cette coutume imposait que les femmes ne devaient jamais être nommées en dehors de la famille directe sous peine d'apparaître comme dépravées. On les appelait « femme de », « tante de » ou « sœur de », voire, chez les Pachtouns les plus rétrogrades, par des noms d'animaux. En cas de disparition des hommes de la famille, certaines perdaient simplement toute identité officielle. Comme si elles n'avaient jamais existé...

— Je suis désolé pour toi, finit par murmurer Chinar, bouleversé. Je comprends maintenant pourquoi tu ne parles jamais de ta famille.

— Bah, il fallait que ça arrive, que vous l'appreniez, dans l'équipe ou au commissariat. J'en avais un peu peur mais, finalement, maintenant que c'est fait, je me sens soulagé. C'est sorti !

Il tourna la tête vers l'enchevêtrement de cages et expliqua :

— Après avoir été abandonné par cette femme dont personne ne connaissait le nom, je me suis retrouvé seul dans le quartier le plus pauvre de Kaboul, quelque part au bord de la Rudkhane-ye-Chamchamast. À huit ans. C'était en novembre, il neigeait, il faisait très froid. J'ai réussi à survivre à cet hiver-là mais je ne sais pas comment. J'ai vécu un an dans un trou dans la colline, et un autre encore dans un abri que je m'étais constitué, près de l'aéroport. Je me protégeais du gel avec du papier journal et des morceaux de peaux d'animaux volés à l'abattoir. Je m'habillais avec des tissus abandonnés que je cousais moi-même. Je n'avais rien, je devais tout voler pour vivre, c'est comme ça que j'ai appris à fabriquer des objets, à trouver des solutions pour m'en sortir quand tout semblait perdu. Heureusement, j'ai évité la drogue, comme la prostitution ou les gangs. Je n'avais rien à faire de mes journées au début, alors j'ai appris à lire tout seul. D'abord, je dérobais des vieux journaux dans les poubelles d'hôtels, puis j'ai récupéré des magazines et, enfin, des livres oubliés par des militaires ou des expatriés occidentaux.

Il se mit à rire nerveusement avant de poursuivre :

— Je pense que personne ne connaît mieux que moi les poubelles de l'hôtel Serena. C'est comme ça que j'ai appris l'anglais. Puis un jour, quand j'avais douze ans, un mollah a entendu parler de moi par une cuisinière de l'hôtel qui me donnait souvent des restes à manger. Il m'a reçu, m'a posé des questions. Il a cru à mon potentiel. Il m'a appris à compter et m'a donné d'autres livres tout en refusant de m'inscrire dans une madrassa parce que je n'y apprendrais rien d'utile, tu te rends compte ? Il insistait toujours, il me disait : « Va à l'école publique, Babour, il n'y a pas que le Coran. Instruis-toi, deviens fonctionnaire, tu seras utile à la société et tu mangeras à ta faim. » J'ai passé mon bac, puis mon diplôme d'université et, enfin, il y a eu l'école de police dont je suis sorti major, ce qui m'a permis d'entrer directement à la Criminelle.

Il eut un geste vers une grande cage située sur le côté du « bâtiment ».

— Je connais tout le monde ici, même les travestis sidéens du rez-de-chaussée qui se vendent pour quatre cents afghanis la passe. C'est mon monde. Pour moi, ce n'est pas une cage, ici, c'est la plus belle maison que j'aie jamais eue. Et puis comme ça, j'économise. Je pourrai peut-être émigrer un jour à l'étranger. En Italie ou en en France.

Affreusement mal à l'aise, Chinar avait du mal à déglutir. Babour lui posa la main sur l'épaule.

— Tu n'as pas à être triste pour moi, tu sais ? Je suis fier de ce que j'ai déjà accompli. Le passé est le passé. Jamais je n'aurai honte du mien.

— Je te crois, petit. Je suis sacrément fier de toi, moi aussi.

Il le regarda monter l'escalier, une échelle de bois branlante qui desservait les étages supérieurs, attendit que la lumière s'allume et que le poêle à bois lance de grosses volutes de fumée, avant de redémarrer, se demandant ce qui clochait dans ce monde pour qu'il ne soit même pas étonné par cette histoire.

23

Afghanistan : 20 h 17 – Paris : 17 h 47
Kaboul, domicile Zana

PENCHÉE SUR SON ÉCRAN, Zana peaufinait son programme informatique.

Grâce aux coordonnées transmises par Rangin, elle avait contacté la famille de Cedo au Japon. Elle était bilingue et la sœur de Cedo parlait un anglais très convenable.

La jeune fille ne connaissait pas le mot de passe pour débloquer le téléphone de sa grande sœur, mais elles avaient pu échanger longuement et Zana avait ainsi récupéré de précieuses informations. Dates de naissance de ses proches, de son premier petit ami, de ses parents, de son chien et de son chat, codes postaux, adresses d'habitation, du collège, du lycée. Elle connaissait près d'une centaine de combinaisons personnelles de chiffres. Elle les avait ensuite entrées manuellement dans une base de données. Le programme informatique très simple qu'elle était en train de peaufiner allait essayer directement toutes les combinaisons possibles. Elle savait que le code ne comportait que quatre chiffres, ce qui donnait un maximum de dix mille combinaisons, beaucoup moins si on considérait que certaines combinaisons étaient à prioriser, notamment les dates fétiches.

La principale difficulté était que le téléphone se bloquait au bout de dix essais. Le programme que Zana finissait de coder s'arrêtait automatiquement soixante secondes au bout du neuvième, avant de repartir pour un nouveau cycle. Statistiquement, Zana savait donc qu'elle n'aurait besoin que d'un maximum de dix-huit heures, trente minutes et six secondes pour trouver le mot de passe.

Beaucoup moins si Cedo avait utilisé une date non aléatoire ou qu'elle avait de la chance…

Zana avait beau être concentrée, son esprit ne cessait de dériver vers Rangin. Elle ne comprenait pas pourquoi, mais elle sentait que quelque chose d'essentiel était en train de se produire. Est-ce que c'était cela le fameux « coup de foudre » ?

Certes, elle avait toujours apprécié le jeune homme. Pendant leurs études, il était celui qu'elle préférait, mais entre les règles de bienséance qui régissaient les relations entre filles et garçons et sa timidité presque maladive, elle n'avait jamais osé le lui dire. Jusqu'au jour où ils s'étaient embrassés dans le parc de Cinema Road. Elle n'avait jamais oublié ce moment. Pour tout dire, elle se le repassait en boucle. Depuis plus de trois ans. Mais ces émotions rentrées n'avaient rien à voir avec l'uppercut qu'elle avait ressenti en sa présence.

Qu'il soit revenu dans sa vie par le truchement de cette affaire criminelle sordide ajoutait au mystère. Elle avait beau ne pas croire aux interventions divines, c'était quand même un sacré coup de pouce du destin. Elle s'arrêta, les mains au-dessus du clavier, repensant au moment où il était entré dans sa chambre. Il était le premier garçon qui ne soit pas un membre de la famille à le faire.

Elle avait aimé ce moment. Elle avait aimé le revoir et lui parler. Elle avait aimé sa manière de cacher ses narines frémissantes qui respiraient son parfum, sa gaucherie et son incapacité à empêcher l'émotion de l'étreindre.

Elle eut un hochement de tête triste avant de se remettre à pianoter. Pauvre Rangin.

Malheureusement, il ne savait pas ce qu'*elle* savait.

Que ces moments n'étaient qu'une parenthèse avant le drame inéluctable qui allait emporter l'Afghanistan. Il n'y aurait plus d'amour ni de coups de foudre. Plus de périodes heureuses. Plus d'amis véritables.

Tout allait s'arrêter car les talibans allaient gagner. Cette victoire à venir, elle la « lisait » comme dans une boule de cristal via les informations éparses que ses ordinateurs lui remontaient jour après jour, semaine après semaine. Des bits numériques, des tout petits pixels en apparence désordonnés qui, mis bout à bout, formaient un tableau saisissant de réalisme. Un tableau mortellement précis.

Rapports de police et de l'armée, données issues des hôpitaux comptabilisant les décès par balles, historiques bancaires relatifs aux frais d'enterrement, messages familiaux circulant sur la Toile, photos échangées sur Instagram… finissaient dans ses filets électroniques. L'ensemble déroulait l'image d'un tsunami qui se profilait au loin, s'approchant inexorablement.

C'était comme un feu de forêt qui s'amplifie sans qu'on s'en rende compte, avant de jaillir à proximité, quand il est trop tard. Il était parti de loin. Des frontières avec le Pakistan. Ces dernières années, il s'était étendu à travers tout le pays, du Jowzjan au Helmand et du Nimroz au Nangarhar. Désormais, il était aux portes de Kaboul et partout, dans toutes les provinces. Avec le départ des troupes américaines décidé par Donald Trump, les défections se multipliaient, les soldats abandonnaient leurs unités pour se réfugier dans leurs villages, où ils tombaient sous la férule des groupes talibans locaux.

Un crash lent auquel elle assistait en direct, effrayée et fascinée, devant ses écrans d'ordinateur.

S'il y avait une chose que la vie avait apprise à Zana, c'était que les ordinateurs ne mentaient jamais. Les talibans allaient gagner, et la première chose qu'ils feraient serait d'enfermer les femmes indépendantes comme elle. Ensuite, ils briseraient ou tueraient les jeunes hommes occidentalisés comme Rangin.

C'était la raison pour laquelle elle avait pris la décision de s'exiler. Jamais elle ne vivrait comme une chose soumise et bâchée, un objet sans droits, sujet aux caprices ou aux desiderata d'hommes incultes. Obligée de cacher son intelligence. De se couvrir d'une burqa quand elle sortirait de chez elle.

Elle se demanda brusquement si Rangin accepterait de partir avec elle.

24

Afghanistan : 21 h 00 – France : 18 h 30
Kaboul, second lieu de détention des otages

LES QUATRE HOMMES DISCUTAIENT À VOIX BASSE, assis en tailleur sur un vieux tapis.

— On n'a pas le droit de toucher aux filles, répéta le jeune, celui qui était leur chef. Elles ont plus de valeur neuves qu'abîmées. Ces filles, c'est le capital du chef. Notre boulot, c'est de préserver son capital. Vous me comprenez ?

— C'est quoi du capital ? demanda un autre homme, celui que Cedo appelait l'immonde.

— C'est l'argent du chef, mais de l'argent qui n'est pas encore sous forme d'argent. De l'argent sous forme de choses qu'on peut vendre.

— Comme un troupeau de chèvres ?

— Exactement. Par exemple, ces filles, si elles sont en bon état, elles valent un capital de deux cents chèvres. Mais en mauvais état, peut-être elles valent un capital de cinquante chèvres seulement. Là, tu comprends ? Si on les baise ou qu'on les abîme, elles valent moins cher et le boss, il perd de l'argent.

Les autres hommes hochèrent la tête. Seul l'immonde gardait le regard baissé. D'un ton agressif, il dit :

— Et la vieille ? Elle vaut pas grand-chose, elle.

— Qu'est-ce que tu veux dire ?

— C'est une femme d'occasion, alors à quoi bon préserver son capital, comme tu dis, puisqu'elle vaut pas grand-chose ?

— Le capital du boss, abruti, pas le sien. Je répète, qu'est-ce que tu veux ?

— C'est elle que je veux. J'ai pas eu de femme depuis des mois.

— Tu es dingue, on n'y touche pas ! Tu connais le boss. On touche pas aux filles s'il a dit de pas y toucher. Tu veux nous faire couper en morceaux ?

— Il a parlé des filles mais la vieille, c'est différent. On n'a qu'à dire qu'elle a essayé de s'enfuir et qu'on a dû la punir. Cette femme, ce n'est pas du capital, c'est de la *ghanima* pour nous. Moi je dis qu'on devrait en profiter. Elle fait partie de ce qu'on a droit ! Si les flics nous attrapent, on finit pendus, alors moi je dis qu'on a droit à du butin pour se faire plaisir.

— Je suis d'accord, lança un petit homme chauve à la mine chafouine. On s'en fout qu'elle soit vieille, on s'amuse, on en profite. Faut jouer un peu avec elle pendant qu'on peut, et pourquoi le chef y serait mécontent ? Si personne le saura, elle vaudra pas moins cher après.

— Et si elle nous dénonce, gros malin ?

— Personne me dénonce ! Si elle parle, moi je l'égorge, répondit l'immonde avec un air féroce.

— Moi aussi je veux m'amuser, lança le dernier, un maçon à moitié débile, en sautant sur ses pieds. – Il mima un acte sexuel avec sa main, déclenchant les rires des trois autres. – Je veux jouer avec elle. Elle doit être bien étroite.

Le jeune responsable sentit la peur dresser les poils sur sa nuque. Ces hommes qu'il était supposé diriger n'étaient plus qu'une bande de requins que l'envie de sexe était en train de rendre fous. Certes, il pouvait appeler le boss, mais il perdrait alors toute autorité auprès de lui. En plus, les autres étaient dans un tel état d'excitation qu'ils étaient capables de le tuer, inventant ensuite n'importe quoi pour justifier leur acte.

Sentant son trouble, l'immonde sortit un poignard de sa gaine.

— Si on baise pas la vieille, on peut aussi s'amuser avec toi pour passer le temps. On est trois et t'es tout seul…

Le jeune homme comprit qu'il ne les ferait pas changer d'avis. Et puis, lui non plus n'avait pas eu de femme depuis longtemps.

— D'accord, mais vous ne la tapez pas, vous ne lui cassez pas les autres dents. Faites ce que vous voulez avec elle, mais ne touchez pas à son visage, d'accord ?

— *Baleh, baleh !* glapirent en chœur les trois autres.

— On attend demain matin que le comptable parte. Sinon il nous dénoncerait.

— *Baleh.*

— Et comme c'est moi le chef, je passerai en premier.

25

Afghanistan : 21 h 10 – France : 18 h 40
Kaboul, domicile d'Oussama

En rentrant chez lui, Oussama n'alluma pas la lumière. Il n'en avait pas envie. Après s'être versé un verre de lait de chèvre, il ôta ses chaussures, retira ses chaussettes et s'installa dans son fauteuil. La maison était calme mais, à une certaine vibration dans l'air, il savait que Malalai dormait au premier étage et qu'il l'avait réveillée. Des années de garde à l'hôpital avaient aiguisé l'ouïe de sa femme.

Le sol était tiède, le tapis du salon moelleux, sa maison chauffée, pourtant il ne parvenait pas à se détendre. Il plongea la main dans sa sacoche, en sortit l'objet qu'il y avait glissé avant de quitter son bureau. Un simple doudou, une souris revêtue d'un déguisement de superhéros.

Il savait par l'ambassade du Japon qu'il appartenait à la plus jeune des infirmières, celle qui s'appelait Cedo.

Une jeune fille qui avait eu le courage et l'intelligence de semer des indices et des preuves de vie depuis la minute où elle était tombée entre les pattes des ravisseurs.

Pensif, il leva la peluche. La souris avait été raccommodée des dizaines de fois. Oreilles, queue et corps étaient couverts de morceaux de tissus plus ou moins assortis. Elle affichait un sourire heureux. Oussama se demanda quelle émotion affichait la jeune Cedo en ce moment même. Sûrement pas un sourire ; inutile de se faire d'illusions : la jeune fille était aux portes de l'enfer, si elle n'y était pas déjà plongée.

Avec un soupir las, il se leva et posa le doudou sur la cheminée, dos à la pierre, les pattes dans le vide, juste en face de lui. On aurait dit que l'animal était vivant et le regardait avec ses grands yeux rigolards.

Il leva son verre dans sa direction.

— Promis, mon pote, tu ne resteras pas sur cette cheminée. Je te rendrai à Cedo. Serment de sniper.

TROISIÈME JOUR

1

Afghanistan : 06 h 40 – France : 04 h 10
Vitry-sur-Seine, domicile de Farouk Medi

— Putain, ils ne dorment toujours pas, dit l'un des Sigma. Mais qu'est-ce qu'ils foutent ?
— À mon avis, ils jouent aux cartes, répondit Edgar.

Ils se tenaient dans le sous-marin, un fourgon bardé de capteurs et d'électronique sophistiquée. Une des caméras thermiques montrait la signature parfaitement reconnaissable de trois individus assis en triangle.

L'équipe d'intervention était sur place depuis près de minuit et la situation n'avait pas évolué. Personne n'était au lit. Cela signifiait qu'au lieu de surprendre des hommes endormis, Edgar allait devoir investir un lieu clos occupé par trois islamistes décidés à ne pas se laisser capturer.

— Nicole, qu'en pensez-vous ?

Elle eut une moue.

— D'expérience, si dans une heure ils ne dorment pas, ils n'iront plus se coucher. Ils attendront la première prière du matin, la *salat sobh*. Soit on annule, soit vous devez prendre le risque de les cueillir éveillés.

Edgar se pencha vers l'écran principal sur lequel s'affichait l'image en temps réel de la façade avant. La petite maison en meulière décatie se dressait au milieu d'un jardin encombré de déchets divers – machines à laver sans tambour, vieilles cuisinières, débris métalliques, jusqu'à une vieille Clio désossée, sans roues, portières ni sièges intérieurs, posée sur des parpaings. Une terrasse sommaire avait été érigée devant la porte d'entrée, barbecue rouillé, table en plastique blanc à laquelle manquait un pied, remplacé par des briques, deux chaises de couleurs différentes. Un canapé duquel émergeaient de vieux ressorts traînait sur le côté, inutile. Un panneau indicateur troué de chevrotines, marqué d'une inscription *C'est là-bas*, tourné vers l'est, direction La Mecque, était planté au milieu des graviers. Ils avaient affaire à des islamo pleins d'humour... Edgar prit sa décision avant de s'emparer du micro.

— Ici Alpha 1, intervention imminente.

Il fit quelques étirements, concentré. Il s'était revêtu de sa tenue habituelle de combat, pantalon ample serré aux chevilles, T-shirt manches longues collé au corps. Tout en matériau technique de couleur noire. Ses baskets montantes avaient des semelles de crêpe, ses gants ultrafins étaient en tissu antidérapant. Une petite banane à sa ceinture renfermait deux blousons ultralégers, un rouge et un vert fluo, des bandes scratch blanches pour coller sur son pantalon et ses chaussures ainsi qu'une casquette d'un jaune criard. Des accessoires classiques pour se dé-silhouetter en cas de fuite nécessitée par l'intervention de la police. Dans ce cas, la procédure était simple : ne jamais chercher l'affrontement ; s'éloigner le plus rapidement possible ; abandonner ses armes dans un endroit tranquille avant d'enfiler les accessoires et de se remettre en mouvement.

L'expérience l'avait abondamment prouvé, où que ce soit dans le monde, lorsque des flics cherchent un suspect armé et tout de noir vêtu, ils n'arrêtent pas de quidam en pantalon bicolore, baskets, casquette et blouson flashy.

— Prêt à intervenir ? demanda la technicienne qui se tenait devant le moniteur.

— Oui, confirma Edgar après avoir vérifié que la caméra fixée à son épaule comme son combiné micro-oreillette étaient opérationnels et son armement bien fixé.

Ce dernier était composé de minigrenades flash-bang (des engins destinés à désorienter, pas à tuer), de deux pistolets Glock équipés de silencieux, placés tête-bêche dans des holsters de torse pour pouvoir être dégainés plus rapidement, ainsi que d'un pistolet-mitrailleur Kriss Super V retenu par une sangle dans le dos. Une arme pourvue d'un dispositif révolutionnaire limitant le recul, ce qui permettait des tirs en rafales incroyablement précis. Chambré dans le même puissant calibre que ses pistolets, du .45, le Super V pouvait aussi utiliser les mêmes chargeurs, une qualité appréciable pour un homme de terrain comme Edgar.

S'agissant des armes, la règle en vigueur pour les Sigma était simple. Ils utilisaient celles qu'ils voulaient pourvu qu'elles soient achetées à l'étranger en contrebande via des canaux autorisés et ne soient pas en dotation officielle dans un service français de police ou d'armée.

Il cliqua sur son micro.

— Alpha 1, je m'apprête à bouger, confirmez zone claire.

— Ici Alpha 2, bien reçu, tout est clair.

— Ici Alpha 3, tout est clair.

— Ici Alpha 4, tout est clair.

— Ici Alpha 5, tout est clair en visuel direct et sur guêpe.

Les voix calmes des contrôleurs placés dans quatre voitures garées aux alentours étant un peu trop fortes dans l'oreillette,

Edgar diminua légèrement le niveau du son avant d'ouvrir la porte du fourgon. Chaque Alpha contrôlait un périmètre de sécurité, en cercles concentriques. Du plus proche pour Alpha 2, l'un des opérateurs du sous-marin, au plus lointain, Alpha 5, garé à un kilomètre de distance. En support supplémentaire, le véhicule le plus éloigné était équipé d'un minidrone d'observation qu'ils appelaient une guêpe.

Edgar courut jusqu'au portail d'entrée, courbé en deux, s'accroupit, introduisit l'ouvre-pêne pneumatique, qui déclencha l'ouverture en moins de deux secondes. Certes la méthode de crochetage à l'ancienne était plus silencieuse, mais il n'avait jamais été à son aise avec la partie serrurerie de son métier. Toujours courbé, il fonça jusqu'à la porte d'entrée. Quelques tapotements légers lui indiquèrent qu'elle n'était pas fermée à clef. Il entra brusquement, arme au poing.

— Police, mains en l'air !

Normalement, les trois hommes surpris en pleine partie de poker auraient dû s'immobiliser avant de lever les mains. Malheureusement, ils réagirent très différemment.

L'un d'eux hurla « Enculé ! », la main déjà à la ceinture. Le second se jeta à terre. Le troisième lança vivement la main sous la table. Cela prit un premier dixième de seconde à Edgar pour saisir qu'il n'avait plus le temps de sortir une flash-bang. Son pistolet fit un mouvement de quelques degrés sur la droite. Il appuya sur la détente.

Ses deux premières balles furent pour l'islamiste qui essayait d'attraper quelque chose sous la table. La puissance du calibre .45 étant ce qu'elle est, les projectiles provoquèrent deux trous aussi grands qu'une petite assiette dans sa poitrine tout en l'envoyant valdinguer cul par-dessus tête, comme dans un film en accéléré. Déjà, Edgar avait mis en joue celui qui s'était levé, lui logeant à son tour deux balles en plein torse. L'homme tournoya sur lui-même presque à 360 degrés, projetant le pistolet qu'il avait eu le temps d'extraire de sa ceinture au bout de la pièce. Le troisième avait presque atteint un fusil à pompe lorsqu'un tir groupé de trois balles arrêta net son geste, le propulsant lourdement à plus de deux mètres de là, avec une telle violence qu'il rebondit contre le mur en se brisant la nuque.

L'ensemble de l'action avait duré plus ou moins six secondes.

Edgar recula de deux pas, balayant la pièce de gauche à droite puis de droite à gauche, arme pointée à deux mains devant lui. Au cinéma, un agent de son niveau aurait miraculeusement réussi à désarmer les trois terroristes sans les tuer, avec une balle bien placée dans l'épaule de chacun. Mais la vraie vie ressemble assez peu au septième art et, dans la réalité, seules les exceptionnelles capacités d'Edgar en tir instinctif avaient permis de les neutraliser avant que l'un d'eux ait eu le temps de l'atteindre. Les trois hommes gisaient maintenant sur le sol, immobiles, entourés de guirlandes pourpres. Compte tenu de la puissance de son arme et de son expérience, Edgar n'avait pas besoin de s'approcher pour savoir qu'ils avaient eu leur compte.

Ne pas les regarder dans les yeux.

— C'est bon, Alpha 1, ils sont Delta Charlie Delta[1], confirma dans son oreillette la voix de la technicienne, qui avait tout suivi grâce à la caméra haute résolution.

— Ce n'est pas bon, bordel, je voulais les faire parler.

— C'est trop tard. Je t'envoie l'équipe 2.

Dégoûté, Edgar se pencha sous la table, ressentit un petit choc. Un fusil à canon scié y était fixé par du scotch. Ç'avait été chaud, de la chevrotine à bout portant ne lui aurait laissé aucune chance, même avec son gilet pare-balles...

---

1. DCD, « morts » en langage militaire.

Autour de lui, c'était une véritable porcherie. Partout des vêtements, de la vaisselle, des bouteilles de soda vides. Une botte en caoutchouc gisait dans un coin, incongrue. Un drapeau de Daech était accroché au-dessus du canapé taché. Il fallait que ces hommes soient vraiment sûrs d'eux pour afficher de manière aussi décomplexée leur affiliation au groupe terroriste. À moins qu'ils ne soient juste débiles.

Trois Sigma firent leur apparition, charlotte sur le crâne, gants et combinaisons intégrales. Il lut le respect dans leur regard.

— On fouille tout. Toi, Ahmed, tu regardes dans les téléphones, ordonna Edgar.

Le combattant prit l'iPhone posé devant la place qu'occupait Farouk Medi avant qu'il ne se fasse descendre. Attrapant l'index du mort, il le plaça sur le bouton de reconnaissance d'empreinte, déclenchant l'ouverture du mobile. Les meilleurs cadres de Daech avaient été formés à ne pas utiliser l'ouverture automatique de leurs portables, mais ceux-ci avaient ignoré la consigne. Au mépris d'une autre règle de sécurité importante, l'islamiste n'avait jamais non plus pris la peine de faire le ménage dans sa messagerie Signal, qui était pleine. Le Sigma les fit défiler jusqu'à arriver aux jours précédant la communication interceptée par l'avion de la DGSE.

— J'ai un truc, annonça-t-il.

— Quoi ?

— Un premier fil de messages en pachtou avec un numéro afghan. Dans l'un d'eux, son correspondant lui demande de se renseigner sur la Lionne. J'ai aussi un second message avec un numéro enregistré sous le nom d'« Ali ».

— Abrisi ?

— J'imagine. C'est un numéro belge. Ça doit être son portable de contrebande. Ce fil de discussion-là est en français. Tu veux regarder ?

— Montre-moi.

Le dernier message était clair : « A besoin de renségneman sur sœur qui di kelle conné Malik. Organise contact. »

— Bon, on a établi la connexion, conclut Edgar. Bonne pioche.

— On fait quoi ?

— On fouille tout, on récupère les téléphones. Toi, tu appelles les « Costumes » pour qu'ils s'occupent des Delta Charlie Delta. Ensuite, on file chez Abrisi.

2

Afghanistan : (J-1) 05 h 00 – France : 02 h 30
Kaboul, second lieu de détention des otages

IL Y EUT UN BRUIT DE CLEF, un tour, deux tours, trois tours, puis la porte s'ouvrit en grinçant, réveillant instantanément les otages. Cette fois, les hommes entrèrent ensemble, groupés, l'immonde en tête de cortège. À leur attitude, Cedo devina qu'il allait se passer quelque chose d'horrible.

Sans hésiter, comme une meute, ils se dirigèrent vers Mme Toguwa. Ils plaisantaient entre eux, le regard rivé sur leur accompagnatrice, et les jeunes filles comprirent immédiatement ce qu'ils avaient en tête.

Mme Toguwa le saisit aussi. Elle se mit à les supplier à gros sanglots, mais ils l'obligèrent à se lever. L'un d'eux lui enfonça un doigt dans la bouche avec un rire gras, pendant qu'un autre arrachait son chemisier, faisant craquer le tissu. Il fit de même avec son maillot de corps, puis, enfin, avec son soutien-gorge.

Lorsque son buste fut nu, ils demeurèrent interdits. Sa petite poitrine, ronde et ferme, tenait comme celle d'une jeune fille. Mme Toguwa avait un corps sportif et plein, raffermi par des années de pratique du judo. Un corps comme ils n'en avaient jamais vu.

— Par Allah, s'exclama l'un d'entre eux, que c'est beau ! C'est beau !

L'immonde cracha un mot dans sa langue. Sa grosse main se posa sur les hanches de Mme Toguwa. D'un coup, il tira sur sa jupe, qu'il déchira en plusieurs morceaux, grognant comme une bête, avant de faire subir le même sort à sa culotte.

Une nouvelle fois, les kidnappeurs s'immobilisèrent tandis qu'elle se tenait face à eux, complètement nue, ses fesses cambrées malgré elle, et la petite toison de son ventre bien visible.

Elle était toujours accrochée à la corde par le cou, tel un animal. L'immonde réagit le premier. Il tira la corde, entraînant Mme Toguwa à sa suite. En franchissant la porte, l'un des agresseurs lui donna une claque violente sur les fesses.

Cedo éprouva d'abord un lâche soulagement. Au moins, elle avait échappé au malheur. Et elle n'assisterait pas à l'agression. Puis la honte d'avoir de telles pensées l'envahit.

Pour la première fois depuis son enlèvement, elle se mit à pleurer.

3

Afghanistan : 07 h 10 – France : 04 h 40
Kaboul, domicile de Zana

RANGIN CONDUISAIT À TOUTE VITESSE. Une demi-heure plus tôt, Zana lui avait envoyé un message mystérieux sur Telegram pour lui fixer un rendez-vous urgent devant chez elle. Sous un prétexte futile, il était passé au commissariat pour emprunter un des 4 x 4 du service, espérant ainsi impressionner la jeune fille. Mais sa rue était bloquée par un effondrement dans la chaussée. Il fut finalement obligé de se garer dans une voie adjacente, loin de tout regard. Lorsqu'il rejoignit la maison de Zana, il l'aperçut qui l'attendait dans le jardin, sagement assise sur un rondin. Elle avait une liseuse électronique à la main. Un foulard couvrait ses cheveux, une couverture sur ses épaules la protégeait du froid. Après qu'ils se furent salués aussi gauchement que la fois précédente, elle lui tendit le téléphone.

— J'ai réussi à le craquer et à visionner la vidéo. Je sais qu'il est tôt, Rangin, mais je pense que c'est important. Il faut que tu voies ça. Je te préviens, tu ne vas pas aimer.

— Pourquoi ?

Elle haussa les épaules.

— Regarde toi-même.

En découvrant le film, Rangin devint blême.

— C'est invraisemblable !

— C'est pourtant vrai.

Il se leva brusquement.

— Il faut que j'y aille.

— J'imagine. J'espère que cela t'aidera à trouver les salauds qui ont fait ça.

Il courut en direction du portail, avant de s'arrêter brusquement.

— Je te reverrai vite ? On peut prendre un verre ?

— Un verre en tête à tête ? Non, on ne peut pas. Rangin, tu te souviens ? On n'est pas en Amérique, ici.

— Pourquoi ne pas se retrouver dans un bar mixte ? J'en connais des super.

Elle hocha la tête sans répondre. Il nota que ce n'était pas un « non » de principe.

— Avec ma carte, je peux aller où je veux, plaida-t-il. Sauf si tu as peur de moi. Ou du qu'en-dira-t-on.

— Je n'ai peur de rien, Rangin. À part des pannes informatiques.

Ils rirent de concert. Elle sembla réfléchir. Puis, très rapidement, elle lâcha :

— Demain, je serai aux jardins de Babur vers 15 heures. On pourra se retrouver vers la tombe, si tu veux. Ils vendent des glaces.

Ils échangèrent un regard. Il n'y avait ni peur ni honte chez Zana. Juste un peu d'amusement désinvolte. Et quelque chose d'autre, aussi. Une attitude qu'il n'avait encore jamais rencontrée.

Celle, décidée, d'une jeune femme totalement sûre d'elle, qui savait exactement ce qu'elle voulait. En une fraction de seconde Rangin comprit qu'il ne rencontrerait jamais quelqu'un de cette trempe. Et qu'il était fou amoureux. Les yeux brillants, il partit en courant tout en sortant son téléphone pour prévenir Oussama.

4

Afghanistan : 08 h 02 – France : 05 h 32
Vitry-sur-Seine, domicile d'Ali Abrisi

La colonne de Sigma vêtus de treillis officiels noirs siglés « Police » s'engagea dans l'escalier. Le serrurier avait débloqué la porte d'entrée de l'immeuble en dix-huit secondes, laissant le reste du commando s'engouffrer à toute allure à sa suite dans la cage d'escalier. Le second homme de tête avait au bras un bouclier d'une vingtaine de kilos capable d'arrêter toutes les munitions de guerre. Celle qui le suivait portait le matériel destiné à ouvrir la porte. Edgar et Nicole fermaient la marche, cette dernière consciente qu'en cas de pépin sa carrière à la DGSI s'arrêterait net dans cet immeuble. Elle avait encore en tête la vision d'Edgar liquidant les trois islamistes. Jamais elle n'aurait cru qu'il était si rapide. C'était presque inimaginable.

Ils firent une halte de vingt secondes au quatrième étage pour reprendre leur souffle avant de poursuivre leur progression vers le huitième. La cage d'escalier, extrêmement propre, était éclairée d'une lumière crue par des dizaines d'ampoules qui créaient des ombres bizarres autour des hommes en mouvement. La cité Balzac n'avait pas grand-chose à voir avec l'illustre écrivain qui lui avait donné son nom, mais l'État avait néanmoins fourni beaucoup d'efforts pour tirer un trait sur les tumultueuses années 1990. Les grandes barres de béton décrépites avaient été rasées, laissant la place à de jolis immeubles modernes. Pourtant, certains murs extérieurs étaient déjà tagués.

La colonne d'intervention, si on pouvait l'appeler comme cela, arriva enfin à l'étage d'Ali Abrisi. Elle s'engagea à droite sur le long palier avant de s'arrêter devant une porte anonyme, la cinquième. Le nom sur la sonnette d'entrée avait été effacé par son propriétaire, mais ce n'était pas cette manœuvre minable qui allait arrêter les Sigma. Grâce à la qualité de la planification préalable, ils savaient exactement où ils allaient.

Le second homme de l'unité d'intervention leva un doigt. Aussitôt, un autre Sigma se positionna derrière. Il ne portait qu'un Taser rangé dans un holster de hanche et des gants rembourrés. Ses Nike neuves indiquaient sa mission, qui était de courir le plus rapidement possible jusqu'à la chambre à coucher pour s'emparer du téléphone fantôme utilisé par Ali Abrisi avant que ce dernier ne tente de détruire sa carte SIM. Il était probable que le Pakistanais ne dévoilerait pas facilement ses relations avec Malik, l'Afghan anonyme qui connaissait la Veuve blanche, mais son smartphone, lui, aurait des choses à révéler. D'une certaine manière, trouver l'appareil et le faire « parler » était devenu l'objectif principal de l'opération.

La Sigma chargée de l'ouverture de la porte avait placé un écouteur sur le battant et donnait de tout petits coups avec un marteau en caoutchouc. Elle se releva avec une grimace et se tourna vers Edgar, pouce dirigé vers le bas. La réponse sonore lui avait confirmé ce que toute personne en charge d'investir un logement inconnu craint le plus. La porte d'entrée apparemment banale était en réalité lourdement blindée.

Le son lui renvoyait l'« image » d'une barre en acier collée à la cloison, sans doute retenue par des crochets fixés au mur, avec des tétons de métal sur trois côtés de la porte pour empêcher son arrachement. Un dispositif sophistiqué et plutôt rare. La preuve qu'il y avait, derrière, quelque chose de suffisamment important pour qu'un homme aussi peu fortuné qu'Ali Abrisi ait dépensé des milliers d'euros dans le seul but de gagner quelques minutes en cas de tentative d'enfoncement de sa porte par des flics.

Edgar se pencha vers Nicole.

— On va avoir besoin du jog. Désolé.

Aussitôt, l'opératrice se positionna devant le battant avec le lourd outil qu'elle venait de sortir de sa housse. Le jog est un vérin hydraulique développant quatre tonnes et demie de poussée. Aucune porte ne lui résiste plus de quelques secondes. Son inconvénient majeur est qu'il fait un bruit d'enfer lorsqu'il envoie sa pression, un problème pour une équipe intervenant illégalement. Mais ils n'avaient pas le choix, il fallait entrer.

La Sigma installa l'engin avec des gestes précis, rapides. Enfin, elle y brancha une télécommande avant de faire signe aux autres de reculer. L'expérience leur avait douloureusement appris que certaines portes avaient la fâcheuse capacité, en cédant, d'exploser en milliers de fragments de bois et de métal potentiellement mortels. Le leader de l'équipe d'intervention resta en position de tête avec l'opératrice du jog, derrière le bouclier tenu par son collègue. Les autres s'accroupirent dans l'escalier, chacun une main sur l'épaule du précédent, les yeux maintenant protégés par de grosses lunettes blindées de motard.

Puis l'opératrice du jog appuya sur le bouton de la télécommande, envoyant toute la pression d'un coup.

La porte sembla se gondoler une fraction de seconde, avant d'exploser dans un coup de tonnerre. L'onde de choc résonna douloureusement dans l'espace clos, leur vrillant les oreilles. Déjà, le Sigma aux Nike bondissait, malgré la poussière et les débris qui volaient partout dans le couloir. D'un mouvement rapide, Edgar donna un coup brutal dans ce qui restait des fragments accrochés au chambranle avant de s'accroupir, presque dans le même mouvement, tandis que son collègue sautait au-dessus de lui pour se précipiter dans l'appartement.

Un long couloir, les baskets qui claquaient sur le lino, la respiration qui résonnait fort. La chambre était au fond à droite. Coup de pied. Le suspect était là, en caleçon et T-shirt, en train d'essayer d'ouvrir la fenêtre d'une main, mal réveillé, l'air d'un chien traqué, gêné par le téléphone qu'il tenait dans l'autre main. Le Taser claqua, Ali Abrisi s'effondra, pris de convulsions. Déjà, le Sigma avait sauté sur le téléphone, qu'il brandit au-dessus de sa tête, hors de portée du djihadiste.

Plus loin dans l'appartement, les autres commandos prenaient possession des lieux. Deux hommes en noir pénétrèrent dans la chambre, se jetèrent sur le Pakistanais, lui passèrent les menottes. Le Sigma aux baskets attendait Edgar en souriant, dos au mur, le Samsung à la main. Mission accomplie. C'était pour ces moments de victoire, rares, infimes et pourtant immenses, qu'il avait choisi le service des Archives.

Quelques instants plus tard, Nicole pénétra à son tour dans le « salon ». Une pièce merdique avec un clic-clac défoncé, des murs nus, une ampoule qui pendait tristement du plafond couvert de moisissures. Pas de table ni de chaises, pas de journaux ni de magazines, juste un coran et une vieille télévision à tube cathodique reliée à une antenne satellite pour capter les bouquets de chaînes d'Afrique du Nord. Du linge sale, quelques sachets de chips vides et des paires de baskets grisâtres traînaient par terre.

La misère sociale et intellectuelle à l'état pur.

La femme, qui avait enfilé son abaya, expliquait que son mari était « innocent de tout ce qu'on allait l'accuser ».

Les enfants assis sur le clic-clac, apeurés et hostiles, le bébé qui sanglotait, le djihadiste accroupi, les mains dans le dos, mutique et buté, les hommes en cagoule, bien campés sur leurs rangers, martiaux. L'odeur de crasse, de sueur et d'adrénaline qui flottait dans l'air. Une scène déjà vécue tant de fois...

Edgar jeta un coup d'œil au Sigma qui était en train de ranger le Crosscall dans un sachet en plastique. La direction technique de la DGSE ne manquait pas d'ingénieurs qui sauraient casser le code d'accès du téléphone au moyen de logiciels surpuissants fabriqués sur mesure.

Edgar prit le bras de l'homme aux baskets avec chaleur.

— Alors, tu as encore battu le record du cent mètres ?

— Plutôt du dix mètres, cet appartement est une vraie cage à lapins. Mais oui, et à une seconde près. Heureusement que j'avais le Taser. Sinon, la carte SIM finissait quelque part dans les fourrés.

— Propre et sans bavure. Bravo !

— Dépêchons-nous, dit Nicole d'une voix tendue, on est dedans depuis déjà trois minutes.

Edgar se tourna vers un de ses hommes, casque sur les oreilles.

— Pas de flics en mouvement ?

— Non, rien. Ça ne bouge pas.

Un scanner branché sur les fréquences de la police les tenait informés en temps réel. Au cas improbable où un voisin appellerait police secours. Heureusement, dans ces banlieues, on n'appelait jamais les flics.

La chambre des enfants ne contenait rien, à part un amoncellement de paquets de couches offerts par la caisse régionale d'allocations familiales et deux sacs de jouets aux couleurs d'associations caritatives locales. Une pile de bandes dessinées intitulées *Le Coran pour les enfants*, épisodes 1 à 12, était posée sur un tabouret. Un des Sigma en feuilleta une, avant de la jeter violemment par terre.

— Putain, j'y crois pas, regardez cette merde de BD. Ils apprennent à leurs gosses de cinq ans que les mécréants sont des singes.

Dans la petite cuisine, deux d'entre eux étaient en train de démonter les placards. Le réfrigérateur, une vieillerie, avait été poussé au milieu de la pièce. Surprenant le coup d'œil de Nicole, le plus vieux dessina un rond avec son pouce et son index.

— Rien dedans.

Elle s'approcha. Une des vis qui fixait la plaque arrière était recouverte de graisse.

— Depuis quand les fabricants d'électroménager dépensent-ils du fric en ajoutant de la graisse inutile sur une vis non visible ? demanda Nicole à la cantonade. Quelqu'un a un tournevis ?

Récupérant l'outil, elle démonta elle-même l'arrière de l'appareil, sous le regard interrogateur des hommes. Après quelques secondes, la grille en métal se détacha avec un grincement. Derrière, il y avait le moteur. Elle pointa un cube sous le compresseur. Avec un pied-de-biche et un marteau, l'un d'eux parvint à décoller le bloc métallique. À l'intérieur se trouvait un paquet entouré de papier journal. Comme il s'apprêtait à l'ouvrir, Nicole l'arrêta d'un geste.

— Attendez ! Photographiez-le avant.

Enfin, le paquet fut ouvert. À l'intérieur, deux liasses de billets usagés ornés de phrases en arabe et quatre de billets de cent dollars, neufs ceux-là, parfaitement emballées dans du plastique épais. Une bande de plastique vert couverte de tampons en arabe entourait l'ensemble.

— C'est quoi, ce truc ? Des vrais dollars ?

Edgar s'approcha, intrigué, tout en hélant un des Sigma.

— Tu peux déchiffrer d'où viennent les billets ? Et nous lire ce qu'il y a sur la bande verte ?

— Facile. – L'agent, d'origine marocaine, releva sa cagoule sur son crâne, révélant un visage anguleux de marathonien aux yeux perçants. – Ces vieux billets, ce sont des roupies pakistanaises.

Il s'empara d'une des liasses de dollars.

— Ouh là, il a voyagé, ce pognon !

— D'où ?

— L'Irak. Sur les tampons de la bande de sécurité, c'est marqué « Banque centrale d'Irak – Mossoul ».

Edgar se tourna vers Nicole.

— Bingo. C'est la preuve d'un lien direct avec Marsan, c'est son mari qui gérait ces fonds. On va cuisiner ce fils de pute.

5

Afghanistan : 08 h 16 – France : 05 h 46
Kaboul, commissariat central

L E FILM TIRÉ DU TÉLÉPHONE de l'otage japonaise était projeté sur le grand écran de la salle de réunion de la brigade criminelle, au sein de laquelle tous les adjoints d'Oussama s'entassaient.

Il durait tout juste cinquante-huit secondes.

Les images étaient prises depuis l'intérieur du minibus. Par-dessus les épaules des infirmières assises devant celle qui filmait, au dernier rang, on apercevait distinctement un soldat, son arme à la main, sur le côté du véhicule. Un autre était posté à côté du camion arrêté, capot ouvert. Le plus proche portait, visible sur sa veste, des galons de commandant ainsi que l'écusson de la 23ᵉ brigade d'infanterie. Il avait une trentaine d'années environ, il était un peu enveloppé, avec une calvitie précoce et une grosse moustache. Il discutait avec le chauffeur, qui avait baissé sa vitre, mais le micro du téléphone n'était pas assez puissant pour qu'on entende leur discussion.

À l'intérieur du minibus, les gardes de sécurité paraissaient calmes et indécis, leur arme à bout de bras. Puis le moustachu entrait dans le minibus, on entendait distinctement le chuintement hydraulique de la porte. Soudain, il braquait son pistolet sur le chauffeur avant de l'abattre dans le même mouvement, d'une seule balle en pleine face. Le claquement, assourdi par la qualité du micro, résonnait bizarrement, mais les hurlements des filles qui retentissaient dans l'habitacle étaient réels, eux. À ce moment, le soldat qui s'était placé au milieu de l'allée, derrière ses trois collègues, braqua son arme sur eux avant de leur crier de sortir, mains levées. Ces derniers jetaient leurs armes et obtempéraient. À peine étaient-ils dehors que leur collègue les tuait. Le film s'arrêtait là.

Cinquante-huit secondes, pas une de plus.

Oussama soupira. Il avait les traits tirés de quelqu'un qui a passé la nuit à cogiter, mais une lueur décidée et dangereuse flottait dans son regard.

— Il n'y a plus de mystère, dit-il. Le sergent Wadik était complice.

— Comme vous le pensiez, confirma Chinar d'une voix blanche. Un beau guet-apens ! Mais les deux autres ? Les talibans sont experts en faux barrages, à Kandahar nombre des nôtres se sont fait tuer par des imposteurs vêtus de vrais uniformes.

— Ces hommes sont moustachus ou glabres, aucun n'est barbu, rétorqua Oussama. Et puis, il y a le camion qui a bloqué le minibus, regardez, c'est un Navistar. Il semble neuf. C'est forcément un de ceux offerts ces dernières années par les Américains à l'armée. Les talibans n'ont pas les moyens d'avoir ce type de matériel, surtout pas aussi près de Kaboul.

Non, l'enlèvement a été perpétré par des vrais militaires, avec la complicité du sergent Wadik.

— On fait quoi, maintenant ? demanda l'ancien lutteur.

Oussama eut un sourire sans joie.

— Ils appartiennent tous à la même unité. Je connais quelqu'un qui en fait partie. On va identifier ces salopards.

6

Afghanistan : 08 h 31 – France : 06 h 01
Vitry-sur-Seine, domicile d'Ali Abrisi

Nicole referma brutalement la porte de la camionnette. Le commando était sur place depuis trop longtemps, il était temps pour eux de quitter les lieux. Elle lança un regard vers Abrisi, ligoté sur le sol comme un rôti, balle de caoutchouc dans la bouche et cagoule orange sur la tête. Le Pakistanais était resté mutique depuis le début de l'intervention.

— On commence à remonter de l'info, dit Edgar, relevant la tête du smartphone sur lequel Ahmed pianotait à toute vitesse, concentré.

Ali Abrisi s'était cru très malin en choisissant comme code de son téléphone fantôme une version inversée de la date présumée de naissance de Mahomet, 12/3/570 (certains mettaient le 13, d'autres le 11), mais il ignorait manifestement que c'était un choix habituel, presque « culturel », de beaucoup de djihadistes.

Tellement commun, tellement connu des flics antiterroristes, où qu'ils soient dans le monde, qu'on pouvait se demander comment des terroristes pouvaient être assez demeurés pour continuer à faire ce choix. Mais peut-être la réponse résidait-elle dans la question elle-même...

À l'intérieur de l'appareil, ils avaient déjà trouvé trace de quatre numéros d'appel, tous inconnus. L'un d'eux, encore un numéro belge, attira l'attention de Nicole.

— Regardez : j'ai un appel récent avec une entrée dans le répertoire au nom de « Mahmood/Malik ».

Edgar leva le pouce. La manie des islamistes de Daech (ils avaient souvent été formés par d'anciens spécialistes des services spéciaux irakiens) de se choisir des *kunya,* des pseudos, rendait leur identification particulièrement difficile. Les flics et agents de la DGSE finissaient souvent par se perdre entre les Karim qui étaient en fait des Farid et les Farid qui étaient en réalité des Hassan. Grâce à cette bourde de débutant, ils connaissaient désormais le vrai prénom de Malik.

Mahmood ou Mohamed.

Ils avaient de la chance. D'une certaine manière, un tel amateurisme était à la fois providentiel et désespérant. Alors que des vrais professionnels avaient mis en place des protocoles de communication très élaborés au sein de leur réseau, avec des procédures d'excellent niveau, les premiers membres neutralisés avaient tout flanqué par terre en rapprochant pseudos et identités réelles, en passant des appels non protégés ou en ne faisant pas le ménage dans leurs fils de discussion cryptés.

— Ils ne sont pas très malins, renchérit Nicole, mais j'ai vu pire. L'année dernière, on a eu le cas d'une apprentie terroriste qui avait payé en liquide dans une grande surface de bricolage de l'engrais et des clous pour faire une bombe mais qui avait quand même donné sa carte de fidélité pour bénéficier de points gratuits. Du grand n'importe quoi !

Edgar frappa de la paume de la main sur la cloison qui les séparait de la cabine, et la fourgonnette démarra.

— Ali Abrisi est peut-être un crétin, mais il ne parlera pas, dit-il. Je ne crois pas qu'il dénoncera Malik. Il est trop en bas de l'échelle.

— Je ne comprends pas. Que voulez-vous dire ?

— De mon expérience, les chefs de réseau crachent souvent ce qu'ils savent sous la torture, mais ceux tout en bas, rarement. Vous comprenez, quand on est en haut, on a des intérêts à préserver alors qu'en bas, on n'a que son honneur. Les intérêts, ça fait parler, la fierté, ça fait tenir face à la douleur.

— Trois minutes avec ce mec vous suffisent pour conclure que la piste Abrisi est une impasse ?

Edgar acquiesça d'un mouvement de tête.

— On s'en fout, qu'il parle ou pas. Son téléphone nous en a déjà dit beaucoup. On a un prénom et un numéro de Malik. Nous avons des dizaines de milliers d'heures de conversations anonymes de djihadistes dans nos bases de données à Mortier. Sans compter celles dont disposent nos copains américains et britanniques, la NSA et le GCHQ, mille fois plus nombreuses, auxquelles on accédera dès ce matin. Je suis certain que la signature vocale d'Abrisi matchera. On va trouver une conversation entre lui et Malik.

7

Afghanistan : 08 h 39 – France : 06 h 09
Kaboul, état-major de l'armée de terre

— Vous me dites à qui on va rendre visite ? demanda Gulbudin à Oussama tandis que leur 4 x 4 franchissait la grille du commissariat central en faisant crisser le gravier.
— Un capitaine du 23ᵉ régiment de la 201ᵉ brigade d'infanterie de l'ANA qui s'appelle Amidoullah Rajavan. C'est un ancien moudjahid de Massoud, qui est devenu un excellent officier. On s'est battus côte à côte lors des deux premières batailles du Panchir.

Oussama était certain d'obtenir son aide, les frères d'armes de l'ancien Lion du Panchir formant une fraternité très particulière, unie par les années de lutte acharnée contre les Russes, puis contre les talibans. Ceux qui n'avaient pas été décimés par les combats ou les maladies se vouaient une fidélité à toute épreuve, près de vingt ans après la chute du régime islamiste.

Oussama était connu. Ils passèrent rapidement les contrôles de sécurité de l'entrée de l'état-major de l'armée, logé dans un complexe pouilleux en pleine zone verte. Après un quart d'heure à demander leur chemin, ils finirent par se retrouver au service du personnel, un bâtiment miteux où semblait ne régner aucune activité sérieuse en dépit de l'heure matinale, synonyme d'embauche. Des couloirs vides aux murs percés de portes aux vitres dépolies, du lino datant de l'époque soviétique, des plafonds d'où pendaient des fils électriques dénudés, et pas un chat. Quelques néons installés au hasard, aucun dans l'alignement du précédent, diffusaient une lumière chiche. Vision habituelle de la bureaucratie kafkaïenne afghane…

Après vingt minutes supplémentaires et plusieurs essais auprès des rares soldats croisés, ils n'avaient encore rencontré personne qui connaisse l'ancien combattant. En désespoir de cause, ils essayèrent une nouvelle porte, en bois celle-là, ce qui désignait des gens plus importants. Ils débouchèrent dans un bureau de quelques mètres carrés occupé par deux officiers portant les insignes de capitaine, des théières posées devant eux, bayant aux corneilles.

— Amidoullah Rajavan, vous connaissez ?

Ils secouèrent la tête, plus hostiles qu'indifférents.

— Enfin, c'est incroyable ! s'exclama Oussama, agacé. Cet homme est un ancien héros de guerre, un officier. Il était capitaine ici voici trois ans, comment tout le monde peut-il ignorer jusqu'à son nom ?

— Je vous dis qu'on le connaît pas, votre gars. Y'a pas de Rajavan ici.

— Vous entendez ? Foutez-nous la paix, bande de tocards, renchérit son collègue.

— Il y a un autre service du personnel, quelque part dans le complexe ?

— *Na !*

L'un des hommes eut un geste méprisant avant de se replonger dans son journal.

— J'ai l'impression qu'ils savent quelque chose mais ne veulent pas nous parler, remarqua Gulbudin en sortant.

— Oui, c'est bizarre.

Ils continuèrent dans le même couloir. Avisant un homme de ménage coiffé d'un turban, Gulbudin s'arrêta.

— Hé, toi ! Sais-tu où travaille Amidoullah Rajavan ? C'est un officier.

— *Sahib*, j'en connais un... mais il n'est pas officier... Ce Rajavan-là est au ménage, dans la même équipe que moi. Présentement, il s'occupe des cabinets d'aisances. Plus loin, au fond du couloir.

Abasourdis, Oussama et Gulbudin se dirigèrent vers les toilettes.

— Tu comprends ce qui se passe ?

— Absolument pas !

L'endroit était étroit, bas de plafond et envahi de grosses mouches, une véritable infection dont l'odeur aurait fait fuir un putois. Tout au fond, de dos, un homme s'escrimait sur une latrine à la turque tapissée d'excréments. Il était équipé d'un seau d'eau, d'un bâton pour enlever les matières et d'une vieille serpillière. Incrédule, Oussama demanda :

— Amidoullah Rajavan ?

D'un coup, l'homme se retourna. Un visage ravagé, rond et chauve, une grosse moustache, des yeux chassieux. Quand il reconnut Oussama, ce fut comme si on rallumait la lumière en lui.

— *Qomaandaan ? Qomaandaan* Kandar ! C'est vous ?

— Oui, c'est moi, Amidoullah.

Rajavan se précipita sur Oussama. Sans réfléchir, ce dernier le prit dans ses bras, le serrant comme un père serrerait son enfant. Enfin l'ancien combattant se libéra, reculant de deux pas.

Il pleurait tellement qu'il était secoué de hoquets. Au bout de quelques minutes, il parvint à se calmer.

— Désolé, *qomaandaan*. Je suis tellement désolé que vous me voyiez dans cette situation.

— Amidoullah, qu'est-ce qui t'est arrivé ?

— C'est la vie, *qomaandaan*. Comme disait mon père, « si tu ne souffres pas vieux, c'est que tu es mort jeune ».

— Arrête tes histoires. Quand je t'ai quitté, tu étais capitaine, sur le point d'être promu.

Rajavan essuya ses larmes.

— Tout s'est effondré il y a trois ans, *qomaandaan*. J'ai dénoncé mon supérieur hiérarchique à la Coalition, un major général. Il volait nos payes et détournait l'argent de la cantine. Je pensais qu'il serait sanctionné mais, au final, c'est moi qu'on a révoqué. Pour conduite déshonorante, vous vous rendez compte ? Moi qui n'avais jamais dérobé un œuf ? – Il se remit à pleurer. – J'ai tout perdu, mon salaire et ma retraite, confisquée elle aussi. Le juge était du même clan que le major général, alors il a fait saisir mon compte en banque. Ensuite, avec les intérêts et les pénalités sur l'amende que je ne pouvais pas payer, ils ont pris ma maison, en prétendant même qu'elle était illégale, que je n'avais pas de permis de construire. Mais qui a un permis de construire à Kaboul ? Finalement, tout ce que j'ai pu trouver, c'est ce travail. C'est une vengeance de plus. Le général a fait exprès de me l'obtenir, comme ça, tous les officiers que je croise savent maintenant ce que ça fait de dénoncer un supérieur. On finit par nettoyer leurs chiottes.

— Qui était ce chef de corps ?

— Rostom Khan Pakanli. Un proche de Khan Durrani.

Durrani, ministre de la Sécurité, esprit pervers et retors, était l'un des hommes les plus puissants et les plus corrompus d'Afghanistan. Si puissant que ni la CIA ni le département d'État américain n'avaient osé demander sa tête, en dépit de pressions répétées. C'était aussi un ennemi juré d'Oussama, à tel point qu'il avait tenté de le faire assassiner plusieurs fois, avant de s'attaquer à Malalai, heureusement sans plus de succès.

— Venez, ne restons pas ici.

Ils descendirent dans le jardin, s'assirent sur le premier banc. À l'air libre, Oussama pouvait constater ce que l'injustice avait fait à son ancien frère d'armes. Le combattant qu'il avait vu affronter seul un T-64 avec un lance-roquettes artisanal n'était plus que l'ombre de lui-même. Ses épaules tombaient, son dos était voûté, une brioche avait remplacé le ventre plat de l'ancien athlète et le visage affaissé était balafré de rides si profondes qu'on aurait pu les croire tracées au couteau.

Compatissant, Gulbudin héla un marchand ambulant équipé d'une glacière à bras. Il commanda trois pots de glace au lait. Amidoullah se jeta sur la sienne en poussant des petits grognements heureux comme s'il n'avait rien dégusté d'aussi sublime depuis des lustres. Peut-être était-ce le cas, d'ailleurs. Oussama tourna la tête, gêné. Enfin, l'ancien soldat jeta le carton par terre.

— Vous me cherchiez ? Je peux vous aider ?

— Oui. Pour une enquête, on veut identifier des membres du 23ᵉ régiment qu'on a en images, sur une vidéo. Mais on pensait que tu étais encore soldat d'active. Alors…

— Demandez toujours, *qomaandaan*, je saurai les reconnaître. – Il eut un rire sardonique. – Je nettoie leur merde depuis trois ans, alors oui, je les connais. Tous.

Gulbudin sortit son téléphone, sur lequel il avait transféré la vidéo de l'enlèvement.

— Ces hommes autour du Navistar, tu les reconnais ?

Rajavan hocha vigoureusement la tête.

— J'en connais un. Le moustachu. C'est un ancien aide de camp de mon général. Il s'appelle Hamad Gulyani, il est capitaine. – Il cracha par terre. – Il a fait du mal à ces étrangères ?

— Allah nous est témoin que oui. Que sais-tu sur lui ?

— Il discute souvent au téléphone pendant qu'il se soulage. Il habite Kaboul, mais il vient d'un village de l'Est. Vers Bagram, au pied de la Montagne bleue. C'est plein de talibans, là-bas, il doit manger à tous les râteliers.

Oussama et Gulbudin échangèrent un regard.

— Tu parles de Maragor ?

— Oui, exactement ! C'est cela !

Rajavan semblait stupéfiait que son ancien chef connaisse le nom de ce village perdu. Puis il comprit.

— Les étrangères ? C'est là qu'elles ont été enlevées ?

— Juste à côté. – Oussama lui mit la main sur l'épaule. – On va retrouver ce capitaine Gulyani et le faire parler. Quant à toi, je jure devant Allah que je ne te laisserai pas dans cette situation. Je reviendrai te chercher pour que tu aies le poste que tu mérites. Quand ou comment, je ne sais pas encore, mais je reviendrai.

Oussama ramassa le gobelet jeté par l'ancien combattant pour le déposer dans une poubelle, un peu plus loin. Rajavan, lui, s'était remis à pleurer. Il ne tenta pas de le consoler. Que dire à un homme en proie à assez de tourments pour remplir mille vies ?

8

Afghanistan : 09 h 15 – France : 06 h 45
France, au-dessus de l'Atlantique

A<small>U SEIN DU SERVICE DES ARCHIVES</small>, « les Costumes » était le surnom donné à la petite équipe chargée de faire disparaître les corps, une opération appelée ironiquement « nettoyage à sec » dans leur novlangue pleine de dérision. Composée d'un tout petit nombre d'agents choisis pour leur fidélité et leur capacité à maîtriser leurs émotions, elle suivait des procédures opérationnelles particulièrement détaillées et pointues.

Ce jour-là, les membres du « nettoyage à sec » avaient fait entrer leur camionnette en marche arrière dans le jardinet de la maison où avait eu lieu la fusillade. Les cadavres de Farouk Medi et de ses deux complices avaient été évacués dans d'épaisses housses en plastique de l'armée. Les Costumes avaient revêtu des combinaisons de protection intégrales destinées à éviter de laisser la moindre trace ADN sur place. Ensuite, ils avaient mis le feu à la maison par sécurité, et le fourgon dans lequel deux d'entre eux avaient pris place avait démarré, suivi par une Renault occupée par deux agents de protection. Tous étaient armés et porteurs d'une carte du ministère de la Défense requérant l'aide éventuelle des autorités civiles et militaires. En cas de contrôle de police ou des douanes, les cadavres qu'ils transportaient étaient censés être ceux de bidasses ayant eu un accident mortel pendant un entraînement, documents administratifs à l'appui.

Les deux véhicules avaient roulé sans problème jusqu'à un aérodrome proche de La Roche-sur-Yon. Un petit hangar en tôle ondulée, suffisamment grand pour abriter en même temps un avion et un véhicule, se trouvait un peu à l'écart des autres bâtiments. Il était surmonté d'un écriteau *Aéroclub de l'AFIDER*, une association qui n'existait que sur le papier.

Le fourgon y entra et la porte se referma derrière eux. La Renault de protection, quant à elle, s'était arrêtée cinq kilomètres avant dans un village, pour plus de discrétion. Les deux hommes coupèrent le système d'alarme sophistiqué qui protégeait les lieux avant de hisser les housses contenant les cadavres à l'intérieur de leur Pilatus PC-6. L'avion, un modèle civil des années 1970 encore très populaire dans les clubs de parachutistes de par sa fiabilité et son aile haute, avait été profondément modifié par les techniciens de la DGSE. Le vénérable appareil à la peinture écaillée disposait désormais d'un moteur neuf équipé de turbos presque deux fois plus puissants et d'une avionique Garmin autorisant le vol à vue dans les couloirs aériens civils, tandis que son autonomie était doublée grâce à l'installation de réservoirs supplémentaires à l'intérieur de la carlingue.

Après avoir prévenu la tour de contrôle qu'il partait en promenade, le Pilatus décolla. Évidemment, le transpondeur permettant de le localiser à distance n'était pas activé. Le pilote vira immédiatement cap à l'ouest, face à l'Atlantique. Comme à son habitude pour ce type de mission, il prit soin de rester en dessous de deux cents mètres d'altitude, afin d'échapper aux radars militaires. *Business as usual* pour cet ancien de Vaucluse 56, le groupe de soutien aérien secret de la DGSE spécialisé dans les vols nocturnes en rase-mottes et en zone de guerre. La trajectoire le fit d'abord survoler des terres agricoles en évitant tous les villages et bourgs où il aurait pu être remarqué, puis une immense forêt de pins, avant d'arriver enfin à la mer. À part des randonneurs, personne ne pouvait l'avoir repéré.

Après plusieurs minutes de vol à une vitesse approximative de cent trente nœuds, il arriva enfin dans la zone de largage, à environ soixante kilomètres des côtes françaises. Pile au-dessus d'une fosse océanique de plus de six mille mètres de profondeur. Derrière le pilote, l'autre Costume, toujours revêtu de sa combinaison intégrale, gants de latex aux mains, était en train d'enfourner les housses contenant les corps dans des sacs spéciaux, encore plus épais, pourvus de soixante kilos de lest. C'était le moment de les sceller. Il vérifia que son collègue ne le regardait pas avant de glisser une saucisse de Morteau dans chaque housse. Sa manière à lui d'achever le travail et de venger deux de ses copains morts au combat... Dans l'armée française comme dans toutes les grandes forces militaires du monde, la profanation d'un cadavre était un crime passible de la révocation et des tribunaux militaires, mais l'agent avait un vieux compte à régler avec les islamistes depuis qu'il avait perdu ses anciens camarades au Mali. Avec un seul témoin potentiel à bord, trop occupé à gérer des rafales de travers de trente-cinq nœuds et une mer quasiment à distance d'ailes, le risque de se faire prendre était égal à zéro.

— Prêt ? hurla le pilote par-dessus son épaule, inconscient des manigances de son collègue.

— Donne-moi encore trois minutes.

Le pilote acquiesça d'un signe de la main, attendit le temps imparti avant de descendre encore, presque au ras des vagues, réduisant la vitesse au minimum. L'avion se mit à trembler, en limite de navigabilité. Un à un, les sacs tombèrent à l'eau, coulant immédiatement, suivis par les gants et la combinaison intégrale. Farouk Medi, ses amis islamistes et les trois Morteau venaient de rejoindre leur cimetière marin pour l'éternité.

9

Afghanistan : 10 h 16 – France : 07 h 46
Kaboul, domicile du capitaine Gulyani

LE BÉLIER FRACASSA LA LOURDE PORTE de bois dès la première tentative, ouvrant le passage à l'équipe d'intervention. Une nouvelle fois, Oussama et Gulbudin attendirent que le dernier homme soit entré pour pénétrer à leur tour dans la maison, armes à l'étui. Le capitaine Gulyani n'étant pas au bureau, ils avaient décidé de le cueillir directement chez lui et sans attendre. Le palier du haut retentissait de hurlements. Gulbudin regarda Oussama. Cette fois, l'oiseau était au nid. Il y eut un remue-ménage avant que Gulyani apparaisse dans l'escalier, tiré par un Rangin très excité. Les cheveux ébouriffés, un coquard à l'œil droit et apeuré, le militaire qui avait enlevé les infirmières était moins fringant que sur la vidéo. Le rouquin le traîna par les cheveux jusqu'au milieu de la pièce principale avant de lui flanquer un ultime coup de rangers en pleine figure.

— Et voilà, *qomaandaan*. Il est à vous.

Gulyani avait vraiment piteuse allure. Vêtu d'un slip orange et d'un T-shirt trop petit qui découvrait une impressionnante bedaine blanchâtre, il avait les yeux hagards.

— Vous n'avez pas le droit. Je suis capitaine de l'ANA. Du 23ᵉ régiment...

Il n'eut pas le temps de finir sa phrase qu'il prenait un coup qui lui entailla le cuir chevelu. Gulbudin se pencha vers lui, la matraque haute, la mine féroce.

— Épargne ta salive, face de vache. On sait tout. Tu pensais pouvoir enlever des étrangères en plein jour et en uniforme sans qu'on remonte jusqu'à toi ? Bite d'âne !

— À cause de vous, ces jeunes filles vont souffrir, se faire agresser, violer, peut-être tuer, renchérit Oussama. Vous méritez pire que la mort, alors je vous conseille de parler.

Il adressa un petit mouvement de tête à Gulbudin. Celui-ci se précipita aussitôt sur le militaire pour lui assener une grêle de coups partout sur le corps, ce qui déclencha un concert de couinements. Oussama lui fit signe d'arrêter. Il n'aimait pas cette violente gratuite, même si elle était indispensable.

— Capitaine Gulyani, les choses sont simples. Soit vous nous parlez, et dans ce cas vous nous dites tout, absolument tout ce que nous voulons savoir, soit vous vous taisez. Dans cette seconde hypothèse, je vous transfère au NDS, vous savez ce qui se passe dans leur prison. Ils vous arracheront les ongles, vous brûleront, vous tortureront à la perceuse jusqu'à ce que vous leur disiez ce qu'ils veulent, même si ce n'est pas la vérité. Me comprenez-vous ?

Gulyani opina. Oussama sut qu'il était mûr.

— Les infirmières, où sont-elles ?

— Je ne sais pas.

Gulbudin leva sa matraque.

— Par le Créateur, je le jure ! Je ne sais pas. Les filles, on les a vendues. C'est Kashad qui sait ! Ahmad Kashad. Lui, c'est le chef. Il a tout organisé.

— Kashad est mort, troué par cinquante balles de .9 mm de la tête aux pieds, tête de chèvre. Quelqu'un l'a mitraillé comme du carton. C'est toi, peut-être ?

— Je savais pas ! Je le jure !

— Pour qui il bosse, Kashad ? À qui il a vendu ces filles ?

— Je sais pas... Il m'a pas dit.

— Quoi ? s'étrangla Oussama. Ces étrangères, ton complice les a vendues, et toi, tu oses dire que tu ne sais pas à qui ? Tu nous prends pour des idiots ?

Gulyani renifla, piteux.

— Je n'ai pas demandé. Kashad, il m'a payé dix millions de roupies[1] ! L'argent, c'est tout ce que je voulais. Qui achetait les filles, je m'en foutais !

Oussama et Gulbudin échangèrent un regard. Les groupes talibans les plus puissants étaient financés directement par l'ISI, les services secrets pakistanais, parfois en afghanis mais le plus souvent, surtout quand les sommes étaient importantes, en roupies pakistanaises. Était-ce la preuve que les Japonaises étaient désormais dans les mains des islamistes ?

— Montre-nous où tu as caché le fric.

Une fois Rangin sorti avec l'argent, Oussama se retourna vers Gulbudin qui surveillait le prisonnier, sa matraque à la main. D'un geste, il fit signe aux deux autres flics qui gardaient la scène de sortir.

— Je te laisse seul avec lui un quart d'heure. Fais-lui cracher tout ce qu'il sait. Je t'attends dans la voiture.

---

1. Environ huit mille euros.

10

Afghanistan : 10 h 20 – France : 07 h 50
Kaboul, domicile du capitaine Gulyani

Le capitaine Gulyani sursauta en découvrant que l'adjoint d'Oussama avait profité de son bref évanouissement pour lui enlever ses sous-vêtements. Apparaître nu en public étant l'humiliation suprême en Afghanistan, dévêtir un prisonnier était toujours un moyen efficace de faire pression sur lui. Gulbudin se mit à tourner autour de lui, l'air gourmand, tout en faisant claquer sa matraque sur sa paume.

— Hum, voyons, où vais-je pouvoir te frapper, vermine, infâme sabot de bouc. Sur ta minuscule queue de rat ? Sur tes ridicules petites couilles poilues ?

Un coup claqua sur l'aine du militaire, juste à côté de ses testicules. Il n'eut pas le temps de crier que déjà, un deuxième l'atteignait au-dessus du nez. Un autre, sur l'oreille, l'assourdissant. Gulbudin, méthodique, frappait à coups précis, cherchant les endroits sensibles tout en évitant de blesser gravement son prisonnier.

Il n'était pas sadique mais il avait besoin de réponses.

— Alors ?

— C'est Kashad, je le jure. C'est lui qui a trouvé l'acheteur.

— Tu me l'as déjà dit. Ah, tu m'énerves à te répéter, ver de terre ! Attends, tu vas voir.

D'un mouvement puissant, en s'aidant de sa prothèse de jambe, Gulbudin retourna l'homme sur le ventre. Il se mit alors à lui marteler les fesses.

— Je vais te frapper le cul jusqu'à l'os, ordure. Pour toi, ce sera l'enfer jusqu'à ce que j'aie retrouvé les otages, tu m'entends ?

Le bruit du bâton sur les chairs molles était horrible mais Gulbudin savait que ses frappes ne présentaient aucun danger. Heureusement, Gulyani était trop désorienté pour s'en rendre compte.

— Attendez, attendez, cria-t-il. Kashad, il a une ferme à lui !

Gulbudin s'arrêta.

— Une ferme ? Où ?

— Entre Maragor et Kaboul, dans le village de Ginzat. C'est là que les otages étaient parquées. Dans sa ferme.

Le visage de Gulbudin se ferma.

— Elles n'y sont plus, les filles ? Alors, pourquoi tu me fais perdre mon temps, connard ? Je m'en fous, de cette ferme.

Nouveau coup sur les fesses. Cette fois, une veine éclata avec un bruit de baudruche qui se dégonfle.

— Cette ferme, c'est important, hurla Gulyani, hagard. Kashad, il a tout négocié avec l'acheteur de là-bas. Il y a un bureau, c'est sûr, il a laissé des informations sur l'acheteur ! Mais par Allah, arrêtez de taper !

— Saloperie ! Tête de veau ! Comment j'y vais, à cette ferme ?

11

Afghanistan : 10 h 41 – France : 08 h 11
Paris, rue Jean-Jacques Rousseau

(Voix d'Ali Abrisi) Salam Aleikoum.
(Voix inconnue) Aleikoum Salam.
(Voix d'Ali Abrisi) Vous m'avez laissé un message d'urgence, alors me voilà.
(Voix inconnue) Pourquoi avoir loupé les derniers rendez-vous ? Vous deviez venir directement aux lieux de rendez-vous. Vous avez loupé deux créneaux en trois jours.
(Voix d'Ali Abrisi) Désolé, je n'ai pas pu. J'étais malade et chez le médecin, et puis à la Sécurité sociale.
(Voix inconnue) Venez maintenant. Endroit numéro deux.
(Voix d'Ali Abrisi) D'accord, d'accord, par Allah. J'arrive.

LA CONVERSATION S'ARRÊTAIT SUR cette dernière phrase. Nicole appuya sur une touche de son ordinateur et se tourna vers Edgar.

— Vous aviez vu juste. Cette conversation a été enregistrée par les Britanniques il y a un peu plus d'un an. Le téléphone matche.

La voix inconnue doit donc être celle de Malik, l'officier traitant d'Ali Abrisi.

— Cela prouve définitivement qu'il existe, quelque part à Paris, un réseau structuré de Daech encore fonctionnel et totalement inconnu. Avec à sa tête un mec ultraprofessionnel, conclut Edgar.

— Je sais, répondit Nicole sombrement. C'est un sacré loupé de notre part.

— Pas la peine de nous flageller, les problèmes de ce type, ça arrive aux plus grands services, on le sait tous les deux.

— Vous avez comparé avec d'autres enregistrements vocaux ?

— C'est fait, sans résultat à cette heure. Je les ai fait transmettre aux Américains, mais je crains qu'ils n'aient rien. C'est la seule occurrence d'appel comportant les voix d'Abrisi et de Malik. Mais pourquoi ce coup de fil n'a-t-il pas alerté vos collègues à l'époque ? Il était quand même éminemment suspect.

Elle eut un geste d'impuissance.

— Edgar, des conversations suspectes, on en a des millions chaque année... Et puis, n'oubliez pas que nous ne savions absolument pas à qui appartenaient ces deux voix. Des anonymes sympathisants de l'islam radical, il y en a sans doute plus de cent mille en France. Dans ce métier, vous le savez, le jackpot est rare, la loterie est plus souvent perdante que gagnante.

Edgar se leva, tout excité. Ce n'était en apparence pas grand-chose, mais ça lui en apprenait beaucoup. À commencer par le fait qu'Ali Abrisi semblait obéir aveuglément à l'homme qu'il appelait. Il se pencha pour vérifier la date et l'heure inscrites en haut de l'écran. Un an plus tôt, le 25 janvier à 9 h 12.

— Vous avez regardé ce que donnaient les bornages des portables fantômes de Malik et d'Abrisi ce jour-là ?

— Notre direction technique a déjà vérifié. Le belge de Malik était éteint. Les deux d'Abrisi étaient ouverts mais sont restés inertes à son domicile, répondit Nicole. L'officiel comme le fantôme. Les fadettes sont claires.

Edgar commença à tourner dans la petite pièce.

— Abrisi a donc des instructions très précises de discrétion lorsqu'il rencontre son contact. Ils ont un code visuel entre eux, par exemple l'homme non identifié laisse une marque à un endroit prévu à l'avance, sans doute près de son domicile. Selon le type de marque, ce dernier se rend à un lieu de rendez-vous spécifique.

— Cette fois-là, Abrisi n'a pas respecté la procédure et, du coup, Malik a demandé un rendez-vous dans un lieu d'urgence. Ça nous dit quoi ?

— Que ce lieu est cramé, répondit Edgar. Ces échanges prouvent à nouveau qu'on a affaire à des procédures professionnelles avec des contacts organisés sur des créneaux précis, en des lieux sécurisés et fixés à l'avance. Ali Abrisi est vraiment pris en main par quelqu'un de sérieux. Ce Malik, il applique les règles professionnelles de sécurité entre un officier traitant et son agent clandestin. Comme Ali Abrisi le faisait lui-même avec son informateur afghan. Pas besoin d'aller à la conclusion, n'est-ce pas ?

— S'il y a des procédures aussi carrées, c'est qu'il y a un service de renseignement, termina Nicole.

— Voilà !

— Vous pensez à ce que je pense ?

— Oui. Ça pourrait être l'Amniyat.

Edgar faisait référence au service de renseignement de l'État islamique, une structure que la disparition du califat n'avait pas empêchée de perdurer sous une forme différente. Structurée par des anciens cadres dirigeants des *moukhabarat* de Saddam Hussein, eux-mêmes formés à la dure par les excellents professionnels du 5e directorate de l'ancien KGB, c'était sans doute l'organisation djihadiste la plus redoutable au monde.

— Dans ce cas, cela signifierait que Malik est un plus beau poisson que nous ne l'imaginions, dit Nicole. Il serait le premier officier supérieur de l'Amniyat jamais identifié sur le territoire français. Et Abrisi ferait partie du premier cercle de son réseau opérationnel.

— Exact.

— Eh bien, moi, je trouve tout cela un peu bizarre. Vous connaissez les Irakiens aussi bien que moi, ils sont racistes comme pas deux. Déjà qu'ils n'apprécient pas trop les Syriens, ils pensent encore plus de mal des Pakis, qu'ils considèrent comme des sous-hommes. D'habitude, ils les utilisent comme de la chair à canon, pas comme des opérationnels de haut niveau.

— Toujours exact, reconnut Edgar après un moment de réflexion.

— Et puis, soyons sérieux, Ali Abrisi n'a pas le profil d'un agent clandestin de haute valeur géré par un OT professionnel de Daech, poursuivit Nicole. Il ne parle même pas arabe ! Alors que Daech a toujours donné le beau rôle à des Arabes. Aucune raison que l'Amniyat recrute un second couteau comme lui alors qu'ils ont des milliers de sympathisants de meilleur niveau et plus faciles à gérer en Europe. Sans compter tous ceux que, du temps du califat, ils ont formés aux meilleures techniques de commando ou de renseignement dans des camps spéciaux, avec des méthodes dignes de grands services. On sait qu'un certain nombre sont revenus en France depuis.

— Ouais. Vous avez raison. Ça ne colle pas avec ce qu'on a vu jusqu'à présent. Sauf si l'Amniyat avait spécifiquement besoin de quelqu'un qui parle pachtou.

— Non, je n'y crois pas. Ce n'est pas l'Amniyat, c'est autre chose, et on a intérêt à trouver quoi. Parce que si ce n'est pas Daech, c'est quand même une structure professionnelle qui a mis en place toutes ces procédures de contact. Peut-être l'ISI pakistanais ? Ou le MİT turc ?

Ils se regardèrent en silence, conscients que cela ouvrait des perspectives complètement différentes.

— Il y a un risque que vous soyez dessaisi de ce dossier au profit d'une unité officielle de la DGSE ?

— Je ne sais pas, répondit Edgar. J'espère que non. Mais je suis obligé de rendre compte à Paul. Je vous tiens au courant.

12

Afghanistan : 10 h 44 – France : 08 h 14
Kaboul et village de Ginzat

L'APPEL DU MUEZZIN POUR LA PRIÈRE résonnait lorsque le convoi d'Oussama et de Gulbudin démarra.

— Je suis sûr qu'il m'a tout dit, déclara Gulbudin avec un air satisfait en essuyant ses mains encore ensanglantées sur sa *kurta*.

— Tu ne l'as pas trop abîmé, au moins ?

Le boiteux ricana.

— Non, je suis trop gentil. Mais cet enfoiré ne pourra pas s'asseoir pendant quelques mois.

— De toute façon, le pire est devant lui. Je vais le faire transférer à Pul-e-Charkhi. J'ai déjà appelé le juge Khan Bilak pendant que tu t'occupais de lui.

— Oh ! C'est la fin, alors ?

— Tu t'attendais à quoi ? À ce que je lui fasse porter des abricots secs ?

Comme tous les flics de Kaboul, Gulbudin connaissait le juge Khan Bilak. Un incorruptible qui requérait systématiquement la peine de mort dans les affaires graves. Gulyani ne sortirait pas vivant de la prison de Pul-e-Charkhi ; il finirait pendu à la potence installée dans une des cours intérieures.

Tandis qu'ils quittaient Kaboul, ils se turent, laissant leur regard errer sur le paysage. Le capitaine félon avait révélé l'endroit exact où Kashad possédait sa propriété non répertoriée, un petit village nommé Ginzat. Cette visite à moins de trente kilomètres de la capitale aurait dû n'être qu'une formalité – n'importe où ailleurs dans le monde, elle l'aurait été –, mais ici, elle prenait des airs d'expédition militaire car ce district était un véritable nid de terroristes : les talibans s'y regroupaient en vue du futur assaut final sur Kaboul. Le convoi comportait donc trois véhicules. Outre le 4 x 4 habituel d'Oussama, il y avait deux pick-up de protection, dont un muni d'une mitrailleuse Douchka. Une douzaine de policiers équipés de gilets pare-balles et de fusils d'assaut russes avaient pris place sur les ridelles. Une nouvelle fois, Oussama n'avait pas voulu prendre le risque de demander l'aide du NDS, préférant s'en tenir à des hommes sûrs, qu'il connaissait personnellement. Il se retourna pour les observer par la lunette arrière. Aux aguets, canon vers le bas, crosse calée sous l'aisselle, index sur le métal, juste à côté de la gâchette.

— Je ne comprends pas le mélange de professionnalisme et d'amateurisme de Kashad et de ses complices, déclara Gulbudin après qu'Oussama eut repris sa position face à la route. Comment pouvaient-ils imaginer que l'enlèvement de ces étrangères n'allait pas déclencher la foudre sur eux ?

— Ils étaient trop pressés et un peu stupides, c'est tout. Maintenant, ils sont tous morts, ou en passe de l'être. La justice de Dieu est passée.

Gulbudin grimaça.

— Elle sera passée quand les infirmières seront libres et à l'abri. Islamistes, bandits, groupes mafieux, Dieu sait qui peut les avoir rachetées ! Et avec cette Veuve blanche, va savoir ce qui nous attend.

Les flics à l'arrière des pick-up avaient remonté leur foulard sur le bas de leur visage, façon cagoule, pour se protéger de la poussière car les véhicules roulaient désormais à pleine vitesse. L'asphalte avait été récemment refait et le bruit produit par les pneus sur le revêtement lisse était rassurant. Ils passèrent l'embranchement vers la Kapisa sans ralentir. Oussama ne doutait pas que des guetteurs avaient déjà prévenu les groupes djihadistes des environs du passage de ce mystérieux convoi. Il espérait simplement qu'ils n'auraient pas le temps de s'organiser pour une embuscade trop sérieuse.

— Rien sur le scanner ? demanda-t-il à Babour, installé à l'avant.

Ce dernier avait mis ses écouteurs sur la tête, concentré.

— Ça parle beaucoup de nous. On a été repérés.

La route sinuait à présent dans un décor somptueux de gorges de granit aux parois presque verticales, parsemées de pins noirs ou d'immenses conifères aux aiguilles d'un vert profond. Plus bas, des torrents tumultueux bordés de saules pleureurs. Là, la pierre était si jaune qu'elle paraissait avoir été colorée par la main de l'homme.

Les rocs, les arbres et les plantes formaient un kaléidoscope de couleurs si intenses, si éclatantes qu'un silence respectueux se fit dans le 4 x 4. Mystère de l'Afghanistan où la splendeur des paysages pouvait ainsi, à tout moment, saisir d'émotion des hommes rudes et blasés.

Ils atteignirent un embranchement marqué d'une simple pierre sur laquelle était peinte une inscription en pachtou. Ginzat.

La route se transforma en piste et les voitures se mirent à cahoter, rebondissant de creux en bosse. Le chauffeur d'Oussama, un ancien de l'Alliance du Nord, conduisait avec des mouvements précis. Il connaissait cette passe pour s'y être battu vingt ans plus tôt.

— On y sera dans cinq minutes, annonça-t-il.

Enfin, ils arrivèrent. Un village banal, qui semblait presque abandonné. Une trentaine de *qalat* de pierres jaunes, guère plus, perchées sur un petit éperon dominant un plateau couvert de champs. Pas une silhouette. Les flics de la protection rapprochée descendirent des véhicules à la volée, courant pour prendre position, arme à la main. Quoi qu'il advienne ensuite, on ne leur ferait pas le coup de l'attaque surprise. Ils tombèrent enfin sur un vieux paysan à l'air malin, *pakol* sur le crâne. Après quelques palabres, l'homme leur indiqua la propriété de Kashad.

— C'est là-bas, au bout du chemin.

Ils le firent monter en voiture et rejoignirent un ensemble de bâtiments isolés en mauvais état. Derrière, s'étendaient des champs aux jeunes tiges tristement familières.

— Quel hasard, de la culture de pavot ! remarqua Gulbudin. Notre ami Kashad était plein de ressources. Enlèvement et stupéfiants…

Ils ne mirent pas longtemps à trouver les cadavres de Jamoun Goundoula et de son complice, ainsi que le pistolet laissé dans l'abreuvoir.

— Kashad était décidément très sûr de lui, laissa tomber Gulbudin. Il savait que personne ne viendrait fureter ici en son absence, alors il n'a même pas pris la peine de cacher les corps.

— Va fouiller la maison. Avec un peu de chance, on trouvera des indices.

Le paysan observait toute cette agitation, stupéfait.

— Kashad, il venait souvent ?

— Au début, il habitait ici. Ensuite, il est parti pour Mazâr. Quand il est revenu, il s'est installé à Kaboul. Je le voyais une ou deux fois par mois.

— Il cachait des choses dans cette maison ?

Le gardien désigna les champs de pavot.

— C'est pas caché. Tout le monde ici sait qu'il fait de la fleur.

— Quelqu'un travaille avec Kashad ?

— Pour la récolte des fleurs et tout et tout, c'est nous. Les gens du village.

— Qui transforme le pavot en pâte de base ?

Le vieux montra la ferme.

— C'est nous aussi. On le fait là, chez lui.

— D'accord, mais quelqu'un de l'extérieur vient-il vérifier pour Kashad ?

— Oui, *sahib*. Un homme de Kaboul. Il vient pour contrôler les plants. Et aussi pour la récolte quand c'est la saison.

— Il ressemble à quoi ?

Le gardien se lança dans de grandes explications, à l'issue desquelles il apparaissait que cet homme était ouzbek, avait une vingtaine d'années, les cheveux noirs, une barbe noire, un nez de Pachtoun.

— Dis-moi, demanda Oussama, interrompant le flot de paroles inutiles, tu es le gardien, n'est-ce pas ? Tu n'es pas armé. Personne ne vient voler les plants de pavots ?

— Ben... non.

— Même pas les talibans ?

L'homme se ferma.

— Des résistants, y en a pas ici.

— Terroristes, pas résistants, corrigea Oussama.

Puis il entendit Gulbudin qui le hélait.

— Patron, venez voir !

En courant, il gagna les bâtiments, traversa d'abord l'habitation, un gourbi, puis la partie laboratoire, rustique mais convenablement équipée. Des dizaines de couteaux tranchants pour inciser les bulbes de pavot étaient accrochés aux murs et, sur les tables, étaient étalés de nombreux racloirs à large lame incurvée pour travailler les capsules. Plusieurs grands bacs, en aluminium également, pour recueillir et faire sécher le latex de pavot. Oussama ne s'attarda pas sur cet attirail du parfait récolteur. Ses hommes avaient déjà tout retourné, sans rien trouver. Enfin, il arriva dans la pièce où se tenait Gulbudin.

Un simple carré de briques avec une unique fenêtre aux barreaux rouillés. Une chaîne était reliée à un crochet au mur. Gulbudin désigna une inscription gravée dans la paroi, juste au-dessus du sol en terre battue.

— Regardez.

Oussama se pencha. Des mots inscrits au moyen d'une pierre pointue dans la brique tendre. *Cedo*, avec la date du jour précédent. Et encore en dessous, deux autres mots : *salar gul*.

— *Salar*, comme « seigneur » ? Tu crois qu'elle a voulu dire « seigneur Gul » ?

Gulbudin haussa les épaules. Oussama se tourna vers le vieillard.

— Gul, ce serait quoi, un nom ou un prénom ? Aurais-tu une idée de l'identité de ce seigneur ?

Comme l'autre ne répondait pas, il sortit une épaisse liasse de sa poche.

— Ce sont des roupies, il y en a cent mille. À Kaboul, tu auras un bon taux de change. Allez, sois intelligent pour une fois dans ta vie, prends cet argent. Avec ça, tu pourras faire beaucoup de choses. Mais parle-moi.

Après une hésitation, le paysan empocha l'argent d'un geste preste.

— Kashad, il nous a interdit de venir à la ferme ces derniers jours mais quand il est passé au village, il a discuté longtemps au téléphone devant moi avec un homme puissant qu'il appelait « seigneur ». Pour lui vendre quelque chose. En raccrochant, il a marmonné « Connard d'Hazâra », alors c'est certain que ce seigneur, il est hazâra. Mais je ne sais rien d'autre.

— Gul, ce serait quoi ? insista Oussama. Son nom ou son prénom ?

— Je ne sais pas, *sahib*.

L'homme semblait terrifié et las. Oussama connaissait cette attitude, il n'en tirerait rien de plus. Mais la Japonaise leur ouvrait des perspectives insoupçonnées avec ce message. Quel courage, quelle volonté il avait fallu à la jeune fille ! Enlevée dans un pays lointain, sans doute maltraitée et terrifiée, Cedo n'avait pas lâché prise. Elle se battait avec les seules armes à sa disposition, ne cessait de semer des petits cailloux blancs à l'intention de la police.

13

Afghanistan : 13 h 30 – France : 11 h 00
Kaboul, bureaux de Mollah Bakir

À KABOUL, OUSSAMA SE FIT DÉPOSER à proximité de la mosquée jaune. Il reproduisit le même itinéraire de sécurité, avec les mêmes ruptures de filature, avant de pénétrer dans l'antre de Mollah Bakir.

Ce dernier le reçut immédiatement, conscient de l'urgence de la situation. Le teint de l'ancien taliban avait rosi, il semblait en meilleure forme. Il leur versa une tasse de thé vert, avant d'annoncer :

— On me dit que vous avez trouvé le capitaine Gulyani.

Oussama ne put s'empêcher de sursauter.

— Vous êtes au courant de son rôle ?

— Bien sûr. Le directeur du NDS aussi le connaissait, mes espions me disent qu'il a été fort impressionné par votre rapidité à parvenir jusqu'à Gulyani. Il pensait que vous mettriez beaucoup plus de temps.

— Mais s'il le savait, pourquoi ne me l'a-t-il pas dit avant ? Et pourquoi ne l'a-t-il pas fait arrêter lui-même ? explosa Oussama.

— Voyons, *qomaandaan*. Ne vous faites pas plus naïf que vous l'êtes. – Mollah Bakir avala une gorgée de thé avant de pousser un soupir de soulagement. – Bon, il est clair que vous ne faites pas semblant. Disons que le capitaine Gulyani, pourri jusqu'à la moelle, a été l'aide de camp du général Randan, également pourri jusqu'à la moelle. Randan est un Pachtoun de la tribu des Popalzaï, donc il fait partie du clan de l'ancien président Karzaï et du ministre Khan Durrani. S'attaquer à lui, c'est s'attaquer à Durrani, or aucun patron du NDS ne prendra le risque de s'en prendre au plus puissant des clans pachtouns. Le vrai pouvoir, c'est Durrani qui l'incarne. Le NDS préfère vous laisser en première ligne. En raison de vos compétences d'enquêteur et aussi parce que vous avez déjà défié et battu Durrani deux fois. Alors, pourquoi pas une troisième ? D'ailleurs, vous avez pleinement réussi en trouvant Gulyani en moins de deux jours. Félicitations, c'est du beau travail.

Une nouvelle fois, Oussama se retrouvait face à la réalité de l'importance des réseaux claniques et familiaux afghans, dont l'influence dépassait souvent – et de loin – celle de l'État central officiel. Il encaissa en silence tandis que Mollah Bakir éclatait d'un rire sardonique, ravi de sa sortie, après avoir mordu dans un scone.

— Toujours votre satanée morale ! Depuis quand l'exercice du pouvoir devrait-il être moral ? C'est pourquoi il est si drôle. La politique, c'est comme l'andouille de mouton, quand elle ne sent pas la merde, elle est fade.

Les deux hommes finirent leur tasse, puis Oussama les resservit.

— Que voulez-vous précisément de moi ? demanda enfin le religieux.

— J'ai démantelé tout le réseau qui a enlevé les infirmières. Le problème, c'est que l'instigateur de l'enlèvement les a revendues, et maintenant qu'il est mort, je n'ai plus de piste. Le message laissé par une otage évoque un « seigneur » du prénom ou du nom de Gul. Un des témoins locaux affirme qu'il est hazâra. Je n'en sais pas plus.

— Vous n'avez que cela, une ethnie, un titre de seigneur et un Gul ?

— Malheureusement oui.

— Ça ne me dit rien. Pourtant, les seigneurs de guerre, je puis affirmer que je les connais tous. Attendez.

Mollah Bakir cria :

— Sarajullin !

Quelques secondes plus tard, le majordome fit son apparition.

— Dis-moi, connaîtrais-tu un seigneur de guerre hazâra appelé ou prénommé Gul ? Quelqu'un d'assez malhonnête pour tremper dans un enlèvement ?

— Non, Excellence. – Le majordome s'assit pour réfléchir. – Il n'y a que deux grands seigneurs de guerre hazâras, Khalili et Mohaqeq. Aucun ne se risquerait à une opération aussi minable qu'un enlèvement d'infirmières étrangères, ce n'est pas leur genre.

Il se prit le menton dans les mains.

— Mais peut-être que, par « seigneur », votre interlocuteur pensait à autre chose qu'un seigneur de la guerre ? Un seigneur de la drogue ou du crime ? Dans ce cas, je connais un homme qui pourrait certainement vous mettre sur la bonne piste. Mollah Kalibar.

— Oui, c'est une très bonne idée, renchérit Bakir. Kalibar est lui-même hazâra et il est très introduit dans cette communauté, il y connaît tout le monde, enfin, tous les hommes de pouvoir. Si un criminel du nom de Gul existe, il pourra vous mener à lui.

— Je vais donc aller le voir, conclut Oussama. Comment puis-je le contacter ? De votre part ?

Bakir et son majordome échangèrent un regard.

— Le problème, *qomaandaan*, c'est que Mollah Kalibar fait partie du réseau secret des Haqqani. C'est un djihadiste enragé. Il me hait, vous ne pourrez pas m'utiliser comme sésame d'entrée. Par ailleurs, vous êtes ce qu'il déteste le plus, un officier de la police du régime. Oh non, il ne vous aidera pas ! Quant à monter une opération pour le manipuler, je crains que vous n'en ayez pas le temps si vous devez libérer ces jeunes filles au plus vite. – Il soupira. – La seule manière d'obtenir la coopération de Mollah Kalibar sera d'utiliser la force.

— Je vois.

Le religieux secoua la tête.

— Je ne suis pas certain que vous voyiez vraiment. Je connais bien Kalibar, et vos méthodes aussi. Les bastonnades habituelles de votre adjoint Gulbudin ne suffiront pas. Kalibar est un vrai dur, un ancien moudjahid qui s'est battu et a tué à de multiples reprises. Il sait déchiffrer les personnalités, ni vous ni vos hommes n'êtes assez méchants pour l'effrayer vraiment. Si vous voulez le faire craquer, il vous faudra quelqu'un d'intrinsèquement plus violent. Un vrai expert en la matière… Malheureusement, je n'en ai point sous la main.

— Moi, j'en ai un, répondit Oussama.

14

Afghanistan : 13 h 50 – France : 11 h 20
Paris, rue Jean-Jacques Rousseau

E DGAR APPUYA SUR UNE TOUCHE de son clavier d'ordinateur afin de relancer l'enregistrement entre Ali Abrisi et Malik, peut-être pour la cinquantième fois. Si les deux hommes parlaient arabe, il y avait une minuscule trace d'accent dans la voix du second, différente de ce qu'il avait l'habitude d'entendre. Un infime accent que personne ne parvenait à identifier. Paul l'avait fait écouter à trois spécialistes de la DGSE dans l'espoir que quelqu'un ait une idée. Sans succès.

Pourtant, une petite voix intérieure lui disait que ce détail était capital.

Il se leva, tourna en rond quelques instants avant de finir par se planter devant le globe terrestre posé sur la table basse de son bureau. Son regard se porta sur l'Asie centrale, au milieu de laquelle se trouvait l'Afghanistan, enclavé entre le Pakistan, l'Iran, plusieurs ex-républiques soviétiques et même la Chine, à l'extrême est du corridor du Wakhan.

L'Iran ! Il n'avait pas vérifié avec quelqu'un parlant farsi.

Il lança l'application Signal avant de composer le numéro de Paul.

— J'ai besoin de parler à un spécialiste en langue persane. Tu peux me diriger vers quelqu'un à la DR ?

— Oui. Mais pas sur ce téléphone. Je te rappelle dans quinze minutes sur ton Teorem.

Le Teorem était un téléphone crypté fabriqué par Thales, le top du top, au code incassable, même par les supercalculateurs de la NSA. Malheureusement, il était tellement peu pratique d'utilisation que les membres de la communauté du renseignement continuaient à utiliser les appels sur messageries type WhatsApp, Signal ou Viber, ne réservant l'utilisation de l'appareil protégé que pour les appels vraiment importants et programmés à l'avance. À l'heure dite, le Teorem d'Edgar vibra.

— Voilà, je suis avec une experte, dit Paul. Elle s'appelle Lucille et travaille au bureau Iran. Elle parle couramment farsi. Je crois que tu la connais.

Lucille... Edgar se garda de lui dire qu'ils avaient eu une aventure quatre ans plus tôt, avant sa rencontre avec Marie. Il se souvenait d'une jolie brunette aux yeux doux, d'apparence timide mais d'un tempérament de fer. Elle parlait plusieurs langues rares et n'avait pas eu peur d'effectuer des missions dans une région du monde où les autorités ne prennent pas de gants avec les espionnes démasquées, même en provenance d'un pays comme la France.

— Je nous mets sur haut-parleur. Lucille, je voudrais vous faire écouter une conversation et que vous me disiez si l'accent d'un des deux interlocuteurs vous dit quelque chose.

— À votre disposition.

L'entendre lui fit un petit coup au cœur… La jeune analyste semblait intimidée mais cela pouvait se comprendre. Fonctionnaire de catégorie B, ce n'était pas tous les jours qu'elle pouvait discuter avec un agent noir sous la supervision d'un chef de service. Agent noir qui, de plus, avait été son amant… Edgar cliqua sur le clavier de son ordinateur pour lancer le fichier sonore.

— Un des deux interlocuteurs est persan, déclara immédiatement la jeune femme d'une voix ferme, dès la fin de la première écoute. Celui qui se fait appeler Malik. Aucun doute là-dessus.

— Vous en êtes sûre ?

— Certaine. Il parle avec une trace légère d'accent du Sistan, c'est une région à cheval entre l'Iran, le Pakistan et l'Afghanistan, mais de culture persane. Même si dans ces deux derniers pays, on l'appelle le Baloutchistan, c'est le même ensemble géographique et culturel.

— Qu'est-ce qui vous dit que Malik est iranien plutôt que pakistanais ou afghan ? insista Edgar. C'est très important.

— L'accent n'est pas le même. En farsi iranien, l'accent tonique de fin de phrase est un peu différent. Les gens du Sistan ont une manière encore un peu plus accentuée de le prononcer.

Elle ajouta à voix basse :

— Entre nous, quand j'étais à Téhéran, j'avais un petit ami iranien qui était originaire de l'ouest de Zahedan. Il avait exactement le même.

Edgar leva les yeux au ciel. Ils étaient sortis trois mois ensemble et elle ne lui en avait jamais parlé.

— Merci, Lucille, dit-il d'un ton un peu pincé. Je ne peux pas vous dire pourquoi, mais vous venez de me prouver quelque chose d'important.

Dans le combiné, il entendit une porte claquer, des pas vifs sur le lino. Lui se demandait si c'était par racisme mal placé ou stupidité qu'il se sentait vexé de découvrir être passé dans le lit de la jeune femme après un étudiant iranien...

— Tu comprends ce que cela signifie ? attaqua aussitôt son chef.

— Tu parles d'une bombe ! Si Malik est à la fois iranien et l'OT d'Ali Abrisi, cela veut dire que, comme on le subodorait depuis des années, les services iraniens encadrent certains éléments de Daech. Est-ce que cela change ma mission ?

— Comment veux-tu que je le sache ? Il faut que j'en parle au dir cab, et tout de suite. En attendant, magne-toi, convoque Nicole en urgence. Bon Dieu, un Iranien qui réside en France, s'appelle Mohamed et dont le *kunya* est Malik, ça se trace. Trouvez-moi une idée pour identifier ce fumier !

15

Afghanistan : 14 h 21 – France : 11 h 51
Kaboul, second lieu de détention des otages

L<small>E VIOL DURAIT DEPUIS DES HEURES</small>, emplissant d'horreur Cedo et ses amies. Il se déroulait dans la pièce voisine, les quatre filles avaient enduré le supplice de Mme Toguwa en direct, minute après minute, même si elles ne voyaient rien.

Au début, Mme Toguwa avait crié, beaucoup, puis elle avait pleuré, encore plus.

Les hommes riaient, s'encourageaient mutuellement par des cris sauvages et des interjections. Comme des sportifs disputant un match.

Deux autres violeurs étaient venus rejoindre les trois premiers, un peu plus tard. D'autres gardes, avaient-elles supposé. Au bout d'un certain temps, Cedo n'avait plus entendu de pleurs de la part de leur accompagnatrice, juste un silence de mort. Parfois, Mme Toguwa poussait un cri bref, lorsqu'ils lui faisaient quelque chose de particulièrement horrible ou violent, avant de retomber dans le silence.

Ce silence était encore plus effrayant, d'autant qu'elles ne pouvaient ignorer le bruit que les violeurs faisaient, leurs respirations hachées, leurs grognements lorsqu'ils prenaient leur plaisir. L'un d'eux produisait des bruits encore plus forts que les autres. Comme une locomotive à vapeur. Cedo entendait encore son horrible halètement, entrecoupé de mots indéfinis qu'elle imaginait orduriers. Elle était sûre que c'était l'immonde.

Enfin, les violeurs ramenèrent Mme Toguwa.

Elle était effrayante à voir, catatonique, avec le regard fixe d'une morte vivante. Du sang lui coulait entre les jambes, elle en avait plein les cuisses, le ventre et le dos. Ses joues étaient marbrées de coups, couvertes d'affreuses traînées qui avaient séché et lui faisaient un masque de clown. Ils l'attachèrent au crochet fixé dans le mur, puis l'immonde lui jeta une vieille couverture dans laquelle elle s'enroula machinalement.

Enfin ils sortirent en plaisantant entre eux, contents et très fiers. Ils avaient faim et soif, c'était l'heure de leur repas, qu'ils mangeraient sans doute à mains nues en se remémorant les bons moments de cette journée. Avant de disparaître, l'immonde se planta en face de Cedo. Il la regarda longuement, dans les yeux, sans la moindre gêne, l'air conquérant d'un maître qui contemple son esclave, tout en se massant lentement l'entrejambe.

Elle comprit qu'elle serait leur prochaine proie.

Elle attendit qu'il soit sorti pour se rapprocher de Mme Toguwa. Il n'y avait rien qu'elle puisse faire. Rien à part lui donner un signe d'amitié.

Alors elle posa sa tête sur son épaule.

16

Afghanistan : 16 h 09 – France : 13 h 39
Kaboul, 5ᵉ district

Le gamin s'arrêta devant la maison, une bicoque semblable aux centaines d'autres qui l'entouraient, tendit la main vers Oussama.

— C'est là, *sahib*. Cent afghanis.

Magnanime, Oussama doubla la mise. L'enfant enfouit immédiatement les billets dans ses hardes avant de partir en courant avec un large sourire. Il mangerait peut-être à sa faim ce soir-là.

Oussama se trouvait dans un quartier pouilleux du 5ᵉ district. Un peu plus loin se dressait la plus grande tannerie de la ville, dont les activités dégageaient des effluves malodorants. À cause de l'odeur, seuls les réfugiés les plus pauvres ou les parias vivaient ici, communautés méprisées au sein desquelles quelques fugitifs venaient se cacher, certains de ne jamais croiser de figures connues de leur ancienne vie kaboulie.

C'était ici, intouchable parmi les intouchables, que vivait Attiq Nasher, l'homme qui pouvait l'aider. Après une hésitation, Oussama frappa à la porte. Un frôlement derrière. Un chuchotement.

— Qui c'est ?

— Je suis le *qomaandaan* Oussama Kandar, de la police criminelle. Vous avez effectué une mission pour mon adjoint Gulbudin l'année dernière.

La porte s'ouvrit. Attiq Nasher se profila à contre-jour. Ventre proéminent, taille moyenne, crâne chauve. Des lunettes de myope qui lui donnaient l'allure d'un hibou. Des vêtements très usés. L'homme ne ressemblait pas au terrible bourreau qu'il avait été.

— Votre gars m'a donné un travail à faire, je l'ai rempli, et très bien, même. Il a une dette envers moi.

— Il ne l'a pas oubliée. Moi non plus, d'ailleurs.

— Alors pourquoi il est pas là ? Je croyais que vous n'étiez pas au courant de ce que j'avais fait.

— Il m'a tout raconté *après*. Il me raconte toujours tout. C'est pour cela que je suis ici aujourd'hui.

— Vous voulez quoi ?

— J'ai une mission à vous confier, et de l'argent pour vous payer. Très largement.

Après une hésitation, Attiq Nasher ouvrit la porte en grand. L'intérieur de la maison était triste et gris : murs pas repeints, un tapis, quelques coussins élimés et une télévision à tube cathodique datant de l'ère soviétique comme on n'en voyait plus, même à Kaboul. L'ancien tortionnaire s'assit en tailleur. Incongruité dans ce décor sinistre, une belle mallette en cuir, impeccable et parfaitement graissée, était posée sur une console. Le matériel de travail de l'ancien bourreau, comprit Oussama. Peut-être la nostalgie de son ancienne vie. Ou, peut-être, par habitude, était-il juste prêt à tout instant. Prêt à reprendre la terrible mission qui avait été la sienne.

— Alors ?

Oussama s'assit à son tour.

— Nous vous devons toujours un service. Avez-vous besoin de quelque chose ?

Attiq Nasher eut un sourire sans joie.

— Pas encore. Mais ne vous inquiétez pas, le jour venu, je saurai me rappeler à votre bon souvenir. Peut-être que ce sera pour m'aider à fuir Kaboul afin de me réfugier dans le Panchir, quand les fous de Dieu seront devenus trop puissants pour être défaits.

— Vous pourrez compter sur moi. – Oussama posa l'enveloppe sur le tapis. – Ouvrez.

Les yeux de l'ancien bourreau s'écarquillèrent devant les liasses.

— Il y a combien ?

— Deux millions de roupies.

— Vous voulez la même chose que la fois dernière ? Que je questionne quelqu'un ?

— Oui. Mais cette fois, c'est un mollah.

Le visage de son interlocuteur se ferma.

— Vous êtes fou ?

— Pas n'importe quel mollah. Un mollah taliban proche du réseau Haqqani. Les talibans qui ont tué votre fils unique travaillaient pour le réseau Haqqani, eux aussi. Gulbudin m'a tout raconté. Comment il a été tué pour une jalousie minable.

— Mon fils ne pouvait rien avouer, murmura Attiq Nasher. Il ne savait même pas de quoi on lui parlait.

L'homme se mura quelques instants dans le silence, avant de demander :

— Ce mollah, comment il s'appelle ?

— Kalibar.

Attiq Nasher cracha par terre.

— Je connais ce cloporte de réputation, il travaillait main dans la main avec Mollah Omar.

D'un coup, il se leva, rangea l'enveloppe dans une poche de sa *kurta* avant de s'emparer de sa mallette.

— Je suis votre homme.

17

Afghanistan : 16 h 42 – France : 14 h 12
Kaboul, nord-ouest et commissariat central

La mosquée où officiait Mollah Kalibar se trouvait dans le nord-ouest de Kaboul, au-dessus de Saraye-e-Shamali et juste au sud de la route de Paghman. L'édifice était neuf. Sans doute un seigneur de guerre hazâra avait-il payé sa réfection, comptant par ce geste dérisoire se faire bien voir de ces talibans qu'ils massacraient allègrement par ailleurs... Les deux voitures du commissariat se garèrent une dizaine de mètres plus bas. Oussama, Gulbudin et deux policiers se trouvaient dans la première, Attiq Nasher et Chinar dans la seconde, en retrait. Le bourreau portait une cagoule noire le rendant impossible à identifier.

— Va le chercher, ordonna Oussama à Gulbudin. Je suis trop reconnaissable. Je te laisse cette voiture ; moi, je monte dans la seconde.

Gulbudin descendit en s'appuyant sur sa canne. En agissant à découvert, il savait qu'il prenait un risque de rétorsion de la part des talibans, mais la haine qu'il portait aux fous de Dieu – il avait perdu un œil et une jambe à cause d'eux – était telle qu'il n'hésita pas.

L'accueil de la mosquée était une antichambre au sol en mosaïque qui sentait le détergent. Quelques barbus s'y attardaient. Glabre et arborant un béret tadjik, Gulbudin n'avait pas vraiment l'allure d'un islamiste... Il se fit connaître comme policier auprès d'un assistant, demandant à voir Mollah Kalibar pour une affaire urgente. Quelques instants plus tard, ce dernier arriva. C'était un colosse, avec des yeux très bleus et une barbe broussailleuse teinte au henné qui lui tombait presque sur la poitrine.

— Que veux-tu ?

— Je suis désolé de vous déranger, mollah, je sais que votre temps est précieux et vos pensées profondes, déclara Gulbudin d'un ton soumis.

Il s'inclina profondément, presque à toucher le sol, avant de continuer :

— Par l'amour de notre Prophète Mahomet le Bien-Aimé, qu'Il soit loué jusqu'à la fin des temps, et la grâce d'Allah, Gloire à Lui, frère Kalibar, j'ai besoin de votre aide.

Rassuré tant par les références religieuses que par l'attitude déférente de Gulbudin, l'islamiste se détendit.

— Je t'écoute.

— J'appartiens à la brigade criminelle et nos hommes ont interrogé un témoin aujourd'hui. Il se trouve qu'il est innocent mais, malheureusement, mes collègues y ont été un peu fort. Cet homme, il a été... euh... battu et il est mal en point.

— Vous avez encore torturé un innocent ? lança Kalibar, glacial.

— Oui, mollah, que la colère d'Allah frappe ceux qui ont si mal agi. Mes collègues sont des brutes, vous le savez, et ce qui s'est passé est un péché, *haram* parmi le *haram*. Ce témoin est mourant. Il est hazâra et refuse que le mollah du commissariat s'occupe de lui car ce dernier est ouzbek. Il a cité votre nom. Alors, me voilà.

— Comment s'appelle cet homme ?

— Abdul Gulyani, Excellence.

— Je ne le connais pas.

— Mais lui vous a demandé, Excellence, vous êtes sa référence. Il va mourir, mollah, je le crains.

Gulbudin se rapprocha de l'imam et baissa la voix, toujours plus obséquieux.

— Mollah, frère, homme de bonté et de loi, écoutez-moi. Mes collègues sont des impies qui ne respectent rien, même pas le Saint Livre, qu'Allah les punisse et les envoie aux flammes de *Saqar*, le feu ardent. Je viens sur mon initiative personnelle pour faire le juste, le licite, le *halal*, qu'Allah soit loué dans Sa bonté. La seule chose que je puisse faire pour atténuer la grande faute de mes collègues, c'est que cet homme reçoive la sainte prière de la bouche d'un saint homme tel que vous. Une dernière prière qui l'apaise. Qui lui permette de partir en paix avec le Prophète, que Sa gloire soit louée. Voilà pourquoi je suis ici en vos murs, par la grâce et dans la voie d'Allah, très saint mollah.

— Hum, tu as agi comme il se doit. Je vais te suivre car il est dit que celui qui va rejoindre son Créateur a droit à la sainte parole du Prophète, qu'Allah soit loué et l'élève au-dessus des cieux. J'en profiterai pour dire à tes collègues, ces brutes, ce que je pense de leurs méthodes.

— Laissez-moi vous ouvrir la porte, saint frère, se précipita Gulbudin en arrivant au 4 x 4, aussi servile qu'il pouvait l'être. Vous ne devez surtout pas vous fatiguer !

Le véhicule prit la direction du centre. De temps en temps le chauffeur branchait le gyrophare posé sur le tableau de bord, pour avancer plus vite dans les embouteillages.

— J'ai faim, lança le religieux. Il faudra m'offrir à manger après la *salat janaza*.

Voyant que Gulbudin ne répondait pas, il poursuivit :

— Cet homme que tes collègues ont injustement battu, de quoi l'accusait-on ?

— D'enlèvement. Il aurait kidnappé des jeunes étrangères.

— Des impies ?

— Des infirmières japonaises, créatures fragiles et innocentes, membres d'une organisation humanitaire. Elles étaient venues aider nos frères en religion.

— Aucun nazaréen n'est innocent ! Aucune créature infidèle n'est fragile ! s'exclama l'imam. Ces femmes sont toujours les envoyées de Satan. N'exhibent-elles pas leurs corps et leurs cheveux, ne tentent-elles pas nos frères avec leurs parfums et leurs attitudes suggestives ?

— Mollah, elles sont infirmières.

— Infirmières de Lucifer ! Ces femmes sont soudoyées par les juifs pour injecter à nos frères des vaccins qui sont rien que des poisons, des filtres maléfiques qui contiennent de la gélatine de porc et des puces 5G.

Haussant le ton, le mollah se mit à glapir d'une voix aiguë :

— Tout vaccin est une tromperie ! Tout vaccin est un fruit pourri, un complot des sionistes et des nazaréens ! Ils veulent contrôler le cerveau des vrais *muslims* pour détruire leur foi. Ô Allah, ces putains japonaises, fais-les griller en enfer !

— Grilles-y plutôt toi-même, lança Gulbudin en lui envoyant un coup qui lui fit éclater le nez, alors que la voiture passait la grille du commissariat.

Roulant à vive allure jusqu'à une entrée discrète située sur le côté du bâtiment, elle freina d'un coup, projetant le religieux vers l'avant. Houspillé par des policiers, le visage ensanglanté, le mollah abasourdi fut sorti du véhicule, jeté à terre et traîné par deux hommes jusqu'au sous-sol. Là, on le dénuda entièrement, puis on le mit en cellule, attaché par des menottes à des crochets fixés au mur. Les policiers sortirent, la porte claqua. Le silence retomba dans la cellule, pas longtemps cependant. Moins de cinq minutes plus tard, Attiq Nasher fit son apparition. Il avait remplacé sa cagoule noire par une blanche. Sans un mot, il prit une chaise, s'assit en face de l'islamiste. Les deux hommes se scrutèrent sans mot dire un long moment.

— Que veux-tu, chien ? cria tout à coup le mollah.

— Te faire parler, répondit Attiq Nasher d'une voix douce. C'est pour cela qu'on amène à moi les gens comme toi. Pour qu'ils parlent.

— Je ne dirai rien, tu peux me faire ce que tu veux !

— Oh oui, tu as raison, mon frère. C'est l'exacte vérité, je peux te faire tout ce que je veux. – Il le contempla tranquillement, puis ajouta d'un ton sinistre : – D'ailleurs, je le ferai. Et toi, tu parleras.

Comprenant que l'homme en face de lui était vraiment dangereux, le mollah se redressa, tendu. Le tortionnaire sourit.

— Tu as peur ? Tu as raison d'avoir peur. Lorsque tes amis talibans du réseau Haqqani ont scié mon fils en deux, il paraît qu'ils riaient beaucoup. Moi, depuis ce jour, je n'ai plus jamais ri. Je suis devenu quelqu'un d'autre. Je te parle, mais à l'intérieur, je n'existe déjà plus, je suis mort. Je n'aurai pas de pitié pour toi.

Il se leva, posa sa mallette sur la table, fit claquer les serrures. Il y eut un bruit de métal tandis qu'il fouillait parmi ses couteaux, ses marteaux, ses lames et ses tournevis. Enfin, il poussa un grognement, sortit une peau de mouton, qu'il déplia. À l'intérieur étaient alignées des aiguilles longues et très fines. Il en prit une, la leva sous l'ampoule du plafond, la considéra quelques instants comme si c'était l'objet le plus important du monde. Puis il l'exhiba devant son prisonnier.

— Cinquante aiguilles comme celle-ci. Chacune est un supplice en soi. On appelle cette méthode « le chapiteau des cinquante animaux ». Il paraît qu'elle a été inventée à Pékin il y a plus de mille ans. C'est mon maître instructeur, Youri Palvav, qui me l'a enseignée.

Il se tut, observant le rictus du mollah. Le Russe, formé à la torture par un maître chinois, était une légende noire parmi les anciens. Un mauvais sourire tordit les traits d'Attiq Nasher.

— Je vois que tu sais de qui je parle ! Eh oui, de tous les interrogateurs du KGB, il était le plus cruel. Il faut comprendre les Russes. Tes amis islamistes avaient enculé tellement de jeunes soldats, torturé tellement d'officiers, coupé tellement de langues et de bites, crevé tellement d'yeux qu'un jour Moscou s'est décidé à sortir Palvav de la prison de droits-communs où il croupissait pour meurtres et actes de barbarie et à l'envoyer à Kaboul. Il fallait agir, tu comprends. Combattre le mal par un mal encore plus grand.

Il se pencha à l'oreille de Mollah Kalibar, sa voix se faisant murmure.

— Maintenant, le mal le plus grand, c'est *moi*. À moi non plus, personne n'a jamais résisté. Certains craquent à la première aiguille, d'autres à la dixième, d'autres plus tard encore, mais une chose est certaine, personne n'a jamais été au-delà de la dix-septième.

De nouveau, il leva la tige de métal étincelante devant l'ampoule nue qui pendait au plafond.

— Chacune d'entre elles correspond à un cri d'animal. La deuxième, c'est la « complainte du cheval », la dix-septième le « délice du chat ». Parce que, vois-tu, quand on plante cette aiguille dans un testicule, qu'on le traverse de part en part lentement, le prisonnier crie d'une voix si aiguë qu'on dirait des miaulements. Comme ceux d'un chat.

De nouveau, il chuchota à l'oreille du mollah :

— Veux-tu savoir ce que c'est de miauler comme un chat, Kalibar ? Veux-tu faire *miaou miaou* ?

— Que voulez-vous savoir ? demanda Kalibar, le front couvert de sueur.

— Je veux un nom. Juste un nom. Celui d'un seigneur hazâra qui vit à Kaboul et se nomme ou se prénomme Gul. Un homme assez important, assez pervers pour racheter des infirmières japonaises aux bandits qui les ont enlevées et que toutes les polices du pays recherchent. Il paraît que tu connais tous les puissants hazâras. C'est le moment de bien réfléchir.

Le mollah ferma les yeux. Lorsqu'il les rouvrit, il croisa le regard d'Attiq Nasher, parfaitement calme. Alors il sut. En dépit du courage réel dont il avait fait montre par le passé, il sut qu'il allait devoir subir tous les stades du supplice jusqu'à ce qu'il se décide à parler. Et il parlerait car, il le comprenait du plus profond de son être, nul ne pouvait s'opposer au diable en personne.

— Je connais l'homme qui pourrait être celui que vous cherchez, souffla-t-il d'une voix faible.

18

Afghanistan : 17 h 31 – France : 15 h 01
Kaboul, quartier d'Aka Chaman

— Rachad Gulgul ? Je n'ai jamais entendu ce nom ! s'exclama Oussama. Qui est-ce ?

Gulbudin souriait de toutes ses dents, satisfait. Presque un peu déçu qu'un dur comme Mollah Kalibar ait craché le morceau. Après avoir parlé, le religieux avait été extrait de sa cellule et ramené discrètement à sa mosquée, encore sous le choc, par une voiture civile du commissariat. Ils n'avaient même pas pris la peine de lui demander d'être discret : le mollah n'évoquerait jamais ce qu'il avait subi. Certes, après un tel traitement, sa détestation du régime avait probablement encore crû, mais la haine avait tellement grandi dans les deux camps, depuis tant d'années, que c'était juste une goutte d'eau de plus, infinitésimale, dans un océan d'hostilité réciproque qui ne pouvait se terminer que par la victoire définitive et sans appel des uns sur les autres.

— J'ai passé deux, trois coups de fil tout en consultant nos fichiers et Internet, dit Gulbudin. J'ai trouvé quelques informations intéressantes. Cet Abdul Rachad Gulgul existe bien, il a cinquante-deux ans et possède de nombreuses propriétés à Kaboul. Il a été suspecté de proxénétisme dans le passé, pourtant il a été nommé brièvement vice-gouverneur du Sourkhan-Daria en 2003 et même, pendant un court laps de temps, conseiller spécial culturel du président Karzaï. Conseiller culturel et vice-gouverneur, un ignare qui, d'après le dossier des Mœurs, ne sait ni lire ni écrire, n'a jamais voyagé, à part au Pakistan ! Quant aux seuls films qu'il daignerait regarder, ce seraient des pornos. – Il eut un rire méprisant. – Voilà le genre d'élite que le pouvoir promeut.

— Que fait-il aujourd'hui ?

— Officiellement, manager de troupes de danse. Officieusement, sans doute ce qu'il a toujours fait, du proxénétisme. À grande échelle.

— Ce n'est pas une bonne nouvelle, laissa tomber Oussama, songeur. Il doit avoir des appuis puissants, de tous bords.

Gulbudin leva son verre.

— Deux flics afghans essayant de faire leur boulot contre un riche salopard protégé par le pouvoir. On connaît déjà la fin de l'histoire.

— La seule chose positive, c'est que Gulgul n'est pas un amateur. Je ne pense pas qu'il touchera aux otages, elles ont trop de valeur. Et puis la Veuve blanche ne les lui volera pas facilement, il doit avoir une sécurité ultraprofessionnelle. Ça nous donne un peu de temps. Mais je vais prévenir Nicole à Paris.

Gulbudin approuva. Les deux hommes étaient tranquillement installés dans une petite *tchaïkana* du quartier d'Aka Chaman où ils aimaient se retrouver pour discuter des affaires sensibles. Ici, pas de micros ni d'oreilles indiscrètes, seulement du calme et les meilleures boulettes de volaille aux poivrons de la ville. Cette maison était tenue de père en fils depuis près de cent ans. Les planchers anciens étaient en palissandre, polis par les ans. Les plafonds coffrés étaient en eucalyptus et des étoffes agréables fabriquées par les femmes de la famille recouvraient tous les bancs. Dans cet environnement immuable depuis des lustres détonnait une grosse machine moderne en métal, trônant comme une statue sur le comptoir.

— Dis-moi, demanda Gulbudin, intrigué, au patron, à quoi sert cet appareil ? Il n'y était pas le mois dernier.

Ce dernier se rengorgea.

— C'est une machine spéciale pour faire le café, elle vient d'Europe. *Qomaandaan*, capitaine, je vous prépare des *cappouzino* ? Normalement, c'est cent afghanis, mais je vous les fais à cinquante. De toute façon, entre la Covid et les talibans, j'ai deux fois moins de clients qu'espéré, alors autant vous faire des prix.

Ni Oussama ni Gulbudin n'en ayant jamais bu, ils acceptèrent volontiers. Apporté par les coopérants et humanitaires occidentaux après la chute des talibans, consommé par les commerçants qui fréquentaient Dubaï, le café commençait à devenir populaire chez les bobos kaboulis, alors qu'il était encore presque inconnu en Afghanistan quinze ans auparavant.

Les boissons furent servies par le patron avec une théâtralité un peu guindée, mais comment lui en vouloir ? Dans cette ville écartelée entre la guerre et l'espoir, chacun s'accrochait comme il pouvait à son rêve de modernité. Les deux hommes profitèrent en silence de ce moment, buvant à petites gorgées, puis Gulbudin revint au sujet qui les intéressait.

— Alors, comment avancer sans donner l'alerte à cette pourriture de Gulgul ?

Oussama réfléchit quelques instants. Puis il répliqua, une petite lueur au fond des yeux :

— Tu sais que ce que tu viens de dire est *très* intelligent ?

— Qu'ai-je dit de spécial ?

— Et si la solution, justement, c'était de donner l'alerte à Gulgul ?

Devant l'incompréhension de son adjoint, il expliqua, les yeux brillants :

— Un homme aussi puissant que Gulgul, s'il a racheté ces otages, ne penses-tu pas qu'au moindre danger il les déplacera dans un endroit discret et le plus loin possible de lui ?

— Pour éviter d'être mis en cause ? Certainement.

— Je pourrais aller lui rendre une petite visite afin de l'alerter, sous prétexte de lui demander des informations. S'il doit prendre des mesures, il ne donnera pas d'ordres au téléphone. Il enverra un homme sûr, un membre de son clan. Nous n'aurons qu'à suivre toute personne quittant sa maison après notre venue. Il faudra juste mettre en place une bonne surveillance avant d'aller se confronter à lui.

— Mais comment éviter de nous faire repérer ? Gulgul habite Shirpour, une surveillance ne pourra pas rester discrète très longtemps dans un quartier aussi sécurisé.

Les deux hommes finirent leur boisson en silence, réfléchissant au problème. D'un geste, Oussama demanda à ce qu'on les resserve.

— Et si nous utilisions des mendiants ? s'écria tout à coup Gulbudin. Ils sont partout et personne ne les remarque jamais. On pourrait en mettre un certain nombre en planque, par roulement, avec ordre de nous prévenir de tout mouvement suspect.

— Intelligent mais difficile, rétorqua Oussama. Comment trouver des mendiants fiables ?

Le boiteux eut un sourire finaud.

— Le chef du Kom est un de mes informateurs. Si je le paye, il sera d'accord pour nous aider.

Devant l'ignorance d'Oussama, Gulbudin précisa :

— Le Kom, c'est le principal syndicat de mendiants à Kaboul.

— Qu'est-ce que c'est que cette histoire ? J'ignorais que les mendiants étaient organisés en syndicats.

Son adjoint s'éclaira, heureux d'apprendre quelque chose à son chef.

— C'est une organisation millénaire mais dont peu de gens connaissent l'existence. Pourtant, elle est redoutable. Les mendiants sont plus de dix mille dans la ville, sans compter les junkies. Ils se battent tous pour les bonnes places, près des marchés, des ministères, des *wedding halls*, ou dans les rues commerçantes comme Kitchen Street. Partout où les gens laissent plus facilement de l'argent. Du coup, le Kom gère cela de manière centralisée. Il organise la répartition des places, protège les membres du groupe en empêchant d'autres mendiants de les éjecter, de les racketter ou de les voler. Il protège aussi les jeunes et les enfants contre les enlèvements et les viols. C'est la meilleure solution pour organiser une surveillance discrète.

— Ce chef du Kom, tu as vraiment confiance en lui ?

Gulbudin tapota sa prothèse en métal.

— Il a été mutilé à cause d'une mine et aussi des obus d'Hekmatyar. Lui et moi, on est comme des jumeaux... Du coup, on se comprend. Et puis, je lui ai sauvé la mise deux ou trois fois, il m'en doit une. – Il posa sa tasse, songeur. – Sauf qu'il n'est pas fou. S'attaquer à un ancien vice-gouverneur, ce n'est pas une mince affaire, il va falloir le motiver. – Il frotta son pouce et son index en un geste universel. – Ce sera cher.

— Nous avons suffisamment de fonds, avec tout ce qu'on a récupéré chez Gulyani. Donne-lui cinq cent mille roupies d'avance, il aura la même chose s'il nous apporte une bonne information.

Qu'il monte *immédiatement* une surveillance vingt-quatre heures sur vingt-quatre devant le domicile de Gulgul. Dès que ce sera en place, on bougera.

Il reposa sa tasse vide.

— Dépêchons-nous. Chaque heure compte.

19

Afghanistan : 17 h 40 – France : 15 h 10
Paris, rue Jean-Jacques Rousseau

La plupart des collaborateurs d'Edgar étaient en plein travail sur une opération de fusion-acquisition. Sans se douter que la réunion qui se tenait au même moment dans le bureau de leur patron sous l'œil figé d'une armure de samouraï avait pour objectif de parler terrorisme et actions secrètes.

Edgar et Nicole arboraient des mines sombres. Comme ils le craignaient, Abrisi ne voulait rien lâcher. En plus, sa femme avait appelé le commissariat de Vitry à la première heure avant de se tourner vers un médiateur local. Mauvaise pioche, il s'agissait d'un membre d'un groupe anti-flics qui avait prévenu *Le Parisien*, clamant qu'une bavure était en cours et que c'était la police elle-même qui avait enlevé Ali Abrisi.

Déjà, la PJ du 94 était sur les dents.

Sans le savoir, la pauvre femme avait condamné son ordure de mari à une mort certaine. Car maintenant qu'elle avait ameuté les médias, il était impossible au service des Archives de le relâcher. Son corps serait discrètement jeté en mer par les Costumes, afin d'éviter de laisser le moindre indice qui pourrait les incriminer. Déjà, une équipe spécialisée était en train de nettoyer toute trace de son passage dans la cave où il avait été détenu.

Sa femme aurait beau continuer à alerter qui elle voulait, sa disparition resterait un mystère pour toujours. Paul veillerait à ce que des « fuites » orientent les médias et les enquêteurs de la PJ vers la piste d'une bande rivale de dealers déguisés en policiers. Le seul risque pour Nicole résidait dans le flic des stups du XXe qui avait entendu Pierre Kinbuya parler d'Abrisi. Seul l'avenir dirait si elle avait, une fois de plus, pris trop de risques.

La DGSE était dans une nouvelle impasse puisque, en dehors de l'empreinte vocale, elle ne disposait d'aucun indice permettant de remonter à Malik. Aucune personne identifiée comme ayant un lien avec l'Iran n'avait jamais été en contact avec des suspects ayant fréquenté les lieux par lesquels était passé Abrisi. Les fadettes étaient muettes. Bref, Edgar se retrouvait à l'arrêt complet. Il finit son café pendant que Nicole se resservait une tasse.

— On sait par le téléphone d'Abrisi que le vrai nom de Malik est Mohamed, Mahmood en farsi, dit-elle soudain en se retournant vers lui. Or j'ai accès aux registres du ministère de l'Intérieur.

— À quoi pensez-vous ?

— Attendez.

Une idée, encore imprécise, venait de germer dans son esprit. Elle posa sa tasse, pianota quelques instants sur son ordinateur portable avant de relever le nez.

— Mille trois cent soixante-neuf Iraniens se prénommant Mahmood bénéficient d'une carte de séjour et habitent en région parisienne. Si j'enlève les diplomates et les personnels d'organismes officiels, ce sera encore moins. De mon expérience, les Iraniens sont d'une prudence de Sioux dans les affaires d'espionnage, raison pour laquelle aucun service occidental ne les prend jamais sur le fait. Ils ne risqueraient pas un scandale majeur en mettant des fonctionnaires sous statut en relation avec une cellule terroriste de Daech.

— Ce qui veut dire que Mahmood est employé dans le secteur privé ?

— Employeur, pas employé. Petit patron, commerçant ou indépendant, pour être autonome financièrement et avoir la liberté totale de son agenda. C'est sans doute une entreprise qui, à un premier niveau de contrôle, n'a rien à voir avec l'État iranien mais qui commerce avec l'Iran. Comme cela les services spéciaux peuvent le financer sans que cela se voie.

Elle pianota à nouveau quelques secondes sur son clavier, le nez dans un tableur Excel.

— La liste est réduite, mais cela nous fait toujours pas mal de monde. Cent soixante-deux profils.

— C'est gérable, répondit Edgar. Si on pouvait appeler tous ces gens sous un prétexte fallacieux, ça nous donnerait une empreinte vocale. On pourrait alors la comparer à celle que nous avons de Malik afin d'obtenir une identification.

— Vous connaissez mieux que moi les possibilités de la DGSE dans ce domaine. À votre avis, est-ce qu'on aurait besoin de beaucoup de mots pour une identification ou est-ce qu'un « Ça ne m'intéresse pas » suffirait ?

— Il faut que je vérifie les possibilités techniques avec la DT mais d'après ma dernière expérience, qui est assez récente, il faut une quinzaine de mots… Appelons Paul.

20

Afghanistan : 18 h 17 – France : 15 h 47
Kaboul, quartier de Shirpour

La demeure de Rachad Gulgul était l'un de ces gros cubes de béton hérissés d'antennes, au toit plat et aux vitres fumées bleu foncé dont semblaient raffoler tous les nouveaux riches de Shirpour. Entourée d'un haut mur, lui-même surmonté de barbelés, elle était protégée par quatre miradors d'angle, équipés de blindage et d'une mitrailleuse lourde fixée sur un affût pivotant. Plusieurs hommes en gilet pare-balles, bardés d'armes longues doublées de lance-grenades, les yeux protégés par de grosses lunettes blindées de conducteur de char, gardaient l'entrée. Oussama se tourna vers le policier assis à l'arrière du 4 x 4, un ami de Chinar, commissaire de la brigade des mœurs et grand spécialiste des réseaux de prostitution.

— C'est donc ici ? On dirait une vraie forteresse.

— Cet homme est un des plus riches de la ville. Il paraît que ce palais compte cinquante-deux pièces. – Le flic des mœurs eut un ricanement. – Et on prétend que le crime ne paye pas...

Un peu plus tôt, il avait expliqué à Oussama ce que faisait Gulgul pour s'enrichir. Le proxénète était le spécialiste de la traite d'enfants. Il « importait » de très jeunes filles issues de pays déshérités comme le Laos ou le Népal, prétendument comme domestiques pour de riches bourgeois kaboulis. En réalité, elles étaient transformées en prostituées dès leur arrivée. On les battait, les droguait pour les obliger à officier dans les salons de massage qui poussaient dans toutes les grandes villes du pays. Certaines devaient enchaîner jusqu'à trente passes par jour. Quand elles se rebellaient, elles étaient purement et simplement liquidées. Gulgul était également spécialisé dans l'achat de garçons à des mères isolées et pauvres. Ensuite, il les louait comme « danseurs » lors de fêtes privées où ils étaient violés. De fait, il était devenu le plus grand pourvoyeur de *bacha bazi*, ces adolescents efféminés dont raffolaient certains Pachtouns. Par une curieuse ruse de l'esprit, certains de ces hommes si prompts à lapider les homosexuels ne considéraient pas comme un crime d'abuser sexuellement de jeunes garçons au nom de la tradition. Un commerce sordide mais visiblement lucratif, songeait Oussama avec tristesse en contemplant les hauts murs recouverts de coûteuses faïences.

— J'y vais seul. Attendez-moi.

Le chauffeur avança le véhicule jusqu'à la porte d'entrée. Après s'être fait connaître et avoir déposé ses armes au vestiaire, Oussama fut soigneusement fouillé, à deux reprises, puis conduit jusqu'à un salon miteux où un majordome vint finalement le chercher pour le mener à son chef.

Assis devant un bureau doré, habillé d'une tunique grisâtre et d'un veston bordeaux trop petit pour lui, Gulgul faisait semblant de travailler. Il se leva vivement en le voyant entrer.

— Le célèbre *qomaandaan* Kandar ! Chez moi ! Quel honneur ! Que votre main soit forte comme celle de l'ours, *qomaandaan*, votre cœur pur comme celui de l'aigle des cimes.

Oussama accepta ces salutations traditionnelles – toujours ampoulées et grandiloquentes – avec distance. Rachad Gulgul le dégoûtait, il avait du mal à le cacher. Sentant ses réserves, le trafiquant lui désigna un coussin avant de s'asseoir en face de lui, légèrement tendu. C'était un homme banal, enrobé, moustachu. Il s'attacha un long moment à sortir quelque chose de son nez, qu'il regarda avec intérêt avant de l'envoyer d'une chiquenaude à l'autre bout de la pièce.

— Alors, que puis-je pour vous ?

— Selon certaines rumeurs, vous auriez des informations concernant un groupe d'infirmières japonaises enlevées récemment. J'ai pour mission de les ramener saines et sauves à leur ambassade. J'aurais aimé en discuter avec vous.

Une lueur effrayée, vite éteinte, passa dans le regard du proxénète.

— Hum. Vous ne devriez pas écouter les rumeurs. Je ne sais absolument rien de ces jeunes filles, vous pouvez me croire.

Brusquement, des cris éclatèrent quelque part dans la maison, une espèce de plainte lancinante et syncopée. Oussama en eut la chair de poule. Comme il s'apprêtait à se lever, Gulgul l'arrêta d'un geste.

— Rien de grave. **Laissez**, voulez-vous.

Le majordome apportait le thé que Gulgul, obligeamment, versa lui-même dans les verres. Pendant ce temps, la sinistre mélopée continuait. Impossible de déterminer s'il s'agissait de sons humains ou animaux. Gulgul tourna la tête vers Oussama. Il avait des yeux perçants, presque jaunes. Aussi froids que ceux d'un reptile.

— Pourquoi êtes-vous venu chez moi, *qomaandaan* Kandar ? demanda-t-il brusquement. Qu'espériez-vous ? Me faire peur ?

— Je vous l'ai dit, je cherche ces jeunes filles et je les trouverai. J'ai pensé que vous pourriez m'aider. Le kidnapping est un crime puni de mort. Je suis certain qu'un homme aussi puissant et raisonnable que vous fera tout pour aider la police à les sauver. Peut-être pourrions-nous trouver un terrain d'entente qui vous satisfasse ? Je sais aider ceux qui m'aident.

— Je n'ai pas besoin d'aide, *qomaandaan*. Pas de la vôtre, en tout cas. J'ai mieux en stock, voyez-vous. – Un sourire narquois déforma ses traits. – J'espère, moi aussi, qu'il ne sera fait aucun mal à ces Japonaises. Chacun doit respecter la loi dans notre beau pays, n'est-ce pas, *qomaandaan* ? À commencer par le président ainsi que tous les ministres de notre gouvernement...

Gulgul se moquait de lui avec une telle assurance qu'Oussama sentit monter en lui une grande colère. Brutalement la lamentation cessa. Le proxénète eut un sourire cruel.

— Tiens, l'oie a cessé d'être plumée.

— Vous reviendrez vers moi si vous avez des informations ?

— Pourquoi en aurais-je ? Je ne suis qu'un modeste manageur de troupes de danse. – Il se pencha vers lui. – Votre visite était inutile, *qomaandaan*. Dans les montagnes du Panchir ou ailleurs à Kaboul, vous êtes peut-être quelqu'un d'important, mais ici, vous n'êtes *rien*. Dans cette maison, vous n'avez pas plus de pouvoir qu'une mouche posée sur un étron. Aussi, écoutez-moi bien. Si vous osez revenir ici pour me menacer sous le prétexte d'une demande d'informations bidon, je vous ferai égorger. Vous mourrez la trachée ouverte de gauche à droite, vous le premier et ensuite tous les fils de pute de votre brigade qui se permettraient d'oser me défier. Personne ne menace Gulgul, vous m'entendez ? Personne. Et maintenant, cassez-vous.

Le garde du corps qui avait assisté à l'entretien raccompagna Oussama jusqu'aux portes extérieures de la maison. Au moment de refermer le portail derrière lui, il le héla, goguenard.

— Hé, *qomaandaan* ! Surtout, si vous entendez des filles crier à l'aide, appelez la *polis* pour qu'elle vienne les sauver. Vous connaissez le numéro : c'est le 119.

La lourde porte de métal claqua sur un éclat de rire tandis qu'Oussama battait en retraite, choqué. Le proxénète avait une assurance ahurissante. En dépit de cette humiliation, il pouvait néanmoins être satisfait. Car son plan se déroulait comme prévu. Les menaces de Gulgul le convainquaient que le proxénète allait se jeter dans la gueule du loup. Il espérait que les guetteurs placés autour de sa maison repéreraient tout déplacement suspect en direction d'une possible planque.

— Alors ? demandèrent d'une même voix Chinar et le flic des mœurs tandis qu'il ouvrait la portière.

Oussama raconta son entrevue.

— À propos, que veut dire « plumer une oie » ? demanda-t-il enfin. Ces cris étaient effroyables.

Le flic des mœurs eut un sourire triste.

— C'est l'expression qu'utilisent les Pachtouns entre eux quand ils violent collectivement un *bacha*. Ils appellent cela « plumer l'oie ».

— Mais...

Oussama avait déjà la main sur la poignée, prêt à ressortir. Le flic le retint par l'épaule.

— N'essayez pas de tenter quoi que ce soit. C'est une affaire de Pachtouns. Jamais ils n'avoueront ce qu'ils font, sauf à des membres de leur ethnie. Vous pourriez proposer une fortune à un Pachtoun qu'il nierait quand même ce que certains d'entre eux font avec leurs *bachas*. Et si vous aviez la mauvaise idée d'insister, ils vous tueraient. C'est un secret terrible. Un secret de Pachtouns. Membre d'une autre ethnie ou étranger, riche ou puissant, peu importe. S'il n'est pas pachtoun, tout homme qui s'intéresse de trop près à cette coutume est un homme mort.

La pression se fit plus forte sur l'épaule d'Oussama.

— *Qomaandaan*, nous pouvons peut-être profiter de cette affaire pour détruire Gulgul, mais pour le reste, nous sommes impuissants.

— Les guetteurs du Kom sont en place, insista Gulbudin. Ils sont déjà sept aux alentours. Tout est prêt. Je pense comme vous, *qomaandaan*. Ce qui se passe à l'intérieur de cette maison est une infamie. Mais il faut serrer les dents, appliquer notre plan et rien que notre plan.

21

Afghanistan : 19 h 38 – France : 17 h 08
Kaboul, quartier de Shirpour

MALGRÉ SON ASSURANCE DE FAÇADE, Gulgul était inquiet. Il avait pris un énorme risque en récupérant les infirmières. Le Japon était un pays riche et faible, qui avait déjà payé des fortunes pour racheter des otages au Moyen-Orient, on le lui avait confirmé en haut lieu. Mais il n'était plus tout à fait certain d'avoir fait le bon choix. Et s'il s'agissait d'une erreur magistrale de sa part ? Jusqu'ici, il était toujours resté discret. Il avait su s'attirer les bonnes grâces de membres bien placés du régime comme de responsables talibans amateurs de chair fraîche, sans jamais s'attirer d'inimitiés. Raison pour laquelle il bénéficiait de protections solides dans toutes les sphères du pouvoir – politiques, claniques, religieuses et militaires. Au besoin, des vidéos sordides tournées à l'insu de ses « clients » permettaient de remettre dans le droit chemin quiconque voulait lui nuire.

Avec cette affaire, ne risquait-il pas de détruire lui-même le petit empire qu'il avait patiemment construit ? Machinalement, il attrapa une pleine poignée de pistaches, qu'il enfourna d'un coup. Grignoter l'aidait toujours à réfléchir quand il était nerveux.

Les filles se trouvaient dans une de ses planques du sud de la ville, gardées par quelques hommes de son clan, des brutes dont il connaissait la fidélité. La maison était au nom d'un de ses lointains cousins, mort depuis longtemps. Personne ne pouvait imaginer ce qui s'y passait.

Les yeux dans le vide, il continua à manger les pistaches par poignées, tandis que les options se clarifiaient dans son esprit.

La première était de faire disparaître les Japonaises à tout jamais. Il possédait une ferme, où il avait fait creuser des dizaines de puits qu'on remplissait de ciment après y avoir jeté ses ennemis. Il y avait déjà fait disparaître quantité d'importuns ou de rivaux malheureux. Cinq corps de plus n'y changeraient rien et personne ne pourrait jamais prouver ce qu'il en avait fait. Financièrement, ce serait une perte, certes, en revanche il conserverait sa tranquillité. Même s'il était ultérieurement interrogé par la police, ses appuis étaient suffisamment importants pour le protéger.

C'était la solution la plus radicale, mais aussi la plus simple et sans doute la plus sûre.

La deuxième solution était de libérer les filles avant de faire croire qu'il les avait retrouvées et sauvées. Ce ne serait pas la première fois qu'une fausse opération de ce type serait montée. Il se donnerait ainsi le beau rôle tout en permettant aux autorités de clamer leur efficacité. Il rendrait également service à des gens haut placés tout en se retirant une épine du pied. Le seul risque était que quelqu'un ne le croie pas. Qu'on le dénonce ou qu'il soit trahi par ses protecteurs, et c'en était fini. Risque faible, mais réel. D'autant que les filles l'avaient vu.

La troisième et dernière, c'était d'appliquer son plan initial. Attendre de revendre les filles à de riches seigneurs de guerre ou à des talibans. Il ne manquerait pas de prétendants pour quatre jeunes et jolies otages issues d'un pays aussi riche et sophistiqué que le Japon. Leur accompagnatrice finirait dans un de ses bordels collectifs de Mazâr-e Sharif.

Seulement trois choix possibles, c'était, somme toute, une situation assez confortable pour un homme tel que lui.

Il avala une dernière poignée de pistaches, regarda le bol vide. Puis il prit sa décision.

QUATRIÈME JOUR

1

Afghanistan : 02 h 18 – France : (J-1) 23 h 48
Kaboul, second lieu de détention des otages

La villa était plongée dans une obscurité totale. Elle se dressait au milieu d'un petit jardin entouré d'un mur d'environ deux mètres cinquante de haut. Une bâtisse sans charme, pareille à des centaines d'autres de cette banlieue tranquille de Kaboul. Seul élément incongru, une épaisse porte coulissante en acier protégeait l'entrée, gardée par deux hommes aux aguets équipés de kalachnikovs, bonnet sur la tête.

Embusqué un peu à l'écart, Shakal passa sa paire de lunettes de vision nocturne à la Lionne. Tout lui apparut parfaitement clair et net dans un halo verdâtre. Autour d'elle, les hommes de son commando attendaient, accroupis, avec le faux calme typique de ceux qui ont l'habitude de mettre leur vie en jeu dans des opérations violentes. Ils étaient vêtus de tenues de combat occidentales neuves. Les armes aussi étaient ultramodernes. Tout avait été rapporté par camion du Sham[1]. Des équipements américains volés à l'armée irakienne au début de la guerre, encore dans leurs emballages d'origine.

Shakal leva un doigt. Aussitôt, deux membres du commando s'approchèrent, tout en sortant la même arme étrange de leur holster de poitrine. De longs pistolets très fins, prolongés par un énorme silencieux. Des High-Standard britanniques, armes rares qui permettent de tuer un homme à dix mètres pratiquement sans bruit. Cadeau empoisonné de l'US Army aux forces spéciales de la 2e brigade irakienne d'infanterie, quelques semaines avant la chute de Mossoul...

Sur un mouvement de main de Shakal, le petit groupe se mit en branle. Au lieu de se diriger vers la maison, il obliqua sur la droite, dans une ruelle invisible des gardiens qui longeait le mur. Ils marchèrent ainsi en file indienne sur environ cinq cents mètres, faisant un grand tour à 180 degrés dans un silence absolu. Leurs chaussures militaires étaient équipées de semelles de crêpe pour amortir les bruits. Précautions supplémentaires, ils les avaient enroulées dans des peaux de mouton afin de rendre leur progression encore plus silencieuse.

Bientôt, ils se retrouvèrent à l'arrière, devant une petite porte en métal fermée par un cadenas. Un des hommes sortit une pince de son sac et le brisa, tandis qu'un autre recueillait les morceaux dans un sac déployé en dessous. Ils pénétrèrent dans un premier jardin.

---

1. Nom donné à la région syro-irakienne par l'État islamique.

2

Afghanistan : 02 h 43 – France : 00 h 13
Kaboul, domicile d'Oussama

— Q*OMAANDAAN ! QOMAANDAAN !*
En entendant les coups sur la porte, Malalai se réveilla en sursaut et consulta machinalement le réveil électronique posé sur la table de chevet. Prudemment, elle se leva pour aller regarder par la fenêtre de la chambre d'enfant de devant, inoccupée depuis le départ de leur fille, qui vivait maintenant au Canada. Elle reconnut aussitôt Gulbudin.

— Que se passe-t-il ?
— Il faut réveiller le *qomaandaan*. Une urgence !

En tenue de combat, Oussama était assis dans le fauteuil du salon. Il était censé attendre un appel de ses hommes mais la fatigue avait eu raison de lui. Il ronflait doucement, le menton sous la vieille couverture en coton épais dans laquelle il aimait s'enrouler pour se reposer. Malalai hésita une seconde avant de le secouer.

Encore une nuit gâchée.

Les yeux gonflés de sommeil, Oussama introduisit Gulbudin dans le salon. Déjà, lorsqu'il était jeune, pendant ses années de combat dans les montagnes, il avait du mal avec les réveils en sursaut.

— Je viens d'avoir le chef du Kom, annonça Gulbudin d'une voix nerveuse. Parmi les hommes de Gulgul qui ont quitté son bunker hier soir, l'un s'est rendu brièvement dans une villa du sud de la ville qui ne lui appartient officiellement pas. Du coup, le Kom y a placé des guetteurs. Or, deux 4 x 4 ont quitté la villa sécurisée de Gulgul il y a une demi-heure et viennent de se présenter devant la maison suspecte. Parmi les deux, il y a un Land Cruiser tout neuf. Ce n'est pas la voiture blindée utilisée normalement par Gulgul, mais c'est quand même bizarre. Du coup, j'ai donné l'alerte et préparé un commando, au cas où. Et me voilà. On fait quoi ?

— On y va tout de suite !

Oussama récupéra la peau de mouton qui contenait son fusil de sniper avant de rejoindre les policiers qui attendaient en fumant devant deux pick-up. Tous étaient équipés de gilets pare-balles et d'armes longues. Oussama n'avait pas besoin de s'inquiéter, Gulbudin prenait toujours les bonnes initiatives quand il le fallait. Le petit convoi se mit en marche. Les chauffeurs branchèrent les gyrophares placés sur les pare-brise et dans les calandres.

Comme toujours à Kaboul la nuit, le spectacle des larges avenues totalement vides et noires, sans le moindre éclairage public, était saisissant. Une ville morte qu'illuminait par intermittence la morsure clignotante bleutée des pick-up. Seule trace de vie, ici ou là, un barrage de police tenu par des policiers apeurés.

— Heureusement que vous avez insisté pour fournir des portables à toutes les équipes de surveillance du Kom, remarqua

Gulbudin tandis qu'ils fonçaient vers le sud. Sans eux, on n'aurait pas eu l'information à temps pour réagir.

Oussama approuva d'un hochement de tête. Ils avaient dû acheter au prix fort une vingtaine de téléphones, deux par planque, pour équiper les enfants. Un bon investissement.

Un check-point barrait la route devant et les véhicules ralentirent tandis que tous se figeaient à l'intérieur. Parfois, les flics paniquaient et tiraient sans raison. Ils parlementèrent quelques instants avec les hommes terrifiés qui tenaient le barrage avant de repartir. Entre les djihadistes, les kamikazes, les voyous armés jusqu'aux dents et les milliers d'anciens combattants habitués à se battre depuis l'enfance, toute intervention armée à Kaboul était plus que dangereuse. Une véritable partie de roulette russe.

3

Afghanistan : 03 h 06 – France : 00 h 36
Kaboul, second lieu de détention des otages

Shakal regarda sa montre, masquée par un bout de feutre noir collé sur la vitre, comme on le lui avait appris dans les forces spéciales américaines.
— On y va.
Ils rejoignirent une porte en métal qu'ils ouvrirent avec la même facilité que la première. Ce jardin-là était plus grand, mieux tenu aussi. Un chien sortit de sa niche en grognant mais il n'eut pas le temps d'aboyer. Un des hommes l'abattit net, d'une seule balle de High-Standard dans l'œil. Tout au bout, un grand mur surmonté de tessons de bouteilles et de barbelés s'élevait. Au milieu, une porte blindée en métal noir pourvue d'un œilleton. Celle-ci, inviolable, n'avait aucun mécanisme d'ouverture externe, mais ils savaient n'avoir nul besoin de la forcer. Ils s'accroupirent sur le côté. Un bruit léger retentit : la porte venait de s'ouvrir. Granam

s'élança le premier. Il pénétra à pas de loup, son arme braquée devant lui. De l'autre côté, une jeune fille attendait, un simple voile masquant ses cheveux. Elle paraissait terrorisée. Il se précipita sur elle, l'enlaça brièvement.

— Tout va bien, sœurette ?

Elle baissa les yeux.

— Gulgul, il vient d'arriver. Mais avant, ce matin, chez lui... il m'a fait du mal.

Elle éclata en sanglots. Aussitôt, le djihadiste comprit. Sa petite sœur avait été violée par le proxénète.

— Le fils de pute !

Machinalement, il repoussa la jeune fille. Sa petite sœur, l'honneur de leur famille, souillée par un hypocrite. Le cerveau en feu, il parvint à croasser :

— Où est-il ?

— Au premier étage. Dans la chambre de maître. Avec une des filles aux yeux bridés. Elle pleure. Il lui fait du mal à elle aussi.

Sentant le trouble de son amant, Alice Marsan décida de reprendre la main. Doucement, elle tira Granam vers l'arrière, avant de se pencher vers la jeune fille toujours en larmes.

— Combien y a-t-il de gardes aujourd'hui ?

Les yeux dans le vague, la sœur de Granam répondit mécaniquement :

— Deux dehors, sept dedans.

— Combien sont éveillés à l'intérieur ?

— Les deux qui gardent la porte de la chambre de Gulgul. Plus deux en bas, dans le salon.

— Les autres, où sont-ils ?

— En haut. Dans un salon.

— Les portes du haut, elles ferment à clef ?

— *Na.*

— Les étrangères ?

— Au sous-sol.

Une ride d'inquiétude lui barra le front lorsqu'elle précisa :

— La porte est en métal, très épaisse, très lourde. Il y a une barre et deux cadenas pour la bloquer. C'est Gulgul qui a la clef.

La Veuve posa une main rassurante sur son épaule.

— Tu attends ici et tu nous laisses faire.

— Mais… je ferai quoi, après ?

— Tu partiras avec nous. Tu es une vraie combattante de l'islam, maintenant. Ne t'en fais pas pour ce que Gulgul t'a fait, on te soignera.

Shakal, qui avait suivi les chuchotements, s'approcha. Après avoir échangé un regard avec la Veuve blanche, il pointa du doigt l'un de ses hommes, lui ordonnant d'avancer le premier. Celui-ci était encore un enfant, quatorze ans à tout casser, mais c'était le meilleur tireur au pistolet du groupe. Il avait déjà tué de multiples fois en Syrie. Un combattant redoutable, avec autant d'émotivité qu'un robot et une foi inébranlable dans le djihad.

L'arme brandie à deux mains devant lui, il prit la tête de la colonne, qui traversa silencieusement le jardin jusqu'à la porte de la cuisine. Il emprunta ensuite un couloir violemment éclairé par un néon sur sa première partie, la fin étant plongée dans la pénombre. Au bout, la lumière qui filtrait sous la porte les attirait comme un aimant.

Ils se positionnèrent, puis Shakal l'ouvrit d'un coup. L'enfant bondit. Les deux hommes avachis sur le canapé n'eurent pas le temps de sursauter. *Plouf, plouf*, chacun reçut une balle dans la tête. Un sourire concentré sur son visage poupin, l'enfant fit un pas, puis deux, tout en doublant son tir, si vite que les détonations assourdies semblèrent n'en faire qu'une. Enfin, satisfait, il baissa son arme et leva l'autre main, pouce et index réunis en un rond. Le chef du commando approuva d'un mouvement de menton avant de montrer l'escalier.

Calmement, comme le vieux soldat expérimenté qu'il était déjà, l'enfant fit tomber le chargeur vide dans une main, le remplaça de l'autre par un plein, extrait de sa poche de poitrine, puis manœuvra la culasse vers l'arrière pour vérifier qu'il y avait une balle dans le canon.

Le tout sans un bruit. Une vision terrifiante.

En file indienne, ils montèrent à l'étage. Avant d'arriver en haut, l'enfant se coucha pour gravir les dernières marches en rampant. On entendait le murmure d'une conversation un peu plus loin. Et, encore plus loin, les pleurs et les bruits reconnaissables entre tous d'un viol en cours. L'enfant lança un coup d'œil furtif. Deux gardes étaient installés sur des chaises devant la porte du fond, cigarette aux lèvres, des kalachnikovs sur les genoux. Ils plaisantaient à voix basse et en connaisseurs sur ce que leur chef était en train de faire à la fille aux yeux bridés.

Sur un signe de l'enfant, Shakal s'approcha, hors de vue des hommes de main de Gulgul. Ils échangèrent quelques mimiques. Shakal approuva de la tête, leva la main, les cinq doigts écartés, avant de commencer le compte à rebours, un doigt plié pour chaque seconde égrenée. Procédure apprise des commandos de Rangers US qui l'avaient formé au sein d'une unité d'élite de l'armée afghane, cinq ans plus tôt.

À cinq, l'enfant jaillit, l'arme brandie à deux mains. Il tira quatre fois. Frappés en pleine tête, les deux hommes glissèrent de leur chaise, morts avant d'avoir touché terre. Shakal avait déjà parcouru en courant les quelques mètres qui le séparaient d'eux. Il parvint à s'emparer des fusils avant qu'ils tombent au sol. Les silencieux étaient tellement efficaces que personne n'avait rien remarqué dans la maison. Les autres gardes, ceux qui patientaient dans le petit salon adjacent, furent éliminés aussi facilement.

— On se débarrasse des gardes extérieurs, murmura Shakal. Après, on récupère ce fumier de Gulgul et les filles, et on file.

4

Afghanistan : 03 h 18 – France : 00 h 48
Kaboul, second lieu de détention des otages

Comme ils arrivaient à destination, Oussama demanda qu'on coupe les gyrophares. Prudent, il fit ensuite garer les véhicules dans une ruelle adjacente, hors de vue. Les hommes débarquèrent, arme à la main, en veillant à ne pas claquer les portières. Il sortit son fusil de sniper de sa housse, introduisit en douceur une balle dans le canon. La lourde culasse du calibre .50 claqua avec un léger bruit métallique. Courbé en deux, il s'approcha du bâtiment qui faisait l'angle avec la place sur laquelle était située la bâtisse suspecte. Il risqua un œil, constata qu'il n'y avait plus de gardien.

— Vous voyez quelque chose ? chuchota Gulbudin.

— Non, rien.

— Le guetteur n'avait pas dit qu'il y avait deux gardes ?

— Si. Mais soit ils sont rentrés, soit ils ont été liquidés. – Il enleva le cache de sa lunette, épaula l'arme pour régler la résolution de la lentille. – Je n'aperçois pas de traces de sang sur le sable devant la porte. Pas de douille non plus.

Oussama s'accroupit derrière un muret avec Gulbudin et Rangin. Ses trois autres hommes étaient répartis alentour, couchés sur le sol, le corps recouvert d'une couverture ou de leur manteau pour les dissimuler aux regards. Mais la nuit était complètement noire, presque sans étoiles à cause des nuages. Ils étaient invisibles.

Tout était calme.

Deux hommes équipés de talkies-walkies faisaient le tour du quartier, au cas où. Oussama n'en avait pas assez pour en envoyer plus. Il aurait pu demander l'aide du ministère mais il savait que s'il faisait venir des flics en nombre, ils se feraient immanquablement repérer. Or s'il voulait sauver les otages, il fallait agir avec discrétion, abattre les geôliers avant que ceux-ci ne détectent leur présence.

Il rapprocha le talkie-walkie de sa bouche.

— Je répète les instructions, pour éviter de blesser les otages, Gulbudin et moi sommes les seuls à tirer, chuchota-t-il.

Il se tourna vers Rangin, allongé à côté de lui. Il n'avait pas d'arme, juste un mégaphone à la main. Lorsque l'attaque commencerait, son rôle serait de crier dans l'appareil plusieurs *yokotawarimasu*, ce qui signifiait « se coucher » en japonais. Une fois à terre, les filles seraient moins susceptibles de recevoir une balle, perdue ou non…

— Quelque chose cloche, murmura Rangin. Gulgul est là, il devrait avoir laissé des gardes dehors, c'est obligé. Ils n'ont quand même pas disparu.

Oussama approuva. Il y avait beaucoup de maisons familiales autour, des coups de feu auraient réveillé les habitants. Si les gardes avaient été éliminés, c'était avec des armes de petit calibre équipées de silencieux. Il continua à balayer le bâtiment avec sa lunette. Généralement, ni les bandits ni les talibans n'agissaient de manière aussi furtive. Les premiers auraient tenté une entrée en force en rafalant tout le monde, les seconds auraient tué les gardes en faisant une brèche dans le mur à l'aide d'un kamikaze.

— Je ne le sens pas. On laisse deux hommes ici avec des armes longues, décida-t-il. Nous, on se met en embuscade avec le reste de l'équipe de l'autre côté. À l'arrière.

— Attention, fit une voix dans leur oreillette. Ça bouge, ça bouge ! À cent mètres à l'est.

5

Afghanistan : 03 h 27 – France : 00 h 57
Kaboul, second lieu de détention des otages

C EDO AVANÇAIT À PAS RAPIDES, cherchant désespérément comment se sortir du nouveau piège. En voyant entrer les hommes en tenue de commando dans leur geôle, elle avait d'abord ressenti une immense bouffée d'espoir, pensant que c'étaient des policiers envoyés pour les libérer. Les coups assenés par un des hommes en tenue grise l'avaient immédiatement fait déchanter. Elle se retourna brièvement. Derrière elle, ses trois jeunes amies marchaient cahin-caha, complètement désorientées. Yuki et Ichi pleuraient. Kayuko était en état de choc. C'est elle que Gulgul avait fait monter dans sa chambre.

Mme Toguwa était restée dans la maison.

— Avance, lui murmura l'homme qui la suivait.

Elle accéléra. Le pistolet de celui qui la précédait était visible dans un étui de hanche. À sa portée. Encore devant, Gulgul avançait, poussé d'une main ferme par un deuxième commando. Le crâne couvert de sang, il semblait hagard.

La petite troupe traversa le jardin. Comme hypnotisée, Cedo ne pouvait pas détacher les yeux du pistolet qui se balançait à la hanche de l'homme devant elle. Une petite voix lui soufflait : « Prends-le, prends-le. »

Au moment d'atteindre la porte, Granam leva la main, arrêtant d'un coup leur progression.

— Une seconde.

Avec un bon sourire, il prit sa petite sœur par la main, l'amena un peu à l'écart. Doucement, il la fit pivoter. Elle ne vit rien arriver. D'un mouvement coulé, il avait déjà placé le High-Standard à deux centimètres de sa tête, derrière la nuque, et pressé la détente. La jeune fille fut projetée vers l'avant, comme par une main géante. Elle tomba à terre telle une poupée désarticulée, morte sur le coup.

Cette vision coupa le souffle d'Alice Marsan, qui tomba à genoux. Le djihadiste croisa le regard révulsé de sa maîtresse. Se méprenant sur sa réaction, il lui dit à voix basse :

— Je suis désolé, la Lionne, mais je devais agir. Ma sœur n'était plus une pure, ce mécréant de Gulgul l'avait souillée. Désormais, elle est redevenue *halal*. Elle est là-haut, bienheureuse et souriante, auprès de notre Prophète au paradis d'Allah.

Il souriait, mortellement sincère. Encore toute tremblante, Marsan tentait de se ressaisir afin de cacher le somptueux orgasme qui venait de la terrasser. Les jambes encore coupées, elle ne parvenait pas à bouger. Grâce à l'aide de Granam, elle réussit finalement à se relever mais dut s'asseoir, laissant le plaisir refluer lentement. Dire qu'elle n'avait rien vu venir ! Son amant tuant sa propre sœur sous ses yeux !

— La Lionne, tu vas bien ? questionna-t-il, inquiet.

— Oui, ça va, murmura-t-elle d'une voix mourante.

S'il avait su...

Quand elle eut repris ses esprits, elle se releva puis poussa la porte, sortant la première.

Les uns derrière les autres, ils se glissèrent dans la ruelle. Précédant Cedo, Granam houspillait Gulgul par tapes régulières sur le crâne, tout en lui chuchotant des insultes.

— Je t'arracherai la peau moi-même, salopard. À cause de toi, ma petite sœur est morte. Morte. Tu vas le payer, je te le jure.

— Je suis très riche, bredouilla le proxénète.

Il se retourna vers le jeune djihadiste.

— Je peux racheter la vertu de ta sœur. Cinq millions d'afghanis pour toi. Autant pour tes parents.

— Enfoiré. Tu crois que tu peux m'acheter ? Moi, un combattant de l'islam ?

Il lui assena une violente gifle sur l'oreille.

Alors Cedo passa à l'action. D'un geste vif, elle se saisit de l'arme que Granam portait dans son holster de cuisse. Il n'eut pas le temps de réagir que déjà elle appuyait sur la détente. Les détonations claquèrent dans le silence de la nuit tandis que le videur se déchargeait.

Criblé de balles dans le dos, Granam s'effondra. Et l'enfer se déchaîna.

6

Afghanistan : 03 h 30 – France : 01 h 00
Kaboul, second lieu de détention des otages

OUSSAMA ET SES HOMMES venaient de tourner au coin de la ruelle lorsqu'ils entendirent les détonations et découvrirent un spectacle incroyable.

Un groupe d'une dizaine combattants masqués et équipés comme des commandos.

Une jeune fille aux yeux bridés qui tenait une arme encore fumante braquée devant elle, vers un homme qu'elle venait d'abattre.

Trois autres otages pétrifiées.

Et une autre femme, en tenue de combat, pistolet à la main.

Instantanément, Oussama releva son fusil, tira sur le groupe de kidnappeurs au jugé. Une fraction de seconde plus tard, sa balle fit éclater la tête d'un islamiste, pulvérisant un nuage de sang et de matières cervicales autour de lui. Gulbudin ouvrit le feu à son tour. Une courte rafale qui coucha un autre djihadiste. Entraîné par des années de combat, Shakal s'était jeté à terre en tirant. Il manqua de peu Oussama, le contraignant à se cacher derrière un muret.

— *Yokotawarimasu*, cria Rangin au même moment dans son mégaphone.

Le pistolet encore en main, Cedo se jeta à terre. Trop choquées pour réagir à temps, les trois autres jeunes filles n'eurent pas le même réflexe de survie. D'un bond, Cedo se releva, lâcha son arme, agrippa par le bras une de ses compagnes, puis une autre, pour les faire tomber. Mais Kayuko était trop loin et Shakal était en train de balayer les policiers d'une longue rafale horizontale. L'une de ses balles frappa la jeune infirmière. Avec horreur, Cedo vit le bras de son amie se disloquer dans un nuage rougeâtre.

Kayuko tomba en arrière, le visage vers le ciel, la bouche ouverte sur un cri silencieux.

Arme à l'épaule, Shakal et l'enfant qui l'accompagnait reculaient pas à pas, tirant par rafales courtes et précises, arrosant les endroits où les policiers s'étaient réfugiés, tandis que les autres membres du commando couraient vers une autre ruelle, se couvrant mutuellement. Oussama entendit le bruit d'un camion qui démarrait.

— Ils sont à 2 heures, cria un de ses hommes.

Oussama réussit à ajuster un des attaquants dans sa lunette. L'enfant. Sa balle de .50 le toucha en pleine poitrine, le coupant presque en deux. Puis une nouvelle rafale manqua de peu le *qomaandaan*, l'obligeant de nouveau à se mettre à couvert.

Il y eut un chuintement suivi d'une traînée lumineuse et une roquette explosa juste à côté du muret protégeant Gulbudin.

— RPG ! hurla Rangin. Reculez ! Tous !

Soudain, un djihadiste surgit à l'angle de deux ruelles, lance-roquettes à l'épaule. Oussama n'hésita pas. Il tira. Atteint en pleine poitrine, l'homme bascula en arrière mais, d'un mouvement réflexe, il avait déjà appuyé sur la détente. La roquette partit en chandelle vers le ciel, avant de retomber à la verticale sur une maison, où elle explosa. Puis le bruit d'un gros moteur diesel résonna, d'abord très fort avant de diminuer tandis que le véhicule s'éloignait.

Oussama se précipita, suivi par plusieurs de ses hommes, mais quand ils parvinrent à l'angle de la rue, le camion avait déjà tourné. Impossible de voir de quel modèle il s'agissait.

Une sacoche marron abandonnée sur le sol attira son attention.

Il l'ouvrit, intrigué, certain qu'elle avait été perdue par les djihadistes dans leur fuite. À l'intérieur se trouvaient un pistolet Beretta, un voile, une brosse à cheveux, un flacon de parfum d'une marque française et un téléphone.

Cela lui fit penser à ce que lui avait dit Mollah Bakir sur les moyens de communication cryptés que la Veuve blanche emportait toujours avec elle. Se pouvait-il que ce soit elle qu'ils aient combattue ? Qu'elle l'ait perdue dans sa fuite ?

— Rangin ?

Le rouquin arriva en courant, couvert du sang de l'otage blessée à qui il avait fait les premiers points de compression.

— Je crois que cette sacoche appartient à la Lionne. Tu vas aller voir ton amie Zana. Je veux qu'elle fasse tout ce qui est en son pouvoir pour déverrouiller ce téléphone.

— Bien, *qomaandaan*. Je m'en occupe immédiatement.

Oussama donna encore quelques instructions avant de rejoindre les Japonaises. L'une d'elles, horriblement mutilée, gémissait tandis que le sang jaillissait de son épaule. Avec une grimace, il ramassa le bras arraché. Il était incroyablement léger ! Il se tourna vers l'un de ses hommes.

— Vite, va chercher de la glace dans la maison et un torchon propre. Mets ce bras dedans, peut-être que les chirurgiens arriveront à le sauver.

Les autres otages semblaient indemnes. La plus menue, celle qui avait tiré sur le djihadiste, s'était déjà relevée. D'après les photos envoyées par le consulat japonais, il reconnut Cedo.

— Merci. Merci, monsieur, balbutia-t-elle. Vous nous avez sauvées.

— Ce sont tous les messages que vous nous avez laissés qui m'ont permis de remonter à cette maison. Si nous sommes ici, si vos amies sont libres, c'est grâce à vous, Cedo.

Oussama n'avait jamais touché ni même effleuré une autre femme que Malalai ou sa propre fille, mais il ne put s'empêcher de faire une exception en étreignant la jeune Japonaise avec émotion.

7

Afghanistan : 05 h 12 – France : 02 h 42
Kaboul, domicile de Zana

La mère de Zana poussa les hauts cris en découvrant Rangin sur le pas de la porte. Le jeune policier était échevelé, couvert de poussières et de poudre et il avait du sang partout sur sa veste – celui de Kayuko, à laquelle il avait prodigué les premiers soins en attendant l'ambulance.

— Mon Dieu, mon Dieu ! Vous êtes blessé ! Vous avez du sang partout !

— Je n'ai rien, madame, ne vous inquiétez pas.

Zana fit son apparition. En le découvrant, elle se précipita à sa rencontre.

— Rangin. Tu n'as rien ?

— Ce n'est pas mon sang, c'est celui d'une des otages. – Il lui sourit, frappé par son inquiétude. – On s'est battus avec des djihadistes et on les a mis en fuite. Les otages vont bien, seule l'une d'elles a été blessée, mais les médecins vont la sauver. Elles sont libres, Zana ! Grâce à toi.

Tandis qu'il parlait, elle s'était approchée si près de lui qu'à nouveau, il put sentir le parfum de sa peau.

— J'ai encore besoin de toi, reprit-il. On a trouvé un téléphone qui appartient probablement à la cheffe des djihadistes. Tu peux nous aider à trouver ce qu'il y a dedans ?

— Monte, on va regarder ça.

— Zana, on parle d'un groupe affilié à Daech. Je te préviens, ça peut être dangereux.

— Monte, je te dis.

Au lieu de laisser ouverte la porte de sa chambre comme la fois précédente, elle la ferma derrière lui. Puis elle s'approcha lentement. Paralysé, Rangin ne pouvait esquisser un geste. Il sentit qu'elle déboutonnait sa chemise. Ses mains descendirent le long de son torse avant de se poser sur ses hanches, tandis qu'elle murmurait :

— J'ai eu peur que tu sois blessé, Rangin. Très peur.

Sans qu'il voit rien venir, sa bouche était déjà sur la sienne.

8

Afghanistan : 07 h 04 – France : 04 h 34
Kaboul, hôpital Shino Zada

C'ÉTAIT LE CHAOS À L'HÔPITAL SHINO ZADA. Compte tenu de l'urgence, Oussama avait amené la Japonaise blessée dans sa propre voiture. Les djihadistes, eux, avaient complètement disparu dans la nature. Un témoin avait vu fuir un camion ressemblant à un transport de fonds blindé. Toutes les polices de Kaboul le cherchaient, mais Oussama savait que les terroristes étaient trop professionnels pour ne pas avoir déjà changé de véhicule. Étant donné l'étendue de la ville, les forces de l'ordre n'avaient rigoureusement aucune chance de les retrouver.

Malalai surgit d'une salle d'opération, les bras ensanglantés jusqu'au coude.

— Alors ?

Elle enleva son calot, s'essuya le front en soupirant.

— Ça se présente plutôt bien pour la jeune Kayuko. Elle a de la chance parce que le professeur Mordakaï était à l'hôpital aujourd'hui. Je t'ai déjà parlé de lui, il a fait ses études à Milan, c'est le meilleur chirurgien de tout le pays pour les membres supérieurs. Il te félicite d'avoir eu la présence d'esprit de rapporter le bras en l'enveloppant dans un linge plongé dans de la glace.

— Comment se porte-t-elle ?

— Apparemment, le projectile a coupé net l'os. Seconde chance pour elle, c'était du calibre 5.56, une balle très rapide mais pas très lourde. Cela a évité trop de dégâts. Sois confiant, le professeur Mordakaï fait des miracles.

Oussama hocha la tête. Certains chirurgiens afghans avaient accompagné tellement de blessés que, même jeunes, ils avaient l'expérience des plus vieux médecins de guerre. Il en connaissait qui étaient capables de reconnaître un type de balle ou de bombe rien qu'à l'apparence de la blessure.

— Tu lui as parlé toi-même ? insista Oussama. Tu es sûre qu'il est confiant ? Tu sais, ces filles se sont battues de toutes leurs forces.

Malalai approuva d'un mouvement de tête.

— On n'en sera certains que tout à l'heure. Il en a pour toute la matinée. Mais j'ai confiance.

Rassuré, Oussama reporta son attention sur les trois autres jeunes filles qui attendaient sur un banc, prostrées.

— Elles n'ont pas subi de violences ?

— Elles n'ont pas été violées, si c'est ce que tu veux dire, mais elles montrent des signes de grave stress post-traumatique. En revanche, celle qui a été blessée, Kayuko, présente des plaies caractéristiques d'une agression sexuelle très violente. Une de ses amies m'a dit qu'elle avait été emmenée par Gulgul dans la nuit. On a également trouvé le cadavre de leur accompagnatrice, Mme Toguwa, à l'intérieur. Il paraît que ce n'était pas beau à voir.

— Quel salopard, cracha Oussama en se tournant vers le trafiquant d'enfants.

La tête en sang, criblé d'éclats, Gulgul n'affichait plus la même superbe. Gulbudin avait déjà prévenu un magistrat du bureau du procureur qu'il connaissait personnellement. Histoire de s'assurer que le trafiquant serait mis en examen. L'homme essayerait de faire jouer ses relations mais, cette fois-ci, les charges étaient tellement évidentes – kidnapping, viol et meurtre – qu'il lui serait impossible d'éviter la prison. Oussama avait néanmoins prévu d'appeler lui-même l'ambassade du Japon afin de bien expliquer les responsabilités de Gulgul.

Au cas où...

Son chauffeur se présenta, le visage encore noirci après la fusillade et du sang sur sa tunique.

— Tenez, *qomaandaan*. L'objet que vous m'avez demandé de prendre chez vous.

En souriant, Oussama s'approcha de Cedo, son doudou à la main.

— Mademoiselle, vous avez été obligée d'abandonner votre ami dans le minibus. Je m'étais juré de vous le rendre.

La main tremblante, Cedo attrapa la souris et la serra contre son cœur.

Puis elle éclata en sanglots.

9

Afghanistan : 11 h 31 – France : 09 h 01
Paris, caserne Mortier

La jeune analyste de la DGSE avala une nouvelle gorgée de café. Jamais elle n'aurait pensé qu'il puisse être si frustrant de se faire raccrocher au nez continuellement. Comme les cinq autres agents choisis pour cette mission, Paul l'avait sélectionnée parce qu'elle avait une voix particulièrement musicale. Le pari était que ses interlocuteurs prendraient ainsi un peu plus de temps avant de lui répondre et qu'ils auraient donc plus de mots à enregistrer. C'était une mission simple mais frustrante. Entre ceux qui l'avaient insultée, celui qui l'avait draguée plus que lourdement et les appels qui tombaient directement sur répondeur, elle comprenait le genre d'existence pénible que devaient vivre les téléopérateurs commerciaux dont c'était le job toute l'année. Elle composa un nouveau numéro.

Un dénommé Mahmood Abdul Penjib, quarante-huit ans, originaire de Téhéran, résidant en France depuis 2008. Directeur d'une petite société de négoce en tapis orientaux avec un seul employé. Il n'avait jamais fait parler de lui. Contribuable modèle, marié sans enfants, aucune infraction jamais relevée à son encontre, à part quelques contraventions routières.

Cette fois, elle eut de la chance car il décrocha immédiatement.

— Oui ?

Un seul mot, mais elle pouvait déjà juger la voix. Cassante, autoritaire, désagréable.

— Bonjour, monsieur Penjib, je suis Nathalie Gallot.

À dessein, elle s'arrêta, afin de pousser l'Iranien à reprendre la conversation. Il tomba dans le piège.

— Qu'est-ce que vous me voulez ?

Elle avait déjà obtenu huit mots. Elle reprit, de sa voix la plus enjôleuse :

— J'ai vu que vous importiez des tapis. Or nous offrons un service de dédouanement spécial. C'est le plus rapide à Charles-de-Gaulle, nous sommes 35 % moins chers que tous nos concurrents.

— Ça ne m'intéresse pas.

Treize mots.

— Oui, mais…

— Connasse, arrête de m'emmerder avec ces démarchages à la con.

Il raccrocha.

Vingt-quatre mots. En souriant, elle copia le fichier audio, effaça sa propre voix pour ne garder que les phrases prononcées par son interlocuteur. Puis elle lança le logiciel de comparaison d'empreintes vocales. Elle avait lu tellement de résultats négatifs,

« concordance 0 % », depuis le jour précédent que lorsque la mention « concordance 100 % » s'afficha à l'écran, il lui fallut quelques secondes pour prendre la mesure de ce qu'elle lisait.

Elle se précipita dans le bureau de Paul.

— C'est la voix de Malik. On l'a !

10

Afghanistan : 11 h 44 – France : 09 h 14
Kaboul, ministère de la sécurité

SEULE LA PETITE LAMPE posée sur la table d'Abdullah Khan Wardaki, le plus proche conseiller du ministre Khan Durrani, était allumée. Elle diffusait une lumière chiche dans la minuscule pièce plongée dans la pénombre à cause des rideaux tirés. Ses lunettes sur le nez, le jeune homme parcourait les derniers rapports de police et du NDS sur l'enlèvement des infirmières japonaises. Dès qu'il avait appris la fuite du commando djihadiste, le ministre lui avait demandé s'il était possible de préparer un dossier disciplinaire contre Oussama, qu'il détestait. Le jeune homme regarda sa montre, repoussa son clavier d'ordinateur, remit son nœud de cravate en place, brossa la mèche rebelle qui lui tombait sur le front avant de se lever.

Le bureau de son maître était tout proche du sien, juste au bout du couloir. Cinq gardes du corps, fusil d'assaut allemand dernier cri à l'épaule, veillaient dans le couloir. Officiellement, ces hommes étaient des sous-officiers du service de sécurité du ministère payés par l'État afghan, mais leur loyauté ne s'adressait qu'au ministre, et à lui seul. Membres de la tribu Durrani, ils n'obéissaient qu'à ce clan et ne suivaient qu'une loi, celle du *pachtounwali*, ce code d'honneur des Pachtouns, immuable depuis des millénaires.

Le jeune homme les salua, mais ils l'ignorèrent, dans un mouvement collectif de mépris. Épaules fluettes, lunettes, glabre, le frêle conseiller était l'antithèse du viril moudjahid afghan traditionnel. Ils avaient tort, pourtant, de le mépriser. Avec son QI proche de 160, sa brillante éducation britannique, son absence totale de morale, son imagination malveillante et le pouvoir presque illimité que lui conférait son poste, Abdullah Khan Wardaki, conseiller du ministre de la Sécurité, était sans aucun doute l'un des hommes les plus dangereux d'Afghanistan.

Privilège de son rang, il put pénétrer dans l'antre de son chef sans être fouillé. D'un geste amical le ministre lui désigna une chaise, avant de se replonger dans son travail.

Le conseiller s'assit sagement. Il avait l'habitude des manies de son supérieur.

— Alors ?

— Les infirmières survivantes sont en sécurité à leur ambassade, le gouvernement japonais a déjà envoyé un message pour vous remercier. Votre homologue vous appellera dans l'heure. En ce qui concerne le commando djihadiste qui a tenté de les enlever, nous sommes en train d'identifier les cadavres des hommes abattus sur place. J'aurai des identités dans l'heure. Je vous confirme qu'une femme était à leur tête.

— Cette fameuse Veuve blanche sortie de nulle part ?

— Exact. Les hommes du directorate 124 du NDS avaient déjà entendu parler d'elle, mais jusqu'à présent ils considéraient qu'il s'agissait d'une rumeur. Ils ont quelques informations, assez parcellaires, toutes à prendre au conditionnel.

Il ouvrit un dossier sur lequel était inscrit au feutre vert *Veuve blanche/État islamique au Khorasan*.

— Nous ne connaissons pas son identité mais elle aurait une trentaine d'années, se ferait appeler la Lionne ou la Veuve blanche. Elle parlerait couramment pachtou, arabe, anglais et français. Elle serait de nationalité française, belge ou canadienne. Elle serait arrivée d'Irak en 2018 ou 2019 avec beaucoup d'argent. Veuve d'un émir de Daech inconnu. Sa *katiba* s'appellerait Espoir de l'Islam, elle aurait sa base principale dans la région des grottes de Banda Banda, d'où serait originaire son chef militaire. Pas d'attentat majeur à son actif mais des enlèvements assez violents. Elle aurait collaboré avec un autre chef de l'État islamique dans cette région, un enragé nommé Khan Pahlavi.

Il referma le dossier d'un coup sec.

— C'est tout ce que j'ai, et ce n'est pas faute d'avoir secoué tous nos informateurs.

— Ce n'est pas beaucoup. Tu as pensé à mon idée ?

Khan Durrani fixait maintenant son conseiller, comme s'il voulait l'hypnotiser. Il procédait toujours ainsi, passant d'un sujet à un autre avant de poser une question sur le point précis qu'il voulait aborder.

— Profiter de la fusillade pour monter un dossier disciplinaire contre Oussama Kandar ?

— Oui. – Une lueur brilla dans le regard du politicien. – Dis-moi.

— Ce n'est pas jouable. Trop aléatoire.

— Présomptueux ! Tu es en train de me dire que mon idée est mauvaise ?

— C'est ce que je suis en train de dire, oui, monsieur le ministre, répondit calmement Abdullah, les deux mains posées sur les genoux, tel un enfant sage.

— Dis-moi donc pourquoi !

Le conseiller leva son poing fermé.

— Un, trop de témoins pourront certifier que l'otage blessée a été touchée par la balle d'un djihadiste et non d'un membre des équipes de Kandar. Deux, on ne pourra pas lui imputer de faute dans l'enquête, il a fini par retrouver ces filles, avant le NDS, et très rapidement.

À chaque argument, pour donner plus de poids à ses propos, le conseiller dépliait un de ses doigts.

— Trois, on ne pourra pas mettre sur le dos de la brigade criminelle l'absence d'interpellation de la Veuve blanche ; c'est le boulot du NDS de la retrouver, pas le sien. Enfin, j'ajoute qu'il a démasqué Gulgul. Or ce dernier est une bombe. Il est proche de beaucoup trop de nos amis, il pourrait révéler des choses gênantes si on l'asticotait trop... Ce ne serait pas bon pour le clan.

Il s'abstint d'ajouter qu'à l'instar de son maître, il avait lui-même profité des services de ses jeunes « masseuses », et pas qu'une fois.

— Bref, en poursuivant injustement Kandar alors qu'il n'a rien à se reprocher, on risque de nous créer des problèmes et de consolider sa réputation au lieu de l'enfoncer.

Le ministre grogna, mais son cerveau tournait déjà à plein régime, analysant ce qu'il venait d'entendre. Une des choses qu'il appréciait le plus chez son conseiller, c'était qu'il était le seul de ses subordonnés à oser le contredire dans le secret de son bureau, à lui dire l'absolue vérité, même dérangeante.

— Pour ton information, on n'aura aucun souci avec cette larve de Gulgul. Je me suis déjà occupé du problème.

— Je vois. On le liquide ?

— Oui. Je l'ai fait transférer au NDS sous le contrôle d'un de mes hommes. Officiellement, il va faire une crise cardiaque pendant son interrogatoire. Tu vas envoyer une équipe pour fouiller chez lui, en avance sur les hommes de la brigade criminelle, et vérifier qu'il n'existe pas d'éléments compromettants. Tous ses hommes seront abattus sur place, au motif d'une tentative de rébellion.

— Je m'en occupe. Ça fera un problème de moins, conclut le conseiller.

— Maintenant, dis-moi ton idée, puisque tu es si malin.

— Les écoutes montrent que Kandar passe beaucoup de coups de fil. Il tente de se renseigner sur la Veuve blanche. Il semble furieux parce que l'accompagnatrice est morte et qu'une des otages est gravement blessée. Il veut finir le boulot.

— Et ?

— Il pourrait être moins vigilant sous le coup de l'émotion. Prendre trop de risques. La Veuve pourrait faire le travail pour nous...

— Tu veux dire... ?

— Vous rêvez de vous débarrasser de Mollah Bakir et du *qomaandaan* Kandar, n'est-ce pas ? Tous les chefs de l'État islamique au Khorasan veulent aussi se débarrasser de Bakir, qui leur a fait beaucoup de mal. Khan Pahlavi sera ravi d'aider la Veuve dans cette tâche. Imaginez que nous fassions passer une fausse information à Kandar via son ami Bakir, avec une indication d'un lieu où la Veuve serait censée se cacher. Un endroit proche des grottes de Banda Banda où nous pourrions les piéger... Or justement, en consultant quelques rapports militaires, j'ai trouvé la souricière parfaite. Bakir ne résistera pas à l'envie d'accompagner son ami. Cela donnerait l'occasion à la Veuve, appuyée par les djihadistes locaux de Khan Pahlavi, de faire le sale boulot à notre place.

— ... pour qu'ils les éliminent tous les deux, compléta le ministre.

— Des vidéos de décapitation de ces deux-là auraient beaucoup de retentissement, n'est-ce pas ?

Durrani rugit en donnant un grand coup de poing sur la table.

— C'est l'idée la plus folle et la plus géniale que tu aies eue depuis longtemps. – Il se rembrunit. – Je suis certain que Kandar et Bakir ne manqueront pas de se précipiter dans la gueule du loup, pourvu que je chauffe Kandar avant. Mais qu'est-ce qui te dit que la Veuve mordra à l'hameçon ?

Abdullah Khan Wardaki eut une moue.

— Kandar lui a ravi les otages qu'elle s'apprêtait à récupérer, tuant au passage plusieurs de ses hommes. Elle doit se sentir profondément humiliée, sa place de chef est en danger. Elle est obligée de réagir, de se venger. Et vite !

Un sourire mauvais éclaira les traits du ministre.

— Tu es vraiment la crapule la plus intelligente du pays ! Mais n'est-ce pas la raison pour laquelle je t'apprécie autant ?

Le conseiller rosit de plaisir. Son chef était en général plutôt avare de compliments.

— Un rapport du NDS mentionne un embryon de réseau, ici, à Kaboul, reprit Abdullah. J'ai un nom. Nous pouvons tendre une perche pour entrer en contact avec elle, mais il faut aller vite. Très vite. Avant qu'elle ne quitte la ville...

— Qui te dit qu'elle acceptera de te recevoir ?

— Je laisserai entendre que c'est pour se venger de Kandar. Et puis je viendrai avec cent mille dollars comme preuve de bonne foi, répondit placidement le conseiller.

— Cent mille dollars ! explosa Khan Durrani. Mais tu es fou ? Qui va donner une telle somme ?

Le jeune homme sourit.

— Je n'imaginais pas un instant utiliser votre argent, mais plutôt celui de notre ami Gulgul. Nous trouverons beaucoup de liquide chez lui, n'est-ce pas ?

Durrani éclata de rire.

— Par Allah, tu es vraiment tordu ! D'accord avec tout ton plan. Tu iras seul au contact, cette opération doit rester étanche.

11

Afghanistan : 12 h 58 – France : 10 h 28
Paris, domicile de « Malik »

Le sous-marin était une camionnette Citroën hors d'âge, au logo d'une entreprise fictive de parqueterie. Extérieurement, elle ressemblait à un véhicule normal mais le toit légèrement surélevé était équipé de caméras thermiques et vidéo ainsi que d'un micro directionnel capable de pivoter à 360 degrés grâce à un tableau de contrôle. Installés à l'arrière du véhicule, la technicienne et l'ingénieur Sigma qui accompagnaient Edgar depuis le début de la mission géraient les équipements. Ils avaient garé la camionnette cinquante mètres en amont du petit immeuble du Xe arrondissement qui abritait le domicile de Mahmood Penjib – la vraie identité de Malik – et le siège de Mawalda Carpet, la société d'import-export dont il était le dirigeant.

Quatre autres Sigma patrouillaient aux alentours, à pied, à moto ou à trottinette électrique. Permettant de filer des voitures ou des piétons depuis les trottoirs, de prendre de grands boulevards comme des rues piétonnes, de s'engager à contresens, et ce en toute discrétion, cette dernière était devenue le *must have* des spécialistes de la surveillance rapprochée. Qui imaginerait un flic à trottinette ?

La technicienne manipula la commande du micro directionnel à effet de résonance. Ce dernier captait avec une précision incroyable les plus infimes vibrations provoquées par la voix humaine sur les vitrages de la pièce où se trouvait Mahmood Penjib. Un logiciel *ad hoc* les analysait en temps réel pour les transformer en ondes sonores, permettant de décrypter les conversations qui s'y déroulaient aussi sûrement que si les agents s'étaient tenus au beau milieu de la pièce.

— Qu'est-ce qu'il fout, ce con ? grogna l'ingénieur.

— Il s'engueule avec bobonne. Elle a fait brûler le tajine boulettes, apparemment. Il vient de lui coller une beigne.

— Quel gentleman !

La technicienne tourna un bouton et aussitôt des glapissements envahirent l'intérieur de la camionnette. Les deux époux hurlaient en farsi avec la même véhémence.

— Heureusement que les parois du véhicule sont insonorisées, laissa tomber l'ingénieur d'une voix désabusée. Sinon, c'est à nous que les voisins enverraient les flics. Tu te tapes ça depuis combien de temps ?

— Dix-neuf minutes chrono.

— Une belle bande de raclures !

Enfin, sur une ultime bordée d'injures, la conversation se termina.

— Ça bouge. Il met sa veste, dit la technicienne, le regard rivé sur la silhouette jaune en mouvement renvoyée sur écran par l'une des caméras thermiques. Il se dirige vers la partie bureau. Il appelle son employé. Il va sortir avec lui.

— Je préviens Edgar, répondit sa collègue en empoignant son micro.

Quelques instants plus tard, Mahmood Penjib franchit le pas de la porte. Il était accompagné d'un autre homme, en qui ils reconnurent l'unique salarié de la société.

— Couscous 1 et Couscous 2 sortent du nid, annonça l'ingénieur dans son micro.

Il se tourna vers sa collègue et ajouta, hors antenne : « Je me demande qui a trouvé ces noms complètement nazes. »

— Compris. Vous suivez, fit une voix dans l'oreillette.

Les deux hommes s'engagèrent dans la rue. Aussitôt une femme se plaça dans leur sillage. La soixantaine, un manteau gris sans forme sur le dos, elle passait complètement inaperçue.

— Couscous 1 et 2 en visuel, annonça-t-elle dans le micro caché dans son col.

— Bien reçu.

Quelques instants plus tard, les deux hommes se séparèrent.

— Ils prennent des chemins différents. Je focalise sur Couscous 1 ?

— Oui. Marron et Gris, vous prenez en charge Couscous 2.

— Clair.

Un homme quelconque, légèrement enrobé, sortit d'un café, suivi par une femme anodine. Cette équipe des suiveurs était l'une des meilleures d'Europe : vingt ans d'expérience, des centaines de missions en milieu urbain et jamais un pépin.

Mahmood Penjib, alias Malik, continua sa route sur environ un kilomètre. En dépit de son surpoids, il marchait vite, sans fatigue apparente, preuve de son excellente forme physique. La femme qui le suivait pressait le pas mais sans parvenir à rattraper l'écart qui commençait à se créer entre eux.

— Je fatigue, annonça-t-elle dans son micro. Couscous 1 va trop vite.

— Ici Rouge. Je prends le relais.

Une jeune femme juchée sur une trottinette électrique se cala dans son sillage pendant quelques minutes. Puis un faux couple de trentenaires gay, l'un blanc, cheveux courts, l'autre noir, cheveux gominés et boucle d'oreille, prit à son tour le relais, se tenant par la main comme deux amoureux.

— Couscous 1 en visuel arrière. On le prend par l'avant.

Le suivi par *l'avant* est la procédure de filature la plus difficile mais aussi celle qui garantit le meilleur anonymat.

— Couscous 1 vient de réaliser un CS[1], lança l'un des faux gays dans son micro. Attention, il va nous faire une RF[2].

Après un arrêt devant une boulangerie pour observer la rue dans le reflet de la vitrine, puis un demi-tour dans une rue étroite, Mahmood Penjib s'engagea dans une galerie marchande pour en ressortir par une voie secondaire. Contrôle de sécurité suivi d'une tentative de rupture de filature qui prouvait un excellent entraînement. Rien, toutefois, qui pouvait inquiéter l'équipe de professionnels chevronnés lancée à ses basques.

— Couscous 1 toujours en visuel ? demanda le contrôleur d'une voix inquiète.

— C'est bon, dit l'un des deux jeunes du faux couple gay. Il est toujours derrière nous.

— Bien reçu.

Enfin, après un ultime tour sur lui-même pour vérifier qu'il n'était pas suivi, l'Iranien s'arrêta devant un immeuble anonyme de la rue Leriche, une bâtisse toute de guingois de trois étages à la façade lézardée.

— C'est bon, Couscous 1 au chaud, on a un lieu d'intérêt. Tout le dispositif se disperse. On positionne l'équipe principale en contrôle de sortie et on vérifie s'il y a des accès latéraux et arrière.

---

1. Contrôle de sécurité : action visant à repérer d'éventuels suiveurs.
2. Rupture de filature : action visant à échapper de manière naturelle à des suiveurs.

12

Afghanistan : 14 h 20 – France : 11 h 50
Kaboul, ministère de la sécurité

— L<small>E MINISTRE VA VOUS RECEVOIR</small>, *qomaandaan* Kandar, annonça le chambellan.

On avait installé Oussama dans une minuscule antichambre meublée d'une unique chaise branlante. Il savait que la pièce d'attente officielle, beaucoup plus confortable, se situait un peu plus loin, mais le ministre de la Sécurité Khan Durrani n'allait certainement pas manquer une occasion de l'humilier. Au moment de le faire entrer dans la pièce, le chambellan l'arrêta par le bras.

— Méfiez-vous, *qomaandaan*, chuchota-t-il, ce tordu veut vous nuire.

Il posa un doigt sur ses lèvres, reprit son expression impassible et l'introduisit dans le bureau.

La pièce, immense et haute de plafond, avait été entièrement rénovée depuis la dernière visite d'Oussama. Ses murs étaient désormais recouverts de panneaux de bois anciens, probablement volés dans d'anciens palais kaboulis. Le carrelage avait été remplacé par du marbre noir du Nouristan, à la texture brillante et à la couleur incroyablement profonde. Il était en partie recouvert d'épais tapis de soie, sans doute fabriqués par l'un de ces artisans tapissiers qui faisaient la fierté de la ville de Kunduz. Quelques lampes aux abat-jour en peau d'agneau éclairaient la pièce d'une lueur fantomatique. Les tentures rouges qui occultaient les trois fenêtres donnaient une atmosphère crépusculaire à la salle. Un ordinateur était posé sur la table de travail tandis que deux piles de parapheurs entouraient le ministre, une de chaque côté. Durrani avait toujours été un gros travailleur, aimant se plonger dans ses dossiers dans les moindres détails pour en maîtriser tous les tenants et aboutissants. Formé dans les grandes universités britanniques, il était doté d'une mémoire d'éléphant et d'une forte intelligence des situations. Il aurait pu être un grand homme d'État s'il n'avait pas été, avant tout, attiré par l'argent et dépourvu de principes ou d'empathie. Comme Oussama tirait une chaise à lui, il lança, sans relever la tête du dossier qu'il consultait :

— Ne vous asseyez pas.

Oussama patienta deux minutes, puis cinq, debout. Durrani continuait à l'ignorer, absorbé en apparence dans son dossier. Voyant que le ministre était disposé à le faire attendre indéfiniment, Oussama fit volte-face pour se diriger vers la porte.

— Attendez !

La voix de Durrani était pleine de colère. Le ministre le fixait, méprisant.

— J'ai dit « Ne vous asseyez pas » car ce que j'ai à vous dire tient en peu de mots. Comment osez-vous partir ainsi ? Qui vous a donné l'autorisation de vous en aller ?

— À vrai dire, mon intention n'était pas de vous la demander.

— Vous refusez d'obéir à mon autorité de ministre ?

— De chef de clan, vous voulez dire ?

Oussama s'approcha du bureau tout en fixant Durrani dans les yeux.

— Vous savez parfaitement ce que je pense de vous, monsieur le ministre, comme je sais ce que vous pensez de moi. Finissons-en avec cette mascarade, nous avons tous deux des affaires urgentes à traiter. Que me voulez-vous ?

— Vous dire que je suis très mécontent de la manière dont vous avez agi dans cette affaire des otages japonaises. Elle n'a pas été convenablement gérée du tout. C'est même un terrible échec pour votre brigade. Je dois annoncer à Tokyo qu'une fille est gravement blessée et une accompagnatrice morte. Comment le justifier ?

Interloqué, Oussama mit quelques secondes à reprendre ses esprits.

— L'accompagnatrice a été tuée avant notre intervention. J'ai, au contraire, sauvé les quatre autres, même si l'une a été blessée par un tir des djihadistes. À quelques minutes près, ces jeunes filles étaient emmenées par Daech et nous aurions dû subir l'infamie d'une campagne mondiale sur leur enlèvement. Et probablement sur leur viol et leur assassinat par ces fous sanguinaires. Elles sont saines et sauves, et les responsables de leur enlèvement identifiés. Cela ne vous suffit pas ?

— Vous avez une manière très particulière de présenter les choses. Peut-être devrais-je vous rappeler que vous avez laissé filer le commando de djihadistes. Cette femme, cette… Veuve blanche qui dirigeait le commando, où est-elle ? Qui est-elle ?

— C'est au NDS de répondre à cette question, pas à ma brigade.

— Non ! C'est vous qui avez intérêt à le découvrir. Sinon, je vous jure que votre échec ne restera pas impuni. Qui sait, cette Veuve blanche, peut-être avez-vous fait exprès de la laisser fuir avec ses hommes ? Pour faire plaisir à votre ami le mollah Bakir, ce chien d'islamiste ?

— Bakir est l'ennemi de Daech dans ce pays.

Il allait ajouter « plus que vous », quand il comprit qu'il lui était impossible d'aller plus loin sans conséquences graves. Il se tut donc, attendant la fin de l'orage.

— Que Bakir soit un terroriste ou non, ce n'est pas à vous d'en décider. Je vous préviens donc. Si vous ne m'apportez pas la tête de cette femme, je vous briserai, vous et tous les moins-que-rien que vous avez placés à vos côtés. Compris ?

Oussama hocha la tête. Ainsi, c'était cela, le plan du ministre, lui imputer injustement les manquements du NDS pour les faire tomber, lui et ses hommes. Il prit son ton le plus dédaigneux pour lui répondre.

— C'est compris. Puis-je y aller, maintenant ?

Le ministre eut un sourire satisfait.

— Vous pouvez. Sachez-le, vous n'avez pas beaucoup de temps.

Il baissa la tête vers son dossier avec un geste méprisant de la main pour signifier la fin de l'entrevue. Une fois Oussama sorti, Abdullah regagna le bureau. Il avait tout entendu, caché derrière une porte laissée entrouverte.

— Bien joué, monsieur le ministre ! Il va se précipiter chez son ami Bakir pour lui demander conseil. Un de nos agents doubles vient de faire passer nos fausses informations au mollah. Ils vont se jeter droit dans notre piège.

Le ministre hocha la tête.

— Maintenant, à toi de convaincre ces fous de Dieu de faire le boulot. Quand as-tu rendez-vous ?

— À seize heures.

13

Afghanistan : 15 h 11 – France : 12 h 41
Kaboul, bureaux de Mollah Bakir

Encore bouleversé par sa rencontre avec le ministre, Oussama pénétra à grands pas dans le bureau de Mollah Bakir, précédé par Sarajullin, le secrétaire.

— Mon cher *qomaandaan*, heureux de vous voir en bonne santé et victorieux ! s'écria le religieux. Votre action cette nuit était remarquable. Bravo !

Ils s'assirent tandis que le majordome apportait un plateau couvert du même type de délices que la fois précédente. Bakir allait nettement mieux, de toute évidence. Après leur avoir servi le thé, il sortit d'un parapheur la photo d'un homme mutilé par le feu.

— Une des infirmières enlevées a parlé d'un homme du commando djihadiste au visage complètement brûlé, n'est-ce pas ? Il semblait donner des ordres aux autres membres. Or ils ne sont pas si nombreux, parmi ceux exerçant des fonctions de commandement dans les milieux djihadistes, à arborer ce type de blessure. Je pense qu'il pourrait s'agir de Muhammad Shakal. Tenez, regardez son portrait.

Oussama le contempla longuement.

— Il faisait nuit, je ne l'ai pas vu d'assez près pour le reconnaître.

— Shakal est un des plus dangereux cadres militaires de Daech en Afghanistan, reprit le religieux. Il a trente-six ans, c'est un ancien capitaine de la 5e brigade commando du 209e corps faucon, la meilleure unité de forces spéciales de ce régime pourri. Il a été formé par les Rangers américains et par des commandos canadiens. Puis il a suivi des stages de perfectionnement organisés par Blackwater et Garda, des entreprises de sécurité occidentales privées.

— Vos amis talibans le connaissent donc ?

— Comme quantité de cadres militaires de Daech, il a éliminé beaucoup des nôtres au prétexte infamant que nous étions trop mous. On pense qu'il a été un des premiers à rejoindre l'État islamique au Khorasan, sans doute dès 2015. Il a été brûlé au visage il y a deux ans dans le Kunar, lors d'une attaque au napalm menée par l'aviation américaine contre un village rallié à l'État islamique. Tous les autres combattants sont morts. Lui, ça fait trois ou quatre fois qu'il échappe à des opérations d'élimination, alors que tous ceux autour de lui meurent. Il en a gagné un surnom, le Cobra. Parce qu'il semble avoir mille vies, comme un cobra. Nous n'avions aucune information le concernant depuis près de quinze mois et, pour tout dire, nous le pensions mort.

— À quel point est-il dangereux ?

Le mollah grimaça.

— D'un point de vue purement technique, c'est sans doute le plus aguerri des membres de Daech vivants. D'après mes informations, il était le mieux noté au sein de sa brigade lorsqu'il faisait encore partie de l'armée. Les Américains voulaient même le convier à un stage spécial d'un an chez eux, à Fort Bragg, pour le préparer à des missions de commandement. Ils avaient dans l'idée de lui confier un groupe de combattants d'élite en contre-terrorisme.

— Il n'existe aucune rumeur disant qu'il travaille pour la Veuve blanche ?

— Aucune. Sinon, cela aurait placé cette dernière en tête des cibles, pour les commandos de notre mouvement comme pour le régime. Shakal a été assez malin pour rester dans l'ombre. Mais le fait qu'il accepte de travailler pour cette femme montre à quel point elle est sérieuse. Et dangereuse. Parce que Shakal est un vrai professionnel.

— Avons-nous d'autres pistes concernant les membres de ce réseau ?

Une seconde photo circula.

— Shakal était très lié avec cet homme. Un caporal qui a disparu au même moment que lui. On peut donc penser qu'ils combattent toujours ensemble.

Le cliché était celui d'un homme en uniforme de l'ANA, avec des traits de brute, des petits yeux profondément enfoncés dans leurs orbites et de grandes oreilles décollées. Le sigle de la 5ᵉ brigade commando était cousu sur son épaule.

— Lui, c'est Muslem Hassanbali, reprit Mollah Bakir. À l'école, les autres enfants l'appelaient Muslem Mickey à cause de son physique. Le surnom lui est resté, mais je ne crois pas que quiconque s'amuserait à le citer devant lui. Il a égorgé un membre de son groupe qui l'avait traité ainsi devant les autres.

— Quel serait son rôle dans la *katiba* ?

— Bourreau, très probablement. Muslem Mickey a servi en Irak aux côtés de Daech. Il était dans une *katiba* composée majoritairement de Pachtouns, où il a sévi contre les Alaouites. Comme vous le savez, ces derniers sont considérés comme hérétiques par Daech. Il semble qu'il ait ensuite été transféré dans une autre unité plus internationale à Al-Hasakah, mais on ne sait pas précisément laquelle. D'après certains interrogatoires qui le mentionnent, il aurait intégré l'Amniyat, le service de renseignement de Daech, sur le tard, à un niveau inférieur. On le chargeait des tortures et des exécutions. Sa marque de fabrique, c'était une sorte de tournevis cruciforme transformé en arme de mort. Il aurait une trentaine d'exécutions à son actif, dont des adolescents et des enfants. Il travaillait à l'acide, aussi. Il est complètement fou.

— Avec un tel palmarès, comment se fait-il que les Américains n'aient pas essayé de le droner ? s'étonna Oussama.

— Il n'a jamais tué d'Occidentaux, seulement des Irakiens, des Syriens ou des Afghans. Ils n'allaient pas gâcher un missile à cent mille dollars pour lui…

Bakir avala bruyamment une gorgée de thé, le petit doigt en l'air.

— Mes équipes de contre-espionnage avaient infiltré son précédent groupe, reprit-il. Nous avions même fait remonter certaines informations au NDS, mais ce dernier n'a jamais réussi à l'approcher.

Il se renversa sur les coussins et sourit d'un air satisfait. Oussama hocha la tête. Il était l'un des rares à connaître toute l'étendue du pouvoir de Mollah Bakir, passé en quelques années de ministre de l'Information du mollah Omar à créateur des services de renseignement du courant modéré des talibans.

— Même avec tout l'argent du monde, cette Veuve blanche ne peut pas avoir été désignée chef d'un groupe terroriste local sans des soutiens importants. Est-il possible que Shakal ou Muslem Mickey aient été membres de la *katiba* de son ancien mari, en Irak ?

— Bonne intuition. C'est fort possible. Cela expliquerait le lien d'allégeance. Et aussi qu'elle parle dari. Ensuite, l'argent, le charisme et le talent ont fait le reste.

— En parlant de charisme, mes hommes ont fait parler un membre du commando grièvement blessé dans l'attaque. Il leur a dit qu'elle avait un regard magnétique, véritablement halluciné. J'en ai touché un mot au *daktar* Katoun. Il pense que cela pourrait être causé par une forme assez rare d'atteinte de la thyroïde. La maladie de Basedow.

— Cela pourrait-il nous aider à la pister ?

— Je l'ai espéré mais selon Katoun, si ses yeux brillent autant, c'est qu'elle ne se soigne pas. Donc on ne pourra pas remonter une fourniture de médicaments. Les autres symptômes de cette maladie sont l'absence de sensation de froid et un intense sentiment d'énergie interne. Voilà qui explique son mépris du danger. Cette femme se sent invulnérable.

Depuis qu'il connaissait les conséquences potentielles de cette probable maladie sur le comportement de la Veuve, Oussama comprenait mieux qu'elle ait pris le risque insensé de venir à Kaboul, où elle était à la merci des services de renseignement. Le seul chef djihadiste d'importance à avoir osé s'y rendre avant elle était Abou Omar Khorasani, en mai 2020. Le NDS l'avait arrêté en compagnie de deux autres cadres dirigeants de Daech une heure seulement après leur entrée clandestine dans la capitale.

— Elle est donc exaltée, intelligente, riche et en contrôle absolu des hommes qui la suivent, résuma Oussama. Les membres de son équipe sont soudés, dangereux et compétents. Que feriez-vous à ma place pour les retrouver ?

— C'est là que cela devient très intéressant… Un de mes espions a entendu qu'une femme djihadiste avait quitté Kaboul aujourd'hui pour une cache de la région des grottes de Banda Banda. J'ai une localisation approximative. Or il y a une petite base militaire locale toute proche, le camp 71, qui par chance est dirigée par un de mes partisans. Je ne peux pas l'appeler sans le mettre en danger, mais si nous nous rendons sur place, je suis certain qu'il pourra nous aider à ratisser le coin.

— Je connais cette région. Elle est désolée, peu habitée, difficile d'accès, tout en étant seulement à quelques heures de route de Kaboul. Ce serait un endroit idéal pour se cacher quelque temps, confirma Oussama. Seul, ce n'est pas jouable, mais avec des moyens militaires locaux, je suis prêt à tenter le coup.

— Parfait. Nous partirons cette nuit, conclut Mollah Bakir.

14

Afghanistan : 15 h 36 – France : 13 h 06
Paris, rue Leriche

Un utilitaire, une limousine Peugeot aux vitres fumées et deux motos étaient venus renforcer le dispositif mis en place par Edgar rue Leriche. Le sous-marin était maintenant garé en face de l'immeuble grâce à l'intervention d'un faux véhicule de la fourrière. La règle de la DGSE, dans ce type d'opération sensible, était de placer les véhicules là où c'était nécessaire et non là où c'était possible.

— J'en ai marre d'entendre ces gémissements. C'est bientôt fini ? demanda le Sigma.

— J'espère. Au moins, il en a pour son argent.

Mahmood Penjib alias Malik alias Couscous 1 n'était pas en réunion secrète avec des membres de son réseau clandestin mais en pleine partie de jambes en l'air avec une prostituée guinéenne répondant au nom de Désirée. Après avoir arraché cent cinquante euros à l'Iranien, la jeune femme se donnait visiblement beaucoup de mal pour simuler – au moins d'un point de vue sonore – la plus parfaite béatitude. Une dizaine de minutes supplémentaires s'écoulèrent, quand la technicienne leva un doigt.

— Il est en train de lui filer son pourliche. Cinq euros, quel radin ! On se prépare, ça se rhabille, ça va sortir.

— C'est bon, prêt à charger Couscous 1, répondit une voix anonyme dans l'écouteur.

— En position.

Edgar se tendit. Posté à l'arrière de la limousine aux vitres fumées en compagnie de Nicole, il avait positionné l'ensemble de ses Sigma, sept hommes et deux femmes, selon un plan précis. Malik ne devait pas lui échapper.

— Ça sort, annonça la voix dans l'oreillette des agents. Couscous 1 devant l'entrée, à l'arrêt.

— Je confirme le contact visuel, annonça une autre.

Mahmood Penjib fouilla dans sa poche, en sortit un paquet de cigarettes, en alluma une avec un briquet jetable avant d'inhaler une longue bouffée, visiblement satisfait. Il lui fallut cinq minutes pour terminer sa cigarette. Celle-ci consumée, il jeta le mégot sur le trottoir, enfila un masque de protection avant de tourner sur lui-même et de se mettre en mouvement.

— Ça bouge vers l'est, annonça l'oreillette. *Action !*

Un des hommes de la DGSE, un colosse au crâne rasé, sortit du sous-marin, mettant ses pas dans ceux de leur cible. Alors qu'ils passaient devant le second utilitaire, tout alla très vite. La porte latérale s'ouvrit à la volée. Le colosse assena deux gifles simultanées sur les oreilles de Penjib par-derrière, avant de le ceinturer et de le jeter, complètement groggy, à l'intérieur de la camionnette. La porte se referma aussitôt. L'enlèvement n'avait pas duré plus de quelques secondes et personne n'avait rien remarqué.

15

Afghanistan : 16 h 01 – France : 14 h 31
Kaboul

Abdullah Khan Wardaki patientait à l'angle des rues Kolola et 40-Meter, déjà à moitié asphyxié par les émanations des embouteillages. Nerveusement, il ne cessait de manipuler son masque chirurgical, de regarder à gauche et à droite tandis qu'un filet de sueur dégoulinait dans son cou. Il avait déjà été en contact avec des talibans, mais négocier avec Daech était une tout autre chose. Les talibans respectaient certaines règles. Ils savaient être retors et patients, jouer des parties complexes, passer des accords, même avec leurs ennemis, s'ils y voyaient un intérêt. C'était la raison pour laquelle le régime avait pu, à l'occasion, monter un certain nombre d'opérations communes, pour un bénéfice commun.

Les fous de Dieu, eux, portaient bien leur nom. Ils étaient d'une paranoïa et d'une violence illimitées, capables de n'importe quoi, y compris d'assassiner l'émissaire d'un ministre pour la simple raison qu'il n'était pas l'un des leurs. La seule et maigre sécurité d'Abdullah résidait dans un traceur GPS caché dans la semelle d'une de ses chaussures, auquel était reliée une équipe dotée de motos et de 4 x 4 avec gyrophares. Mais il savait très bien qu'en cas de problème, les tueurs de la Veuve blanche auraient dix fois le temps de lui trancher la gorge avant que ses sauveurs n'arrivent.

Soudain, une mobylette s'arrêta devant lui. L'homme au guidon, la face dissimulée par l'habituel keffieh prisé des Kaboulis, se pencha.

— C'est toi, Abdullah ?
— Oui.
— Tu as une arme sur toi ?
— Non.
— Monte.

Le cœur à cent cinquante pulsations, il s'exécuta. Le conducteur démarra brusquement, le projetant contre lui. Il se faufilait avec aisance dans les embouteillages. Ils rejoignirent rapidement Baba Mena, avant de tourner à droite pour emprunter une longue route toute droite.

« Merde. On va vers Myakheil », songea le jeune homme.

Un des pires bidonvilles de Kaboul, chasse gardée des islamistes. Un enchevêtrement de ruelles trop étroites pour laisser passer les 4 x 4 de son équipe de sécurité, de cours closes, de baraques en tôle ondulée imbriquées les unes dans les autres. Là-bas, il serait totalement à la merci des hommes de Daech.

Alors qu'ils progressaient dans une rue commerçante, un marchand ambulant s'engagea sur la chaussée juste après leur passage, avant de renverser délibérément sa carriole, bloquant les autres véhicules. Ils continuèrent environ un kilomètre avant qu'une scène identique se reproduise. Puis la mobylette tourna dans un passage parsemé de trous. Personne ne pouvait les avoir suivis jusque-là.

Au bout de cinq cents mètres, elle vira brusquement, s'engageant dans une venelle à angle droit, qui grimpait à flanc de colline. La mobylette roula ainsi une dizaine de minutes, changeant de direction en permanence, empêchant toute tentative de se repérer. Enfin elle pila dans un nuage de poussière devant une masure.

— Entre là-dedans.

À peine Abdullah eut-il poussé la porte qu'une poigne de fer l'agrippa par la manche. On le jeta au sol. Son agresseur était une armoire à glace avec des épaules de lutteur, le regard farouche et une barbe cascadant sur son ventre. Un autre homme, un vieux tout noueux, était posté en retrait, kalachnikov pointée sur lui.

— À poil !

— Quoi ? Mais...

Le coup de matraque asséné dans les reins par un troisième homme lui arracha un cri de douleur. Aussitôt le premier agresseur lui prit son sac à dos, en sortit les liasses de billets qu'il contenait puis l'examina sous toutes les coutures avant de remettre tous les billets à l'intérieur. Ensuite il lui arracha ses vêtements et palpa chacun d'eux longuement. Abdullah Khan Wardaki était complètement nu, amer et honteux, lorsque le djihadiste poussa un glapissement de joie : il venait de trouver l'émetteur caché dans sa chaussure. Il l'écrasa rageusement avec le manche de son poignard, avant de jeter au conseiller un *shalwar kamiz* crasseux.

— Mets ça.

Tremblant, le jeune homme obéit. Les affaires qu'on lui avait passées exhalaient une odeur de vieux bouc qui soulevait le cœur. Lorsqu'il eut fini, le djihadiste lui rendit son sac et lui montra la porte.

— Vas-y.

Une autre mobylette attendait devant la maison, une Jinao rouge. C'est tout un réseau, songea-t-il en s'installant derrière le conducteur, un obèse à grosses lunettes aux verres réfléchissants orange qui lui donnaient l'aspect d'un insecte mais empêchaient toute identification. Ils filèrent à vive allure, d'abord vers le nord, avant de bifurquer vers l'est puis de reprendre en sens inverse, vers le sud. Ils traversèrent Jangalak, puis Chardhi. Tout à coup la mobylette obliqua à gauche, dans une venelle si étroite qu'elle frôlait les deux murs. L'air sentait les excréments et le charbon.

Un autre bidonville, majoritairement peuplé de Pachtouns des campagnes, étant donné leurs accoutrements. Encore des miséreux montés à Kaboul pour tenter leur chance. L'homme au guidon changeait sans cesse de direction, revenait sur ses pas pour empêcher la moindre tentative de repérage. Progressivement, ils montaient le flanc de la colline à laquelle était accroché le quartier. Enfin, la Jinao s'arrêta devant une cabane.

— Descends.

Un vieillard était accroupi sur le seuil, apparemment assoupi. Mais, sous une couverture posée sur ses genoux, le conseiller aperçut le canon d'un fusil d'assaut équipé d'un lance-grenades. D'un mouvement de tête, le djihadiste lui fit signe d'avancer.

Il entra.

Un homme claqua la porte derrière lui. Son torse était hérissé de cartouchières. Il tenait nonchalamment un fusil d'assaut noir. Un peu sur le côté, deux autres hommes le dévisageaient. Le visage de l'un d'eux était digne d'un film d'horreur, avec un trou à la place de l'œil gauche, la peau brûlée et pratiquement pas de nez. L'autre, très jeune, maigre comme un clou et légèrement voûté, avait de grandes oreilles décollées et un regard mort. Sur sa poitrine, une gaine étroite contenait ce qui ressemblait à un tournevis cruciforme au manche en plastique rouge. Eux aussi portaient des fusils d'assaut équipés d'un lance-grenades. Puis une porte s'ouvrit derrière les deux hommes sur une apparition étrange.

Une femme enveloppée de la tête aux pieds dans un double voile blanc qui ne laissait entrevoir qu'un visage de momie aux yeux hallucinés.

La Veuve blanche !

Saisi par cette vision, Abdullah Khan Wardaki sentit ses jambes flancher. Sur le point de défaillir, il se remémora ce que le chef de la sécurité du ministre lui avait appris à faire en de telles circonstances : calmer sa respiration en inspirant par profonds mouvements entrecoupés de cinq à dix secondes de pause. Il appliqua la méthode et, rapidement, se sentit mieux. Il se redressa et c'est d'une voix calme qu'il dit, en s'inclinant avec déférence :

— Je te salue, *khanom*. La gloire d'Allah, la paix du Prophète sur toi et tes hommes.

— Tu voulais me parler ? Eh bien, me voici, toute en blanc, couleur de la mort, devant toi, rétorqua-t-elle ironiquement. Quel message voulais-tu passer ? Celui que tu ne tiens pas à ta vie ?

— Je suis...

— Je sais qui tu es et je sais surtout qui t'envoie. – Alice Marsan eut un sourire narquois. – Mes hommes brûlent de te découper en morceaux avant de te renvoyer dans un sac à ton commanditaire, Khan Durrani, cette vermine, qui se croit important. Donne-moi une raison de ne pas leur dire de le faire.

— Le *badal*. La vengeance.

— Quoi ?

— La raison de ma venue, c'est un marché. Mon chef t'offre un *badal*, une vengeance à assouvir. Les cent mille dollars que tes hommes ont trouvés dans mon sac à dos sont un don à ton organisation. La preuve de notre bonne foi.

La réponse cloua le bec à la Veuve. Elle s'approcha de lui. Impression étrange, elle paraissait flotter dans son voile blanc. Comme un fantôme. De près, son visage impassible à la peau laiteuse évoquait celui d'un mannequin de cire. Pourtant, Abdullah ne put s'empêcher de la trouver incroyablement belle. Et de près, la flamme presque inhumaine qui brillait dans son regard était insoutenable. Il eut peur.

— Sois plus précis. Quelle proposition ignoble veux-tu me faire ?

La Veuve blanche avait parlé trop vite. Il comprit qu'elle était ferrée.

— Le *qomaandaan* Kandar. L'homme qui dirige la brigade criminelle de Kaboul. Il vous a pris les infirmières et a causé la mort de plusieurs de vos hommes. Kandar est votre ennemi, mais nous avons, nous aussi, un vieux compte à régler avec lui. Nous vous proposons de vous aider à vous emparer de lui, ainsi que de mollah Bakir, ce traître.

— À la minute où je quitterai cet endroit, tous les espions à la solde du NDS seront sur mon dos. Kaboul est un piège mortel, pour mes hommes comme pour moi.

— L'attaque aura lieu loin de Kaboul. Près de votre planque de Banda Banda. Ils y seront dans la nuit.

— Je ne comprends pas. Kandar est un officiel, comme toi. Quant à Bakir, il participe à certaines négociations avec les Américains à Abu Dhabi.

— Nos raisons sont nos raisons, répondit sèchement le jeune homme. Parlons plutôt de *votre* intérêt. Souhaitez-vous vous venger de Kandar, oui ou non ?

— Vous savez qu'ils ne traqueront pas mon groupe sans un gros appui des militaires.

— Nos espions les envoient au camp 71, où ils espèrent trouver l'aide nécessaire auprès d'un affilié de Mollah Bakir. Vous voyez où c'est ?

— Oui, je connais. C'est habile, reconnut Shakal, prenant la parole pour la première fois.

— Si vous obtenez le soutien de Khan Pahlavi, vous aurez assez d'hommes pour balayer les maigres escouades du camp 71 et vous emparer d'eux. Pour cent mille dollars, Khan Pahlavi vous aidera. Mais même sans cet argent, il est beaucoup trop ambitieux pour laisser passer une occasion pareille.

Marsan regarda Shakal, qui hocha la tête en signe de compréhension. Après tout, qu'y avait-il de plus naturel qu'un marché de ce genre en Afghanistan ? Dans ce pays sans cesse envahi depuis plus de deux mille cinq cents ans, en guerre permanente depuis des générations, conclure des marchés avec ses adversaires était la seule manière d'éviter des morts. Des trêves fragiles mais sacrées puisque scellées par la parole donnée. Une preuve que la civilisation pouvait se nicher dans les recoins les plus torturés de la noirceur humaine. Elle sourit.

— Je te crois. Mais si tu essays de nous manipuler, si tu mens, tu seras puni. Toi, et personne d'autre. Nos combattants te pourchasseront. Où que tu sois, un jour ou l'autre, que ce soit avec un couteau ou une ceinture d'explosifs, l'un d'eux t'emportera dans la mort avec lui. Le veux-tu ?

De grosses gouttes de sueur perlèrent sur le front d'Abdullah tandis que ses lèvres s'asséchèrent d'un coup, comme si elles étaient recouvertes d'une pellicule de sel. Finalement, il se reprit.

— Je ne vous mens pas. C'est une proposition honnête. Rien d'autre qu'une alliance temporaire et de bonne foi pour détruire notre ennemi commun. Lorsque cette affaire sera terminée, nous redeviendrons adversaires. La peur changera de camp, c'est vous qui nous craindrez. Car Khan Durrani veut vraiment votre peau, comme il veut celle de tout l'EIK.

— Allah est avec nous. Nous ne craignons pas Durrani.

— Vous avez tort.

Le jeune homme devina une esquisse de sourire sur le visage de la Veuve blanche. Une fraction de seconde, une forme de respect, voire de complicité, passa entre ces deux-là, que tout opposait.

— Nous avons un accord, dit Marsan brusquement.

— Il faut agir très vite, d'abord pour ne pas laisser à Kandar ou à Mollah Bakir le temps de trop réfléchir à ce qui se trame, mais aussi pour éviter que d'éventuels traîtres ne puissent leur dévoiler notre plan. Bakir a des espions absolument partout. Pouvez-vous rejoindre Banda Banda dès aujourd'hui ? Nous veillerons à ce qu'aucun barrage ne soit installé sur les routes qui y mènent.

Elle eut un geste signifiant que ce n'était pas important.

— Allah guidera nos pas. En cas de besoin, nous communiquerons sur Signal. Je vais te donner un numéro. Récite-le, ne l'oublie pas.

16

Afghanistan : 16 h 12 – France : 14 h 42
Paris, bureaux de « Malik »

Le « plombier » introduisit son tournevis pneumatique dans le barillet de la serrure. Il appuya sur un bouton, relâchant la quantité exacte de pression permettant de faire tourner le pêne, qui claqua immédiatement. De sa main gantée, il poussa la porte prudemment. Il y avait un boîtier d'alarme sur le côté droit du mur, inactivé. Pressé de rejoindre la prostituée, Malik était parti sans l'enclencher.

Le Sigma fit rapidement le tour des pièces pour vérifier qu'elles étaient vides. Les systèmes d'écoute prouvaient que la femme de Malik était de l'autre côté du palier, dans l'espace dévolu aux appartements privés.

— Clair, annonça-t-il dans son talkie-walkie.

Quelques instants plus tard, trois autres Sigma pénétrèrent dans les lieux.

La fouille commença. Chacun d'entre eux possédait un appareil photo équipé d'un grand écran afin de figer au préalable l'endroit qu'il fouillait. Malik étant en partance pour une prison secrète, c'était théoriquement inutile, toutefois ils préféraient suivre en toute circonstance la procédure habituelle. Pas la peine de prendre de mauvaises habitudes.

Tandis que ses hommes menaient leur fouille, concentrés sur leur tâche, le chef d'équipe commença à frapper les planchers à l'aide d'un petit marteau. Un moyen plus rapide et plus sûr que les rayons pour détecter les caches. Bonne pioche : un son creux lui apprit qu'il y en avait une dans la seconde pièce, juste au milieu, sous la table de réunion. Ils déplacèrent silencieusement celle-ci tandis que le troisième homme faisait sauter une latte avec un pied-de-biche.

Un sac de plongée noir était calé entre les poutres qui soutenaient le plancher. À l'intérieur, ils trouvèrent deux armes équipées de silencieux. Des Beretta calibre .22, ainsi que plusieurs chargeurs de munitions Remington.

Un des Sigma fit glisser une balle entre ses doigts, songeur.

— Même type d'armes, de calibre et de munitions que ceux utilisés par les exécuteurs du Mossad. Ces salopards iraniens du Vevak[1] ont vraiment le sens de l'humour.

Il plongea à nouveau la main dans le sac, en rapporta une liasse de la taille d'une brique, lourde et compacte. Des dollars entourés d'un film de sécurité et d'une bande indéchirable sur laquelle était imprimée une inscription en arabe.

— Banque centrale d'Irak, Mossoul. Le même fric volé par le mari de Marsan que chez Ali Abrisi.

— Fais attention aux empreintes sur le plastique.

Ils déballèrent le reste du contenu sur la table. Un carnet en langage codé, deux photos de maisons, une de style nordique,

---

1. Services secrets iraniens.

l'autre méditerranéenne. Un passeport libanais au nom de Georges Malik Penjibor, avec la photo de Mahmood Penjib, qu'un des hommes examina avec attention.

— Ça doit être un faux mais il est vraiment parfait. Production d'un grand service. Décidément, ils sont forts, ces Iraniens.

L'autre Sigma secoua la tête.

— À mon avis, il est authentique. Depuis la guerre en Syrie, le Hezbollah règne en maître au Liban. Ils ont infiltré tous les ministères, alors voler des lots de passeports pour aider les Iraniens, c'est un jeu d'enfant pour eux.

Enfin, ils déplièrent plusieurs feuilles A4 maintenues ensemble par des élastiques. Stupéfaits, ils découvrirent les photocopies couleurs de plusieurs passeports.

— Ne me dis pas que cet abruti a gardé des copies des pièces d'identité des membres de son réseau ?

C'était une faute grossière, contraire à toutes les règles de sécurité, mais, aussi énorme que cela paraisse, un agent infiltré par les services turcs en Allemagne avait commis la même erreur deux ans plus tôt. Le BND n'en était toujours pas revenu.

Fasciné, le Sigma commença à feuilleter la liasse. Issus du Maroc, de Tunisie, d'Algérie, de Tchétchénie, d'Allemagne ou de Belgique, les porteurs habitaient dans huit pays européens différents.

— Bel échantillon de taupes et de djihadistes, lança son collègue, qui regardait par-dessus son épaule. Tout un réseau iranien en Europe. Il y en a combien ?

— Vingt-sept. La plus belle prise qu'on ait jamais faite.

— En un sens, Penjib a de la chance, ajouta le troisième agent. Si le Vevak était tombé là-dessus à l'occasion d'un contrôle surprise, c'était le rappel à Téhéran et le peloton d'exécution, direct.

Tout à coup, son collègue s'interrompit net. Une photocopie d'un passeport libanais. La photo était celle d'une belle jeune femme. Il reconnut Alice Marsan.

— Document au nom d'Alice Mariam Marsanci née le 14 juillet 1991 à Beyrouth. Ils ont gardé la vraie date de naissance et seulement changé deux lettres dans le nom de famille. C'est elle !

— Ces enfoirés lui ont donné un faux passeport. Les Iraniens la protègent !

— Allez, on se barre, répliqua le chef d'équipe. On a tout ce qu'on voulait.

17

Afghanistan : 17 h 28 – France : 14 h 58
Route de Banda Banda

Le camion, un Kamaz datant de l'ère soviétique comme il en roulait des dizaines de milliers partout en Afghanistan, sortit à vitesse réduite du petit entrepôt juché sur la colline. Un seul homme au volant, l'un des combattants de la Veuve blanche, un ancien militaire. Pour mieux passer inaperçu, il avait rasé sa barbe, ne gardant qu'une longue moustache qui pendait de chaque côté de sa bouche comme celle d'un Mongol. Un minibus se mit aussitôt dans ses pas, conduit par un autre membre du groupe djihadiste. Il dépassa rapidement le camion pour se positionner à cent mètres devant lui. Son chauffeur scrutait attentivement la circulation, à la recherche de voitures de flics ou d'un éventuel barrage. En cas de problème, il était prévu qu'il mette son clignotant gauche. Dans ce cas, le Kamaz tournerait dans la première rue pour s'échapper. Il imaginait l'angoisse des survivants du commando tapis dans le camion à l'idée d'être arrêtés. À cette heure de l'après-midi, il y avait pourtant peu de risques tant qu'ils restaient dans le centre de Kaboul, noyés dans la masse.

Le premier test eut lieu devant le rond-point de Chawki Koti. Normalement, un barrage y était installé pour filtrer les véhicules suspects mais, cette fois-ci, le rond-point était déserté par les forces de l'ordre. Pas même un flic pour faire la circulation.

Ils roulèrent encore une dizaine de minutes, jusqu'à l'embranchement qui menait à Kalakazi. Là aussi, il aurait dû y avoir un poste de contrôle actif avec des dizaines de policiers lourdement armés et des herses. Pourtant la guérite était vide, à part un agent désœuvré qui bayait aux corneilles.

Khan Durrani avait tenu parole, la voie était libre jusqu'à Banda Banda.

Ils s'engagèrent dans un long chemin de terre sinuant dans des bidonvilles. Puis ils longèrent une zone industrielle, sur plusieurs kilomètres. Ils aperçurent un panneau à moitié délavé qui indiquait *Béton Zabir 200 m*. Les deux véhicules roulaient maintenant presque au pas dans une voie d'accès quasi déserte où ne circulaient que de rares travailleurs à pied et quelques mobylettes.

Enfin, ils arrivèrent à destination. Une petite construction ancienne en briques, un étage, un toit plat, entourée d'un mur de ciment. La seule touche de modernité venait du pylône prouvant qu'il y avait l'électricité. Sur le côté, un terrain vague servait de parking : trois bétonnières assez anciennes y étaient stationnées.

Les deux véhicules s'arrêtèrent devant la bâtisse. Aussitôt un barbu en salopette d'ouvrier sortit. Reconnaissant les chauffeurs, il ouvrit le portail. Une fois le camion et le minibus garés, les bâches arrière du Kamaz furent relevées. De lourds sacs de riz – cinquante kilos chacun – s'entassaient jusqu'à environ deux mètres cinquante de hauteur. Les trois hommes commencèrent à enlever les sacs en ahanant, révélant peu à peu la structure en bois qui avait été montée afin de ménager une cache au centre du camion. Les membres rescapés du commando y étaient entassés, à même le sol, à moitié asphyxiés par la poussière de riz.

Un à un, Shakal, Muslem Mickey, la Veuve blanche se dégagèrent, clignant des yeux à cause du soleil, les traits tirés par la tension. Deux des djihadistes les aidèrent à sortir du camion avant de les emmener derrière le bâtiment. Là, un grand drap avait été tiré au-dessus de latrines constituées de simples cabanes entourant un trou dans le sol, pour leur permettre de faire leurs besoins à l'abri des regards. Quand ils en eurent terminé, ils revinrent au terrain vague, où des galettes de pain et des bouteilles d'eau étaient posées sur une table branlante.

— Mangez, vous en aurez besoin, ordonna Marsan, qui avait tenu à sortir la dernière du camion.

Les hommes s'exécutèrent et l'on n'entendit plus que des bruits de mastication. L'un d'eux s'interrompit pour vomir. La tension après l'opération, et le fait d'avoir mangé trop vite. Lorsque toutes les galettes furent dévorées, elle se tourna vers le nabot.

— Regarde où nous en sommes, par ta faute. Tu t'es opposé à ce que nos autres hommes viennent avec nous et j'ai eu la stupidité de ne pas imposer ma décision. Si nous avions pu les positionner comme guetteurs à l'extérieur de la villa de Gulgul, nous serions tous loin et en bonne santé, avec nos otages. Au lieu de cela, nous avons perdu quatre valeureux combattants, Granam, Qasem, Ali et Hamid. Quant à Muhamad, c'est comme s'il était mort.

Le nabot la défia du regard.

— Granam te baisait, c'est pour ça que tu le regrettes. Les autres, c'était la volonté d'Allah qu'ils Le rejoignent. Je n'ai rien à me reprocher.

— Tu te trompes. Tu es responsable *et* coupable. – Elle se tourna vers le mollah du groupe. – Une sanction doit être prise, frère, par la grâce d'Allah.

— Je suis d'accord. Ô Allah, prends pitié de lui ! Car il est dit dans le Livre sacré : « Toute faute doit être punie justement, et ce à la hauteur des dommages qu'elle a causés. »

Shakal sortit un petit automatique de sous sa veste. Deux détonations claquèrent. Le nabot s'effondra.

— Jetez son corps dans les latrines, ordonna la Veuve sans un regard vers le cadavre. Il ne mérite pas meilleure sépulture.

Ensuite elle se dirigea vers l'une des trois bétonnières et expliqua :

— Vous voyagerez là-dedans, ça ne durera que quelques heures. La route de Ghazni est bonne, nous pouvons être à Banda Banda avant minuit. Vous aurez des bouteilles d'eau, du pain et du fromage. La paroi est très épaisse, nous allons démonter les échelles d'accès dès que vous serez à l'intérieur. En cas de contrôle, il sera difficile aux policiers de monter jusqu'à la trappe en haut, ça glisse trop. Il suffira de rester silencieux et d'attendre, tout se passera sans problème. Moi, je resterai avec le chauffeur. Je me ferai passer pour son épouse.

Les hommes regardaient la bétonnière avec effarement en se demandant comment ils allaient pouvoir tenir à sept à l'intérieur. Un par un, ils gravirent cependant l'échelle, puis se faufilèrent dans le trou, disparaissant comme s'ils étaient avalés par la cuve. Ils se cognèrent contre les parois, se blessèrent à cause du béton sec qui déchirait la peau. Le fond de la cuve était tapissé de béton à l'odeur presque insoutenable. Pourtant, ils arrivèrent tant bien que mal à s'installer les uns à côté des autres, dos contre la paroi. Un djihadiste leur jeta encore quelques bouteilles d'eau. Marsan enfila une burqa avant de monter dans la cabine avant. Puis l'antique camion démarra dans un grondement de diesel.

18

Afghanistan : 18 h 03 – France : 15 h 33
Kaboul, commissariat central

L'ESPION DU MINISTRE était un capitaine de la brigade des stupéfiants. Membre du clan Durrani, il obéissait aveuglément à ses instructions. Outre que c'était le seul moyen de rester vivant, il ne lui serait pas venu à l'idée de privilégier son allégeance au gouvernement au détriment de celle à son clan. Ainsi fonctionnait l'Afghanistan depuis des millénaires. Aucun envahisseur, aucun législateur ou homme d'État, d'Alexandre le Grand à l'empereur moghol Babour, des Britanniques aux Russes ou aux Américains, n'avait jamais pu rien y changer.

En présentant sa carte officielle, l'homme pénétra dans le local technique où étaient conservés les équipements de communication du commissariat. Comme il s'agissait de matériel sensible, il était gardé jour et nuit par un collègue armé, protégé par un sas blindé. L'espion appuya sur une touche de son téléphone pour signaler qu'il était sur place. Quelques secondes plus tard, le combiné posé sur le bureau du garde grelotta. Ce dernier écouta la communication avant d'annoncer au nouveau venu :

— Désolé, mon chef me demande à l'entrée. Il faut que je ferme à clef pendant ce temps.

Le flic corrompu exhiba ses dents gâtées, ennuyé.

— Frère, je suis à la bourre, je dois récupérer un téléphone pour une mission.

— C'est le règlement. Reviens dans une heure.

— C'est important, il y a une grosse saisie à faire, je risque de la louper si j'attends trop. – Il baissa la voix. – Si tu me rends service, je te donnerai quelque chose en échange. Un paquet de pavot-base.

— C'est vrai ? Combien de grammes ?

— Une livre. D'après nos sources, on va en saisir plusieurs centaines. On n'est pas à un près.

Un paquet de pavot-base de cette taille, c'était plus de trois mois de salaire...

— Bon, d'accord. Mais referme en partant. Et apporte-moi le paquet demain à la première heure. Sinon, tu auras des ennuis.

— Promis, mon frère. Tu peux compter sur moi.

Après avoir vérifié par la fenêtre que son collègue était bien en dehors du bâtiment, le flic des stups se hâta de rejoindre le râtelier où les téléphones satellites, des Thuraya dernier cri, étaient entreposés. Il y en avait une quinzaine, un par unité, celle-ci étant indiquée par un petit écriteau à l'encre bleue délavée. L'appareil de la brigade criminelle était l'avant-dernier sur la droite. Rapidement, il l'enleva de son support et le remplaça par un autre, ni vu ni connu. Mission accomplie.

19

Afghanistan : 19 h 07 – France : 16 h 37
Kaboul, domicile de Zana

L<small>E SOIR VENU, L'ATMOSPHÈRE</small> n'était pas encore celle, pesante, de la nuit à Kaboul. Plutôt l'excitation sourde d'une fin de journée, comme dans n'importe quelle métropole dont les habitants se pressent afin de rejoindre leur domicile.

Rangin attendait Zana devant chez elle, conscient qu'une nouvelle visite à son domicile attirerait l'attention de sa mère et de nouvelles salves de questions auxquelles aucun des deux n'avait envie de répondre. La porte d'entrée s'ouvrit et la jeune fille apparut. Des baskets orange, un jean sur lequel elle avait enfilé une tunique de la même couleur, un voile rejeté sur l'arrière de la tête qui dévoilait presque entièrement ses cheveux. Elle s'approcha en le saluant à distance, presque craintivement. Puis, s'assurant que personne ne les regardait, elle lui prit la main, furtivement.

— Merci d'être venu.

— Je t'en prie.

Il était un peu nerveux, ignorant les raisons pour lesquelles Zana l'avait « convoqué » alors qu'il venait de la prévenir qu'il partait en mission en dehors de Kaboul.

— Est-ce que tu avances dans le décryptage du téléphone ?

— Pas vraiment. Je n'ai aucune information sur les combinaisons qui ont pu être utilisées, ça va être difficile. Mais je te promets de faire le maximum.

Elle leva les yeux au ciel, inspira profondément pour trouver du courage.

— Rangin, je voulais te voir parce qu'il faut qu'on se parle, tous les deux. Je dois te dire quelque chose d'important.

Il se tendit.

— Vas-y.

— Je vais fuir Kaboul.

— Fuir ? répondit-il, interloqué. Mais pourquoi ?

Il avait presque crié.

— Parce que les talibans vont gagner. Le régime va s'effondrer comme un château de cartes. Bientôt, ils seront ici avec leurs corans et leurs turbans, et tout redeviendra comme dans les années 1990. Nous savons tous les deux ce qui se passera pour les gens comme nous lorsqu'ils reprendront le pouvoir. Quelles que soient leurs promesses de modération, ils appliqueront la même politique avec la même férocité. Ils sont comme ça, c'est tout. Ils n'ont pas changé.

— Je te protégerai ! s'exclama-t-il.

Elle lui prit la main, la garda dans la sienne, sans se soucier d'éventuels regards inquisiteurs.

— Personne ne peut me protéger contre eux. Les talibans haïssent ce que je suis. Tout ce que je représente. Ma liberté. Le fait que je n'écoute pas leurs discours. Que je refuse leurs lois archaïques et leur vision du monde. Que je ne crois même pas en leur prétendu Dieu.

— Ne dis pas ça, c'est dangereux !

— Tu vois ? Même quand on est seuls, il faut faire attention. J'ai le droit de penser ce que je veux, et je te dis que je ne crois pas en Dieu. C'est comme ça. J'ai essayé, mais je n'y arrive pas. Je n'ai pas envie de vivre dans une prison en faisant semblant d'être quelqu'un d'autre jusqu'à la fin de mes jours. Cela n'arrivera pas. Je vais partir parce que je veux être libre.

— Mais... pour où ?

— Pour Dubaï. Avec mes compétences informatiques, ce sera facile pour moi d'obtenir un visa de longue durée là-bas. Je vais créer une petite société dans la zone franche dédiée aux nouvelles technologies. Je continuerai à faire ce que je fais ici, en toute liberté. J'ai suffisamment d'argent pour vivre longtemps, j'ai épargné beaucoup. Ensuite, je verrai. Peut-être que je resterai là-bas, à Dubaï, peut-être que je partirai pour l'Europe. Pour la France, c'est le pays de la liberté pour les femmes. Ou peut-être pour les États-Unis.

Rangin était comme foudroyé. Zana passa une main légère sur son visage.

— Rangin, tout ce que je te dis peut paraître fou, mais tu dois me croire. Tout ce qui va arriver sera la conclusion logique de ce qui se trame depuis des années. Un aboutissement dont mes machines me montrent l'image. Jour après jour, de nouveaux éléments s'ajoutent les uns aux autres. Au début, c'était comme une sorte de brouillard, puis une image floue s'est dessinée et, aujourd'hui, elle est complètement nette. Les talibans vont gagner et personne n'y peut rien. Toi aussi, tu dois réfléchir. Pense à ce que tu veux faire de ta vie. À l'homme que tu veux être. Est-ce que tu t'imagines vivre dans une société comme celle que ces fous promeuvent ? Tu t'imagines être policier pour ces gens-là ? Être obligé d'arrêter des femmes parce qu'elles ont mis du rouge à lèvres ? Ou des jeunes gens juste parce qu'ils se sont pris la main, comme nous sommes en train de le faire ? De les emmener se faire fouetter ou lapider juste parce qu'ils se sont embrassés ? Tout ça parce qu'Allah aurait dit qu'il ne faut pas se comporter de la sorte ? Ta vie vaut mieux que ça, Rangin.

— Tu me proposes quoi ?

— De quitter ce pays. De partir vivre dans un endroit normal. Avec moi.

Il secoua la tête.

— Je ne sais pas quoi te répondre, Zana. C'est tellement... irréel. Tellement inattendu.

— Ne me réponds pas maintenant mais, s'il te plaît, pense à ce que je viens de te dire.

Elle se rapprocha de lui.

— Cette mission en dehors de Kaboul, je suppose que c'est dangereux ?

— Très, avoua-t-il. Mais je compte revenir vivant.

— Quand tu reviendras, donne-moi ta réponse. Quelle qu'elle soit, je la comprendrai.

Sans regarder autour d'eux s'il y avait des témoins, elle posa un long baiser sur sa bouche avant de faire demi-tour, les larmes aux yeux. Et Rangin se retrouva seul sur le trottoir à se demander ce qui était en train de lui arriver.

20

Afghanistan : 23 h 20 – France : 20 h 50
Proximité d'Aincourt, Vexin

La boîte faisait la taille d'un cercueil d'enfant. Elle comportait quatre poignées permettant de la manipuler facilement. En aluminium, elle pouvait être projetée contre les murs ou le sol sans se briser. Elle était conçue pour que, à l'intérieur, les bruits lointains parviennent très étouffés tandis que ceux portés contre son enveloppe extérieure étaient amplifiés. Mahmood Penjib, dit Malik, était coincé dans la caisse, les jambes repliées, les bras noués dans le dos, dans une position horriblement inconfortable. À chaque mouvement, les ondes de choc se répercutaient douloureusement à l'intérieur de la boîte tandis que sa tête, ses coudes et ses genoux cognaient contre les parois. C'était quand un de ses ravisseurs tapait sur la cuve avec une baguette métallique, envoyant des ondes sonores aiguës, que Penjib poussait les cris les plus impressionnants.

Il ne pouvait pas voir la pièce dans laquelle il se trouvait – une grande cave où, dans un coin, des vieilleries avaient été entassées pour laisser place à des ordinateurs à écran plat, des instruments de contrôle et de communications cryptées, du matériel ultramoderne.

Cette ancienne ferme était située dans le Vexin, au fond d'un grand parc. Elle appartenait à un honorable correspondant du Service qui la mettait régulièrement à disposition pour héberger des transfuges ou abriter des réunions secrètes. Outre Edgar et Nicole, six Sigma étaient mobilisés pour l'opération, dont le docteur Langlade-Boissieu. Les premiers voisins vivaient à plus de quatre kilomètres, personne ne pouvait se douter de ce qui se tramait dans la maison.

Le calvaire de Malik durait depuis son arrivée. Son urine et ses excréments tapissaient désormais tout l'intérieur de la boîte, lui retombant dessus à chaque mouvement violent. On ne lui avait encore posé aucune question, personne n'avait même prononcé le moindre mot. Cela augmentait encore son stress car il ignorait complètement entre les mains de qui il se trouvait et ce qu'on lui voulait.

Enfin, Edgar fit un signe. Aussitôt, tous enfilèrent leur cagoule, puis on ouvrit la boîte.

Edgar se pencha vers le prisonnier.

— Bonjour, Mahmood, dit-il d'une voix douce. Ou peut-être préfères-tu que je t'appelle Malik ?

— Je n'ai rien fait, je suis commerçant ! Qu'est-ce que vous me voulez ? hurla le prisonnier.

— Que tu me dises ce que tu traficotes avec Alice Marsan. Je veux une confession précise et complète.

Avant que l'Iranien ait pu répondre, le cercueil fut refermé. Ils entendirent ses cris et ses supplications. D'un mouvement de tête, Edgar désigna une petite piscine gonflable, remplie de soixante-dix centimètres d'eau environ. La cuve fut jetée dedans. Aussitôt, les cris redoublèrent.

La caisse mettrait sept minutes à se remplir complètement. Au bout de quatre, elle commença à bouger dans tous les sens : le prisonnier essayait frénétiquement de s'échapper, ce qui était impossible.

— Dans son pays, la plupart des gens ne savent pas nager, murmura Edgar à Langlade-Boissieu. Du coup, ils ont une peur panique de l'eau.

À six minutes, il ordonna qu'on sorte la boîte de la piscine. Cette fois-ci, les cris avaient laissé place à des pleurs. Il hocha la tête, adressa un clin d'œil à ses hommes et la fit ouvrir, manquant tourner de l'œil tant l'odeur était infecte. Le prisonnier reposait dans un mélange marronnasse d'eau et d'excréments. Il avait l'air perdu d'un animal.

— Mahmood, ce n'est que le début, dit Edgar de la même voix douce. Tu es entre mes mains, tu n'existes plus. Tu es à moi aussi longtemps qu'Alice Marsan ne sera pas au bout de mon viseur.

Il laissa passer quelques secondes pour que les mots s'impriment dans le cerveau de l'Iranien, avant d'ajouter :

— Mais je n'ai pas toute la semaine. Si tu ne parles pas maintenant, si tu t'entêtes, les choses changeront. Pas dans le bon sens pour toi, tu l'imagines… Bref, pour être clair, comme on sait que tu appartiens aux services iraniens, on te confiera à des mains moins douces que les nôtres. Aux Saoudiens. Tu peux imaginer à quel point les hommes du GIP[1] seront intéressés de parler à un membre du Vevak comme toi ? Évidemment,

---

1. General Intelligence Presidency, le service saoudien de renseignement extérieur.

ce sont des vrais sadiques. J'ai rencontré leur chef, Khalid Al Humaidan, à l'occasion d'une mission. Cet homme ne connaît pas la pitié. À ton avis, comment ses hommes s'y prendront-ils pour te démembrer ? À la scie à os, comme pour Jamal Khashoggi ?

— Sortez-moi de cette putain de boîte !

21

Afghanistan : (J+1) 00 h 35 – France : 22 h 05
Route de Banda Banda

L ES DEUX VÉHICULES BLINDÉS filaient dans la nuit tous phares éteints, leurs conducteurs ayant pris soin de s'équiper de lunettes de vision nocturne. Oussama, Mollah Bakir et Gulbudin avaient pris place dans le premier avec Rangin au volant, tandis que cinq membres sûrs de la brigade, tous anciens combattants, suivaient à bord du second. Compte tenu de la montée en puissance de Daech dans la région de Banda Banda, ils avaient décidé de voyager de nuit, furtivement et en équipe restreinte. La seule solution de remplacement à la mise en place d'un convoi militaire.

La source de Mollah Bakir avait remonté des informations très précises. La Veuve blanche était arrivée en fin de journée dans un village nommé Kanton Milad, à seulement cinq kilomètres du camp 71. Une situation presque idéale pour aller la cueillir. D'après l'informateur, plusieurs de ses hommes étaient blessés, dont Shakal. Après une intense et ultime discussion, Oussama et Bakir avaient décidé de tenter leur chance sans attendre. Car si cette information parvenait aussi aux oreilles de Durrani, il ne manquerait pas l'occasion d'attraper le premier la djihadiste et ses hommes.

Et puis, l'expérience le leur avait enseigné, les fous de Dieu étaient très mobiles. Même blessés, ils ne demeuraient pas longtemps au même endroit. Qui sait quand ils auraient une seconde chance d'obtenir une localisation aussi précise ?

Ballotté par les cahots tandis que les voitures filaient à la vitesse maximale permise par ces mauvaises routes de montagne, Oussama songeait sombrement à l'incroyable retournement qui le voyait lui, le libérateur des Japonaises, celui qui les avait trouvées en un temps record alors même que les services spéciaux de son pays avaient échoué, accusé d'incompétence et de trahison par sa propre hiérarchie !

Tout ce sang versé, tous ces malheurs subis, tous ces risques pris depuis tant d'années et tous ces efforts engagés, toutes ces batailles gagnées, pour finalement se faire malmener, traiter une nouvelle fois comme un moins-que-rien par un politicien corrompu... tout cela avait-il du sens ?

Pour la première fois depuis longtemps, l'idée de démissionner, de rejoindre ses enfants en Occident lui traversa l'esprit. N'était-ce pas ce que Malalai souhaitait de tout son cœur ?

Mollah Bakir émergea de son sommeil.

— Quelle heure est-il ?

— Pas encore minuit. Nous devrions être au camp 71 vers 3 heures.

— Bien. Avec vos hommes et l'aide des soldats du camp, nous ne ferons qu'une bouchée de cette Veuve blanche et de ses hommes.

— Je l'espère.

Oussama raffermit sa main sur la housse contenant son fusil de précision. À l'avant, Rangin conduisait comme un pro, évitant les trous dans la chaussée par des gestes rapides et assurés. Sa nuque rasée dévoilait une mer de taches de rousseur sur son cou comme sur la naissance de ses épaules. Il était si jeune, presque encore un adolescent… Oussama ne prenait-il pas trop de risques à le faire venir avec lui en plein fief de Daech pour une mission aussi dangereuse ?

— Pourquoi vous me regardez, *qomaandaan* ? demanda le jeune homme, qui avait surpris son regard dans le rétroviseur.

— Pour rien, répondit Oussama. J'étais dans mes pensées.

Inutile de lui avouer qu'il avait un mauvais pressentiment.

22

Afghanistan : (J+1) 00 h 50 – France : 22 h 20
Proximité d'Aincourt, Vexin

D'UN GESTE GRACIEUX, la docteur Chloé Langlade-Boissieu attrapa ses clefs au fond de son sac. Sa Clio était garée un peu plus loin, sous un pin.

— Il est tard, vous êtes certaine de vouloir rentrer à Paris ? Il y a suffisamment de chambres ici, dit Edgar.

— Il faut que je sois à mon cabinet tôt, je préfère rouler de nuit que de me prendre les embouteillages du matin. Et puis, ça a été dur pour moi aujourd'hui. D'habitude, je me contente de faire des analyses, je ne suis pas en première ligne. Là, c'était vraiment difficile, ces pressions, ces maltraitances. Je ne suis pas sûre de supporter le regard de notre prisonnier plus longtemps, même si je sais que c'est un ennemi. – Elle soupira. – Mais je dois dire que vous avez remarquablement compris sa psychologie et, finalement, Malik a rapidement craqué. Je suis impressionnée.

— N'est-ce pas vous qui disiez que la psychologie est l'arme la plus redoutable, docteur ?

Ils sourirent. Pour être un bon espion, il faut de l'empathie, être capable de se mettre à la place de l'autre, de le comprendre pour l'analyser au plus profond. Une attitude qui expose forcément au stress post-traumatique quand il s'agit de passer à l'action, car l'acte de tuer est, de loin, le plus difficile qu'un homme sain d'esprit puisse accomplir.

Cette vision avait conduit Edgar et Langlade-Boissieu à travailler ensemble à l'établissement de règles spécifiquement destinées à préserver la santé mentale des Sigma. Au service des Archives comme au Mossad, un opérationnel de terrain comme lui avait le pouvoir d'intervenir sur la doctrine d'engagement au combat.

Sa règle numéro un était de ne jamais utiliser d'armes nécessitant un contact physique. Poignards ou hachettes de combat étaient proscrits, remplacés par un OTs-38, un mini-revolver russe de dernière génération, le seul au monde équipé d'un silencieux.

La règle numéro deux était de viser la poitrine. Jamais de tir dans la tête, afin d'éviter d'assister au spectacle terrible d'une boîte crânienne qui se disloque. Cela impliquait d'utiliser des armes de fort calibre, dont l'énergie cinétique était capable d'assommer quelqu'un portant un gilet pare-balles. Pour le coup fatal, il avait décidé qu'on tirait une seconde fois et par-derrière, dans la nuque.

La règle numéro trois était de ne jamais regarder sa cible dans les yeux, afin de ne pas être confronté à l'humanité de son regard. « À la guerre, on tire sur des uniformes, pas sur des hommes », avait coutume de répéter Edgar à ses hommes.

Paul avait encouragé Edgar à partager ses idées avec le patron du service Action de la DGSE, un jeune colonel comme de coutume, véritable légende des forces spéciales. Ce dernier s'était contenté d'en rire. Pour lui c'était juste, pour citer ses mots, de la « merde d'intello ». Un soldat doit tirer dans la tête de son adversaire s'il le peut parce que c'est plus efficace, et tant pis pour lui s'il en payera le prix psychologique plus tard.

Edgar n'avait rien trouvé à lui répondre, même s'il *savait* que c'était une erreur. Les grands pays dépensent chaque année des fortunes pour former leurs soldats comme leurs espions d'élite, et chacun d'entre eux est un investissement de long terme. Cela valait donc la peine de réfléchir à la façon d'éviter que trop d'entre eux finissent lessivés avant la fin de leur contrat, victimes du stress post-traumatique. Tout le monde, dans les forces d'élite, savait que le SPT était responsable de la majorité des arrêts forcés de carrière, plus que les blessures au combat. Et pourtant, personne n'agissait.

Au cours d'une de ses missions, Edgar avait rencontré un ancien exécuteur du Mossad, ex-membre du Kidon[1], la meilleure unité de ce type au monde. L'ancienne baïonnette lui avait confié qu'il avait perdu le sommeil et comment, vingt ans après, il repensait encore toutes les nuits au Palestinien qu'il avait poignardé. Il pouvait encore ressentir « physiquement » la lame s'enfoncer dans le corps de sa cible.

— À bientôt, Edgar, dit doucement Langlade-Boissieu, interrompant ses réflexions.

Pourtant, elle ne rentra pas dans sa voiture. Elle resta immobile, à côté de la portière ouverte. Il la trouvait bizarrement tendue, et pas à cause de l'interrogatoire dont elle venait d'être témoin.

— Vous avez quelque chose à me dire ? demanda-t-il.
— Oui.

Elle frissonna, visiblement prise dans un dilemme intérieur. Puis elle referma la porte avant de se planter face à lui, les yeux dans les siens.

— Edgar, j'ai laissé passer du temps depuis la disparition de Marie, pourtant il y a quelque chose que vous devez savoir. J'ai

---

1. Kidon signifie « baïonnette » en hébreu.

attendu pour vous le dire. Trop longtemps sans doute. Mais je pense qu'il est temps que vous sachiez toute la vérité.

Il se raidit, sentant que quelque chose de douloureux allait lui être révélé.

— Quelle vérité ?

— Marie a subi une autopsie après son décès. C'est la règle dans de telles circonstances.

— Oui, je sais.

Il n'était pas allé reconnaître le corps. Une lâcheté, sans l'ombre d'un doute, mais il n'en avait pas eu le courage, sachant ce qui s'était passé. Il avait laissé le père de Marie s'en charger. Depuis, il s'en voulait.

— L'autopsie a montré que Marie était enceinte de sept semaines.

Tout devint flou autour d'Edgar. Comme s'il avait pris une brique sur la tête.

— Vous pouvez répéter ? parvint-il à croasser.

— Marie portait votre enfant, Edgar. Je suis désolée.

CINQUIÈME JOUR

1

Afghanistan : 05 h 56 – France : 03 h 26
Camp 71, région de Banda Banda

Tandis que le soleil se levait dans une explosion de couleurs presque irréelles, Oussama découvrait le paysage qui entourait le camp 71, de plus en plus incrédule au fur et à mesure que son cerveau décryptait ce qu'il apercevait.

C'était tout bonnement impensable !

Pendant la guerre contre les Soviétiques, un de ses instructeurs français lui avait appris un des plus vieux préceptes militaires moyenâgeux. Un précepte de sept mots : *Qui tient les hauts tient les bas.*

Un certain nombre de désastres militaires avaient pour origine l'oubli de cette règle simple, de Diên Biên Phu à – plus près dans le temps et l'espace – la destruction de Camp Keating, au Nouristan, par les talibans en 2006. Cet enseignement, Oussama ne l'avait jamais oublié et il avait mené la totalité de ses attaques de sniping depuis des hauteurs. Or ce qu'il découvrait avec effroi, maintenant que le jour se levait, c'était que les responsables de l'ANA qui avaient installé cette garnison avancée avaient ignoré la plupart des principes basiques de sécurité. Où que porte le regard, le camp 71 était entouré de montagnes beaucoup plus hautes que celle sur laquelle il était lui-même construit.

Ainsi, à un kilomètre maximum, une paroi pentue semblait écraser de toute sa hauteur la porte d'entrée principale du camp, matérialisée par deux pylônes en acier entourés de murs Hesco. Elle était couverte d'une forêt parsemée de grands monticules pierreux jusqu'à environ deux tiers de sa hauteur, autant de cachettes pour des ennemis qui voudraient attaquer tout en se protégeant. Trois lignes de crête la suivaient, toutes plus hautes que la précédente, et ornées d'à-pics pointus et crevassés. Eux aussi étaient couverts d'arbres derrière lesquels une division entière d'infanterie aurait pu se dissimuler sans que personne y voie rien.

Pétrifié par ce qu'il découvrait, Oussama effectua un lent demi-tour sur lui-même. L'entrée secondaire du camp était surmontée d'un cirque rocheux qui montait doucement jusqu'à une seconde chaîne de montagnes, le tout entrecoupé de dizaines de lignes de dentelles de pierre grise qui se succédaient sur des kilomètres.

Il croisa le regard de Gulbudin, qui paraissait lui aussi empli de désespoir tout autant que de stupéfaction. L'ancien combattant avait immédiatement compris le piège diabolique dans lequel ils étaient venus se jeter.

Il se contenta pourtant de hocher la tête en murmurant :

— Merde, merde et re-merde.

— Quoi ? demanda d'une voix inquiète Rangin, surprenant les regards que venaient d'échanger ses supérieurs. Il se passe quelque chose ?

Le jeune homme, qui avait passé toute son existence dans la capitale, ne connaissait rien aux terrains de combat. Pour lui, toutes ces montagnes se ressemblaient.

— Il se passe que cette foutue base n'est rien d'autre qu'un piège à rats, cracha Gulbudin. C'est indéfendable. Ces abrutigons de l'état-major l'auraient fait exprès qu'ils n'auraient pas fait mieux. À ce stade, on ne peut même plus parler d'incompétence, c'est criminel. Un désastre, une merderie complète !

Il cracha par terre avant de partir en direction du 4 x 4.

Rangin s'approcha d'Oussama. Lui qui brûlait de montrer sa capacité à se battre semblait d'un coup complètement perdu.

— *Qomaandaan*, qu'est-ce qu'elles ont, ces montagnes, c'est quoi le problème ?

— Ce poste est impossible à protéger correctement. On pourrait nous arroser par des tirs plongeants ou en cloche depuis les crêtes ou leur arrière sans qu'on puisse repérer le moindre attaquant. Impossible de réagir contre une attaque d'envergure.

Il posa une main rassurante sur l'épaule du jeune homme.

— Ne t'en fais pas, tout se passera bien, je te le promets.

Rangin se redressa, martial.

— Vous pouvez compter sur moi pour me battre à vos côtés jusqu'au bout, *qomaandaan*.

Mais en disant cela il réalisa que, pour la première fois de sa vie, il avait plus peur pour quelqu'un que pour lui.

Zana.

Il n'avait pas envie de mourir en la laissant seule.

2

Afghanistan : 06 h 25 – France : 03 h 55
Camp 71, région de Banda Banda

À PAS LENTS, OUSSAMA reprit sa tournée, s'imprégnant avec horreur de tout ce qu'il découvrait. Grosso modo, le camp 71 était constitué de trois zones. La première, la plus « sécurisée », se situait face à l'entrée principale. Elle était gardée par deux blindés légers à six roues équipés de mitrailleuses de 7,62 et d'un canon à tir rapide de 40 mm. Les véhicules étaient eux-mêmes protégés, si l'on pouvait parler ainsi, par deux rangées de sacs de sable, jusqu'à une hauteur d'environ un mètre cinquante. Cette barrière de protection ne respectait pas la taille réglementaire et elle n'était pas assez épaisse pour absorber efficacement des tirs de roquette.

Toute la partie située derrière était partiellement enterrée sous des poutres de bois recouvertes de sacs de sable. Un second mur Hesco de deux mètres l'entourait, sorte de fort dans le fort. C'est là qu'étaient situés le poste de commandement, le réfectoire et le dépôt de munitions. C'était la seule partie correctement défendable du camp.

Les deux autres zones – abritant l'une les dortoirs des soldats et des officiers, l'autre les douches, les latrines et diverses zones techniques – étaient protégées par des planches de contre-plaqué recouvertes d'une épaisseur insuffisante de sacs de sable, au-dessus desquels étaient tendus des filets de camouflage incapables d'arrêter la moindre balle. Trois tours équipées de mitrailleuses de 50 à refroidissement à eau, des armes précises et puissantes, assuraient la protection latérale. Mais elles étaient bizarrement décalées, avec d'importants angles morts entre elles. Comme, de surcroît, elles étaient construites en bois avec simplement quelques empilements de sacs de sable et des plaques d'acier pas assez épaisses pour épargner leurs occupants en cas de tir, il était évident qu'en cas d'attaque au canon ou à la roquette, elles seraient rapidement mises hors de combat et les guetteurs tués.

De plus en plus découragé, Oussama se pencha par-dessus la balustrade. Le réseau de barbelés qui courait en bas de la pente était à moitié arraché, ce serait un jeu d'enfant de le franchir.

Un détail attira tout à coup son attention. Dix mètres sous lui, deux boîtes carrées rouillées reposaient sur leur trépied. Il reconnut des mines antipersonnel Claymore. Remplis de plus de 700 billes d'acier, ces engins étaient particulièrement destructeurs, il le savait pour en avoir démonté certaines afin d'en fabriquer des copies artisanales contre les talibans, à l'époque de la guerre civile. Mais encore fallait-il que les piles de mise à feu et les câbles de déclenchement soient vérifiés régulièrement. Or il constatait que les câbles d'allumage qui auraient dû être reliés aux Claymore n'étaient pas connectés. Sans doute arrachés par quelques-unes des chèvres sauvages qui broutaient à proximité, ils reposaient au milieu de la pierraille.

— Superbe panorama, n'est-ce pas ? fit la voix de Mollah Bakir derrière lui.

Oussama se retourna.

— Oh, ça n'a pas l'air d'aller du tout, reprit Bakir, soudainement tendu. On dirait que vous avez enterré père et mère. *Qomaandaan*, que se passe-t-il ?

Quand Oussama lui eut expliqué la situation, le mollah Bakir se contenta de hocher la tête. Un éclair traversa son regard, tandis que la vérité se faisait jour.

— C'est un piège, on nous a fait venir ici pour nous tuer, déclara-t-il d'une voix ferme. C'est pour cela que le responsable de cette garnison n'était pas prévenu de notre arrivée. L'informateur qui m'a fourni les données sur la présence ici de la Veuve blanche est un agent double. Un traître. Ce poste avancé est une souricière dans laquelle nous nous sommes enfermés nous-mêmes en attendant qu'on vienne nous y ramasser à la petite cuillère.

— Si c'est cela, répondit Oussama, c'est encore plus grave que ce que je craignais. Parce que je ne vois pas comment réagir.

— Pouvons-nous repartir pendant qu'il en est encore temps ?

Oussama se tourna vers les montagnes environnantes. Il n'y avait pas l'ombre d'une activité suspecte, tout semblait calme, normal. Mais son instinct affûté par trente ans de combat lui criait que des dizaines d'yeux étaient, en ce moment même, braqués sur le camp.

— Si c'est un piège, il s'est refermé au moment où nous avons passé ces portes. Nous nous ferions arroser à l'arme lourde sur le chemin du retour. Il y a trop de défilés dans lesquels on peut nous attendre.

Il eut un sourire désabusé.

— Khan Durrani me connaît bien. Il a fait exprès de nous communiquer les informations en fin de journée pour nous pousser à venir de nuit et en voiture plutôt que de jour en hélicoptère.

Pour que je ne découvre la vérité qu'au lever du soleil, une fois tout retour en arrière impossible.

— Oui, c'est tout à fait dans sa manière. Cet homme est un serpent. Que faire, dans ce cas, à part prier notre Créateur ?

Le regard d'Oussama se durcit.

— Changer la règle du jeu.

À ce moment Rangin arriva en courant, livide.

— Les communications avec l'extérieur ne fonctionnent plus. Les bornes GSM ont été désactivées et le système de radio militaire avec le centre de commandement régional ne marche pas. L'opérateur radio du camp a disparu, personne ne l'a vu depuis hier soir.

— Nous étions bien attendus, conclut Mollah Bakir.

— Heureusement que nous avons un téléphone satellite, dit Oussama.

Rangin secoua la tête.

— *Qomaandaan*, je viens de vérifier, on dirait qu'il y a un problème technique avec la batterie. Elle est à 1 % et ne charge pas. J'ai essayé sur deux prises, quelque chose est défectueux. Ou alors il a été saboté.

— 1 % ?

— À mon avis, on peut passer un appel de quinze à vingt secondes, maximum.

3

Afghanistan : 11 h 01 – France : 08 h 31
Paris, caserne Mortier

PAUL ET EDGAR FURENT INTRODUITS dans le bureau du patron de la DGSE par l'habituel huissier à la carrure de lutteur. Encore sonné par la révélation de Langlade-Boissieu, Edgar se sentait quasi chancelant, mais il savait qu'il devait prendre sur lui pour que personne ne découvre dans quel état il était. Sinon, on le débrancherait immédiatement. Or il voulait en finir avec la Veuve blanche. La rayer, elle comme tous les psychopathes de son espèce, de la surface de la Terre.

— Le directeur général arrive dans quelques secondes, dit l'huissier en leur faisant signe de s'asseoir.

La pièce était vaste, avec un mobilier classique en cuir qui se voulait confortable mais faisait au final assez cheap. Dehors, les branches des arbres étaient encore nues, accentuant l'effet dépressif de cette cour au sol de bitume noyé par la pluie. Edgar prit conscience à cet instant qu'il n'existe pas de mot dans la langue française pour qualifier le statut de parent ayant perdu son enfant. Comme si un tel événement était impossible. Comme s'il ne devait jamais arriver.

Le directeur, un ancien diplomate aux cheveux gris et d'aspect sévère, entra brusquement dans son bureau. Il était suivi par quatre des hommes les plus importants de la centrale de renseignement : le directeur de cabinet, le directeur du renseignement, un homme expérimenté et rusé, le directeur des opérations, un général apprécié et respecté qui avait la supervision du service Action, et le conseiller spécial, un ambitieux qu'Edgar avait déjà rencontré deux fois et qu'il n'aimait pas. Mesures de distanciation sociale obligent, ils se saluèrent d'un mouvement de tête, plutôt froidement s'agissant de Paul et du conseiller spécial. Les deux hommes se détestaient depuis leur année de préparation à l'École de guerre qui avait vu le second, moins intelligent, moins bon soldat mais meilleur politique, réussir l'oral d'entrée tandis que Paul restait à la porte de la prestigieuse institution.

— Alors, Paul, demanda abruptement le DG, est-ce que cela valait la peine d'enlever un citoyen iranien en plein jour et en plein Paris ?

— Oui. C'est une pioche assez unique.

— Il n'y a eu aucune fuite ? demanda le conseiller spécial d'une voix acide qui montrait qu'il subodorait le contraire.

Il avait une dent contre le service des Archives, à qui on attribuait des missions ultrasensibles qu'il estimait revenir de droit à des unités militaires officielles.

— Aucune, répondit Paul. L'opération est restée totalement étanche. Et puis, ce n'est pas comme si c'était la première fois qu'on essayait d'enlever un Iranien, nous avons de l'expérience…

Référence transparente à une opération complètement ratée qu'avait menée la boîte à Vienne, deux ans plus tôt. Elle s'était conclue par deux blessés graves, la fuite de la cible et un retrait piteux de toute l'équipe du SA.

— Dites-nous ce que Malik vous a raconté, intervint le directeur général, pressé d'en finir avec les chamailleries de ses deux collaborateurs.

Paul ouvrit son dossier tandis que tout le monde prenait place autour de la table. Il feignit de relire ses notes, qu'il connaissait par cœur, dans le seul but de donner un caractère plus solennel à son propos.

— Pour aller à l'essentiel, Mahmood Penjib a confirmé qu'il était le Malik que nous cherchions. Comme Scan le suspectait, c'est un officier clandestin du Vevak. Il a été en poste à Bruxelles, Genève et Bonn avant Paris, il s'est montré très actif dans ces trois villes. Son OT habite Bruxelles, il ne le connaît que sous pseudo et n'a pas été en mesure de nous donner des éléments d'identification précis.

— Pourquoi ?

— Il a fait un arrêt cardiaque majeur pendant l'interrogatoire. Le médecin a essayé de le ranimer, sans succès.

Un silence glacial accueillit ses propos. Même si ce genre de pépin était imparable, c'était toujours décevant.

— Nous avons tout de même eu le temps de récupérer beaucoup d'informations, reprit Paul. Le parcours de Malik au Vevak est très intéressant. Il a été recruté par Saïd Emami en personne, ce qui lui a assuré une carrière express, et il a réussi l'exploit de survivre à la disgrâce de son mentor après que celui-ci a été éliminé quand ses exactions sont devenues trop voyantes. Après trois ans de purgatoire, il a rejoint la direction 7, puis la direction 15 du renseignement extérieur avant d'être intégré dans le saint des saints, le département 155. Vous le savez tous, mais j'insiste sur ce point : c'est la première fois qu'un service de renseignement occidental en chope un membre. Même les Israéliens n'y sont jamais parvenus.

Il fit une pause, toujours pour ménager ses effets. Tous les participants à la réunion savaient que ce département ultrasecret, dépendant du puissant ministère iranien du Renseignement, était en charge du suivi des mouvements islamistes, où que ce soit dans le monde. « Suivi » signifiait des choses très différentes : en combattre certains, en infiltrer ou en manipuler d'autres pour information, en soutenir ou en téléguider d'autres encore pour action, comme armes secondaires contre les ennemis de Téhéran. En bref, le département 155 était le principal centre des opérations de déstabilisation ou d'élimination d'opposants. Le cœur nucléaire du système de renseignement du régime iranien.

— Pourriez-vous être plus précis sur son rang et ses attributions ? Est-ce qu'il vous a donné des organigrammes précis ? Ou des procédures ? demanda le directeur du renseignement de sa voix onctueuse.

Comme tous les bureaucrates, il adorait **tout ce qui ressemblait** à un schéma administratif. Paul se tourna vers Edgar.

— Scan, c'est toi qui l'as débriefé. Je te laisse répondre.

Ce dernier approuva d'un mouvement de tête. Son chef avait trouvé un moyen élégant de le mettre en avant, histoire de rappeler à tous les participants *qui* avait mené l'opération et récolté les résultats que leurs propres équipes de képis médaillés avaient été incapables d'obtenir deux ans plus tôt.

— La teneur même de la mission de « Malik » lui donne une grande valeur. Il servait de liaison entre son OT, le vrai patron du réseau, et les membres de plusieurs groupes djihadistes en Europe. Il les connaissait donc tous personnellement. Il était la clef de voûte européenne du système. Pour certains d'entre eux, il se contentait de distribuer un peu d'argent ou de faire passer des ordres de mission cachetés. Pour d'autres, sa mission allait plus loin, il était un peu la nounou qui aide, protège et se charge des exfiltrations en cas de problème.

Il se racla la gorge, laissa passer quelques secondes.

— Le Vevak protège Alice Marsan depuis le début. Cette dernière l'ignore mais elle est dans les griffes du département 155.

— Attendez, Edgar, c'est crucial, intervint le directeur général. Pouvez-vous préciser ?

Il avait délibérément appelé Edgar par son prénom pour montrer à ses adjoints qu'il avait pleine confiance dans son agent clandestin.

— Espoir de l'Islam est une vraie *katiba* de Daech, créée fin 2014 en Irak par Salem Sadat, le mari de Marsan. Or, selon Malik, bien que cadre dirigeant de Daech, Sadat était en réalité un agent iranien à temps plein, pris en main par le département 155 depuis ses premiers pas dans la mouvance djihadiste.

— Salem Sadat était une taupe du Vevak au cœur de l'État islamique ?

— Exactement. D'une certaine manière, cette *katiba* était un instrument servile dans la main des Iraniens, même si aucun de ses membres n'en a jamais eu conscience. À part Sadat. Le Vevak a suivi avec attention le sort de ses survivants. Les Iraniens leur ont sauvé la vie en les exfiltrant de Syrie et d'Irak, puis en leur permettant de rejoindre l'Afghanistan pour qu'ils servent leurs intérêts.

Il se leva pour s'approcher de la carte du Moyen-Orient qui illuminait l'écran au mur. Avec sa télécommande, il zooma rapidement.

— Ici, au Khouzistan ouest, une filière de récupération a été mise en place spécialement pour eux par les Iraniens. Tous les rescapés d'Espoir de l'Islam devaient rejoindre la ville d'Amarah, dans le sud de l'Irak, en utilisant des passeurs achetés par le Vevak. Ensuite, un agent infiltré leur faisait franchir la frontière entre l'Irak et l'Iran, ici, en plein désert. Arrivés côté iranien, ils disposaient d'une *safe house*, une ferme située à Dezful, à côté de la route 39, où les membres de la *katiba* étaient soignés et pris en charge avant d'être débriefés puis réexpédiés ailleurs par d'autres OT du département 155. Marsan a suivi la même filière d'exfiltration que les autres sauf que, s'agissant d'elle, c'est le patron de Malik, Ramdala en personne, qui s'est rendu sur place pour lui faire passer la frontière. Une preuve de son importance pour eux. Ramdala connaîtrait parfaitement cette région car il serait originaire de Zahedan, une ville qui n'est qu'à une cinquantaine de kilomètres de la frontière avec l'Afghanistan. – Edgar eut un hochement de tête. – Comme rien n'est gratuit dans la vie, les Iraniens ne mobilisent pas un homme de son importance sans raison. Ramdala aurait prélevé dix millions de dollars sur le fric que Marsan avait récupéré de son mari pour le donner au Vevak.

Le dir cab eut un petit sourire.

— Dix millions en cash ?

— Oui. Des billets sans doute issus des mêmes lots que ceux saisis lors de notre opération chez Ali Abrisi à Vitry-sur-Seine. La boucle est bouclée : le Vevak utilise l'argent volé par Daech en Irak pour financer son réseau européen occulte, composé d'anciens de Daech.

Le rictus nerveux du dir cab s'agrandit.

— Ainsi, c'est donc vrai ! L'Iran aide Daech. On en a enfin la preuve formelle. C'est tout bonnement incroyable !

Un murmure parcourut l'assistance. Avec cette affaire, ils étaient confrontés à toute la complexité des relations internationales. Car sur le papier, l'État islamique était le pire ennemi de l'Iran. Dès sa création, Daech n'avait-il pas proclamé sa haine des chiites, jugés hérétiques ? Qu'ils soient iraniens, irakiens ou membres de la minorité syrienne des alaouites, les chiites étaient considérés par les djihadistes sunnites comme des apostats, des créatures diaboliques, renommées *safavides* ou *nousayrites* dans la novlangue de l'organisation terroriste. Daech avait organisé des centaines d'attentats plus ou moins ciblés, provoqué des massacres, tué et torturé des milliers d'entre eux. Ben Laden lui-même s'en était ému, au début des années 2010, dans une lettre secrète au fondateur de l'ancêtre de Daech, le Jordanien Al Zarqaoui. Il lui avait ordonné de cesser les attaques contre leurs frères chiites. Sans succès.

L'Iran avait riposté en envoyant des milliers de miliciens des Gardiens de la Révolution en Syrie sous la direction du général Soleimani, le héros iranien abattu par un drone américain début 2020. En outre, plus de vingt mille chiites afghans, membres de la communauté des Hazâras, étaient venus se battre aux côtés des Gardiens de la Révolution, comme chair à canon. Transformant définitivement la Syrie en zone de guerre entre chiites et sunnites.

Et pourtant, voilà que la DGSE obtenait enfin une preuve directe de ce qu'Américains, Anglais, Russes et Israéliens subodoraient depuis des années : en marge de cette guerre directe et officielle contre Daech, les Iraniens en menaient une autre, secrète celle-là. Ils sauvaient et aidaient certains de leurs plus redoutables adversaires, des membres de Daech. Ils leur procuraient asile et refuge au cœur même de l'Iran, dans le seul but de les renvoyer ensuite en Irak, en Libye ou en Afghanistan afin d'attaquer les Occidentaux. Les Iraniens appliquaient ainsi la règle millénaire de la *real politik* : « Les ennemis de mes ennemis sont mes amis »…

— Malik ne vous a donné aucun autre détail permettant de retrouver la Veuve blanche ? insista le chef de la DGSE.

— Rien d'assez précis sinon que sa base arrière est en effet la région des grottes de Banda Banda. Elle disposerait aussi d'une planque sécurisée qui a été aménagée spécialement pour elle par le Vevak en cas de problème, quelque part dans l'ouest du Sistan, près de la frontière. Selon Malik, Ramdala connaît l'endroit car c'est lui qui l'aurait choisi. Donc si on trouve qui est Ramdala et qu'on le fait parler, on saura où intervenir.

Un soupir de soulagement parcourut l'assistance.

— On ira le chercher à la fourchette à escargots s'il le faut, lança brusquement le directeur général. On va mettre tous nos moyens et ceux de nos alliés pour l'identifier. Grâce à vous, on sait de quelle ville il est originaire, cela va nous aider. Paul, vous mettez immédiatement une équipe de Sigma en stand-by à Bruxelles. Dès qu'on saura qui est Ramdala, on interviendra. De son côté, la DR se met en priorité sur l'enquête d'identité. Et pour gagner du temps avec les infrastructures de support, la DO vous aidera avec tous ses moyens locaux.

Comme son conseiller spécial s'apprêtait à protester, le dir cab le fit taire d'un mouvement de main.

— C'est notre décision. Si vous n'êtes pas d'accord, c'est pareil.

— D'accord, répondit le conseiller spécial avec une rage contenue.

— Je serai heureux d'aider Paul et ses hommes, ajouta le directeur des opérations avec un sourire. Nous sommes tous parfaitement alignés.

Le directeur général se tourna vers le directeur du renseignement.

— Mettez les Américains dans le coup, ils ont un contrôle permanent sur tous les diplomates iraniens de Bruxelles, cela nous fera gagner du temps.

Puis il se pencha vers Edgar, grave.

— Scan, nous allons trouver l'identité de ce Ramdala. Cela prendra deux jours ou deux mois, je ne sais pas, mais nous la trouverons. Ensuite, vous ferez tout ce qui est en votre pouvoir pour qu'il vous révèle l'endroit où cette garce se planque. C'est *no limit* sur les moyens à utiliser, nous sommes d'accord ?

— J'ai compris, monsieur le directeur.

Il avait rarement vu le subtil diplomate aussi déterminé. C'était un moment assez impressionnant.

— Parfait. Quand vous aurez obtenu l'information, vous terminerez Ramdala. Je veux un « traitement » négatif. Ensuite, nous veillerons à expliquer précisément aux Iraniens pourquoi on l'a liquidé. Je veux que ces salopards sachent qu'on ne peut pas manipuler des terroristes qui s'en prennent à la France sans conséquences directes. Là aussi, c'est compris ?

— Vous pouvez compter sur moi.

Edgar se tourna vers le dir cab qui pour une fois lui souriait, apparemment séduit. Finalement, ces agents spéciaux n'étaient pas si incontrôlables.

— Quand ce sera fait, vous terminerez la traque de la Veuve blanche en Afghanistan. Pour conclure l'opération Éloïse comme il se doit.

4

Afghanistan : 12 h 53 – France : 10 h 23
Camp 71, région de Banda Banda

Assis en tailleur, Oussama, Gulbudin et Mollah Bakir discutaient des rares options qui s'offraient à eux. Un plateau avec une théière et trois tasses était posé entre eux mais cela faisait maintenant plus de deux heures que le breuvage était froid.

Ils progressaient vers un consensus.

La fraternité qui réunit des hommes ayant fait la guerre ensemble est une alchimie impossible à comprendre pour l'homme de la rue. Il faudrait avoir combattu. Avoir vécu les intensités propres à la guerre. Terreur absolue face à l'abîme de la mort. Explosion de la volonté qui permet de faire face et parfois de vaincre.

Quiconque aurait contemplé cette scène à distance sans en entendre la teneur aurait pu croire qu'il s'agissait d'une conversation banale tant les trois hommes semblaient calmes, presque détachés. Comme souvent entre personnes ayant affronté victorieusement ensemble des événements extraordinaires, s'étant soutenues face au chaos, il n'y avait ni acrimonie ni tension dans l'échange des arguments. Juste l'écoute attentive que permet un immense respect.

La première décision qu'ils devaient prendre, la plus sensible, concernait la nature de l'aide à demander. Ils n'avaient que quelques secondes de batterie. Un seul bref appel était possible avant qu'ils soient coupés du monde.

Côté pile, ils pouvaient demander à Nicole d'intervenir. La DGSE avait la possibilité de mobiliser les forces américaines, qui disposaient encore de moyens aériens énormes à Bagram. L'avantage de cette solution, c'était la puissance et l'efficacité. Maintenant qu'Oussama connaissait la décision des autorités françaises de retrouver la Veuve blanche à tout prix, il était certain que ces dernières se mobiliseraient à ses côtés. Mais il restait un doute : même sur demande urgente des Français, les États-Unis accepteraient-ils de mener un raid massif avec un préavis aussi court ? Donald Trump avait supprimé la plus grande partie des opérations américaines en Afghanistan et son successeur, Joe Biden, était d'une prudence extrême sur ce sujet. En outre, les autorités militaires américaines seraient obligées de prévenir les autorités afghanes avant d'intervenir, ce qui reviendrait dans la seconde aux oreilles du ministre Durrani, lui permettant de réagir.

Bref, c'était un choix risqué.

Côté face, Oussama pouvait utiliser son réseau personnel. Le patron de l'armée de l'air, le général Abdul Kayat, était un de ses plus vieux amis. Un Panchiri comme lui, avec qui il avait combattu dans le passé. Oussama savait qu'il y avait une base aérienne tactique à Kasbik, à moins de quarante-cinq minutes de vol du camp 71, avec des hélicoptères d'attaque. S'il prévenait son ami maintenant, il pourrait également faire venir sur zone un ou deux avions Tucano. Cet appareil à hélice de construction brésilienne était redoutable lorsqu'il était équipé pour l'attaque au sol, avec des bombes lourdes au napalm, des mitrailleuses et des roquettes antipersonnel.

Finalement, ils adoptèrent à l'unanimité la seconde option. Oussama était certain que son ami ferait tout ce qui était en son pouvoir pour lui sauver la vie, sans aucune intervention politique. Et comme l'opération ne serait pas couplée à l'envoi de troupes au sol, il pourrait l'assumer seul en tant que patron de l'armée de l'air.

Cette décision prise, ils passèrent à la partie opérationnelle de leur contre-attaque. Ils s'extirperaient du camp durant la nuit, sans se faire remarquer. Ils installeraient un poste sur la montagne à l'ouest du camp. Comme il n'y poussait pas d'arbres, l'ennemi ne pouvait pas y avoir installé de troupes. Ils auraient ainsi la possibilité de frapper les djihadistes par des tirs plongeants mortellement efficaces.

Il y eut ensuite une longue discussion entre eux. Mollah Bakir était d'avis qu'il fallait prévenir le capitaine du camp – un de ses partisans – afin qu'il se prépare au mieux à une attaque. Mais Oussama, soutenu en cela par Gulbudin, objectait que c'était trop risqué. Si Daech possédait un espion au sein de la base, chose probable, leurs ennemis risquaient de l'apprendre, ruinant ainsi leur seule chance de survie. Après d'âpres négociations, ils s'accordèrent pour prévenir le capitaine en fin de soirée seulement et sous la réserve qu'il interdise ensuite toute sortie du camp, afin de garantir la confidentialité de l'information.

— Les djihadistes seront obligés d'utiliser l'artillerie lourde pour détruire le fort, ce qui les obligera à attendre le lever du jour. L'attaque aura probablement lieu demain matin vers 7 heures. Les hommes ont la nuit pour se préparer et c'est à ce moment que les avions devront intervenir. Si j'arrive à joindre le général Kayat avant que ce téléphone s'éteigne, conclut Oussama.

Il sortit quelques feuilles de papier afin de dessiner le schéma du plan de bataille qu'il avait en tête. Lorsqu'il eut fini, Mollah Bakir poussa un soupir.

— Si Dieu le veut, nous en sortirons vivants. Maintenant, il faut appeler votre ami. En espérant que vous aurez assez de batterie.

Oussama sortit l'appareil, adressa une prière muette à Dieu.

Puis il composa le numéro.

5

Afghanistan : 15 h 27 – France : 12 h 57
Camp 71, région de Banda Banda

UNE DIZAINE DE PAIRES D'YEUX HOSTILES, derrière des lunettes et des jumelles, étaient braquées sur le camp 71. Celles de guetteurs de Daech qui préparaient l'attaque, une fois qu'ils auraient acquis la certitude que leurs proies étaient arrivées à destination. Depuis quelques heures, une marée de combattants, près de deux cents, convergeait vers les montagnes entourant le camp. Ils transportaient sur leurs ânes des armes lourdes, canons russes sans recul B10, mitrailleuses Douchka, lance-roquettes et mortiers de 40 et 82 mm. Une puissance de feu énorme qui leur permettrait de submerger les défenses du camp pour l'envahir ensuite facilement. Les talibans avaient l'expérience de ces attaques d'ampleur qui permettaient de faire tomber des garnisons entières, en revanche Daech n'avait encore jamais lancé d'opération militaire de cette envergure. D'habitude, Khan Pahlavi se contentait de raids meurtriers suivis de tortures et de mutilations des prisonniers. Des actions qui terrorisaient les soldats de l'armée afghane et les faisaient se terrer dans leurs bases.

Comme l'avait espéré le ministre Durrani, Khan Pahlavi avait immédiatement compris le prestige qu'il retirerait de l'exécution de Mollah Bakir, et il avait engagé tous ses moyens.

Il se tenait un peu en dessous de la seconde ligne de crête, entouré de tous ses lieutenants. La Veuve blanche et Shakal, qui avait naturellement endossé le rôle de conseiller militaire du chef djihadiste pour cette opération, l'accompagnaient.

Afin de marquer l'importance du moment, Khan Pahlavi avait revêtu une peau de léopard des neiges au-dessus de son *shalwar kamiz*. Sur sa tête, une toque en fourrure lui donnait l'aspect d'un contrebandier moyenâgeux. Jeune, élancé, avec des traits réguliers et des yeux d'un vert intense soulignés de khôl, il était impressionnant. Alice Marsan s'était déjà promis de se donner à lui la nuit suivante, dès que l'imam du groupe aurait prononcé un mariage temporaire. Cet imam, un petit homme décharné à la longue barbe, la scrutait d'un air dégoûté, indifférent à son regard magnétique. Pour lui, la seule place d'une femme, en dehors d'un lit, était aux champs. Comme beaucoup d'imams de groupes djihadistes, il était animé d'une haine farouche envers tous ceux qui ne respectaient pas, selon lui, les vrais principes de l'islam. C'est-à-dire la plus grande partie de l'humanité.

Alice Marsan fut soudain secouée par une violente quinte de toux. Ignorant le froid et le vent cinglant, elle avait enfilé un simple manteau d'été par-dessus son *abaya*. Le feutre blanc au bord rabattu qu'elle portait par-dessus son voile accentuait encore l'étrangeté de son visage aux yeux exorbités.

Shakal, lui, semblait très détendu et à son aise. Sous son épais manteau de laine, il portait un uniforme des forces spéciales américaines troué en de multiples endroits et maculé de traces brunâtres – manière parfaitement claire de rappeler qu'il l'avait « prélevé » sur le corps d'un soldat ennemi, en l'occurrence un Navy Seal américain, abattu par lui.

— Deux 4 x 4 sont arrivés cette nuit au camp 71, annonça Khan Pahlavi. Notre espion au sein du camp sortira dans l'après-midi pour nous confirmer que ce sont bien les visiteurs que nous attendions. D'ores et déjà, nos guetteurs ont repéré un homme de très haute taille qui discutait avec un autre coiffé d'un turban près d'un des murs de défense. Il pourrait s'agir du *qomaandaan* Kandar et de Mollah Bakir.

— Ce sont eux, laissa tomber la Veuve blanche. J'espère que Kandar a compris le piège.

Elle se garda d'ajouter que cette opération était déterminante pour assurer son emprise sur son groupe de combattants. Aux regards en coin que lui jetaient certains de ses hommes depuis l'échec de son opération contre Gulgul, elle sentait que son aura d'invincibilité était écornée. Pour un autre chef, cela aurait été sans conséquence. Pour une femme, étrangère de surcroît, c'était un risque mortel. Elle *devait* punir celui qui lui avait fait perdre la face.

— Pourquoi ne pas attaquer maintenant ? demanda l'imam du groupe, qui trépignait d'excitation.

— Pour laisser monter la peur chez eux, répondit Marsan sans le regarder. Qu'ils comprennent le piège dans lequel ils sont. Comme pour la chasse au gros, la viande est meilleure quand l'animal a été longuement traqué.

— L'autre raison est opérationnelle, renchérit Shakal. Nous n'avons pas reçu nos nouveaux lance-roquettes de précision SEL80. J'en aurai besoin pour pilonner l'ensemble du camp par des frappes de saturation très précises. C'est indispensable avant de lancer nos fantassins à l'assaut. Pour éviter de tuer les deux hommes que nous souhaitons ramener vivants.

— Ramasser Kandar et Bakir en morceaux n'aurait pas grand intérêt, confirma Alice Marsan. Ils ont plus de valeur vivants que morts. Leur procès puis leur exécution selon les règles de l'islam frapperont les esprits.

Pour elle comme pour les autres, il n'y avait aucun doute quant à l'issue d'un procès islamique : une condamnation à mort immédiate, la plus lente et la plus douloureuse possible.

— Mais pour les prendre vivants, il faut qu'on les oblige à se réfugier dans la zone sécurisée en détruisant les zones de défense périphériques, reprit Shakal. Et pour cela, il me faut des lance-roquettes.

— Pas de problème, répliqua Khan Pahlavi après avoir posé la main sur le bras de son imam. Notre Prophète, qu'Il soit loué pour Sa munificence, nous montre la voie. Dans Sa grande sagesse, merci, ô Allah, Il nous donne la patience d'attendre le moment judicieux pour nous emparer de ces chiens. Les lance-roquettes sont en route, nous les aurons en fin de journée. Nous attaquerons demain à l'aube.

Il sortit un long poignard recourbé de sa gaine.

— Je découperai moi-même ce renard poisseux de Bakir en lamelles, une par une, les plus fines possibles, tandis qu'un de mes hommes me filmera.

6

Afghanistan : 18 h 03 – France : 15 h 33
Kaboul, ministère de la sécurité

Le ministre Khan Durrani leva le nez. Son conseiller venait d'entrer, le visage marqué.
— Un problème ?
— Oui, monsieur le ministre, et pas un petit !
Nerveux, Abdullah s'assit en face du bureau de son puissant patron.
— Je viens de parler au colonel Alkani, le responsable de la base aérienne de Kasbik. Le général Kayat est arrivé sur place sans prévenir avec son aide de camp. Ils prévoiraient une opération de combat de grande ampleur contre Daech demain à l'aube. Pile dans la région de Banda Banda. Près du camp 71.
— Merderie !
Le ministre s'empara de sa lampe et la projeta contre le mur, où elle se fracassa.

— Cette salope de Kayat, cette pute, c'est un ancien de l'Alliance du Nord ! Il doit être proche de Kandar !

— Je vous confirme que, d'après nos archives, ils ont combattu ensemble à Birjaman. C'est même Kandar qui a fait tomber la garnison, obligeant le colonel Tkachev à négocier un cessez-le-feu humiliant avec Kayat. Un des plus beaux coups d'éclat de cette guerre. Ils sont amis à la vie, à la mort.

Khan Durrani se prit la tête entre les mains, essayant d'analyser la situation. Si Kandar et le mollah Bakir disposaient de l'appui de l'armée de l'air, il serait impossible pour les djihadistes de faire tomber le camp 71 et de s'emparer d'eux. Ils se feraient hacher menu avant.

En tant que ministre de la Sécurité, il pouvait intervenir directement pour empêcher le décollage des appareils, mais alors on le tiendrait pour responsable du désastre qui s'ensuivrait. L'attaque des djihadistes était maintenant connue. Si elle n'était pas contrée, elle causerait des dizaines de morts chez les soldats du régime et la première prise d'un camp militaire fortifié par Daech. Même un homme aussi puissant que lui ne survivrait pas à un tel événement.

La meilleure solution était de prévenir les djihadistes pour qu'ils se retirent. Sauf qu'il n'avait aucun moyen de communiquer avec eux si près de l'action. Tenter de parachuter un messager était impossible de nuit.

De rage, il se mit à marteler de ses poings sa table de travail. C'est alors que son conseiller annonça :

— Monsieur le ministre, j'ai peut-être une idée pour nous débarrasser à la fois de Kandar, de Bakir, de la Veuve blanche et de tous les combattants de sa *katiba*.

SIXIÈME JOUR

1

Afghanistan : 06 h 58 – France : 04 h 28
Camp 71, région de Banda Banda

L E JOUR ÉCLAIRAIT PEU À PEU les montagnes enneigées autour du camp. Oussama connaissait suffisamment bien les djihadistes pour savoir que ceux-ci n'attaqueraient qu'après la première prière du matin, lorsqu'il ferait assez clair pour permettre à leurs chefs de coordonner correctement leurs troupes. Il s'était levé deux heures plus tôt, afin d'être certain d'être en possession de toutes ses capacités physiques et intellectuelles. Son regard se porta sur le petit camp fortifié. Depuis les hauteurs, les failles de son dispositif de protection apparaissaient encore plus criantes. Il ne pouvait que trop imaginer l'état d'esprit dans lequel se trouvaient les hommes à l'intérieur. Sans doute étaient-ils en train de fixer anxieusement les alentours, à la recherche des signes annonciateurs d'une attaque surprise. Sans doute, aussi, se trouvaient-il en ce moment même dans le réticule de snipers postés tout autour de la base militaire, à la recherche de leurs premières proies.

Il frissonna.

Du temps de la guerre contre les Soviétiques, il avait souvent attendu, dans le froid de la nuit, l'attaque du matin. Mais à l'époque, il était jeune et plein de fougue. Là, il se sentait tout courbaturé par l'attente sur des cailloux tranchants, sous un vent glaçant qui descendait de pics de plus de six mille mètres. Il jeta un coup d'œil à ses compagnons. Rangin serrait les dents, apparemment tout étonné de se retrouver ainsi au cœur de l'action. Silencieusement, Oussama salua son courage, tandis que le même pressentiment qu'il avait eu en chemin le saisissait. « C'est un bon gamin. Pourvu qu'il ne lui arrive rien », pensa-t-il.

Gulbudin, lui, patientait avec le calme des vieux soldats, adossé à un monticule rocheux, son Dragounov dans les mains. Il avait glissé des journaux entre sa peau et ses vêtements pour créer une couche isolante. Un truc d'ancien combattant. Les couvertures drapées sur ses épaules ainsi que l'épais bonnet en peau de chèvre enfoncé jusqu'aux yeux lui donnaient la curieuse allure d'un djinn. Un djinn mortel qui avait déjà tué plus que son compte. Il lui fit un clin d'œil, qu'Oussama lui renvoya avant de reporter son attention sur les alentours. Rien ne bougeait. Comme si les montagnes n'abritaient aucune vie. Il regarda sa montre. 7 h 01. Se serait-il trompé ?

À 7 h 07, il s'apprêtait à se tourner vers ses compagnons pour leur signifier que l'attaque n'aurait pas lieu, qu'ils s'étaient inquiétés pour rien. Mais, en une fraction de seconde, l'enfer se déchaîna.

Tout autour du camp, les montagnes parurent s'illuminer d'un coup. Les flammes des armes longues dansaient sur les pentes, comme si des centaines de phares clignotants s'allumaient par intermittence. Simultanément, le grondement de dizaines de départs de roquettes et de canons retentissait dans la vallée, tandis que de partout fusait le bruit des explosions. Fasciné par ce spectacle à la fois terrible et grandiose, Oussama ne put s'empêcher de se relever pour le contempler, ébahi. Il n'avait rien vu de tel depuis l'attaque de l'armée soviétique sur la vallée de Malaspa. L'atmosphère était saturée du son strident des tirs et des déflagrations, comme si toute la violence du monde s'était concentrée là, en cet endroit et à ce moment précis.

Moins de deux minutes après le début de l'attaque, un nuage recouvrait presque complètement le camp 71, mélange de cendres, de fumée, de poudre, de débris et de particules projetés dans les airs. Toute la partie la plus mal protégée de la base, les zones ouest et nord, semblait déjà pratiquement détruite, tandis que d'immenses flammes orange montaient dans le ciel.

Soudain, une clameur vint se superposer au fracas des roquettes et des armes. « *Allah U Akhbar ! Allah U Akhbar !* »

Il s'agissait des hurlements des djihadistes, peut-être cent cinquante ou deux cents d'entre eux, amplifiés pour certains par des mégaphones.

Les cris d'une multitude de djihadistes en pleine attaque sont probablement l'un des événements les plus terrifiants auxquels un homme puisse être confronté. Ceux qui n'ont jamais entendu une telle clameur ne peuvent imaginer l'effet qu'elle produit. Cela glace les os, envahit tout l'esprit, empêche même les plus valeureux de penser, de bouger, de respirer. Rangin comme le placide Mollah semblaient avoir été transformés en statues.

Blême, Oussama consulta son chronomètre.

— J'espère que les avions arrivent. Sinon, nous sommes morts.

2

Afghanistan : 07 h 16 – France : 04 h 46
Camp 71, région de Banda Banda

L<small>A BOUCHE OUVERTE, LES YEUX EXORBITÉS,</small> subjuguée malgré elle par la puissance de feu déployée par son allié, Alice Marsan assistait au lancement de la bataille qui allait lui permettre de s'emparer de l'homme qui l'avait humiliée.

Jamais, même en Syrie, elle n'avait assisté à un tel spectacle.

Les canons sans recul B10, placés aux points cardinaux sur les montagnes, matraquaient impitoyablement le camp, avec des départs de tir répétés. Les lance-roquettes faisaient pleuvoir leurs projectiles, précédés du chuintement effrayant de l'allumage, dont le bruit aigu ressemblait à une sirène. Quant aux mortiers de 50 et de 82 mm, ils envoyaient sans discontinuer une grêle d'obus dont le grondement des explosions, à l'arrivée, était particulièrement impressionnant.

Moins de dix minutes après le début de l'attaque, le camp 71 ressemblait à un paysage d'apocalypse, auréolé de flammes et de feu tandis qu'à chaque seconde des gerbes de terre, de sable et de morceaux de bâtiments fusaient vers le ciel.

De partout, des dizaines et des dizaines de silhouettes descendaient des sommets, armes à la main, convergeant vers le camp meurtri en hurlant « *Allah U Akhbar* » à se faire exploser les cordes vocales.

Debout aux côtés de la Veuve blanche, Khan Pahlavi, son manteau de panthère flottant dans le vent, AKS à canon long à l'épaule, paraissait tout aussi fasciné par le spectacle. Un peu plus loin, béret afghan en arrière sur le crâne et talkie-walkie à l'oreille, Shakal coordonnait l'assaut, concentré, entouré de trois sous-officiers, calepin à la main. Soudain, il leva le nez, surpris. Les yeux plissés, il tourna la tête vers l'ouest, là où la vallée s'enfonçait profondément sur plusieurs kilomètres, jusqu'à la crête marquant la séparation d'avec une seconde vallée.

Alertée, Marsan suivit son regard. D'abord, elle ne vit rien. Puis quelque chose apparut dans son champ de vision. Des petits points noirs, comme des gros insectes, qui fonçaient vers eux. Elle en compta d'abord trois, avant de se rendre compte que trois autres, plus lents, suivaient.

Shakal fut le premier à réagir. Il se jeta à terre en criant :

— Couchez-vous ! Protégez-vous !

Elle resta immobile, comme hypnotisée par les trois points qui grossissaient. De gros avions monomoteurs à hélice Tucano, peints en gris foncé, avec une bouche de requin stylisée à l'avant. Encore quelques secondes et elle aperçut les tubes d'armes sous les ailes ainsi qu'une énorme bombe sous le fuselage central de chacun d'entre eux.

Le second groupe d'appareils, plus lent, se révéla être une unité d'hélicoptères de combat. Elle avait assisté à suffisamment d'attaques des troupes de Bachar al-Assad en Syrie pour reconnaître des Hind. Ces imposants hélicoptères blindés, construits en Russie, étaient hérissés de mitrailleuses. Ils avaient causé des dommages effroyables chez les insurgés syriens, précipitant l'issue de la guerre.

Au moment où elle se jetait à terre, les Tucano firent leur première passe. Crachant le feu par toutes leurs mitrailleuses, ils semèrent la désolation parmi les combattants en train de descendre des montagnes. Puis ils virèrent de bord, dans une arabesque gracieuse, chacun d'entre eux se concentrant sur un des points d'appui des djihadistes derrière les crêtes. Les roquettes commencèrent à filer de sous les ailes pour exploser là où les canons sans recul et les mortiers lourds avaient été mis en batterie. N'ayant pas prévu de défense aérienne, Shakal les avait placés à des endroits où ils étaient complètement exposés.

Les montagnes s'illuminèrent d'éclairs blanchâtres tandis que des explosions pareilles à des coups de tonnerre faisaient vibrer l'air. Des explosifs au phosphore. Les Tucano remontèrent en chandelle avant de basculer sur l'aile pour une troisième passe.

3

Afghanistan : 07 h 21 – France : 04 h 51
Camp 71, région de Banda Banda

Suivi par Rangin, Gulbudin, Mollah Bakir et ses cinq hommes, Oussama avançait à pas rapides vers la position tenue par les chefs djihadistes. Il se retourna. De la fumée verte sortait du sac à dos de celui qui fermait la marche, signal destiné aux pilotes pour se faire connaître comme amis. Il vit les Tucano prendre de la hauteur avant de virer pour une ultime passe, dans le grondement de leur turbopropulseur. Il aperçut alors distinctement les trois longs tubes sous le fuselage des appareils.

— Vite, couchez-vous, hurla-t-il à ses compagnons.

Il avait reconnu des bombes FAE de 900 kilos, des armes d'une extraordinaire puissance. Parfaitement coordonnés, les pilotes lâchèrent leurs munitions presque au même moment. Elles filèrent avec un sifflement soyeux, presque doux, avant d'exploser environ trois cents mètres au-dessus du sol.

Ce fut comme si les montagnes se soulevaient. Une énorme *implosion*. Un chuintement dément retentit, amplifié par les parois toutes proches. Puis une vague brûlante dévasta les montagnes, aspirant l'air sur son passage.

Les bombes fuel-air explosives, des engins au napalm inventés par l'US Air Force, comptent au nombre des objets démoniaques conçus par l'homme pour détruire ses semblables. Elles provoquent une dépression brutale suivie d'une onde de choc et de chaleur à deux mille degrés qui enflamme tout sur son passage, tandis que des milliers d'éclats de métal de l'enveloppe en cuivre des bombes, chauffés à blanc, presque liquides, fusent dans toutes les directions.

Oussama était à bonne distance du lieu des explosions, peut-être un kilomètre et demi, mais la puissance fut telle qu'il vit distinctement le *blast* avancer dans sa direction.

Puis l'onde de choc les frappa, lui et ses compagnons.

Une force invisible s'acharna à le faire disparaître, rentrer sous terre. La plus grande partie de ses vêtements fut lacérée tandis que du sable et des cailloux étaient projetés à vitesse supersonique partout autour. Quand il se releva, sonné, il vit que les sommets environnants étaient pleins d'hommes en feu. Les djihadistes couraient en tous sens, se croisaient en hurlant, se heurtaient, aveuglés ou affolés, en mêlant leurs flammes, tandis que d'autres, quasi intacts ou en morceaux, se consumaient au sol. En quelques secondes, les trois bombes avaient décimé la plus grande partie des combattants de Daech, trop à découvert.

À ce moment, les hélicoptères Hind arrivèrent sur site. Ils ouvrirent le feu par tous leurs canons, leurs mitrailleuses, leurs roquettes, sur ce qui restait des troupes d'assaut de Khan Pahlavi. Presque immobiles, évoquant d'étranges coléoptères grisâtres, ils se mirent à tourner lentement sur eux-mêmes en se dandinant, changeant d'angle de tir toutes les dix ou vingt secondes, afin de couvrir le maximum d'ennemis. Ils étaient enveloppés des flammes et des épais nuages de fumée produits par l'usage simultané de toutes leurs armes, mais cela ne semblait entraver en aucune manière la précision de leurs tirs.

Il est difficile de décrire avec des mots l'effet que ces énormes hélicoptères d'attaque produisent sur un esprit humain, même lorsqu'on est du bon côté du canon. C'est un spectacle terrible, cruel et magique. L'expression terrifiée de Rangin, sa bouche ouverte sur un cri silencieux, suffisait à l'exprimer.

— Avançons, allons-y, ne restons pas immobiles, ordonna Oussama après avoir donné une petite tape sur la tête de son jeune subordonné pour le sortir de sa sidération. Il faut gagner notre nouvelle position.

Son intention était de se diriger vers une cuvette rocheuse située entre deux crêtes, à environ huit cents mètres de distance. La muraille de pierre grise qui constituait l'avant de la cuvette était percée de fentes naturelles, comme autant de meurtrières, qui permettraient d'avoir une vision complète et à 180 degrés du camp 71, tout en étant dissimulés aux regards.

L'endroit parfait pour coordonner une attaque, où lui-même se serait positionné s'il avait été à la place des chefs djihadistes. Une fois là-bas, il comptait profiter de l'affolement de la défaite pour tenter de les tuer ou de les capturer.

— Accélérez, cria-t-il à ses compagnons.

Étant donné l'efficacité des moyens aériens, ils avaient intérêt à se dépêcher s'ils voulaient retrouver plus que des morceaux épars de corps... Tout en marchant à grandes enjambées, il songea que, pour la première fois depuis qu'il combattait, on lui envoyait les moyens demandés. Il avait réclamé six aéronefs, comptant qu'on ne lui en enverrait pas plus de deux. Il fallait croire que, réorganisée en profondeur par les Américains depuis vingt ans, l'armée de l'air afghane était enfin capable de remplir sa mission et de déployer suffisamment d'appareils en état de marche et bien pilotés pour atteindre ses objectifs de combat. Ce qu'elle n'avait jamais su faire pendant les années où lui-même se battait à un contre cent dans le Panchir.

Il fallut quelques minutes au petit groupe pour franchir les cent premiers mètres, aidés par la pente. Gulbudin n'était pas le moins rapide, en dépit de sa prothèse de jambe. Toutes les minutes, Oussama se retournait brièvement pour vérifier que le pod de fumigènes continuait à cracher sa fumée verte depuis le sac à dos du policier de queue. Plus loin, les Hind continuaient à matraquer impitoyablement leurs adversaires, par brèves rafales de mitrailleuses ou de canons.

Tout à coup, un des trois hélicoptères s'immobilisa. Il resta ainsi deux ou trois minutes à se dandiner sans tirer, puis bascula sur le côté avant de se diriger lentement vers eux.

4

Afghanistan : 07 h 24 – France : 04 h 54
Camp 71, région de Banda Banda

L'ÉQUIPAGE D'UN HIND est normalement composé de trois hommes, un pilote et deux spécialistes d'armes de bord, mais compte tenu du manque d'opérateurs qualifiés, l'armée afghane a choisi de n'opérer qu'avec deux. Le chef d'armes de bord est formé pour actionner lui-même toutes les armes automatiques, canon rotatif de type Gatling à tir rapide placé sous le nez de l'appareil, pods de mitrailleuses de 7,62 mm et lance-roquettes installés sous de courtes ailes latérales.

— Qu'est-ce que tu fous ? cria le chef d'armes à son pilote. Y a rien par là-bas.

— Ah ouais ? Moi, je vois une bande de fous de Dieu qui nous tirent dessus.

— Mais, par Allah, ce sont les nôtres ! Ils ont le fumigène.

Le pilote sortit une enveloppe matelassée de sa veste.

— Pour nous, quatre-vingt-dix mille dollars. Que des billets de cent. Quelqu'un à l'état-major veut qu'ils meurent, il paraît que ce sont des traîtres à la solde de l'ISI. Tu es avec moi sur ce coup ? Cinquante-cinquante.

Le maître d'armes hésita. Il savait que ce que son pilote lui demandait était une pure traîtrise. Puis, la fraction de seconde d'après, il pensa au 4 × 4 d'occasion, aux équipements de cuisine et à la perceuse auxquels il rêvait depuis des mois sans pouvoir se les acheter. Il était payé deux cents dollars par mois dans un pays où la dot à offrir pour marier un garçon était de cinq mille.

Or il avait quatre fils.

Il hocha la tête, avant d'empoigner le petit manche qui faisait pivoter l'arme placée sous le nez de l'appareil.

— On le fait au canon, dit-il. Au moins, ils ne sentiront rien.

Il appuya sur la gâchette. Aussitôt, les fûts rotatifs de l'arme crachèrent une grêle de projectiles explosifs dans un crissement strident. Malgré la puissance du rotor, l'énergie dégagée par l'arme stoppa net l'hélicoptère, le faisant même reculer d'une dizaine de mètres.

Devant l'appareil, le sol se mit à gondoler comme sous l'effet d'un tremblement de terre, tandis qu'en jaillissait une multitude de geysers de sable et de pierre.

Il maintint ainsi le tir pendant trente secondes avant de relâcher la gâchette. Le pilote fit pivoter l'appareil. Pas la peine de faire une seconde passe ni de vérifier quoi que ce soit. Ils savaient tous les deux qu'aucun cadavre ne serait visible. Ce qui restait des hommes qu'ils avaient mitraillés serait éparpillé en milliers de petits morceaux, pitoyables confettis humains.

Rien ni personne ne pouvait survivre à trois mille projectiles chauffés à blanc tirés par un canon rotatif à quatre fûts.

5

Afghanistan : 07 h 29 – France : 04 h 59
Camp 71, région de Banda Banda

D'ABORD OUSSAMA NE RESSENTIT RIEN. Il flottait dans une espèce de brouillard cotonneux. Puis il se réveilla d'un coup et la douleur le frappa. Il saignait par des centaines d'écorchures provoquées par les éclats de pierre et le sable projetés par les tirs du canon. Il se redressa à quatre pattes, se passa les mains sur tout le corps, pour constater, incrédule, qu'il ne lui manquait aucun membre et qu'il ne souffrait d'aucune blessure grave.

— Rangin, Gulbudin, vous allez bien ? cria-t-il.

— Ça va, grogna son vieux compagnon.

Le boiteux se releva en s'aidant de sa prothèse, ahuri. Il était presque dénudé, mais ne saignait pas. Il se tâta les membres, les uns après les autres, manifestement tout étonné de ne pas voir de sang sur ses mains.

— C'est quoi, cette histoire ? grogna-t-il finalement. Je n'ai rien ?

— Apparemment.

À son tour, Rangin émergea. Il ne lui restait plus que son caleçon, un morceau de treillis sur le dos et ses chaussures. Tout le reste avait été haché menu. Il saignait de partout. En découvrant les centaines de traces écarlates sur son corps blanc, impressionnantes, Oussama sentit son cœur s'arrêter.

— Ça va, *qomaandaan*. Ce sont juste des écorchures. Rien de grave. Ne vous inquiétez pas !

Rassuré, Oussama se pencha vers Bakir, qui reposait sur le dos trois mètres plus loin, la tête en bas et les deux jambes en l'air, dans une position grotesque. Il était nu du cou à la taille et son ventre imposant lui retombait sur le menton et le nez, gênant sa respiration.

— Mollah, vous êtes indemne ?

— Je suis bloqué par des pierres mais je crois que je n'ai rien de grave, fit la voix chuintante de Bakir. Par Allah, nous sommes vivants ! Je n'en reviens pas ! Gloire à Dieu ! Gloire à Lui.

Oussama rampa de l'autre côté, inquiet de ne pas voir les cinq policiers qui les accompagnaient. Avec horreur, il découvrit qu'à cet endroit la faille faisait une cinquantaine de mètres de profondeur, au bas mot. Un corps reposait tout en bas, dans une position improbable. Il était le seul qui avait réussi à atteindre la faille et il s'était brisé les os en tombant. Les autres avaient été rattrapés par les tirs. Pulvérisés par les balles.

En ahanant, Mollah Bakir se traîna jusqu'à lui. Ensemble, ils parvinrent à sortir du trou. Autour d'eux, le sol était constellé de cratères, maculés de morceaux de chair et de tissu pas plus gros que le poing. Tout ce qui restait des policiers qui n'avaient pas eu le temps de plonger avec eux.

— Que s'est-il passé ? demanda Bakir après avoir vomi devant l'horrible spectacle.

— Une seconde trahison, répondit Oussama. Khan Durrani a dû apprendre l'arrivée des appareils à Kasbik et a payé l'équipage de l'un d'eux pour nous éliminer. Si on enquêtait, on verrait qu'il est pachtouns et du même clan que le ministre. Mais il n'y aura pas d'enquête sérieuse…

En apercevant le Hind pivoter puis se positionner devant eux, il avait instantanément deviné, avec un instinct aiguisé par trente ans de guerre, que quelque chose d'horrible allait se passer. Il avait poussé ses compagnons les plus proches dans la faille naturelle située un mètre à côté d'eux tout en criant aux autres de les suivre. Étroite et beaucoup plus profonde qu'il n'y paraissait au premier regard, elle les avait protégés mieux qu'un mur en béton. Les projectiles avaient frappé le sol au-dessus et autour mais, compte tenu de la hauteur de l'hélicoptère et de l'angle de tir de son canon, aucun n'y avait pénétré.

— C… C'est ce que je pense ? Ces… choses sont tout ce qui reste de nos compagnons ? balbutia Mollah Bakir d'une voix blanche.

Du doigt, il désignait les immondes morceaux de chair et d'os sanguinolents qui souillaient la roche sur des dizaines et des dizaines de mètres. Soudain, Oussama distingua quelque chose d'étrange, à environ deux mètres de lui. Un objet en forme de T, tout blanc, propre et net, comme du plastique. Il fit un pas, s'arrêta. Incrédule, il lui fallut quelques secondes pour reconnaître dans cette sculpture surréaliste un morceau de bassin humain tranché net, cautérisé par la chaleur. Plusieurs vertèbres y étaient encore accrochées, blanchies par le souffle brûlant. Ces débris macabres avaient appartenu à l'un des policiers qui les accompagnaient.

Brusquement, il se mit à vomir à longs jets, sans pouvoir s'arrêter. Lorsqu'il eut terminé, il sut qu'il n'oublierait jamais cette vision. Qu'elle le hanterait jusqu'à son dernier soupir.

6

Afghanistan : 07 h 35 – France : 05 h 05
Camp 71, région de Banda Banda

Accroupi derrière un rocher, choqué, Khan Pahlavi voyait son rêve partir en fumée.

L'armée qu'il avait patiemment formée depuis plus de cinq années n'existait plus. Les appareils qui avaient matraqué toutes ses positions d'attaque avaient saccagé en quelques minutes la totalité de ses moyens lourds. Les canons sans recul, les mortiers, les lance-roquettes, tout ce qui avait fait sa fierté était tordu, détruit et immobilisé, au milieu des corps de leurs servants. Coupés, hachés par les éclats de bombe, brûlés par le napalm, ses fiers combattants étaient morts ou hors de combat. Où que le regard porte, on apercevait des blessés et des grands brûlés qui criaient ou geignaient. La montagne ne résonnait plus que de leurs sanglots et de leurs appels à l'aide.

À côté de lui, un géant nommé Ahmad, un valeureux, gisait sur le ventre, les deux jambes coupées au niveau du genou. Carbonisé. Il était entièrement couvert de croûtes noirâtres d'où suintait un sang rouge vif. Il pleurait, sans cesser de réclamer sa mère d'une voix de petit garçon.

Un peu plus loin, Shakal semblait lucide quoique en état de choc. Un éclat de roquette chauffé à blanc lui avait tranché un bras au niveau du coude, net, comme au laser, cautérisant la plaie au passage. De sa main valide, le djihadiste était en train de mettre en place un garrot tourniquet pour arrêter le sang, hurlant de douleur à chaque tour. Enfin, complètement sonné, il sortit un minuscule pistolet, qu'il pointa de sa main valide dans toutes les directions, comme si cette arme pouvait être d'une quelconque utilité face aux monstres de métal qui les avaient décimés.

Alice Marsan se releva à son tour. Ses voiles étaient couverts du sang, de la cervelle et des chairs déchiquetées d'un djihadiste qui avait explosé près d'elle. Elle se tourna vers Shakal. Avec stupéfaction, ce dernier vit que son regard était aussi halluciné qu'à l'accoutumée. Sans la moindre trace de peur ni de douleur. Comme s'il ne s'était rien passé.

— Il faut y aller avant qu'ils viennent nous chercher, dit-elle calmement en détachant les mots. On doit se sauver.

Elle s'approcha de Khan Pahlavi, répéta :

— Lève-toi. Nous devons nous enfuir.

Le chef djihadiste se contenta de marmonner des propos sans queue ni tête.

Elle eut une grimace de mépris. Dire qu'elle s'était offerte à cet homme-là quelques heures plus tôt… Elle sentait encore son odeur de fauve sur sa peau. Moins vaillant que Granam, il n'avait même pas été capable de lui donner du plaisir. Et voilà qu'il n'assumait plus son commandement ! Cela la mit en rage.

— Lève-toi ! Bats-toi comme un homme au lieu de pleurer comme un chien !

Elle avait crié. Comme un robot, il obtempéra.

— Suis-moi, ordonna-t-elle.

Cahin-caha, ils prirent un sentier qui longeait la pente. Elle devant, suivie par Pahlavi, Shakal et trois autres djihadistes. Elle avait repéré les lieux en arrivant et savait que ce chemin débouchait sur un second, qui formait comme une tranchée naturelle sur plus de deux kilomètres. Une fois qu'ils l'auraient atteint, ils seraient protégés par la pente et le rebord de la montagne au-dessus d'eux. Leurs ennemis ne pourraient plus les surprendre.

7

Afghanistan : 07 h 42 − France : 05 h 12
Camp 71, région de Banda Banda

À BONNE DISTANCE DE LÀ, Oussama fut le premier à repérer le petit groupe. Il plissa les yeux. La forme, reconnaissable entre toutes, des voiles d'une femme était parfaitement visible. Il leva la main pour arrêter ses compagnons avant de sortir son fusil de sa housse. À travers la lunette Zeiss, il distinguait assez bien ses ennemis.

— Je crois que nous avons Shakal et la Veuve blanche en visuel, confirma-t-il à voix basse. Elle a une sacoche sur le côté. L'homme qui marche en troisième, le plus grand, porte un manteau de panthère des neiges en lambeaux sur les épaules, ce doit être Khan Pahlavi. Shakal a perdu un bras.

— Qu'est-ce qu'ils font ? demanda Rangin.

— Je suppose qu'ils essayent de rejoindre cette petite gorge, à deux kilomètres environ, répondit Oussama. Apparemment elle s'enfonce loin vers l'ouest, elle doit être trop encaissée pour que les Tucano ou les Hind puissent la frapper.

— Ils sont trop loin pour qu'on les rattrape ! cria Mollah Bakir d'une voix stridente, étonnamment haineuse. Stoppez-les avec votre fusil. Tuez-les maintenant !

Oussama balaya la montagne en amont du groupe et aperçut la tranchée qui partait en angle, une centaine de mètres plus loin. Il comprit que si les fuyards l'atteignaient, il ne pourrait plus les toucher avec son fusil. D'autant que le vent violent qui soufflait sur la gorge rendait le moindre tir périlleux.

Il bascula la culasse pour faire monter une balle dans le canon de son fusil, se coucha, déplia le trépied fixé sous l'arme avant de sortir de sa poche la petite paire de lunettes qu'il avait bricolée lui-même pour ses tirs de sniping. La partie gauche ne comportait pas de verre, la droite était occultée par du tissu noir ; elle lui permettait d'aligner son œil directeur sur sa cible tout en conservant une ligne de vision absolument droite, qui aurait été légèrement décalée s'il avait fermé un œil.

Il inspira lentement pour maîtriser les battements de son cœur. N'ayant pas le temps de calculer son tir avec précision, il ne pouvait s'en remettre qu'à son talent et à son expérience. Toucher une cible en mouvement rapide dans ces conditions, à près de six cents mètres de distance, à cette altitude et avec un vent de trente ou quarante nœuds était presque impossible, mais il avait déjà réussi des tirs bien plus compliqués. Contrôlant sa respiration, il effleura la gâchette de son arme, appuyant lentement, millimètre par millimètre.

Soudain l'arme fit feu et un premier projectile fila vers sa cible. Shakal se cabra, tué net. D'un geste parfaitement exécuté, Oussama éjecta la douille brûlante et fit entrer une autre balle dans le canon. Là-bas, les membres du petit groupe s'étaient mis à courir. La deuxième balle d'Oussama frappa Khan Pahlavi en plein torse. Il y eut une explosion pourpre, avant qu'il s'effondre sur lui-même, d'un coup. Comme si on lui avait scié les jambes. De nouveau, Oussama réalisa une éjection parfaite, puis fit entrer une nouvelle balle. Il appuya sur la queue de détente, quelques millimètres, mais s'interrompit et releva le doigt, avant de tourner la tête vers Mollah Bakir.

— Désolé, je ne peux pas tirer sur une femme.

— Quoi ? cria le religieux. Vous êtes fou. Il faut détruire cette vermine !

Au même moment, Gulbudin fit un pas. Il attrapa son propre fusil, l'arma, visa la silhouette en voile. Tira une première fois, manquant sa cible. Il éjecta, reprit sa visée, tira une deuxième fois, la ratant à nouveau. Pleurant de rage et de déception, il vida son chargeur sur la fragile silhouette qui courait maladroitement loin devant eux, sans jamais l'atteindre. La Veuve s'engouffra dans la tranchée, échappant à leurs regards.

— Désolé, répéta Oussama. C'est quelque chose que je ne pouvais pas faire.

8

Afghanistan : 11 h 34 – France : 09 h 04
Kaboul, domicile de Zana

Les ordinateurs ronronnaient doucement autour de Zana. Relié à un câble, le vieux téléphone saisi près de la planque de Gulgul refusait obstinément de s'ouvrir. Elle avait découvert un peu plus tôt qu'il était possible de protéger ce modèle par un code à huit chiffres au lieu de quatre, comme c'était le cas pour celui de Cedo. Le nombre de combinaisons possibles passait alors de dix mille à dix milliards. Autant dire qu'elle n'avait aucune chance de la trouver.

L'appareil était un Huawei NMO-L31, réputé très sécurisé. Ses recherches sur Internet lui avaient permis d'établir une liste précise des systèmes capables de passer le *lock* de protection du clavier et d'extraire des données. L'un d'eux avait attiré son attention. Il s'appelait Cellebrite UFED Physical Analyser. Il était en dotation dans le renseignement de l'armée américaine mais aussi dans certaines unités du renseignement militaire afghan, sur prêt de l'US Army.

Bref, cela signifiait qu'à l'occasion d'attaques talibanes contre des postes de l'armée ou de la police, des appareils de ce type avaient pu être volés. Or les combattants talibans, dont quatre-vingt-dix pour cent étaient illettrés en dépit de leur titre ronflant d'« étudiants », étaient incapables de comprendre l'importance de telles machines. Certaines allaient donc réapparaître chez des vendeurs spécialisés dans les matériels électroniques d'origine douteuse. Sans doute qu'eux non plus n'en mesureraient pas l'importance, car aucune publicité ne leur était faite dans le grand public. Seuls les services de renseignement, quelques experts ou pirates informatiques comme elle en connaissaient l'existence et les redoutables possibilités. Elle chercha quelques instants dans son répertoire avant de tomber sur un nom.

Arman.

Un commerçant relativement fiable pour un voyou de son espèce. Il était spécialisé dans la revente d'objets électroniques volés ou importés clandestinement. Grâce à un réseau aussi mystérieux qu'étendu, il avait accès à tout le matériel possible.

Elle lui avait déjà acheté tout un tas de systèmes électroniques ou électriques sophistiqués, comme des onduleurs, impossibles à trouver en Afghanistan alors qu'ils étaient absolument nécessaires pour protéger ses fragiles ordinateurs en cas de coupure de courant et de passage sur générateur. Certains étaient importés de Dubaï ou de Turquie sous le manteau, d'autres provenaient de cambriolages d'ONG, d'autres enfin de « récupération » auprès de talibans après des attaques contre des postes avancés de l'armée ou des forces américaines.

Elle prit une photo d'un Cellebrite à l'écran et la lui envoya sur son numéro WhatsApp avec une simple phrase : As-tu dans tes stocks un appareil qui ressemble à ça ? Un quart d'heure après, un *ping* sonore annonça l'arrivée d'un message. Arman lui répondait par l'envoi de deux photos d'un appareil similaire. L'écran était brisé en plusieurs endroits, le téléphone, couvert de poussière, était entouré d'une coque de protection kaki, mais on distinguait une étiquette avec un numéro d'enregistrement sous forme de code-barres. Il provenait donc d'une société de sécurité privée ou d'une armée occidentale – l'ANA n'avait ni les moyens ni les procédures pour étiqueter ses matériels sensibles de manière professionnelle.

Elle tapa un nouveau message, volontairement très court : J'en offre $100.

Avec Arman, il ne fallait pas trop proposer au départ, sinon il comprenait qu'il tenait quelque chose de rare et essayait de le vendre au plus offrant. Son message en retour fut tout aussi lapidaire : $200.

Ils échangèrent encore plusieurs messages avant de se mettre d'accord sur 135 dollars. Zana soupira d'aise. Certaines personnes auraient payé mille fois cette somme pour mettre la main sur une machine de ce type !

Elle tapa : Deal. Dans une demi-heure en bas de chez toi.

9

Afghanistan : 15 h 09 – France : 12 h 39
Kaboul, domicile de Zana

L E 4 x 4 SE GARA. Rangin se tourna vers le chauffeur, qu'il avait payé cent afghanis pour le conduire jusqu'à chez Zana.

— Attends-moi ici. Ça ne prendra pas très longtemps.

Ce fut la bonne qui lui ouvrit la porte. Comme la fois précédente, Zana l'attendait sur le seuil de sa chambre.

Elle avait revêtu une tunique différente, bleue, assortie à de nouvelles Converse et au voile rejeté derrière sa nuque. Il remarqua le discret maquillage et le parfum, encore plus capiteux que le précédent.

— Entre.

Il n'eut pas le temps de refermer derrière eux qu'ils étaient déjà enlacés. Ils échangèrent un baiser passionné. Puis elle s'écarta et lui tendit le téléphone et une feuille de papier pliée en quatre.

— J'ai réussi à le craquer. Il était vide, en apparence. Pas de trace d'appels, pas de fichiers textes ou vidéos. Pas d'historique de navigation sur Internet, pas de fichiers d'échanges sur messagerie. Mais j'ai trouvé un unique ancien message Telegram mal effacé que j'ai exhumé de la mémoire. – Elle sourit. – Ce qui veut dire que j'ai la référence du contact avec lequel elle a échangé. C'est un numéro belge. Le +32471029971.

— Attends, dit-il en se dégageant, je le passe tout de suite à mon boss. Il va le transmettre aux Français, ils trouveront à qui il appartient.

Elle attendit qu'il ait terminé pour reculer de quelques pas. Elle s'appuya sur une des tables en le regardant intensément.

— Tu as réfléchi à notre conversation ?

Il hocha la tête en silence.

— Et ?

— Je pars avec toi.

— Attends, tu peux répéter ?

— Tu as bien entendu, Zana. Je pars avec toi.

— À Dubaï ?

— Où tu veux.

10

Afghanistan : (J+1) 00 h 53 − France : 22 h 23
Bruxelles, quartier de Blankenheimlaan

L A NUIT ÉTAIT TOMBÉE sur l'avenue Franklin-Roosevelt, à Bruxelles. La capitale belge était noyée sous une pluie battante et froide. Soudain, le portail de l'ambassade d'Iran coulissa, laissant passer le museau d'une Fiat break.

— Alpha 1, tenez-vous prêt, ça bouge, annonça une voix dans l'écouteur d'Edgar.

Le véhicule s'engagea dans sa direction, passa devant lui.

— Attention, véhicule attendu, je répète, véhicule attendu, reprit la voix. Fiat Tipo break, couleur grise, immatriculation CD FRD 231. Je confirme présence de la cible, Bayazid Rasadouni, pseudo Ramdala, dans la première voiture, siège passager. Identité du chauffeur encore inconnue mais plusieurs clichés de profil réalisés. Je transmets.

Edgar s'empara du micro.

— Ici Alpha 1. Bien reçu.

Quelques secondes plus tard, la même voix se fit entendre.

— Je confirme identité du chauffeur, Ali Mugadiez, trente-deux ans, membre des Gardiens de la Révolution. Individu dangereux et sans doute armé, suspecté de meurtre par les autorités allemandes.

— Les informations d'Oussama et de ses hommes étaient bonnes, remarqua Nicole, assise à côté d'Edgar. Si Ramdala était un simple diplomate, il n'aurait pas un tueur comme garde du corps.

Le numéro de téléphone trouvé par Zana correspondait à un portable Proximus acheté sous une fausse identité quatre ans plus tôt. La DGSE avait retrouvé la trace d'un message d'alerte de la NSA à son sujet. L'agence américaine avait depuis longtemps identifié le numéro comme suspect. Il était rattaché avec un statut de « haute probabilité » au diplomate iranien, déjà sous surveillance pour cause de suspicion d'appartenance au Vevak.

Tout s'était enchaîné très rapidement. À 17 heures, le directeur général de la DGSE avait donné le *go* au début de l'opération. Une heure après, l'équipe déjà en place à Bruxelles s'était mise en planque autour de l'ambassade d'Iran sur des emplacements déterminés à l'avance. Parallèlement, trois Sigma étaient entrés de force dans l'appartement d'un des membres du réseau dont le service des Archives avait trouvé la copie du passeport chez Malik. Le dialogue avait été très court et la proposition simple : une balle dans la tête ou collaborer. L'agent dormant avait choisi de trahir son officier traitant.

Il avait envoyé un message codé à Ramdala pour lui donner un rendez-vous urgent dans un lieu où ils avaient l'habitude de se retrouver. Prétendument pour lui apporter des informations de haute valeur sur de futures sanctions européennes contre l'Iran. Comme son agent travaillait pour une société de nettoyage affectée au siège de la Commission européenne, Ramdala n'avait pas hésité une seconde à accepter.

Le lieu du rendez-vous était un entrepôt situé dans une rue perpendiculaire de Blankenheimlaan, une petite zone industrielle assez délabrée.

Un lieu par ailleurs connu de la CIA qui, à la suite d'interceptions, y avait découvert des armes et des explosifs l'année précédente. Un arsenal destiné à divers mouvements soutenus par l'Iran, ce qui bouclait la boucle et prouvait l'importance de Ramdala dans le dispositif sécuritaire iranien. Après qu'une première équipe d'armuriers de la Technical Division de la CIA en avait fait le recensement, une seconde était intervenue afin de remplacer discrètement les explosifs par une matière d'apparence identique mais inerte, et d'échanger les percuteurs des kalachnikovs contre des pièces en plomb qui cassaient au premier usage.

Malgré toutes les mesures de sécurité qu'ils avaient prises, en excellents professionnels qu'ils étaient, Ramdala et le Vevak géraient depuis des mois un stock inopérant.

— Accélérons. Je veux arriver avant lui.

La Fiat de l'ambassade iranienne s'était engagée dans le quartier populaire de Schaerbeek et roulait maintenant à belle allure sur l'avenue Rogier. Après une quinzaine de minutes, elle tourna vers la N2, continuant au nord vers le cimetière de Saint-Josse, qu'elle laissa sur sa gauche. Deux autres véhicules avec l'équipe support des Sigma attendaient déjà sur place.

À peine l'Audi d'Edgar arrêtée, il en jaillit en courant.

Une heure plus tôt, deux Sigma portant de lourdes housses à fusil s'étaient postés sur les toits d'autres entrepôts, un peu plus loin. Des snipers chargés d'assurer son soutien de tir. Par ailleurs, deux guêpes hérissées de capteurs et de caméras bourdonnaient dans le ciel, trop haut pour être entendues depuis le sol.

Après avoir couru une trentaine de mètres, Edgar trouva un renfoncement où il pouvait se cacher. Il fit passer son Kriss Super V devant lui, engagea une balle dans le canon.

— Ici Alpha 1, en place.

— Bien reçu, fit la voix calme du guetteur principal dans son oreillette.

D'où il était et avec ses jumelles de vision nocturne, le Sigma chargé de sa protection avait une vision parfaite, à 360 degrés.

De nouveau, son oreillette grésilla.

— Opérateur Guêpe 2. Véhicule en approche par l'ouest. Deux cents mètres.

— Ici Alpha 1, j'entends un moteur.

— Je confirme Break Fiat. Je vérifie l'immat.

— Bien reçu.

— Immat confirmée. Ça se gare devant l'entrepôt. Quelqu'un descend de la Fiat.

— Bien reçu.

— Attention Alpha 1, identité Ali Mugadiez confirmée. Arme de poing à la ceinture.

— Bien reçu.

— Ramdala sort pour aider à l'ouverture des portes. Attention Alpha 1, j'annonce un Skorpio.

Un pistolet-mitrailleur tchèque peu précis mais à la cadence de tir ravageuse, capable de vider un chargeur de trente balles en trois secondes. On le trouvait partout au Moyen-Orient.

— Bien reçu.

Pour Edgar, rien d'extraordinaire. Quatre-vingt-dix pour cent des terroristes qu'il engageait au combat portaient soit des kalachnikovs, soit des Skorpio.

— Alpha 1, les deux hommes ont garé la voiture. Ils se rapprochent de vous par 4 heures, ils devraient être en visuel.

— Négatif. Je n'ai pas de contact visuel.

Puis il aperçut les deux silhouettes qui s'engageaient dans l'allée.

— Contact.

Lentement, son doigt appuya sur la gâchette, jusqu'à trouver le cran de sûreté, provoquant un léger clic, perceptible par lui seul. Il jaillit alors de sa cachette, pointa l'arme vers le garde du corps, tira. Une première balle au centre du torse, précise, suivie de trois autres en rafale, pour assurer une frappe groupée. Il pivota immédiatement de quelques degrés, lâcha une seconde rafale, très courte, hachant au passage la paume, plusieurs doigts et la moitié du poignet droit du faux diplomate. Ramdala hurla. Il lâcha son Skorpio, qui tomba au sol avec un bruit de ferraille.

Edgar expira longuement tout en balayant lentement la zone de tir, Super V calé à l'épaule, de gauche à droite puis de droite à gauche.

— Ici Alpha 1. J'annonce deux tirs au but. Visualisez et rendez compte.

— Je confirme cible Mugadiez Delta Charlie Delta et cible Ramdala blessée à la main, genou au sol. Pas de mouvement dangereux. Je prends en charge.

— Bien reçu.

Un point rouge laser s'alluma sur le torse de Ramdala, preuve qu'il était sous le contrôle d'un des snipers. À peine Edgar avait-il remis le Super V dans son dos que son oreillette grésilla.

— Attention, Alpha 1, signatures thermiques à 2 heures. Trois hommes en mouvement. Préparez engagement.

Le cœur d'Edgar accéléra. Le dispositif n'avait décelé aucune arrivée récente. Cela signifiait que l'Iranien avait installé des hommes à lui *dans* l'entrepôt avant leur arrivée. Il était en train de se produire ce que tout agent clandestin redoute le plus : tomber sur un dispositif armé de protection non identifié à l'avance.

— Vigie, vous pensez que je suis repéré ?

— Négatif, Alpha 1. Ils doivent juste se demander pourquoi Ramdala n'est pas encore là.

— Vigie, précisez la distance.

— Deux cents mètres, en avance rapide. Danger imminent, je répète : danger imminent. Je prends en charge la cible principale.

— Bien reçu.

Edgar remit le Super V en position de combat, à l'horizontale. Lentement, il se rapprocha de l'angle du premier bâtiment, d'un pas coulé et furtif, avant de s'accroupir. Les trois Iraniens avançaient à toute allure. Ils étaient si proches qu'il entendait le bruit de leurs pieds sur l'asphalte.

— Alpha 1, je confirme cible gauche porteuse d'un fusil à pompe, canon vers le bas. Les deux autres ont une hache à la main.

— Bien reçu.

— Je les télémètre, fit une seconde voix. – Un silence puis : – Alpha 1, ils sont à quatre-vingts mètres de vous.

Edgar compta trois secondes avant de jaillir. Il n'eut pas le temps de tirer. Au même moment, une balle frappa en pleine tête celui qui tenait le fusil. Pulvérisant l'arrière de son crâne et le couchant dans la même seconde. Julien, un de ses snipers de protection, était un rapide de la gâchette... Aussitôt, les deux autres Iraniens jetèrent leur hache avant de se mettre à genoux.

— *Don't shoot !*

— Ici Alpha 3, j'annonce un tir au but, annonça la voix calme du sniper dans son oreillette. Alpha 1, visualisez et rendez compte.

— Je confirme cible à terre Delta Charlie Delta.

Les deux Iraniens survivants tremblaient de peur, saisis par la mort brutale de leur collègue, la silhouette noire d'Edgar, ses lunettes de vision nocturne qui lui donnaient l'aspect d'un robot, l'énorme carcasse futuriste du Super V. Ils avaient les mains en l'air, aussi haut qu'ils le pouvaient.

— Ici Alpha 1. Vigie, vous prenez en charge les deux survivants ?

— Affirmatif. Cibles en mire. On engage si vous êtes en danger. Je braque le laser.

— Bien reçu.

La petite tache rouge d'un viseur laser se mit à danser autour des hommes agenouillés, qui comprirent aussitôt le message. D'un coup de pied, Edgar éloigna le fusil, puis les deux haches. Satisfait, il remit son PM dans le dos, sortit un de ses Glock avant de se diriger vers le faux diplomate, qu'il empoigna par le col sans se soucier de ses cris de douleur. Il le traîna jusqu'à ses complices.

— Je veux que tu regardes ces trois hommes.

— Je suis diplomate ! Vous n'avez pas le droit !

Il semblait très maître de lui malgré sa blessure. Un vrai professionnel entraîné à gérer les coups durs, qu'il fallait briser sans attendre.

— J'ai tous les droits sur toi, connard. Tu n'es pas diplomate, tu es une ordure d'agent du Vevak connu sous le pseudo de Ramdala. Pour ton information, j'ai tué tes deux agents, Ali Abrisi et Malik.

Laissant l'information progresser dans le cerveau de l'Iranien, il désigna les deux hommes à genoux, bras levés.

— C'est quoi, le prénom de celui de gauche ?

Comme Ramdala ne répondait pas, Edgar écrasa sa main mutilée sous sa rangers.

— Aaaahhhh. C'est Abdullah. Abdullah !

L'Iranien le fixait avec haine, essayant de reprendre son souffle pour conserver ses forces. Malgré lui, Edgar salua son courage. Le Vevak préparait bien ses hommes aux situations difficiles.

— Regarde ce qui arrive à Abdullah.

Edgar tira une balle dans la jambe de l'Iranien, lui faisant exploser le genou gauche et projetant du sang et des os sur le visage de Ramdala.

— Où est la cache d'Alice Marsan en Afghanistan ? Celle à qui ton organisation a fourni un faux passeport au nom d'Alice Mariam Marsanci.

Ne s'attendant pas à une telle violence, le diplomate balbutia :

— Je... je ne sais pas.

Edgar tira une balle dans le genou du second Iranien, avec le même effet.

— C'est ton tour, maintenant, mais toi, je vais te tirer dans la colonne vertébrale. Tu m'entends ? Tu veux finir en chaise roulante ? Je répète ma question. Où est la cache d'Alice Marsan ?

QUATRE JOURS PLUS TARD

L ES ROTORS DES DEUX HÉLICOPTÈRES MI-8 ne ralentirent pas tandis qu'ils déposaient les commandos au sol, faisant trembler la terre sous eux. Un à un, les vingt-cinq hommes sautèrent des machines, alourdis par leurs sacs d'armes, avant de s'éloigner, courbés en deux. Enfin, les moteurs se mirent à tourner moins vite avant de s'arrêter dans un dernier grincement, laissant place au silence.

Un vent léger soufflait, avec de brusques rafales qui changeaient de direction d'un coup. Edgar avait été le dernier à descendre, la main sur les yeux comme les autres commandos, pour se protéger des cailloux qui volaient sous la pression des rotors.

Les hommes de sa section de combat mirent genou à terre. Des vieux briscards, anciens de chez Massoud. Ils étaient payés au mois par une discrète société militaire privée immatriculée à Chypre qui travaillait en sous-main pour le service des Archives.

Edgar appréciait ses mercenaires. Des hommes efficaces, loyaux et durs à la tâche. Leur taux de mortalité et de blessure au combat était incroyablement élevé pour des forces d'élite, de l'ordre de 10 % par an, témoignage des risques insensés qu'ils prenaient pour la France sur le terrain et dont personne, pourtant, ne parlerait jamais.

Mais la haine des talibans, les salaires élevés et le dégoût du quotidien qu'éprouvaient ces hommes aguerris lorsqu'ils se retrouvaient en civil chez eux, désœuvrés, expliquaient qu'Edgar ne manquait jamais de volontaires.

Ils se trouvaient à une vingtaine de kilomètres de Barg Jallow, un hameau isolé de l'extrémité ouest du Sistan, cette région mi-marécageuse, mi-désertique à cheval entre l'Iran et l'Afghanistan, lieu de trafics depuis des millénaires. Avant d'être exfiltré par la DGSE vers une prison secrète contrôlée par les Saoudiens, quelque part au Moyen-Orient, Ramdala avait révélé que ce village misérable en bordure des marais abritait la planque créée par le renseignement iranien pour Marsan et quelques-uns de ses meilleurs hommes. Immédiatement, un drone Reaper avait été envoyé par Balard, les états-majors des armées, pour survoler l'endroit. Ses photos aériennes avaient révélé quantité de détails intéressants.

Un 4 x 4 Toyota planqué sous une bâche.

Une antenne satellite, des panneaux photovoltaïques, plusieurs groupes électrogènes.

Un petit bâtiment en béton équipé d'une porte blindée qui pouvait renfermer une armurerie. Et, *last but not least*, une embarcation équipée d'un puissant moteur hors-bord. Les analystes de la DGSE avaient calculé qu'il fallait moins de deux heures pour atteindre la frontière iranienne par les marais avec un tel engin.

Barg Jallow était une planque bien conçue qui offrait une discrétion absolue et d'excellentes possibilités d'évasion, puisque ni l'armée ni les douanes afghanes ne disposaient de bateau dans la région.

Une fois encore, le Vevak iranien n'avait pas usurpé sa réputation de professionnalisme.

Edgar essuya la poussière qui lui collait à la peau. Aussi loin que le regard portait, il n'y avait que ces montagnes rondes dont les nuances de beige et de marron se mêlaient.

À l'infini. Comme si elles ne devaient jamais s'arrêter, jusqu'au bout de la terre.

Il se dirigea vers les deux Afghans coiffés du traditionnel *pakol* qui l'attendaient à côté d'un antique 4 x 4 garé au bord d'une piste défoncée. Le plus grand des deux était donc le fameux *qomaandaan* Kandar, héros de guerre et excellent flic, dont Nicole lui avait vanté les mérites. L'autre était un homme un peu avachi au visage creusé de rides aussi profondes que des sillons. Oussama avait tenu parole et délivré Amidoullah Rajavan, son ancien compagnon d'armes, de son travail humiliant dans les toilettes de l'état-major afghan. Équipé d'un uniforme neuf et nanti d'une mission toute fraîche de « conseiller spécial » de la brigade criminelle, l'ancien guerrier avait recouvré un peu de sa superbe.

Edgar distingua un homme grassouillet, coiffé d'un turban, assis à l'arrière de la voiture. Mollah Bakir.

Un camion était garé à l'écart, deux ânes attachés à ses ridelles. Trois hommes vêtus de l'uniforme gris clair des forces spéciales de la police et de gilets tactiques remplis de chargeurs se tenaient à côté, AK-12 à bout de bras.

Edgar tendit la main à Oussama.

— *Qomaandaan* Kandar, je suis heureux de vous rencontrer, et je vous promets que ces mots ne sont pas une figure de style. Je suis Scan. Nicole m'a raconté vos aventures communes.

— Elle m'a parlé de vous aussi. Je sais donc que nous sommes entre amis, ici. Venez, Scan, nous allons vous expliquer la situation.

Il fit signe à Mollah Bakir de les rejoindre. Ils s'arrêtèrent un peu plus loin, sous un arbuste décharné. Edgar se retourna vers ses hommes. Voyant qu'ils commençaient à s'impatienter, il leur adressa un geste d'apaisement.

— Vous ne semblez pas très pressés, finit-il par lâcher en regardant Oussama puis Mollah Bakir dans les yeux. Ai-je raté quelque chose ?

— Nous sommes dans une région où l'on n'a pas trop l'habitude de voir autant de paramilitaires.

— Ils sont afghans.

— Là n'est pas le problème. Il y a eu pas mal de bavures du régime par ici. Des bombardements aveugles, des escadrons de la mort. Beaucoup de victimes innocentes, cela a marqué les populations locales. Je ne suis pas certain que ce soit une très bonne idée de débarquer de manière aussi... visible.

Edgar nota que le *qomaandaan* avait choisi ses mots avec soin afin de ne pas le vexer. Il joua l'apaisement.

— Que proposez-vous ?

— D'y aller à pied en équipe restreinte. Vous avec trois de vos hommes, moi avec les miens et deux ânes pour porter le matériel et notre ami Bakir. Nous avons parlé aux pêcheurs du village voisin avant votre arrivée. Barg Jallow est un hameau minuscule, il n'abrite pas plus de quinze combattants salafistes. Nous n'avons pas besoin d'une section complète pour le prendre. Avec l'effet de surprise, un commando restreint fera parfaitement l'affaire.

— Les photos satellites prises par nos drones ces derniers jours montrent que ces gens ne plaisantent pas, objecta Edgar. Ils ont une armurerie, des moyens modernes de communication, un 4 × 4 et un bateau équipé d'un moteur puissant. Je préférerais entourer le village avec suffisamment d'hommes pour lancer une attaque coordonnée de tous les côtés à la fois. Il faut éviter que Marsan ne prenne la poudre d'escampette dès qu'elle nous verra arriver.

— À pied, elle n'irait pas loin. Nous détruirons la voiture et le bateau en début d'attaque. – Oussama eut un geste vers le groupe de paramilitaires. – Le reste de votre section de combat peut rester en soutien ici avec les hélicoptères. Nous les appellerons par radio en cas de besoin.

Edgar hocha la tête. Les hommes d'Oussama semblaient assez âgés pour avoir fait la dernière guerre contre les talibans.

— Ils ont tous l'expérience du combat et un excellent entraînement, confirma le *qomaandaan*. Et de la chance.

Une des raisons pour lesquelles Edgar avait atteint aussi jeune un tel niveau de commandement au sein du service des Archives était sa capacité à jauger les hommes. À s'adapter à chaque situation en prenant la bonne décision, et rapidement. Son regard passa successivement d'Oussama à Mollah Bakir.

— Juste un *stick*[1] ? OK, on est sur votre terrain. Faisons-le à votre manière.

Oussama sourit.

— Je vois que nous nous comprenons.

— Dans ce cas, qu'il soit bien clair que c'est à moi de finir la mission.

Le sourire d'Oussama s'élargit.

— Je ne l'imaginais pas autrement.

— Très bien. Je vais prévenir mes hommes que nous nous passerons d'eux, dit Edgar en s'éloignant.

De loin, ils le virent donner ses instructions à son équipe. Trois combattants sortirent des rangs pour se diriger vers les ânes, des mitrailleuses légères Minimi à l'épaule pour les premiers, une sorte de gros tube kaki surmonté d'un viseur télescopique pour le dernier.

Un missile Matador.

Edgar sortit un téléphone satellite de son sac et alla s'isoler pour prévenir Mortier. Plus tard, Oussama et Mollah Bakir le rejoignirent

---

1. Les unités des forces spéciales SAS et certains autres commandos qui s'en inspirent sont organisés autour de groupes de combat d'une dizaine d'hommes appelés *sticks*.

en bordure du chemin caillouteux alors qu'un immense groupe d'oiseaux passait au-dessus d'eux dans un bruissement soyeux. Le Français était sur la rocaille, les yeux dans le lointain. Ils s'assirent à ses côtés. Le mollah rompit le premier le silence.

— Ainsi, vous connaissez bien nos montagnes afghanes ?

— Plutôt, oui. Mais ici, c'est tellement étrange de se dire qu'à moins de vingt kilomètres de ce désert, il y a d'immenses zones humides. Avant de préparer cette mission, j'ignorais tout de cet endroit. Il doit grouiller de vie.

— Mon jeune ami, ce lieu unique est aussi celui de la mort. L'eau est haute en ce moment mais en cas de sécheresse, elle disparaît pendant des mois. Alors les poissons meurent, les oiseaux et les hommes fuient, et tout n'est plus que tristesse et désolation.

— Ici, en Afghanistan, la mort et la vie sont toujours les deux faces de la même pièce.

— Vous avez bien compris notre pays.

Le religieux regarda Edgar, un sourire complice aux lèvres. C'est peut-être finalement cela, l'essence d'un bon espion, songea Oussama. Savoir se mettre naturellement en empathie avec son interlocuteur.

— Vous parcourez donc le monde continuellement ? reprit le religieux.

— En réalité, la plupart du temps je suis à Paris, pour mon travail officiel. De temps en temps, on m'appelle, alors je laisse tout pour quelques jours et je pars là où on me le demande. Pour faire le job.

Il dessinait machinalement dans le sable avec un bout de bois. Des voitures. Apparemment, il n'était pas très doué pour le dessin.

— Faire le job, vous voulez dire, vous battre ?

— S'il le faut, oui. Sur la ligne de front.

— Où est-elle cette ligne de front ?

— En ce qui me concerne, partout au bout de mon Glock.

★

Plus de quatre heures avaient passé. La marche était plus dure qu'Edgar ne l'avait imaginé et leur progression bien plus lente qu'escompté. Les collines qui se succédaient, kilomètre après kilomètre, n'étaient pas les aimables monts qu'elles semblaient être de loin. En réalité, ils faisaient face à de véritables murailles. Une suite de crevasses et de petits ravins difficiles à franchir sans un équipement spécialisé. Comme il n'y avait pas de sentiers, leur avancée, déjà difficile à cause de la déclivité, était encore ralentie par la végétation. Des buissons d'épineux horriblement acérés qui piquaient et déchiraient la peau d'Edgar à travers son treillis, arrachant la toile à certains endroits.

Habitué à intervenir dans les froides montagnes du nord de l'Afghanistan, il avait laissé à Paris son treillis technique classique au profit d'une toile légère de type « désert » dont il avait pensé qu'elle serait plus adaptée à ce terrain. Grossière erreur. Oussama et ses hommes, eux, avaient mieux anticipé. Bien protégés par d'épais pantalons et des tuniques longues en mohair, ils fendaient les épineux sans broncher.

Ils s'arrêtèrent quelques minutes pour boire, faire reposer les ânes et reprendre leur souffle. Tous souffraient des pieds car la roche était dure et coupante.

Ils reprirent leur marche mais Edgar, de plus en plus gêné par son genou, demanda qu'on ralentisse le rythme. La douleur avait commencé une heure après leur départ et ne faisait qu'augmenter, même si elle était encore diffuse.

Mortifié, il fut bientôt contraint de prier Oussama de s'arrêter. Un peu étonné, celui-ci accepta et ils s'assirent tandis que les soldats, en vieux briscards, sortaient déjà leurs gourdes des sacs à dos.

Edgar remonta la jambe de son pantalon sur sa cuisse. Il s'était blessé un ménisque en faisant du ski dans les Alpes, quelques années plus tôt. Un événement banal mais dont il ne s'était jamais complètement remis, malgré une chirurgie réparatrice. Cela ne l'avait pas vraiment incommodé dans ses missions pour la DGSE car ses raids-éclairs s'opéraient d'ordinaire en 4 x 4 ou en hélicoptère.

Les quelques stages qu'il avait suivis au CPIS[1] comme au sein d'unités spécialisées de l'armée, au fort de Bayonne ou au CEFE[2] de Régina, l'avaient alerté sur sa dégradation physique. Et maintenant cette simple marche tactique lui confirmait ce qu'il subodorait sans oser se l'avouer : il n'avait plus – et n'aurait plus jamais – le physique d'un vrai fantassin.

Un peu amer, il contemplait son genou, chaud et gonflé. En posant la main dessus, il pouvait sentir des crépitements, comme une cavitation à l'intérieur. Oussama l'imita avant d'annoncer :

— Je n'ai jamais vu un truc pareil, on dirait que vous avez quelque chose à l'intérieur. Impossible d'accélérer le rythme dans cet état. Vous avez des médicaments avec vous ?

— J'ai du Diclofenac® injectable.

— Prenez-en une dose. Tout de suite. Sinon, bientôt, vous ne pourrez plus faire un mètre. – Il regarda en direction du soleil. – On a pris du retard, il fera nuit dans moins de trois heures et nous avons encore un tiers du chemin à parcourir. On va se rapprocher le plus possible mais on n'atteindra pas Barg Jallow dans les temps. C'est trop tard pour intervenir ce soir.

— Qu'est-ce que vous proposez ? demanda Edgar tout en sortant une seringue de sa trousse de secours.

— On va s'approcher encore, jusqu'à une heure de marche du village. On dormira à la belle étoile. Sans équipement.

---

1. Centre parachutiste d'instruction spécialisé.
2. Centre d'entraînement en forêt équatoriale.

— Pas de problème, j'ai l'habitude.

Le capuchon entre les dents, Edgar poussa sur le piston de la seringue, sentant avec satisfaction le médicament pénétrer dans son organisme. Puis il la retira d'un geste sec avant de la glisser dans son sac.

— Désolé de vous causer ce retard.

— Ce sont les aléas des opérations, répondit Oussama avec bienveillance. Il nous faudra juste faire particulièrement attention aux scorpions. Les noirs sont gros mais pas mortels, même si leur piqûre est douloureuse. En revanche, certains petits jaunes, on les appelle des *kermân*, sont très dangereux. Or ils grouillent par ici.

— Des *lepturus* ?

— Oui, c'est leur nom scientifique. Il faudra être très prudent.

Un bourdonnement se fit entendre au-dessus d'eux et, par réflexe, Edgar leva les yeux vers le ciel, même s'il savait qu'il ne verrait rien. Le pilote du Reaper qui les protégeait avait fait descendre son appareil, histoire de vérifier que cette halte n'était pas due à un problème. Mais d'en haut, même avec de très bons capteurs, impossible de voir un simple genou gonflé ni d'imaginer qu'il allait leur faire perdre plusieurs heures précieuses...

Edgar sortit son Inmarsat afin d'avertir le contrôle des opérations du décalage de l'intervention.

— Le drone va rester encore quelques heures mais il n'a pas l'autonomie pour tenir jusqu'à demain matin, annonça-t-il après avoir raccroché. On n'en aura pas d'autre de disponible pour prendre la suite. Ils sont trop demandés.

Il regarda Oussama dans les yeux.

— On va devoir le faire à l'ancienne. Sans support aérien.

★

Alors que la nuit était tombée, Oussama les fit s'arrêter une trentaine de mètres avant le sommet d'une colline. Un endroit qui n'avait rien de remarquable, pas même un arbre pour se protéger. Juste un bout de rocaille envahi d'épineux.

Personne ne proposa de faire du feu, ils étaient tous assez aguerris pour savoir qu'on ne se dévoile pas de cette manière lorsqu'on est en progression d'attaque. Pelle pliante à la main, ils creusèrent une tranchée d'une vingtaine de centimètres de profondeur autour de leur position, avant d'en faire une seconde, individuelle, à l'endroit où chacun dormirait. La seule manière d'écarter les bêtes indésirables.

Puis Oussama, Bakir et les hommes s'éloignèrent pour prier. Edgar en profita pour attraper une grosse sacoche accrochée à l'un des ânes.

La nourriture préparée par l'intendance d'Oussama.

D'un linge, il sortit un gros bloc de *pastirna*. De la viande séchée de vieux mouton de réforme, d'après l'odeur qu'il dégageait. Dans l'autre se trouvaient des boules de *krout*, un mélange très fort de fromage de brebis et d'orge. Ensuite il déplia une couverture et posa les victuailles dessus.

Lorsque ses compagnons revinrent de la prière, la lune brillait haut dans le ciel et la température avait chuté. Comme toujours dans les déserts, la chaleur de la journée laissait rapidement place à un froid glacial. Ils s'enroulèrent dans de grosses couvertures avant de s'asseoir en tailleur autour d'un feu imaginaire. Oussama sortit un gros poignard de sa ceinture et commença à débiter des tranches de *pastirna*. Pendant ce temps, Mollah Bakir avait extrait des *nonis* de son sac – des petits pains afghans traditionnels. Gentiment, il en tendit un à Edgar.

— Cela ne remplacera pas une de vos délicieuses baguettes mais c'est bon aussi. Ah, je me souviens comme d'hier de la semaine où j'ai visité Paris, lorsque j'étais étudiant ; les croissants et le pain chaud du matin. Quand on en a goûté, on ne peut qu'aimer la France. Rien que pour cela, j'avais demandé à venir en visite à Paris lorsque j'étais ministre, mais vos satanés officiels étaient tellement amoureux de Massoud qu'ils m'ont dit non. Pas de ministres talibans. Eux qui accueillent à bras ouverts tous les dictateurs de la planète !

Il mordit dans un *noni* avant d'éclater de rire en posant ses mains sur son ventre rebondi.

Le pain atténuait le goût de la viande, à peine mangeable. Derrière cela, même le puissant *krout*, pourtant difficile à apprécier pour un palais occidental, parut bon à Edgar.

Mollah Bakir conversait en anglais et c'était un plaisir de découvrir l'érudition de l'ancien ministre taliban. Bakir avait parcouru le monde après ses études à Oxford et semblait capable de discourir avec esprit sur à peu près n'importe quel sujet. La conversation, ce soir-là, porta sur le double jeu du Pakistan envers ses alliés occidentaux, sur la politique intérieure américaine, les infidélités de Boris Johnson ou l'histoire de la société pharmaceutique Moderna. Un vrai régal.

Grâce à l'injection, Edgar ne souffrait plus du genou. En dépit des enjeux et de la tension, il se sentait à son aise dans cette atmosphère rustique et virile typique d'une unité de combat. Avec ces hommes qu'il ne connaissait pas quelques heures plus tôt mais dont il avait l'impression de comprendre parfaitement la vision simple et vraie des choses. Leurs valeurs – l'honneur, le courage, la discrétion et la fidélité – n'étaient-elles pas celles qu'on lui avait appris à respecter à la DGSE ?

Ils se couchèrent bientôt, enroulés dans de vieilles couvertures en laine puantes.

Il fallait se rendre dans un endroit reculé comme celui-ci pour comprendre l'expression « voûte céleste ». Des milliards de milliards d'étoiles. Les yeux au ciel, fasciné, Edgar se laissa aller à rêver.

Comme il aurait aimé passer un moment sous un tel ciel avec Marie.

Peut-être, ces étoiles, les avait-elle contemplées à Nice, ce 14 juillet funeste vers minuit, juste avant d'être renversée par le camion terroriste qui avait décimé la promenade des Anglais. Depuis, il se demandait vainement comment les choses se seraient déroulées s'il l'avait accompagnée cette nuit-là. Elle avait dû se rendre seule à Nice une semaine pour son travail alors que lui-même était bloqué à Paris pour une opération de fusion-acquisition. L'aurait-il sauvée ? Ou aurait-il été écrasé avec elle ?

Il pensa à son enfant mort avec elle et refréna une soudaine envie de pleurer. Il serra les poings de toutes ses forces pour laisser ses émotions redescendre. Il savait qu'il lui faudrait encore longtemps avant de pouvoir envisager la vie autrement que par le prisme de tous les moments en commun qu'il ratait maintenant qu'elle était morte.

Il expira. Une buée froide se forma devant sa bouche. Le vent s'était levé, glacial. Les montagnes, les étoiles... quoique profondément athée, Edgar se sentit brièvement envahi par le sentiment étrange que seul Dieu pouvait avoir créé un spectacle aussi grandiose – ce n'était pas un hasard si les grandes religions étaient presque toutes nées dans des déserts.

Il soupirait en se tournant sur le côté pour resserrer la couverture autour de lui quand il sentit une piqûre à la cheville. Une douleur fulgurante. Comme si un stylet la traversait. Il bougea brusquement la jambe et sentit une seconde piqûre, aussi douloureuse.

Il cria. Aussitôt tous les hommes se levèrent, l'arme à la main.

— J'ai été piqué par quelque chose ! Putain, ça brûle ! Aaaah, c'est l'enfer !

Plusieurs soldats, leur lampes torches allumées, cherchaient à tâtons ce qui avait pu attaquer Edgar. Avec précaution, Oussama s'agenouilla à ses côtés avant de retrousser son pantalon de treillis. Le téléphone en mode torche, il ne mit pas longtemps à découvrir les plaies.

— Ce sont des piqûres de scorpion. C'est le même qui vous a piqué deux fois. – Il se tourna vers ses hommes. – Continuez à chercher. Il faut le retrouver, pour savoir si c'est un noir ou un jaune.

Puis, à l'intention d'Edgar :

— Si c'est un jaune, je vais devoir vous amputer. Tout de suite. Sinon, vous êtes mort dans les deux heures.

Terrassé par la douleur, la bouche grande ouverte, Edgar avait l'impression qu'on lui sciait la cheville tout en versant de l'acide dessus. Mais il avait entendu le mot « amputation ». Il attrapa la main d'Oussama.

— J'ai... anti... venin. Pas me... couper... le pied. Plutôt... crever.

Oussama inclina la tête pour montrer qu'il avait compris.

Un de ses hommes poussa un glapissement de joie et revint en courant, un gros scorpion empalé au bout de son poignard.

— C'est un noir, vous ne mourrez pas ce soir, constata Oussama. Vous avez de la chance... Mais comme il vous a piqué deux fois, vous avez dû recevoir une sacrée dose de venin. Il faut vous administrer d'urgence un médicament, sinon vous risquez des complications graves.

Sentant déjà les effets du venin qui se diffusait dans son corps, Edgar s'efforçait de recouvrer son calme. Il avait suivi une formation spécifique à la Légion, à Djibouti, et savait que la situation était beaucoup plus sérieuse qu'il n'y paraissait. Il commençait à avoir des frissons, une poussée de fièvre et des nausées spasmodiques. Un début de priapisme, aussi, ce qui était le signe de la gravité de sa blessure. Ce n'était pas une simple piqûre. C'était une envenimation de stade deux.

— Le... sérum, réussit-il enfin à articuler. Ma... trousse... secours.

Mollah Bakir trouva le flacon d'antivenin. Un produit expérimental fabothérapeuthique de quatrième génération qui pouvait être transporté à température ambiante. Seule la DGSE et certaines unités du COS[1] y avaient déjà accès. Aidé par Oussama, le religieux pratiqua l'injection lui-même.

Edgar se laissa aller, sachant que le produit allait mettre quelques minutes à faire effet. Il serait bon pour des douleurs, une fatigue intense, des courbatures et des vomissements pendant quelques jours mais, normalement, il n'aurait pas de séquelles.

— Vous voulez qu'on appelle les hélicoptères ?
— Négatif.

Edgar secoua la tête, ce qui déclencha une crise de vertige et le fit vomir brusquement, droit devant lui. Il s'essuya la bouche après un hoquet, avala une gorgée d'eau et dit :

— On... rentre... pas. On... poursuit... mission.

Puis il perdit connaissance.

★

Il avait passé une partie de la nuit dans un état étrange, une sorte de brouillard, mélange de visions oniriques et de cauchemars. Dans l'un d'eux, il apercevait Marie, un bébé dans les bras. Une médaille sur laquelle était gravée *Éloïse* pendait au cou de l'enfant. Marie lui tendait la main, mais il n'arrivait pas à la saisir. Happé par des sables mouvants, il s'enfonçait inexorablement dans le sol.

Quand il revint à lui, le jour se levait. Il était allongé sur l'âne. On lui avait enroulé une corde sous les bras et autour du dos

---

1. Commandement des opérations spéciales.

et deux hommes se tenaient de chaque côté de l'animal pour l'empêcher de tomber.

— Il a repris connaissance, annonça Mollah Bakir.

Oussama s'approcha.

— Comment vous sentez-vous ?

— Bien mieux, mentit Edgar. – Surprenant le regard incrédule de Mollah Bakir, il eut une grimace. – D'accord, en réalité, je me sens comme une merde, mais ça va aller.

Il eut un mouvement de tête qui lui arracha un grognement de douleur. Sa nuque était raide comme du bois, il avait l'impression que toutes ses articulations étaient remplies de sable. Une sensation exécrable ! Mais la volonté fut la plus forte. Précautionneusement, il dénoua la corde. Puis, aidé par l'un des Afghans, il descendit de l'âne.

Il avait l'impression d'avoir cent ans.

D'abord, il ne réussit pas à trouver son équilibre. Puis la tête cessa de lui tourner et il parvint à faire un pas, puis un autre. La sensation de sable dans les articulations ne passait pas mais au moins, il pouvait marcher. Lentement, il leva un bras, une première fois, puis une seconde. Cela faisait atrocement mal. Il farfouilla en grognant dans sa trousse avant d'en sortir une nouvelle seringue. Celle-ci était barrée d'un X noir sur fond jaune, ce qui indiquait la présence de substances toxiques. En l'occurrence, un mélange spécifique et à haute dose de méthamphétamine, de caféine, de taurine et de modafinil que le service des Archives fournissait pour les situations extrêmes.

Il s'injecta le produit avec un grognement heureux, sachant déjà que, bientôt, il n'aurait plus mal et se sentirait dans une bulle d'invincibilité.

— À combien de marche sommes-nous du village ?

— Il est derrière cette crête. Venez, allons y jeter un coup d'œil.

Aidé par Oussama qui le soutenait, Edgar franchit à petits pas la distance qui les séparait du haut de la colline. Il découvrit un paysage incroyable.

Une immense plaine humide, d'un étrange bleu cobalt, intense et profond, s'étendait à perte de vue, vers l'ouest et le nord. Les rivages étaient bordés de millions de roseaux qui ondulaient doucement sous le vent, donnant l'impression d'une masse vivante. Au-dessus, de grands oiseaux échassiers blancs volaient en groupes, innombrables.

C'était un spectacle stupéfiant. Un mélange de grandeur, de sérénité et d'archaïsme qui évoquait le commencement du monde. Le berceau de la vie.

Un peu sur le côté se trouvait Barg Jallow. Un village minuscule, quelques maisons rondes aux toits de roseaux tressés. Derrière se dressait un plateau enserré entre plusieurs collines couvertes d'une herbe drue d'un vert si clair qu'elle semblait presque translucide.

— Rien n'a bougé, annonça l'un des hommes d'Oussama qui tenait la scène dans sa lunette de visée.

Plusieurs petites barques à rames reposaient sur la rive, à côté de portiques en bois sur lesquels séchaient des filets et des poissons accrochés par la queue. Une autre, équipée d'un minuscule moteur, se balançait au loin sur l'eau, un pêcheur à son bord. Une autre encore, vraiment grosse, était ancrée plus à l'écart. Celle-ci n'était pas entourée de filets et était dotée d'un moteur de hors-bord. À côté, des échassiers se reposaient, élégants et hautains.

— Vous voyez la barque de droite ? dit Edgar à Oussama. C'est le bateau de secours de Marsan. Elle doit interdire qu'on l'utilise pour la pêche afin qu'il soit en permanence disponible.

— Vu.

À l'arrière du village, disposées en arc de cercle sur de larges à-plats, s'élevaient cinq tours de pierre. De longues rampes aux marches abruptes, fermées tout en haut par une porte, permettaient d'accéder à des plateformes à ciel ouvert. Elles menaçaient de tomber en ruine, seule l'une d'entre elles paraissait défier le temps. Légèrement plus haute, dotée d'une magnifique porte en bois ouvragé ouvrant sur la plateforme supérieure, elle était percée tout en bas, à la base de la rampe, d'une ouverture voûtée profondément enfoncée dans son mur. Bizarrement, un bâtiment sur pilotis y était accolé. Une échelle en bois descendait vers la petite porte tandis qu'un auvent protégeait l'étage.

— Les Tours du Silence, annonça Mollah Bakir. Un témoignage des rites zoroastriens qui se déroulaient dans cette région voici trois mille ans. On dit que certains villageois continuent à les pratiquer en secret.

Soudain, il s'interrompit, attiré par un mouvement. La porte de la masure sur pilotis accolée à la tour venait de s'ouvrir. Une ombre voilée sortit sous l'auvent.

Une femme.

Elle descendit l'échelle, s'immobilisa face à la rive, dos au soleil. Le vent soulevait son hidjab, révélant son visage. Edgar prit les jumelles qu'on lui passait.

Une sensation de calme l'envahit. Ainsi, la traque se terminerait ici, au bout du monde. Celle qu'il devait tuer était là. À quelques centaines de mètres de lui.

— C'est elle, la Veuve blanche. Alice Marsan de Godet.

★

Il avait fallu une heure aux hommes pour se déployer en toute discrétion.

Après avoir récupéré sur l'âne leurs mitrailleuses et des boîtes de munitions, les deux porteurs de Minimi s'étaient positionnés de manière à pouvoir prendre tout le village sous un feu croisé. Oussama et Edgar s'étaient placés ensemble face au sud, le premier équipé de son fusil de sniper, le second se contentant d'un AKS et de son arme de poing, un Glock 18 automatique. Grâce à la dernière injection, il se sentait capable de prendre part au combat, même si la sensation de sable dans ses articulations n'avait pas complètement disparu.

Il fit signe au porteur du Matador d'allumer le missile. Il avait eu une fois une mauvaise surprise avec une pile défectueuse, qui avait manqué coûter la vie à plusieurs de ses hommes. Depuis, lorsqu'il utilisait un missile sol-sol, il ordonnait toujours de mettre le lanceur en mode « on » dès le début du combat, même si c'était contraire aux règles d'utilisation car cela consommait beaucoup de batterie.

Oussama, à qui Edgar avait délégué la coordination des opérations, organisait la mise en place du commando d'un air concentré, talkie-walkie devant la bouche.

Tout était calme, ils n'avaient pas été repérés.

La Veuve blanche était rentrée dans sa maison. Une dizaine de silhouettes déambulaient dans le village, surtout des hommes, dont deux seulement portaient des armes apparentes. En revanche, le canon d'une arme équipé d'un lance-grenades dépassait du rebord de la barque où se trouvait le pêcheur, qui était en train de revenir vers le village.

Une dernière fois, Oussama scruta son dispositif. Puis, après avoir échangé un signe avec Edgar, il lança le signal de l'attaque.

Aussitôt, le tonnerre des deux mitrailleuses retentit. Le premier tireur commença par détruire le 4 x 4, puis il passa aux antennes de communication. Le deuxième arrosa la barque d'une grêle de balles traçantes qui dessinèrent d'élégantes arabesques dans l'eau avant de l'atteindre. Criblé de projectiles, le djihadiste fut projeté à l'eau tandis que l'embarcation coulait.

La panique avait gagné le village. Plusieurs hommes sortirent des masures, armes à la main. Ils se mirent à tirer dans toutes les directions, espérant toucher leurs assaillants. Mais, à découvert, ils furent rapidement mis hors de combat.

Trois avaient eu le temps de s'engouffrer dans la maison équipée d'une porte blindée. Comme elle était juste en face d'eux, Oussama et Edgar les virent s'équiper de fusils longue distance et de lance-roquettes. Oussama leva la main en direction de l'homme qui servait le Matador pour lui signifier de se tenir prêt. Pile au moment où l'un des djihadistes s'encadrait dans la porte, RPG à l'épaule, il donna le signal de feu.

Le missile mit environ deux secondes à parcourir les cinq cents mètres qui les séparaient de la maison. Il explosa dans un immense fracas, pulvérisant l'armurerie. Personne ne pouvait avoir survécu à un tel impact.

Il y eut encore quelques tirs de mitrailleuses, par courtes rafales, pour fixer les combattants ennemis blessés, puis le silence se fit. Oussama fit alors voler en éclats le moteur du hors-bord, d'un unique tir.

La poussière et la fumée retombaient lentement sur le village. Il y avait des corps partout.

— Ils ont eu leur compte, dit l'un des combattants d'Edgar après avoir couru jusqu'à eux. On va nettoyer au couteau ce qui reste.

Un mouvement près des Tours du Silence attira leur attention. La silhouette de la Veuve blanche se tenait sous l'auvent de sa maison. Elle resta ainsi face à eux, sans voile, bien visible. Comme pour les défier. Puis elle leva le bras dans leur direction deux fois, le poing fermé, avant de descendre l'échelle et de se glisser par la petite porte, disparaissant à leur vue.

— Elle nous attend, dit Oussama.

Le moteur de la barque détruit, Marsan n'avait que deux options : se rendre ou mourir.

Edgar porta la main à la poche de son treillis. Avant le début de l'action, il y avait accroché la photo d'Éloïse Delmonte, la jeune victime belge de la Française.

Mollah Bakir s'approcha et posa la main sur son épaule. Ils se recueillirent un moment ensemble, le jeune homme d'Occident et le rusé mollah afghan. Puis Bakir rompit le silence.

— Je sens une certaine hésitation chez vous. Tuer une femme, c'est terrible, je le sais, mais elle a choisi sa voie, personne ne l'y a contrainte. Maintenant, c'est l'heure de la justice, et la justice a bien des visages, Edgar.

Edgar adressa un mouvement de tête à Oussama, posa la kalach par terre, sortit son pistolet de son holster de torse, fit monter une balle dans le canon. D'un mouvement du pouce, il sélectionna le mode full-automatic, celui qui lui permettrait de tirer en rafales au rythme de 1 100 balles par minute.

Puis il se dirigea en boitant vers la Tour du Silence.

★

L'oreille collée à la porte, Alice Marsan entendait les pas crisser sur la rocaille.

Ainsi, le Chevalier était venu à elle. Comme la prophétie l'avait annoncé.

Elle s'engagea dans l'escalier intérieur en colimaçon qu'elle avait fait aménager au cœur de la tour, dans l'antique fosse aux os. D'un mouvement de jambes, elle fit tomber ses chaussures, et continua de grimper pieds nus. Elle n'en avait plus besoin, elle n'irait plus nulle part.

Elle émergea enfin entre ciel et terre, sur la plateforme supérieure. Autour d'elle, des ossements et des plumes rappelaient que, jusqu'à l'arrivée des djihadistes à Barg Jallow, les villageois des environs continuaient à y déposer leurs morts afin qu'ils soient dévorés par les oiseaux et leurs os séchés par le vent et le soleil.

Cela lui rappelait les catacombes de Rome, qu'elle avait visitées avec ses parents. Avant que sa vie ne bascule dans les horreurs que son oncle lui avait fait subir. Les mensonges et les mots d'amour murmurés à l'oreille pendant les viols l'avaient détruite, faisant d'elle la prédatrice qu'elle était devenue.

Dans les catacombes, une inscription proclamait : *Comme vous nous étions, comme nous vous serez.*

Bientôt, elle aussi serait réduite à l'état d'ossements. Mais c'était un bel endroit pour mourir.

Un bel endroit pour tuer le Chevalier, aussi.

Sur une impulsion, elle enleva ses vêtements, lentement, un à un. Nue, elle se plaça au milieu de la plateforme, visible par un éventuel sniper éloigné, empoigna sa grenade, fit sauter la goupille, écarta les bras, ferma les yeux.

Elle était prête à mourir.

Aucune balle ne vint et elle éclata d'un rire dément. Comme la prophétie l'annonçait, ce serait un face-à-face.

Une brise chaude enveloppait son corps, caressant sa peau, ses cheveux, ses seins. Cela lui rappela les mains douces de Granam. Une violente haine contre son ennemi la souleva.

— Chevalier ? Tu es là ? hurla-t-elle.

Elle avait parlé en français. Elle *savait* qu'il était français, même si la prophétie ne le disait pas.

— Oui, Marsan. Je suis venu pour toi.

Elle tressaillit, ouvrit les yeux.

— Si tu veux me tuer, tu devras venir me chercher. Là-haut.

— Je vais monter, ne t'en fais pas. Avant de mourir, sache que j'ai accroché la photo d'Éloïse Delmonte sur mon treillis. La jeune Belge dont tu as demandé la mort à Raqqa. Tu te souviens d'elle ?

— Oui. J'ai aimé la voir souffrir.

Un moment passa. Les doigts crispés sur sa grenade, Alice Marsan avait beau tendre l'oreille, tous les sens en éveil, elle n'entendait rien.

— Tu es là, Chevalier ? Tu as peur de monter ? De m'affronter ?

Elle patienta encore, tendue à l'extrême, guettant le moindre bruit, surveillant les ombres.

Se pouvait-il que le Chevalier soit reparti ?

N'y tenant plus, elle se pencha par-dessus le mur. Une rafale retentit.

Dix balles à haute vélocité la frappèrent sous le menton. En pénétrant dans sa boîte crânienne, elles disloquèrent son cerveau avant de ressortir par le milieu du crâne.

Comme un arrêt sur image, Alice Marsan resta immobile une fraction de seconde avant de s'effondrer. Dans un mouvement réflexe, sa main lâcha la grenade qui rebondit sur le muret de la rampe d'accès, une première fois, puis une seconde, avant d'exploser.

★

La grenade était retombée à moins de deux mètres d'Edgar.

Ses années d'entraînement lui avaient sauvé la vie. En la voyant tomber, il s'était jeté au bas de la rampe dans un roulé-boulé parfait.

La chance aussi avait joué pour lui. La grenade avait explosé de l'autre côté de la rampe, au milieu des marches. Quelques centimètres dans l'autre sens, et elle aurait atterri à ses pieds. Le tuant sur le coup.

Groggy, il essayait de retrouver son équilibre. S'appuyant sur les mains, il se releva, titubant. Au loin, il aperçut la silhouette d'Oussama, le canon d'un immense fusil dépassant derrière son épaule. Ainsi, le sniper de légende avait tenu parole, il l'avait laissé accomplir seul sa mission, sans arme de couverture.

De la main, Edgar lui envoya un message de remerciement. Puis il essuya ses lèvres éclatées par le souffle.

Ne jamais les regarder dans les yeux.

Il l'avait fait, pourtant. Il avait regardé Alice Marsan mourir. Il n'oublierait jamais ce moment cruel.

La rafale de balles pénétrant sous son menton.

Le regard habité de la jeune terroriste.

Le nuage vertical de matières cervicales et d'os pulvérisés, comme une colonne rouge au-dessus de sa tête.

Il rédigerait l'habituel RETEX, retour d'expérience post-opération, mais il savait déjà que rien, dans la langue sèche et convenue de ces quelques feuillets administratifs, ne pourrait vraiment témoigner de ce qui s'était déroulé à Barg Jallow.

La pâleur d'aquarelle du corps nu d'Alice Marsan.

Sa peau couverte de sang, la fraction de seconde avant qu'elle s'effondre.

Le bruit métallique de la grenade lorsqu'elle avait rebondi tout près de lui avant d'exploser.

Le vent qui courbait les roseaux en mille nuances de vert.

Le turquoise profond de l'eau du lac.

Les échassiers dans le ciel.

Ces étranges tours millénaires qui avaient vu passer tant d'hommes depuis tant de siècles ; prêtres, pêcheurs et paysans ; terroristes et chevaliers.

Le souffle de la mort.

Il inspira profondément plusieurs fois. Soudain, les sons réapparurent, d'un coup. Comme une symphonie destinée à marquer son retour à la vie.

Il contempla la photo d'Éloïse quelques instants, la rangea dans la poche de son treillis et se mit en marche avec ses compagnons.

Remerciements

Merci à tous ceux qui m'ont accompagné dans cette longue aventure, en France comme en Afghanistan et ailleurs. Pour eux, je n'ai pas de meilleur mot qu'un « merci » sincère.

PARUS DANS
LA BÊTE NOIRE

Katerina Autet
La Chute de la maison Whyte (Grand Prix des Enquêteurs 2020. Prix littéraire de la Renaissance française 2020)

Cédric Bannel
Baad (Prix du Meilleur polar des lecteurs de Points 2017)
Kaboul Express

Jacques-Olivier Bosco
Brutale
Coupable

Rhys Bowen
Son Espionne royale
Tome 1, *Son Espionne royale mène l'enquête*
Tome 2, *Son Espionne royale et le mystère bavarois*
Tome 3, *Son Espionne royale et la partie de chasse*
Tome 4, *Son Espionne royale et la fiancée de Transylvanie*
Tome 5, *Son Espionne royale et le collier de la reine*
Tome 6, *Son Espionne royale et les douze crimes de Noël*
Tome 7, *Son Espionne royale et l'héritier australien*

Franck Calderon, Hervé de Moras
Là où rien ne meurt

Julia Chapman
Les Détectives du Yorkshire
Tome 1, *Rendez-vous avec le crime*
Tome 2, *Rendez-vous avec le mal*
Tome 3, *Rendez-vous avec le mystère*
Tome 4, *Rendez-vous avec le poison*
Tome 5, *Rendez-vous avec le danger*
Tome 6, *Rendez-vous avec la ruse*

Karen Cleveland
Toute la vérité

Daniel Cole
Ragdoll
Tome 1, *Ragdoll* (Prix Griffe noire du polar de l'année 2017)

Tome 2, *L'Appât* (Prix Bête noire des libraires 2018)
Tome 3, *Les Loups*
Pietà

SANDRONE DAZIERI
Tu tueras le Père
Tu tueras l'Ange
Tu tueras le Roi

LARA DEARMAN
La Griffe du diable
L'Île au ciel noir

INGRID DESJOURS
Les Fauves
La Prunelle de ses yeux

CLAIRE FAVAN
Serre-moi fort (Prix Griffe noire du meilleur polar français 2016)
Dompteur d'anges
Inexorable

REBECCA FLEET
L'Échange
La Seconde Épouse

DOMINIQUE FORMA
Coups de vieux

AMY GENTRY
Les Filles des autres
De si bonnes amies

PATRICE GUIRAO
Le Bûcher de Moorea
Les Disparus de Pukatapu

L. S. HILTON
Maestra
Domina
Ultima

INGAR JOHNSRUD
Les Adeptes
Les Survivants

Elizabeth key
Sept Mensonges

Mathieu lecerf
La Part du démon

Sara lôvestam
Chacun sa vérité (Grand Prix de littérature policière 2017, domaine étranger. Prix Nouvelles voix du polar 2018, roman étranger)
Ça ne coûte rien de demander
Libre comme l'air
Là où se trouve le cœur

Fabio mitchelli
Une forêt obscure
Le Tueur au miroir
Le Loup dans la bergerie

Nadine monfils
Les Folles enquêtes de Magritte et Georgette
Nom d'une pipe !
À Knokke-le-Zoute !

Nicole neubauer
Sous son toit

Vincent ortis
Pour seul refuge (Grand Prix des Enquêteurs 2019)
Patiente

Gin phillips
Le Zoo (Prix Transfuge du meilleur polar étranger 2017)

Antoine renand
L'Empathie (Prix des lecteurs Gouttes de Sang d'Encre 2019. Prix Nouvelles voix du polar 2020, roman français)
Fermer les yeux

Fabrice rose
Tel père, telle fille (Prix Bête noire des libraires 2020)

Rydahl & kazinski
La Mort d'une sirène

Romain slocombe
La Trilogie des collabos
L'Affaire Léon Sadorski (Prix Libr'à Nous 2017, catégorie polar)
L'Étoile jaune de l'inspecteur Sadorski
Sadorski et l'Ange du péché
La Trilogie de la guerre civile
La Gestapo Sadorski

Thibaut solano
Les Noyés du Clain

Ilaria tuti
Sur le toit de l'enfer (Prix Bête noire des libraires 2019. Prix Nouvelles voix du polar 2020, roman étranger)
La Nymphe endormie

Harriet tyce
Blood Orange

Annette wieners
Cœur de lapin

Retrouvez
LA BÊTE NOIRE
sur Facebook, Twitter et Instagram

Composition et mise en pages
Nord Compo à Villeneuve-d'Ascq

L'éditeur de cet ouvrage s'engage dans une démarche de certification FSC® qui contribue à la préservation des forêts pour les générations futures.

Pour en savoir plus :
www.editis.com/engagement-rse/

CET OUVRAGE
A ÉTÉ ACHEVÉ D'IMPRIMER
SUR ROTO-PAGE
PAR L'IMPRIMERIE FLOCH
À MAYENNE EN MAI 2021

N° d'édition : 61765/01 – N° d'impression : 98501
Imprimé en France

Ce livre existe grâce au travail de toute une équipe.

Communication : Caroline Babulle, Sandrine Perrier-Replein, Typhaine Maison, Adélaïde Yvert.

Coordination éditoriale et administrative : Céline Poiteaux, Martine Rivierre.

Studio : Pascaline Bressan, Barbara Cassouto-Lhenry, Joël Renaudat.

Fabrication : Muriel Le Ménez, Céline Ducournau, Bernadette Cristini, Phousa Chantharath, Isabelle Goulhot, Émilie Lapan (Canada).

Correction : Emmanuelle Coppeaux, Valérie Gautheron.

Commercial, relation libraires et marketing : Laetitia Beauvillain, Alexandra Profizi, Élise Iwasinta, Morgane Rissel, Aurélie Scart, Clément Vekeman.

Cessions de droits : Isabelle Votier, Benita Edzard, Lucile Besse, Sonia Guerreiro.

Gestion : Sophie Veisseyre, Chloé Hocquet, Isabelle Déxès, Camille Douin.

Services auteurs : Viviane Ouadenni, Jean-François Rechtman, Catherine Reimbold.

Ressources humaines : Mylène Bourreau.

Juridique : Laëtitia Doré, Anaïs Rebouh, Valérie Robe, Jean-Benoît Vassogne, Julia Crosnier.

Diffusion : Aurélia Spalacci (directrice des ventes), Nadine Eugénie, Céline Pitt, Arnaud Weill, Hervé Adamczyk, Annie Bourgade, Éric Charpentier, Gilles Couillard, Sandrine Ducrocq, Élisabeth Ehlinger, Guillaume Loras, Jean-Philippe Pilloux, Philippe Maulnier, Gilles Torché, Élisabeth Gastaldo, Jean-Pierre Stephany (Belgique), Olivier Béguin (Suisse), Jean Bouchard et Marie-Ève Provost (Canada), Emmanuelle Cadot, Virginie Godet et Caroline Pan.

Ainsi qu'à toutes les équipes d'Interforum et d'Editis qui participent à la création, la diffusion et la distribution de ce livre.